Udo Schönteich

Blumen aus Eis
(Nelsja)

Roman

Verlag IKS Garamond

Äußerungen des Romanhelden, Beschreibungen und Improvisationen
spiegeln nicht in jedem Falle die eigene Meinung des Autors wider.
Namen, Orte und Geschehen sind frei erfunden.

ISBN: 3-934601-77-4

Bibliographische Information der Deutschen Bibliothek

Die deutsche Bibliothek verzeichnet diese Publikation in der
Deutschen Nationalbibliographie;
detaillierte bibliographische Daten sind im Internet über
http://dnb.ddb.de
abrufbar.

Meinen Eltern

*Mag sein, vielleicht müssen die Anderen
ihren Lehrern nicht mehr zuhören.
Wir aber sollten es auch weiterhin tun,
sind wir es doch unseren Patienten schuldig!*

Inhalt

Es ist ein klarer Wintertag. Achim Wossow sitzt auf der Terrasse seiner Hütte am Bokn-Fjord und genießt die ersten warmen Sonnenstrahlen. In der Ferne sieht er deutlich die tief ins Meer reichende Landzunge mit den Resten der deutschen Bunkeranlage. Zwischen der alten Flakstellung und seinem Ufer liegt der Arm des Fjords. Bizarre Schären liegen wie Streusel dazwischen; manche winzig klein und nur bei Ebbe sichtbar, andere so groß, daß die Norweger darauf Schafe gebracht haben, die den kargen Boden vollends abzugrasen suchen.

Permanente Ruhe, die nur selten von einer hungrigen Möwe oder dem gemächlich vorbeituckernden Diesel eines Fischers unterbrochen wird. Die Luft ist klar, um frei zu atmen. Glasklar ist das Wasser, dessen blaue Tiefe vorerst unklar bleibt. Tauwasser fließt glitzernd durch grünes Moos, eine junge Schwarzdrossel schützt instinktiv ihr erstes Gelege im flechtenbehangenen verkrüppelten Baum vor einsetzendem Neuschnee. Manchmal glaubt er tatsächlich, die Schneeflocken hören zu können.

Wossow ist ein rational denkender Mensch. Es mangelt ihm jedoch an der nötigen Ruhe, die er sich erhofft und seiner Familie durch die Flucht aus dem Osten im Sommer '89 gewünscht hatte. Er selbst hatte damals den Stein mit ins Rollen gebracht, der zu einer nicht vorhersehbaren Kettenreaktion führte. Und nun, wenige Jahre später, war er zu der logischen Konsequenz gekommen, seine Wahlheimat zu verlassen.

Auf seiner Odyssee besuchte er verschiedene Schulen. Von jeder Schule nahm er nur das mit, was ihm für seine Patienten wichtig erschien. Scheinbar das einzige, das ihm von seiner ursprünglichen Herkunft blieb, ist das rasche Zählen der Zahlen ab 20 aufwärts. Selbst dabei hält er sich nicht mehr genau an das Ursprüngliche: statt ‚eenzwantzsch‘ denkt er ‚einzwansch‘, statt ‚siebmdreißsch‘ sagt er ‚siebdreisch‘. Geblieben ist das maulfaule ‚sch‘ am Ende. Sein eigenes Neutraldeutsch ist eigentlich kein Hochdeutsch, aber er kann sich überall damit hören lassen. Schon im Osten hatte er sich stets um eine klare Sprache bemüht. Hinzugelernt hatte er aber, daß bestimmte Inhalte, Begriffe, Worte und Redewendungen einfach nicht ins Neutraldeutsche passen, um auch im Westen parkettsicher zu sein.

Wenige Wochen nach ihren Facharzt- und Promotionsprüfungen verließ er mit seiner Familie den Osten mit der Zuversicht, nie wieder in seinem Leben in dieser niederträchtigen Weise gegängelt, gedemütigt, schikaniert und bespitzelt zu werden. Mit diesem Schritt hatte er den Weg für ihre Kinder freigemacht – aber auch die Tür für immer hinter sich geschlossen. Das sei so sicher wie das Amen in der Kirche, sagte man. Honecker hatte der Mauer noch weitere hundert Jahre prophezeit. Wie alle war auch Wossow fest davon überzeugt gewesen. Man hatte Teilung und Trennung längst als Schicksal hingenommen und sich darauf eingerichtet, so mancher hatte sich gar mit dem pathologischen Status engagiert.

Was waren all die Sprüche wert in einer Zeit, in der selbst *das Amen nicht mehr sicher* war?

Er wollte nie wieder zu einer ärztlichen Fachprüfung, vorwiegend aus dem Glauben heraus, einer weiterführenden Fortbildung nicht zu bedürfen. Erst die Gewißheit der Einheit war es, durch die er sich wieder seinem ihm eigenen alten Druck ausgesetzt fühlte, besser sein zu müssen als die anderen.

Nicht die Einheit selbst, vielmehr die Art und Weise, die Schnelligkeit der sich überstürzenden Ereignisse, die Überrumpelung der Ostdeutschen, die durch die viel zu schnelle Einführung der harten Mark gar keine Gelegenheit hatten, sich um die Verantwortlichen der früheren Misere zu kümmern; die Ignoranz, mit der man die wirklichen Opfer überfuhr und schließlich die eigene Fehleinschätzung der ihm unlogischen Entwicklung waren es, die Wossow in seiner plötzlichen Ratlosigkeit und Verunsicherung nicht mehr ruhig schlafen ließen.

„Wie kann man nur so verrückt sein und sich freiwillig solch einem Streß aussetzen?" mußte sich der junge Oberarzt vor Aufgabe seiner sicheren Position, vor Antritt seiner ersten Spezialausbildungsstelle von Johann Fortun, einem Lebenskünstler, fragen lassen. Nein. Von Freiwilligkeit konnte wirklich keine Rede sein!

DIE POLIKLINIK

Auch Achim machte als kleiner Junge alle Kinderkrankheiten durch. Seine Mutter ging mit ihm zum Doktor, um nichts falsch zu machen und „damit man nichts Schlimmeres übersieht".

Reihenuntersuchungen und Impfungen waren Pflicht. So auch die Pockenimpfung: Wossow erinnert sich noch genau an die rituell anmutende Maßnahme im Gemeindeamt. Der Impfarzt war ins Dorf gekommen! Eine Anmeldeschwester und eine wunderschöne Krankenschwester mit einem Dutt begleiteten den in die Jahre gekommenen Arzt.

In dem etwas feuchten Raum roch es nach Terpentin. Wenn eine Impfaktion nahte, waren die Dielen frisch mit braunrotem Bohnerwachs eingerieben und besonders blank gebürstet. Hatte der Impfarzt Schalen, Näpfchen und Tupfer ausgepackt, roch es dann nur noch nach Äther. Die Fenster waren klein, und die Bäume am Fließ ließen nur wenig Licht in den Raum, an dessen hellster Wand ein großes koloriertes Portrait eines Mannes mit dünner Brille und Spitzbart hing. Es war das einzige Bild an der ganzen Wand.

Der Doktor setzte sich schräg vor den Tisch, um die Impfung im Sitzen vorzunehmen. Auf dem Tisch stand eine blaue Flamme, in die er sein Messer hielt, ohne es glühend zu machen. Die Flamme ließ sein gutmütiges Gesicht kälter und ernst erscheinen. Die Impflinge hatten Angst. Sie mußten mit freien Oberkörpern vor ihm antreten, in einer Schlange gehorsam anstehen. Dann nahm er einen Oberarm in seine kräftige Hand, und nachdem die Schöne die Haut mit Äther bestrichen hatte, ritzte er den Impfstoff mit dem spitzen Messer in die Haut. Es blutete nur selten ein wenig nach. Die Schöne nahm dann eine Kompresse und drückte bis die Blutung stand. Rasch überklebte sie die Wunde mit einem Pflaster.

Der Körper kämpfte spürbar gegen das Anti-Gen. Die Körpertemperatur stieg in den Folgetagen etwas an. Selten kam hohes Fieber. Normalerweise heilte die Wunde unter der sich bildenden Kruste problemlos ab. Eine zarte Doppelnarbe an der Schulter war das Impfmahl. Entzündete sich die Wunde, schwoll manchmal die ganze Schulter. Wenn die Wunde eiterte, resultierte ein besonders großes Impfmahl. Doch selten mußte der Allgemeinarzt das Kind dann zum Chirurgen schicken, der sich um die lokale Impfkomplikation kümmerte.

Wer zu einem Arzt wollte, mußte in die Stadt fahren. Nach dem Krieg war das Ambulatorium dort gegründet und in einer Villa untergebracht worden. Es war ein wunderschönes altes Haus. Mehrere Steinstufen führten die Patienten auf das ehemalige Privatgrundstück. Bei Kriegsende hatten die Sieger das kunstvolle schmiedeeiserne Hoftor aus den Angeln gehoben, um es als Rost für den Grill auf ihrem Prasdnikplatz zu benutzen. Die schmalen Streben des renitenten, fest in seinen steinernen Säulen verankerten Eisenzaunes hatten sie immer dann für ihre Schießübungen benutzt, wenn sie angetrunken vom Prasdnikplatz zurückkehrten. In einer der verbogenen Streben des Zaunes steckte noch immer ein Projektil.

Vom Treppenhaus gelangten die Patienten durch eine Schwenktür zuerst in einen großen Flur. An der hohen Decke waren Ornamente aus prunkvollem Stuck. Das grelle Licht, Neonröhren, der permanente Äthergeruch, das laute Hantieren der Schwestern im Spritzenzimmer, verbunden mit der steten Angst vor dem Ungewissen, müssen auch Achim davon abgehalten haben, seinen Blick nach oben zu richten.

12

Auch im Wartezimmer des Erdgeschosses lag eine stetige Spannung – wenn überhaupt, so unterhielt man sich flüsternd, um wenige wichtige Worte zu wechseln.

Von der Anmeldung gingen die Patienten dann quer über den Flur und betraten das Wartezimmer durch eine große weiße Tür, deren Messingklinke eines Tages spurlos verschwunden war. Der alte Griff, reichlich verziert, trug an seinem Knauf einen Löwenkopf. Die neue Klinke war aus schwarzer Duroplaste. „Aus Hygienegründen" hatte man den Parkettfußboden mit „Spannteppich", einer mit Filz unterpolsterten grauen Plastikfolie überziehen lassen. Immer seltener und nur an bestimmten Stellen stöhnte das Eichenparkett wie früher knarrend unter dem Filz hervor.

Wenn überhaupt, so schien die Sonne nur früh am Morgen durch das solitäre Fenster in das Wartezimmer. Die Wartenden saßen sich gegenüber, scheuten direkten Augenkontakt. Manche wichen sogar der kurzweiligen Sonne aus, setzten sich auf die andere Seite, solange noch Platz dafür war. War es draußen sehr kalt, beschlug das Doppelfenster über der alten Heizung, die an einer Stelle immer dann etwas Dampf spie, wenn der Hausmeister besonders viel Braunkohle in den Kessel geschippt hatte. Über die Nacht gefror das Kondenswasser an den äußeren Scheiben, und bis zum Morgen hatten sich dort Eisblumen gebildet. Schräg über der Heizung hing ein van Gogh. An der weißen Wand, neben dem farblosen Fenster, bildete er einen unglaublichen Kontrast. Das Bild war Fixpunkt für alle, die nach einer gewissen Zeit an dem Blick durch das Fenster nichts Interessantes mehr finden konnten.

Besonders langweilig war das Warten für Kinder wie den kleinen Wossow. Hatte auch er die wenigen kolorierten Zeitungen durchgeblättert, lange und ungeniert die Leute gegenüber beobachtet, klebte auch sein Blick am van Gogh. Dann tat Achim das, was alle anderen Kinder taten – er spielte an dem Sessel herum, auf dem er saß. Diese eigenartigen Wartezimmerstühle waren aus einem Gestell aus Stahlrohr, das mit eintönig grauen, elastischen Fäden aus Weichplaste umwickelt war. Böse Jungs hatten bei manchen Stühlen bereits einzelne Fäden durchgeschnitten – mit einem Taschenmesser! Oder war es ein Materialfehler? Das Durchtrennen eines einzigen Fadens machte den Stuhl quasi unbrauchbar. Nur ein schlanker Mensch konnte dann noch einigermaßen sicher darauf sitzen, sofern er vorsichtig war. In seiner Fantasie malte sich der Junge aus, was passieren würde, setzte sich eine der geschwätzigen dicken Frauen von gegenüber in solch einen Stuhl, an dem bereits zerrissene und zerfledderte Fäden bündelweise wippend herabhingen.

Jeder Patient erhielt eine große kreisrunde Marke, auf der eine Nummer stand. Die Wartemarken waren aus Pappe, so dick und kreisrund wie Bierdeckel, nur im Durchmesser kleiner, so daß sie in der Hand eines Erwachsenen Platz hatten. Die Patienten wurden über Lautsprecher aufgerufen. Nicht selten mußte man zehn oder auch fünfzehn Nummern passieren lassen, bis endlich der Weg zu einer der beiden schalldicht abgepolsterten Kabinen frei war.

Die lange Wartezeit, aber auch seine eigenen, harmlosen Diagnosen müssen es wohl gewesen sein, daß sich der van Gogh viel tiefer in sein Gedächtnis eingegraben hatte, als die eigentlichen Ereignisse, die sich hinter der Sprechstundentür abspielten. Die freundlichen warmen Farben des Bildes brachten so viel Sonne herein! Auch wenn keiner der anderen Betrachter ernsthaft daran glaubte oder dachte, die Brücke von Arles jemals mit eigenen Augen zu sehen – Wossow war fest dazu entschlossen, das verbotene Land zu bereisen, in dem die Farben vielleicht tatsächlich so hell, so lebendig und kräftig, so satt und so unverschämt bunt waren! Die Provence zu besuchen, nicht nur den Namen aus Großmutters Kochbuch richtig auszusprechen. Das Land jenseits der Grenzen kennenzulernen, die für alle ein Tabu zu bedeuten hatten, das war sein Traum!

Seinen Eltern, deren Kindheit durch den Krieg gestohlen und deren Würde für mehr als ein Leben lang amputiert war, gelang es trotz schwerer Arbeitsmühen, ihrem Sohn eine sorglose Kindheit zu bescheren. Auch taten sie alles, sein Vertrauen in die Medizin in keinster Weise zu erschüttern. Aus eigener Überzeugung vermittelten sie ihm das, was man Ehrfurcht vor dem Arzt nennt. Daran konnten auch die Gruselgeschichten seiner Tante nichts ändern, die Wossow heimlich zu Hause hinter der Stubentür verfolgte – im Gegenteil! Die Antwort seines Vaters, daß auch Ärzte Fehler machen könnten, ließ seine Achtung nur noch steigen.

Einmal fuhr sein Vater mit ihm in die Bezirksstadt, zu einem Heilpraktiker: „Es ist einer der letzten Heilpraktiker überhaupt. Die anderen sind alle schon *in den Westen abgehauen*. Und es dürfen keine neuen aufmachen." Die Praxis befand sich in einer der wenigen erhalten gebliebenen großen Villen am Rande des früher einmal so prächtigen Stadtzentrums. Eine gewaltige Feuersbrunst hatte die Fassade vor langer Zeit einmal geschwärzt, als der Krieg ohnehin schon verloren war. „Der Himmel über der Stadt hat noch fünfzig Kilometer weit geglüht – als hätte er selbst gebrannt!" Damals mußten viele Tote auf dem Marktplatz verbrannt werden, damit keine Seuche entstand. Abgebrannte Farbe, eingebrannter Ruß, an manchen Stellen meinte der kleine Junge, das Feuer noch riechen zu können. Nachdem das Schlimme, wie Vater sagte, schon so lange her war, wie unerträglich lang mochte dann wohl die Zeit bis zu seinem eigenen Erwachsenwerden sein, dachte Achim, wo doch immer noch der Geruch des Feuers in diesen Häuserwänden steckte?

Im Wartezimmer der Praxis saß keiner außer ihnen. Die große Standuhr zwischen dem mit Schnitzereien und Intarsien reich verzierten Bücherschrank und einem bis dicht unter die hohe Decke reichenden Ofen aus prächtig glasierten Reliefkacheln zählte die Viertelstunden. Jede Minute kam Achim vor wie eine Ewigkeit. Durch eine goldumrandete Glasscheibe beobachtete der Kleine fasziniert, wie sich die großen Zahnräder gegenläufig und ganz unterschiedlich schnell bewegten. Große vergoldete Tannenzapfen, eingehängt in goldene Ketten, hielten die Riesin in Gang, die mindestens dreimal so groß war wie er selbst. „Wie lange schon mag sie die Zeit messen?" ging es Achim durch den Kopf.

„Der Herr Doktor kommt gleich!" sagte eine gepflegte ältere Frau und verließ das Zimmer durch eine andere Tür. Die Spannung stieg, und das Herz in Achims kleiner Brust pochte. Als schließlich ein steinalter glatzköpfiger Mann das Sprechzimmer betrat, fielen Achim in seinem Gesicht braune Altersflecken auf, wie er sie in ihrer Größe und Vielzahl später nur noch ein einziges Mal gleichermaßen bewußt sehen würde: Im Gesicht seiner verstorbenen Großmutter. Der Mann blickte ihn mit zwei scharfen und ungewöhnlich blassen Augen sehr ernst an.

Wie ein Arzt – und Achim sah in ihm einen besonders guten Arzt – trug auch dieser Mann einen der weißen Rükkenschlußkittel, aus dessen rechter Tasche ein Stethoskop herausragte, und Achim war überrascht, daß der Mann seinen Vornamen kannte.

„Achim, schau mich an!" sagte der Mann mit bedeutendem Gesicht: „All das, was du bisher bekommen hast, war völlig falsche Medizin. Du hast ja gemerkt, daß es nicht geholfen hat. Und", dabei schaute er zu Achims Vater hinüber, „alles Pfuscher! Aber jetzt, lieber Achim, bekommst du endlich die richtige Medizin. Denn die hast du wirklich verdient!"

Nachdem er Achims Knie kurz mit dem Reflexhammer beklopft und flüchtig das Stethoskop aufgelegt hatte, stellte er ein Rezept aus mit einer echten Gänsefeder, die er zwischendurch immer wieder in ein kleines Tintenfaß tauchte.

Als sein Vater die Formalitäten mit der Dame im Vorzimmer erledigt hatte, verließen sie das Haus wieder und suchten die richtige Apotheke, um das Rezept einzulösen. Es war nicht leicht, diese Apotheke zu finden, denn nicht überall gab es „richtige Medizin". Es waren zwei kleine Fläschchen und eine kleine Schachtel mit zwanzig Pülverchen – jede Dosis zu einem halben Gramm einzeln verpackt. Das Pulver war extrem bitter, und die Tropfen aus den rot etikettierten Fläschchen rochen und schmeckten so, wie richtige Medizin riechen und schmecken muß. Der Doktor hatte Recht! Es war die richtige Medizin: binnen drei Wochen waren Achims Kopfschmerzen komplett verschwunden!

Als einschneidender sollte Wossow die Chirurgische Poliklinik in Erinnerung behalten. Sein Vertrauen als Patient wurde aber auch da nicht beeinträchtigt. Selbstbewußt schob der Chefarzt seinen großen Bauch zur Tür herein, den er aus seiner Hose hängen zu lassen pflegte. Trotz seines gemächlichen Ganges ließ die Zugluft den frei herabhängenden Kittel manchmal ein wenig flattern und gab der stattlichen Erscheinung so den Anschein eines viel schnelleren Ganges. Der Kittel, stets sauber und exakt angelegt, mußte wohl über die Jahre etwas eng geworden sein. In seiner Brusttasche prangten neben dem stets blankgeputzten Chefarzt-Namensschild fünf verschiedene Stifte, der orthopädische Winkelmesser einer westlichen Firma sowie wichtige Papiere. Seinen Kittel behielt der Chef immer an, selbst wenn er ambulant operierte. Da seine Geheimratsecken über die Jahre mehr und mehr zu einer einzigen großen Stirnglatze wurden, kämmte er die Haare von der Seite und aus der Mitte streng nach hinten. Die Haare waren ihm nicht nur auf dem Kopf, sondern auch an Händen und Unterarmen ausgegangen. Und über dem Grundgelenk seines rechten Daumens befand sich ein kleines, nicht mehr abheilendes Hautgeschwür.

Achim hatte ein Furunkel an der Nase, das der Chirurg so schnell und schmerzlos entfernte, daß der Junge keine Zeit hatte, darüber nachzudenken oder irgend etwas zu erwidern.

Auch die anschließende Penicillinspritze, die ihm die Schwester mit den Worten „Jetzt mußt du mal ganz tapfer sein" setzte, war nur ein kleiner Stich gegen den Fischmaulschnitt, den sein Vater vor langer, langer Zeit in Königsberg ohne Betäubung ausstehen mußte. Die Großmutter hatte ihm die Knie festhalten und gegen die harte Pritsche drükken müssen, er solle nun ganz tapfer sein, sagte sie, während zwei Lazarettschwestern die Arme fixierten, als der Kleine vor Schmerz schrie und schließlich unter der Inzision bewußtlos wurde.

Derweil lernte Achim in der Schule „Vogel" und „Vase" schreibt man mit V, „Schiffahrt" niemals mit drei F und auch wer „nämlich" mit H schreibt, ist dämlich! Mit 18 bekam Achim sein erstes Zahn-Inlay. Daß es schon mit 18 sein mußte, sprach nicht gerade für ihn. Der Eintragung im Sozialversicherungsausweis entsprechend hatte man es aus Silberpalladium gegossen.

Nach dem Einsetzen stand das Inlay etwas über. Der Zahnarzt war der beste Jäger im Revier. Gemeinsam mit dem Bürgermeister, dem LPG-Vorsitzenden und dem Kommandeur des Armeestützpunktes ging der regelmäßig zur Jagd. Im Wartezimmer, im Flur und an den Wänden des Sprechzimmers hingen die schönsten Jagdtrophäen des Herrn Obermedizinalrates.

„Es steht etwas über." Worauf der Mediziner antwortete: „Macht nichts, das beißt sich schon ein."

Und tatsächlich: es biß sich ein! Die Kieferknochen kompensierten allmählich den wenige Zehntelmillimeter länger gewordenen Zahn.

MILITÄRSCHULE

Wossow lernte bald selbst, mit einem Gewehr umzugehen. Da ahnte er noch nicht, daß dieses Gewehr einmal unrühmliche Legende werden sollte. „Ab in die Pampa" sollte es bald gehen: zum Schießen nach Kasachstan. Nach der Spritze hingen alle matt und fiebernd in den Betten herum, um das Ende der vorausgesagten Zeit abzuwarten, bis es befindlich wieder bergauf gehen und die Reise beginnen sollte.

Daß es auch in einem Krankenhaus recht aufregend sein kann, war eine Erfahrung, die Wossow schon während seiner Armeezeit machte. Er litt an einem Ekzem, das von dem Reinigungsmittel der Armeewäsche herrührte und nach der Entlassung aus der Armee innerhalb weniger Tage vollständig verschwand. Auf der Lazarettstation für Haut- und Geschlechtskrankheiten war täglich Visite, außer an Sonntagen. Weil das spezifische Krankheitsspektrum die Haut- und Schleimhautpartien potentiell aller Regionen des soldatischen Körpers betraf, hatte jeder Patient für die Visite splitternackt neben seinem Bett zu stehen, um Meldung zu machen, sobald der Genosse Doktor das Zimmer betreten und sich dem Patienten zugewandt hatte: „Gefreiter Achim Wossow, neunzehn Jahre, Genosse Oberstleutnant!" Keiner der Patienten traute sich, irgend etwas zu fragen. Der junge Doktor – sie schätzten ihn auf Anfang dreißig – sprach nicht mit seinen Patienten. Die Behandlung setzte er draußen, „ante portas", im Gespräch mit der Schwester an. Und, kaum gekommen, so war er auch schon wieder verschwunden – in seinen Halbschuhen und der koppelbefreiten „Präsent 20"-Uniform.

Morgens, wenige Minuten nach dem Aufstehen, fiel es keinem der Soldaten leicht, so ganz locker neben dem Bett stehen zu bleiben. Gnadenlos wurde jede Visite von einer der jungen, hübschen Schwestern angekündigt und dann auch begleitet. Es war eine der Zivilangestellten, vielleicht die Frau eines jungen Offiziers? Die Verlobte eines Berufssoldaten oder die Tochter eines älteren, kurz vor der üblicherweise recht frühen Pensionierung stehenden Offiziers oder Generals? Die Schwestern waren für die Entnahme der Harnabstriche und die Verabreichung von Spritzen in den Po sowie Waschen, Schmieren, Salben und Verbandwechsel ebenso zuständig wie für das Betten, die Medikamentenausgabe, für Fiebermessen und die Frage nach Stuhlgang und Wohlbefinden der jugendlichen männlichen Patienten. Es schien wie ein Doktorspiel ohne Doktor, das Schwestern und Patienten unter sich austrugen, jeden Tag und jede Nacht von neuem. Nach dem Messen der Körpertemperatur wurden die Quecksilber-Thermometer wieder eingesammelt, das

Quecksilber noch am Bett wieder unter die 36°-Marke heruntergeschüttelt, das stets unauffällige Meßergebnis im Fieberbuch dokumentiert und schließlich das Thermometer in ein mit Alkohol gefülltes Becherglas klirrend zurückgesteckt. Auf den Grund des Becherglases war zuvor eine textile Kompresse versenkt worden, die verhindern sollte, daß eines der Thermometer beim forcierten Zurückstecken zerbrach.

Die blutjungen, gelangweilten Patienten versuchten stets, die Schwestern zu necken und provozierend anzusticheln, indem sie das Thermometer über ein Feuerzeug hielten, es unter der Zunge oder an einer anderen Stelle plazierten, die ebenfalls für die Messung der Körperkerntemperatur geeignet gewesen wäre.

Das „Patientengut" der Station bestand sowohl aus Hautkranken als auch aus psychisch deutlich stabiler und physisch gesünder wirkenden Personen mit einer Geschlechtskrankheit.

Geschlechtskranken sagte man draußen, außerhalb der Mauern des Lazaretts, den Makel nach, „HWG-Personen" zu sein, Personen mit häufig wechselndem Geschlechtsverkehr. Sie galten als sozialhygienische Beobachtungsfälle und als „epidemiologische Problempersonen mit intermittierender arbeitshygienischer Relevanz", deren Verhalten man als moralisch verwerflich einzustufen lehrte. Eine solche Diagnose bedeutete Brandmarkung.

Im Lazarett dagegen war alles ganz anders! Hier durften sie sich als Hähne in den Körben fühlen und die ihnen gegönnte individuelle Pflege in vollen Zügen genießen. Man schien sogar froh zu sein, wenn sie kamen. Schließlich verging die Arbeitszeit auch für die Schwestern nur dann, wenn es etwas zu tun gab.

Das Reservoir an Hautkranken war im Lazarett recht klein, hatte man doch Leute mit gravierenden Hautkrankheiten bereits im Vorfeld ausgemustert, so daß diese Problemfälle gar nicht erst in ein Armeelazarett gelangten.

Die Geschlechtskranken waren lustige Leute, nahmen das Leben nicht so schwer, nahmen alles nicht so ernst, dachten vielleicht nicht so viel nach. Für sie war das Lazarett ein absoluter Geheimtip; eine Oase, von der sie wußten, daß man sie nicht fürchten mußte – die Krankheit nicht und auch das Lazarett nicht, in dem es doch nur so vor jungen, hübschen Schwestern wimmelte!

Die Geschlechtskranken – sie waren die Insider, die Lebenskünstler, die jeder beneidete und gleichwohl aber in ihrem Verhalten zu mißbilligen suchte – waren den Hautkranken überlegen, was die Chancen bei den Lazarettschwestern anbetraf. Hatten sie doch kaum Hemmungen und ein überdurchschnittliches Talent, eine Frau herumzukriegen; scheinbar jeder Frau bereits auf den ersten Blick sympathisch, rhetorisch gewandt und überdurchschnittlich selbstbewußt – Wossow beneidete seine anderen Zimmerinsassen sogar ein wenig darum. Die Behandlungsdiagnose jedoch hätte er niemals tauschen wollen, überkam ihn doch ein gewisses Unbehagen, schon wenn er das Wort „Geschlechtskrankheit" hörte.

Paradoxerweise störte die Schwestern solch eine Diagnose an ihren Pfleglingen kaum oder überhaupt nicht. Diese Erkenntnis bedeutete für den jungen, im Umgang mit Frauen noch recht unerfahrenen Mann eine wichtige Lebenserfahrung. Und auch später sollte ihm so manche weibliche Denk- und Verhaltensweise durchaus nicht immer erklärbar und logisch erscheinen.

Drei Nachtschwestern teilten sich in die Dienste, zwei Blondinen und eine Schwarzhaarige, jede von ihnen kümmerte sich intensiv um ihre Patienten: sie ließen sich küssen, ohne dabei die stolze Schwesternhaube vom Haar zu nehmen und nahmen manchmal sogar auf einer Bettkante Platz, um Streicheleinheiten zu empfangen.

Das verabreichte Penizillin gegen Tripper schlug prompt an. Die Kranken waren schnell symptom- und beschwerdefrei. Zu einer Entlassung jedoch bedurfte es dreier aufeinanderfolgend negativer Harnröhrenabstriche, was jedoch nicht selten zu wochen-, ja monatelangen Lazarettaufenthalten führte.

Während mancher Tripper recht oft rezidivierte, manch einer der „HWG"-Leute deshalb gut ein Drittel seiner Armeezeit im Lazarett verbrachte, waren Hautpatienten für die Schwestern weniger attraktiv. Bestimmte Hautveränderungen riefen vielleicht Ekel oder zumindest Unbehagen hervor. Hinzukam, daß die Patienten gehemmt waren. Welcher junge Mann mit Pickeln im Gesicht schafft es schon, einem hübschen Mädchen selbstbewußt gegenüberzutreten? Welches Mädchen wollte schon berührt werden von der rauhen, schuppenden Haut eines Ekzematikers?

Anders bei Wossow! Zwar war er kein Frauenheld, so wie Hans Fortun und all die anderen Tripperkranken, doch Hemmungen gegenüber Frauen hatte Wossow nie gekannt. Auch Pickel im Gesicht hatte er keine mehr. Mag sein, vielleicht wirkte er tatsächlich etwas schüchtern, das lag aber an seiner Herkunft aus einer eher ländlichen Gegend. Obwohl er nur Hautpatient war, genoß auch er eine liebevolle Behandlung. Hier sollte er den Einfluß der Psyche auf den Körper am eigenen Leib erfahren – lange, bevor er als somatisch orientierter Schulmediziner bereit war, dies gegenüber eigenen Patienten zuzugeben oder gar in sein eigenes ärztliches Therapiekonzept einfließen zu lassen!

An einem Sonntag war er aus seiner Einheit angekommen. Er erhielt ein gemütliches Bett am Fenster zugewiesen: kein Armeebett, sondern ein richtiges Krankenhausbett; keinen Spind, sondern einen richtigen Schrank, in dem er seine Sachen lässig unterbrachte. Am Montag war dann die erste Visite, und gleich darauf begann auch schon die Behandlung: „Melden Sie sich im Salbenzimmer, ganz hinten rechts am Ende des Ganges!"

Mit großen Buchstaben waren die wenigen Behandlungszimmer beschriftet. Er drückte die chronisch salbenbeschmierte Tür auf: eine Schwester war gerade dabei, Badewasser in die große Wanne einzulassen, die in der Mitte des Raumes stand. Igitt! Wie schmuddelig die Badewanne aussah.

„Na kommen Sie schon!" sagte die Schwester „Stört Sie die verfärbte Wanne? Sie müssen ja nicht daraus essen. Und sauber gemacht habe ich sie auch, sogar desinfiziert! Na komm, glaub mir, du holst dir hier bestimmt nichts weg." Einladend hielt sie ein frisch aussehendes blauweiß gestreiftes Frotté-Handtuch bereit. Es war wohl weniger die verfärbte Badewanne, die ihn gestört hätte, als viel mehr die Krankenschwester, vor der er sich genierte, sich splitternackt auszuziehen: „Soll ich, soll ich da rein...stei...gen?"

„Brauchen Sie eine Extraeinladung? Soll ich Ihnen vielleicht einen roten Teppich ausrollen?"

Streng wies sie ihm den Weg zur Wanne.

Gehorsam, wie es sich bei der Armee gehörte, zog er sich aus und stieg mit gebeugtem Rumpf in die Wanne, während sich die Schwester zum Salbenschrank umdrehte. Dieser voluminöse Schrank war bis ins oberste Fach gefüllt voller Näpfe und Näpfchen mit Pasten, Salben und Mixturen, Pudern und Granulaten, Dosen und Döschen, unterschiedlich großen und unterschiedlich geformten Flaschen mit verschiedenfarbenen Flüssigkeiten. Blaue, braune, violette, giftgrüne und rote Flecken waren auch in dem Holz-Brett verewigt, auf dem einzelne Rezepte offenbar zurechtgemixt und angerichtet wurden. Auf jeder Flasche klebte ein per Hand beschriftetes Etikett. Nicht immer war die Schrift wirklich lesbar.

Nachdem Achim ein paar Minuten im warmen Wasser gelegen hatte, bestrich die Schwester seinen Körper von Kopf bis Fuß mit Schmierseife. Die sollte die Krusten aufweichen und die Haut für die nachfolgende Salbenbehandlung vorbereiten. Alle Partien des soldatischen Körpers berührte sie, während er in der Badewanne stand, auf deren Rand sie platzgenommen hatte. Sie war eine rassige schwarzhaarige Frau. Von oben konnte er sie genau betrachten: auf ihrer Stirn, vor der schneeweißen Haube, hatten sich winzige Schweißtröpfchen gebildet: Frauengeruch!

23

Obwohl ihr sehr warm gewesen sein mußte, ließ sie doch das Fenster geschlossen. Ihre rhythmischen Streichbewegungen übertrugen sich auf ihn, erwärmten seine Haut unter ihren Händen. Er schloß die Augen, ohne den Geruch ihres Körpers zu verlieren. Autonom war alles, was dann an seinem Körper geschah. Dann verließ sie den Raum, um nach einer halben Stunde wiederzukehren. Als er sich abgetrocknet hatte, salbte sie ihn erneut ein von oben bis unten, und wieder von unten nach oben, keine Körperpartie ließ sie aus.

Eines Tages ließ man die Hautpatienten in ihren verschiedenen Uniformen auf dem Gang antreten. Man steckte sie in schwarze Arbeitsuniformen und Gummistiefel und verlud sie auf einen der großen Armee-LKWs zum Abtransport in ein abgelegenes Sperrgebiet. Die Tripperkranken blieben im warmen Lazarett – und das, obwohl im Wäldchen am See weit und breit keine Frau zu sehen war! Der See war eine alte, abgesoffene Braunkohlengrube, ein alter Tagebau, an dessen Ufern inzwischen Krüppelkiefern wuchsen, die den Sandboden zusammenhielten. Der saure Regen schien den immer silbergrünen Bäumen nichts auszumachen, er schien ihnen sogar besonders gut zu bekommen.

Im Sperrgebiet waren die Offiziere unter sich: hier hatte auch der Genosse Hautarzt, der mit den Aesculap-Schlangen auf den Uniformspiegeln, sein Wassergrundstück. So wie die anderen Offiziere, baute auch er hier seine Datsche, ohne wirklich selbst Hand anlegen zu müssen. Ohne eine Spur Hornhaut, blaß und weich wie dicke Milch waren seine Hände geblieben, während der Bau seiner Datsche kontinuierlich, ja sogar planmäßig voranschritt.

Die Vorarbeiten dafür ließ er von den Hautpatienten erledigen, die das Pech hatten, nun ausgerechnet im Winter ins Lazarett gekommen zu sein. Zum Glück war der Boden unter dem Humus sandig, trockener Sandboden läßt sich selbst bei Dauerfrost noch ausheben. Hatten sie die gefrorene Humusdecke mit dem Wurzelwerk erst einmal mit der

Spitzhacke aufgebrochen, kam nur noch lockeres Sediment zum Vorschein. Manchmal erschwerte eine dicke Kiefernwurzel das Ausheben des Fundamentgrabens, selten einmal ein großer Stein. Medizinisch war das Ganze durchaus begründbar: als „Arbeitstherapie".

Trotz dieser Härte war für Wossows Genesung schließlich die psychosomatisch wirksame Behandlung durch das weibliche Personal ausschlaggebend. Doch noch bevor die Hauterkrankung komplett ausbehandelt war, kommandierte man den Soldaten zurück in seine Einheit, wo er für eine andere wichtige Arbeit gebraucht wurde.

BERUFSSCHULE

Achim Wossow war durch seine Armeezeit nicht nur älter und reifer, sondern vor allem um eine gehörige Portion Menschenkenntnis reicher geworden. Nach seiner Ansicht konnte man nirgendwo Charaktere so gut studieren wie bei der Armee, wo Ranghöheren automatisch mehr Freiraum für die Entfaltung ihrer Persönlichkeit gegeben war. Dort hatte er aber auch gelernt, Arbeit zu sehen und zu erledigen, sobald welche anfiel. Dort hatte er gelernt, sich unterzuordnen, wenn es einmal erforderlich sein sollte. Rückblickend betrachtete er die Armeezeit unter diesen Aspekten als wichtige Etappe im Leben eines jeden pflichtbewußten jungen Mannes.

Daß aber die Uniformierung mit der ihr zugehörigen Dienstgraduierung eigentlich eine Abstraktion und Vereinfachung des zivilen Daseins, der zwischenmenschlichen Beziehungen und Konflikte bedeutete, sollte er recht bald begreifen. Hier gab es zwar ein Weniger an Freiheit, daß aber das Zivilleben ein schwieriger zu durchschauendes und deshalb viel schwerer zu meisterndes Unterfangen war, sollte er recht bald begreifen. Schon bald sollte er feststellen, daß auch die zivile Welt nur aus Menschen besteht, die entweder selbst arbeiten oder lieber Arbeit verteilen, zufassen oder einfach nur zuwarten, daß andere es tun. Schließlich glaubte er sogar, hier auch im Zivilen eine Art Balance zu erkennen, wenngleich es sich nach seiner Ansicht um ein viel dynamischeres Gleichgewicht zu handeln schien, als es in den Reihen einer Armee überhaupt denkbar wäre.

Trotz des preußisch-militärischen Drills, trotz aller Schikanen, trotz seiner Skepsis gegenüber den primitiven Feindbilddarstellungen der Polit-Offiziere war ihm ein großer Teil seiner Gutgläubigkeit geblieben. Auch hatte er im Ernst geglaubt, im Zivilen, vor allem aber unter Ärzten, bedeutend mehr an Höflichkeit, Rücksichtnahme, Kollegialität und Loyalität zu finden: welch ein Irrtum!

Hatte vielleicht die Schule des Wehrdienstes erst die Voraussetzungen in ihm geschaffen, ein überdurchschnittliches Maß an Unrecht, an demütigenden Schikanen, Entbehrungen und anderen unangenehmen Erfahrungen zu ertragen, zähneknirschend zu tolerieren – dabei stets ein bestimmtes, ein besonders ehrgeiziges Ziel vor Augen?

Die medizinische Berufsschule sollte nur die allererste zivile Etappe von Wossows Lehre sein, an deren Schluß die Erkenntnis stehen wird, daß vergehende Zeit nicht zwangsläufig Entwicklung, nicht automatisch Wandlung zum Besseren, trotz wissenschaftlich-technischen Fortschritts nicht zwangsläufig eine Besserung der Patientenbetreuung bedeutet.

So sehr er die Menschen auch liebte, immer klarer, immer deutlicher glaubte er, die wahre Psyche der Vertreter seiner eigenen Spezies zu erkennen: Je mehr der Mensch weiß, je tiefgreifender er die Welt erkennt, desto weniger Respekt zollt er seinen Mitmenschen, zollt er all den anderen auf dem gleichen Planeten lebenden Vertretern anderer Arten und dem Leben überhaupt; desto stärker wird seine Gewißheit, daß nicht ein Gott, sondern allein Evolution die denkende Kreatur Mensch hervorgebracht zu haben scheint. In individuell recht unterschiedlichem Ausmaß verringert sich dabei die Valenz seines Gewissens als eigentliche Bremse schlechter Gedanken und Taten, fühlt er sich doch nun nicht mehr beobachtet ... von Gott.

Er kann leise weinen oder auch laut schreien, er kann sich winden und kann fluchen so viel er will. Was ihm bleibt, ist die Gewißheit des eigenen Todes. Doch an diesem Problem arbeitet er bereits fieberhaft. Der bloße Gedanke an den eigenen Tod ruft ihn heute noch manchmal zurück zu Gott.

Seine Rat- und Hilflosigkeit, seine Verzweiflung, seine Ohnmacht und Angst vor dem eigenen Tod macht ihn wieder zum Kind, zu einem unselbständigen, auf die Hilfe der starken, noch nicht über den Tod nachdenkenden juvenilen Erwachsenen angewiesenen Menschen. Fehlt ihm dieser Krückstock, der Glaube an einen Gott, so muß er zwangsläufig depressiv werden. Es sei denn, er hört auf, über sich selbst nachzugrübeln, indem er sich ablenkt, indem er sich zwingt, etwas Gutes, Edles, Anspruchsvolles, vielleicht auch nur irgend etwas Sinnvolles zu tun.

Der Phase lähmender Alterungsdepression geht die Zeit des Verdrängens, eine Zeit gereizter Agitiertheit voraus, die gekennzeichnet ist von Egoismus, Selbstsucht und skrupellosem Handeln. „Leben ist Kampf." Wer nicht kämpfe, der habe schon verloren, wird ihm gelehrt. Es ist der Kampf um Geld und Macht. Das Geld, das der in seine Zeit und in seine Gesellschaft eingebundene Mensch zunehmend auch für den Erhalt seiner Gesundheit aufbringen muß. Die Gesellschaft bestimmt die Schranken, innerhalb derer dieser Kampf stattfindet, der Staat legt dabei nur die legalen Grenzen fest, mehr oder weniger eindeutig, mehr oder weniger streng, mehr oder weniger konsequent, mehr oder weniger kompetent.

Trifft ihn jetzt ein Unfall oder eine nicht vorhersehbare Krankheit, die mit einem vorübergehenden oder dauerhaften Verlust eines bestimmten Anteiles seiner gewohnten Lebensqualität einhergeht, scheint er für einen Moment wach gerüttelt, sich plötzlich wieder oder auch zum ersten Mal der Gewißheit des unausweichlichen Todes bewußt. Genau in diesem Moment ist er auf Hilfe, auf ärztliche Hilfe, angewiesen.

Liegt er dann auf einer Chirurgiestation, so findet er hier nur selten den erwarteten Gesprächspartner. Ist es die Ohnmacht der Schulmedizin, prinzipientreu und gerade auf das Behandlungsziel zuzusteuern, solange der Sinn einer alternativen Behandlungsmethode noch nicht durch objektive Ergebnisse bewiesen ist?

Ist es der im Gehirn des Chirurgen vorgebahnte Primärschutz seiner Patienten vor Kurpfuscherei und Scharlatanerie an der schwammigen Grenze zu all den scheinbar sinnvollen psychosomatischen Behandlungsansätzen, die von Patienten, von Alternativtherapeuten und von Kostenträgern aus verschiedenen Gründen bevorzugt werden, nur dann zum Erfolg führen können, wenn sie von einer soliden schulmedizinischen Plattform aus gesteuert werden? Oder ist es manchmal gar mangelnde Zuwendung zum Patienten, Zeit, die dem Chirurgen weggenommen wird von profanen administrativen und Verwaltungsaufgaben.

Das kontinuierlich älter und älter werdende Faltengesicht, das den Menschen beim Blick in den Spiegel erschrocken anschaut, macht ihm nachhaltig bewußt, wie eng verwandt er doch mit all den anderen Lebewesen ist, deren Existenzberechtigung er nur auf den Nutzwert reduzierte.

Die Ohnmacht vor dem eigenen unaufhaltsamen Altwerden holt ihn manchmal zurück, reiht ihn, die denkende, wieder ein zwischen all die anderen Kreaturen. Das ist der Tag, an dem er starr in der Ecke sitzt. Dann läßt er, auf die Sekunde genau, eine Maschine im Gotteshaus zum Gebet läuten. Der Küster, der früher einmal die Glocke läutete, der ist schon zwanzig Jahre tot. Einen neuen stellte man nicht ein. Das Geld für seine Bezahlung, die Kostendeckung, fehlte, weil immer weniger Menschen in das Gotteshaus kamen, um eine Antwort auf ihre Frage zu finden, eine Antwort, die ihnen anderswo noch keiner geben konnte. Jetzt aber fühlen sie sich selber gebildet genug und eines Gottes nicht mehr bedürftig? Prediger und Arzt – nur sie kennen das wahre Gesicht des Sterbens und des Todes. Allein sie mußten in der Praxis lernen, mit der stärksten aller Emotionen umzugehen, die an der Grenze von Leben und Tod angesiedelt ist – die des endgültigen Abschieds, der Trennung für immer! Sie können das Thema nicht einfach verdrängen, denn es ist ihre selbstgewählte, ihre beruflich determinierte Pflicht, die Situation steuernd zu bewältigen, in der jeder andere wegschauen und sogar versagen darf: Sterben und Tod – sie haben es nüchtern zu sehen, jeder aus seiner Perspektive. Sie haben gelernt, damit umzugehen – jeder in seiner Position, jeder auf seine Weise. Der eine kämpft dagegen an, will heilen, bis er irgendwann aufgeben muß und der andere gerufen wird.

Prediger und Arzt – sie sind wie alle anderen. Auch sie unterliegen mehr und mehr dem geruchlosen Markt des Geldes. Dann müssen auch sie sich den Unterhalt ihrer Familien anders verdienen: hier als Religionslehrer an einer Schule, dort als Volontär für eine medizinische Fachzeitschrift; hier als Krankenhaus-Seelsorger, dort als mobiler Laptoptipper im Dienste eines Kostenträgers; hier als sachverständiger Führer durch ein Kloster, das man jetzt Museum nennt, dort vielleicht als angestellter Masseur im Sonnenstudio einer selbständig gewordenen Krankenschwester; als Stadtarbeiter oder ganz offiziell als Zirkusdompteur für eine klitzekleine Nummer, der hinter den Kulissen den sündhaft teuren Tierarzt ersetzt.

Stationspraktikum

Nach Abschluß seines Stationspraktikums sollte der Student Wossow ganz sicher wissen: allein die Chirurgie konnte seine Vorstellungen vom Arztsein erfüllen! Alles dort fand er hochinteressant, die offene, ehrliche Art zu behandeln, logisch, nachvollziehbar und voller Sinn. Das breite Behandlungsspektrum mit der Möglichkeit, neben der operativen Lösung eines Problems jederzeit auch konservativ behandeln zu können, schienen ihm grenzen- aber nicht uferlos zu sein.

Während seines Praktikums hatte er alles tun dürfen – alles, was er sich zutraute. So spritzte er Penicillin in die Leistenarterie eines Diabetikers: „Nimm sie längs unter die Finger, nicht quer! Dann stich zwischen Zeige- und Mittelfinger senkrecht in die Tiefe, unter ständigem Sog!" Er freute sich mit dem Patienten, als das Geschwür am Unterschenkel tatsächlich abheilte, als es dem Patienten zunehmend besser ging, weil sich mit dem heilenden Fuß auch der Zucker wieder einstellen ließ.

Im OP lernte er, wie abscheulich Eiter riechen kann, als er einen Abszeß eröffnete: „Junge, atme doch einfach durch den Mund! Dann hebt es dich auch nicht aus! Gestank schmeckt man nicht!"

Wie schwierig und gewöhnungsbedürftig der Umgang mit menschlichem Gewebe tatsächlich ist, spürte er, als er eine Krampfadernoperation assistierte. Es war ihm ein Rätsel, wie der Oberarzt es schaffte, mit Gummihandschuhen gefühlvoll und genau zu arbeiten.

Einmal in der Woche meldete er sich ins Spritzenzimmer. Es war der ideale Ort, das Blutabnehmen zu lernen. Dort nämlich erfolgten alle ambulanten Blutabnahmen, wofür eine der Ambulanzschwestern hauptamtlich zuständig war. Schwester Gisela war für ihn der absolute Profi. Ihre Blutabnahmekünste bewunderte er. Fand er nichts mehr, kannte sie noch immer einen Trick, eine genügend spendable Vene sichtbar oder einfach nur tastbar zu machen und erfolgreich zu punktieren. Am Anfang behinderte er Giselas Arbeit im Spritzenzimmer mehr, als daß er ihr hätte helfen können. Sie aber honorierte sein Interesse und seine Achtung vor ihrer Arbeit, indem sie ihn bleiben ließ: „Junge, du mußt schnell durch die Haut! Zumal die Kanülen im Laufe der

Zeit stumpfer und stumpfer werden: Was weh tut, ist die Haut! Außerdem: je schneller du durch die Haut stichst, desto weniger wird dir die Vene wegrollen!" Sie zeigte ihm, woran man die besonders stumpfen Kanülen und solche mit Widerhaken erkennt und besser aussortiert. Es war gar nicht so einfach, die Haut rasch mit einer Kanüle zu durchstoßen, die schon fünfzigmal und öfter benutzt und sterilisiert worden war.

War es der Chef, der Wossow für die Chirurgie begeistert hatte? Er nahm sich tatsächlich Zeit für ihn. Er nahm ihn mit zum Gipsen. Er nahm ihn mit in den OP. Er nahm ihn mit in den Notfallraum. Er persönlich assistierte seinem jüngsten Schüler, als dieser dort seine erste Kopfplatzwunde nähen durfte. Wie schwierig war es für Achim, den nach Wundrandausschneidung unter Spannung stehenden Knoten fest zu bekommen; ausreichend tief, zugleich aber so dicht zu stechen, daß es nicht nachblutete!

„Wissen Sie, das ganze Geheimnis besteht darin, einen der beiden Fäden ständig straff zu halten. Welchen Sie straff halten, ist egal! Mit der anderen Hand knüpfen Sie!" Er bewunderte die souveräne Leichtigkeit, mit der die Oberärzte und vor allem der Chef anfallende Arbeit erledigten. Das Notwendige und das überzeugend Nützliche dazu noch mit dem Hobby, das ihm sein zukünftiger Beruf zu werden versprach, zu verbinden, bedeutete sein Traumziel. Und alle potentiellen Hemmnisse ringsumher erschienen ihm unbedeutend und lächerlich.

Rückblickend bewundert er diesen Chef noch immer, konnte der doch den Abszeß im Bauchraum eines fünfjährigen Mädchens allein durch seinen Tastsinn von außen auf den Zentimeter genau lokalisieren!

Der gebrochene Oberschenkel des Fahrers einer Zweihundertfünfziger JAWA war zwei Stunden nach dem Unfall genagelt, ein großer Bluterguß kam nicht zustande. Angst hatten alle Ärzte vor einer Fettembolie, gegen die es noch kein Mittel gab. Sie hatte man noch nicht vergattert, all ihre

Befürchtungen und Ängste an ihre Patienten weiter zu geben. Der Zwanzigjährige erfuhr nie, daß es eine Fettembolie überhaupt gibt.

Wossow half dem Chef bei der Ausarbeitung einer Rede für die Stadtfeier. Art und Anzahl der chirurgischen Eingriffe der letzten drei Jahre waren zu ermitteln. Das war kein großes Problem, stand doch alles übersichtlich im OP-Buch eingetragen: laufende Nummer, Aufnahmenummer, Name, Diagnose, Operateur usw. paßten in eine vorgedruckte Zeile hinein, die binnen einer Minute ausgefüllt war. Die Eintragung war traditionsgemäß vom Assistenten vorzunehmen, während der Operateur den OP-Bericht in die Maschine diktierte. Die leitende OP-Schwester achtete auf die regelmäßige, vollständige und gewissenhafte Eintragung in das OP-Buch. Die OP-Bücher der vergangenen Jahrgänge und Jahrzehnte hütete sie wie einen Schatz, und jedem war es ein Vergnügen, in einem der alten Bücher zu stöbern: Auch früher schon gab es schlaue Leute! Auch früher schon wurde hervorragend operiert!

Auch sah man keinen Grund, auf die hölzernen OP-Pantinen zu verzichten. Holz ist in der Lage, Fußschweiß tatsächlich aufzunehmen und auf natürliche Weise geruchfrei zu entsorgen – Gummi oder Kunststoff nicht!

Das Klappern der Holzpantinen auf den steinernen Bodenfliesen gehörte zum Leben des OP – so wie das Blut zum OP gehörte, das Blut, das manchmal sogar zu Boden tropfte, so leise daß man es unten nicht hören konnte. Die Holzpantinen aber hörte man und wußte daher auch unten, wann operiert wurde. Man sprach noch nicht ungeniert darüber, daß man sich ärgerte, wenn man die anderen arbeiten hören mußte, notgedrungen, weil die Verwaltung eine ganze Etage tiefer angesiedelt war, notgedrungen, weil die Chirurgen da oben nicht auf ihre Holzpantinen verzichteten. Und man bekam noch manchmal ein schlechtes Gewissen, wenn oben die Pantinen klapperten, es unten aber nichts mehr gab, das hätte verwaltet werden können.

Die Chirurgie war in Männer- und Frauenstation unterteilt. Auf jeder der beiden Stationen gab es ein septisches Zimmer, das selten mit mehr als zwei Patienten belegt war. Die Scham gebot die Teilung in Männer- und Frauenstation. Sie zählte mehr, als die Unterteilung in aseptische und bedingt aseptische Patienten: während alle Schieber gleich aussahen, gab es Frauen- und Männerenten, Frauen- und Männerbetten, Frauen- und Männerhandtücher. Ein Frauenkatheter wurde von einer Schwester, ein Männerkatheter von einem der beiden Pfleger gesetzt, Frauenbäuche und Frauenbeine ausschließlich von einer Krankenschwester, Männerbäuche und Männerbeine nur von einem der wenigen Krankenpfleger rasiert.

Von dem älteren Krankenpfleger aus der Poliklinik lernte der junge Student, wie man einen Katheter setzt und was dabei zu beachten ist. Wossow war es ein Graus zu sehen, wie oft Katheter zur Desinfektion eingelegt, mechanisch gereinigt, nochmals desinfiziert und anschließend getrocknet zur baldigen Wiederverwendung aufbewahrt werden mußten, weil es an dem richtigen Geld für den Kauf neuer Katheter mangelte. Die Katheter waren aus rotem Gummi, der im Laufe der Zeit porös und spröde wurde. Obwohl die Katheder vor ihrem erneuten Gebrauch getestet wurden, kam es manchmal vor, daß der Ballon, der vor dem Herausrutschen schützen sollte, in der Harnblase unmittelbar nach dem Setzen des Katheters zerplatzte.

Einer der wenigen, in eiserner Reserve vorrätig gehaltenen neuen Rüsch-Katheter aus dem Westen durfte erst dann aus dem Schrank geholt werden, wenn auch wirklich kein gebrauchter Katheter mehr im Blechkasten lag.

Im Sommer, bei geöffneten Fenstern, hörte man sie sogar drüben im Krankenhaus, die alten Männer, wenn sie vor Schmerz schrien. Das waren keine aufbäumenden Schreie mehr! Es war ein einsam gelassenes, ein jämmerliches, resignierendes, ein verlorenes Schreien, nicht das eines wehrhaften Mannes.

33

Die Patienten legten verständlicherweise großen Wert darauf, beim nächsten Wechsel den selben Katheter auch wieder zu bekommen. Deshalb hatte jeder sein privates kleines Anhängsel an „seinen" volkseigenen Katheter gebunden, um diesen beim nächsten Ambulanzbesuch zu erkennen und auch wieder eingelegt zu bekommen. Der entsprechende Gegenstand mußte somit einmalig, andererseits aber auch widerstandsfähig genug sein, der Einwirkung des Desinfektionsmittels zu trotzen.

Neben kleinen Namensschildchen, Spezialanfertigungen eines Graveurs, der selbst urologischer Patient war, sah Wossow kleine Perlen, durchbohrte Münzen, zum Beispiel einen vergoldeten Kupferpfennig aus dem Westen, verschiedene Knöpfe, kleine Schneckengehäuse, die Kleinkaliberpatronenhülse eines ehemaligen Offiziers, den kleinen Kofferschlüssel eines enteigneten Hoteliers, einen Lockenwickler, die durchbohrte Ventil-Ablaßschraube aus der Werkstatt eines pensionierten Kesselschlossers, den goldenen Ring der verschiedenen Ehefrau, die mit Kupfervitriol vorbehandelte Büroklammer eines ehemaligen Buchhalters und vieles andere mehr.

„Mit alten Männern mußt du kein Mitleid haben. Zumal fast jeder von ihnen bei der Wehrmacht war, einige sogar bei der SS!" Sie lehrten ihn, wohin genau man bei einem großen Mann schauen müsse, um zu prüfen, ob der früher einmal bei der SS gewesen war. Wossow sah im Osten auch später, also während seiner gesamten Grund- und Hauptschulzeit, nicht einen einzigen alten Mann, der früher einmal bei der SS gewesen war. Wo mochten sie geblieben sein?

Im ersten Zimmer glich die Station einer Siechenstation. Es war das „Schenkelhalszimmer" der Frauenstation; ein Krankensaal, in dem sechzehn Betten in Reih und Glied standen: Ein Sterbezimmer – ein ganzer Saal voller Sterbebetten! Bei Bettenknappheit wurden sogar noch zwei Zusatzbetten eingeschoben. Diese beiden Zusatzbetten standen dann quer zur Ausrichtung der sechzehn anderen Betten, dort, wo sonst die beiden Eßtische standen. „Wozu auch ein Eßtisch, wenn ohnehin alle bettlägerig sind?"

Aus Verletzten wurden hier innerhalb weniger Tage Schwerstkranke! Die Schwierigkeit, den Knochenbruch genügend zu stabilisieren, führte bei dem alternden Patienten zu einer Kettenreaktion, deren Ablauf im Gehirn ihrer resignierenden Behandler längst vorgebahnt zu sein schien. Das Personal kannte die Prognose genau. Es wußte, was in den folgenden Wochen auf ihre Patientinnen zukommen sollte. Die von dem Schenkelhalsbruch Betroffene selbst fand sich von Stunde zu Stunde, von Tag zu Tag und von Woche zu Woche, nur ganz allmählich und nicht ohne Widerstand mit ihrem Problem konfrontiert. Während sich die eine resignierend in ihr Schicksal fügte, kämpfte die andere. Sah die Patientin eine der Schwestern oder gar den Arzt als Ursache ihrer Situation an, wurde es für sie auch nicht leichter.

Ab Sechzig galten sie als alte Frauen. „Männer sterben sowieso früher", lehrte man, „haben mehr Kalk im Knochen und fallen auch nicht so leicht hin, ziehen sich schon deshalb seltener einen hüftnahen Bruch zu." Frauen über Siebzig und Dicke hatten kaum eine Chance, den Streck zu überleben. Zwölf Wochen lang lagen die Patientinnen auf Steiß und Rücken, das auf einer Schiene liegende Bein mittels eines über eine Umlenkrolle gelegten Seiles durch ein fünf bis zehn Kilogramm schweres Gewicht gestreckt.

Je älter und je übergewichtiger die Frau war, je schwerwiegender und zahlreicher ihre Begleiterkrankungen, desto größer war das Risiko, an einer Lungenembolie, einer Lungenentzündung, an den septischen Komplikationen ihres fast obligaten Kreuzbeingeschwürs oder der Nierenbeckenentzündung zu sterben, die sie irgendwann durch den Blasenkatheter bekam, den man ihr zur Erleichterung der Pflege über die Harnröhre eingesetzt hatte.

Alle Bemühungen der Chirurgen waren umsonst, wenn nicht eine entsprechende Lagerung erfolgte, die eine strikte

Entlastung des Wundbereiches herbeiführte. Das war sehr schwierig, denn es sollte nicht zur Ausbildung von Geschwüren an anderen Stellen kommen. Eine solche Entlastung konnte nur vorbeugend erfolgen.

Der Effekt dieser prophylaktischen Bemühungen aller war so gut wie das schwächste Glied in der Kette der Zuständigen. Nicht ohne Grund hatte der Chef seine beste verantwortliche Stationsschwester, die sogenannte Öse, auf die Frauenstation geschickt: „Das Überleben der Schenkelhalspatientinnen liegt in der Hand der Schwestern! Niwahr! Der Arzt kann anweisen, kann appellieren so viel er will, kann kritisieren, schimpfen, kann Bluttransfusionen und Eiweißinfusionen, Antibiotika, Vitamine verordnen, den Katheter regelmäßig wechseln lassen, niwahr. Doch nicht das Bemühen des Arztes, sondern Regelmäßigkeit, Intensität und Qualität der Pflege entscheiden über das Schicksal der meisten Schenkelhals-Patientinnen. Aber auch Achtsamkeit: durch das versehentlich zu lange Lüften eines Zimmers im Winter hat eine Nachtschwester durchaus die Möglichkeit, den Verlauf einer Lungenentzündung ungünstig zu beeinflussen, wenn die Patientinnen nur mit einem Laken bedeckt sind! Niwahr!"

Dem „Niwahr!" des Chefs folgten Zustimmung und Einvernehmen, nickende Kopfbewegungen. Der Chef war einer vom alten Schlag. Alle achteten ihn. Fast alle mochten ihn, obwohl er oft genug sehr streng zu ihnen gewesen war und vielleicht manchmal etwas zu hart urteilte. Zum Operieren benutzte er nicht Gummihandschuhe wie alle anderen, sondern weiße Zwirnhandschuhe. Trotz des Geschwürs an seiner Hand gab es keine Wundinfektion. Denn er brauchte eine knappe Stunde für den Magen, den er per Hand unter Benutzung zweier komplementärer Klemmen operierte. „Pat und Patachon" nannte er das gute alte Instrument, das ihm die Annäherung des Darmstumpfes gewährte, bis der fortlaufende Faden für die Nahtreihe der Magenwand geknüpft war.

Am ersten Tag nach einer Blinddarmoperation blieb jeder Patient nüchtern, am zweiten Tag gab es schluckweise Kümmeltee mit Traubenzucker, und erst am dritten Tag etwas klare Suppe. Kein Patient hätte sich getraut, früher als festgelegt zu trinken oder gar zu essen. Der Darm ist ohnehin nach jeder Bauchfell- und bauchfellnahen Operation nicht in der Lage ist, Nahrung zu verdauen. Wossow kann sich an keinen Patienten erinnern, der während dieser kurzen Zeit verhungert oder gar verdurstet wäre, jeder erhielt routinemäßig die erforderliche Flüssigkeits- und Nährstoffmenge über eine metallene Flügelkanüle infundiert. Niemand hatte unnötiges Bauchkneipen, niemand hatte den noch nicht verdaubaren Mageninhalt erbrechen müssen.

Zu einem uneinsichtigen übergewichtigen Patienten sagte der Chef einmal: „Hat sich der liebe Gott so ausgedacht, niwahr: Der Darm bleibt zwei Tage ganz ruhig im Bauch liegen, niwahr, sonst bliebe doch Ihre Bauchfellentzündung nicht am Durchspießungsort des Geflügelknochens begrenzt, den Sie unbedingt mitsamt des daran hängenden Broiler-Fleisches so hastig runterschlingen mußten, niwahr! Ohne richtig durchzukauen! Ham wohl schlechte Zähne? Niwahr! Oder? Ham wohl den Hals nicht voll genug kriegen können? Niwahr! Stelln Se sich vor, niwahr, der Darm würde einfach weiterarbeiten, dann würde sofort der ganze ausgelaufene Stuhl gleichmäßig im Bauch verteilt, niwahr! Und außerdem wird Ihnen übel, niwahr! Stelln Se sich vor, Ihnen würde nicht übel, dann würden Se einfach weiteressen, dann würde ja noch mehr Stuhl produziert, niwahr!"

Für einen Moment nur richtete er seine Augen andächtig nach oben: „Lassen wir also lieber alles so, wie der da oben sich das ausgedacht hat! Die Natur betrügt man nicht, denn nur Gott weiß, wie sie dann reagieren würde, niwahr! Manchmal ist es halt besser, einfach alles so zu lassen wie es ist!"

Einmal wöchentlich machte er seine Chefarztvisite. Angehörige mußten sich an strenge Besuchszeiten halten. Sie hatten es nie anders gekannt. Ausnahmen wurden nur bei

Kindern und Schwerstkranken geduldet. Es war undenkbar, daß ein Besucher noch zur Visite an oder gar auf dem Bett eines Patienten saß. Es war eine Frage der Höflichkeit, des Selbstverständnisses, aber auch des Respekts vor der unbestritten wichtigsten Person des Krankenhauses. Der Chef war eine Autorität. Es gab keinen, der sich getraut hätte, die Richtigkeit seiner Entscheidungen in Frage zu stellen oder heimlich und intrigant an seinem Stuhl zu sägen. Kaum ein Patient, der seine Erfahrung angezweifelt, der seinen Rat in den Wind geschlagen hätte.

Die medizinische Versorgung der Patienten stand für den Chefarzt im Mittelpunkt all seiner Bemühungen. Und damit hatte sie für alle im Mittelpunkt zu stehen – auch für seine Patienten: Wer das Rauchen nicht lassen konnte, erhielt in seiner Abteilung auch keine vorbeugende Magenoperation: „Meinen Se vielleicht, Se könn' uns veralbern? Niwahr. Wir sehen doch, wie gelb Ihre Finger sind. Wenn Se nicht mit Rauchen aufhörn, niwahr, dann könn' wir Se auch nicht operieren! Denn nach ein paar Monaten wären Se schon wieder hier, mit einem neuen Geschwür. Niwahr?"

Zwischen den Zimmern, auf dem Gang, wurde während der Visite dies und jenes diskutiert. Meist waren es Patientenbelange, fachliche und organisatorische Probleme. Seltener politische Themen. Gern machte sich der Chef über den Genossen Gesundheitsminister lustig: „Nur schlaue Sprüche klopfen, aber keine Ahnung. So steht er am Rednerpult, niwahr, gestikuliert mit seiner rechten Hand und spielt derweil in der Hosentasche mit seiner Hydrozele links."

Die studentische Lehre
(So nah, und doch so fern? So fern und doch so nah!)

Fast alle Studenten waren im Medizinerwohnheim untergebracht. Die Uni erreichten sie von dort mit der S-Bahn, obwohl es ohne Mauerbau ganz gut auch mit der U-Bahn möglich gewesen wäre. Während der Errichtung des „Schutzwalles" hatte man alle unterirdischen Ost-West-Verbindungen zugeschüttet oder unsichtbar gemacht. Daß irgendwo unter oststädtischen Straßen und Häusern sogar noch eine scharf bewachte U-Bahn regelmäßig und nonstop zwischen dem einen Zipfel der Weststadt und dem anderen hin- und herfuhr, wußten nicht einmal die Bewohner in den Häusern über der Linie, schon gar nicht die Studentinnen und Studenten der Humanmedizin. Morgen für Morgen gingen sie also zu Fuß vom Wohnheim zur S-Bahnstation. Die Fahrt kostete schlappe 0,20 oder 0,30 Alu-Märker. Trotzdem sparten sich viele Studenten das Fahrgeld, riskierten Kontrollen von Fahrkarten mit alten Stempeln oder vom Stanzentwerter fabrizierten Buchstaben ähnelnden Löchern. Auch Wossow betrachtete den Fahrkartenbetrug als Teil des studentischen Daseins und des ihm nach seiner Armeezeit verbliebenen Restes seiner Jugend, um die er sich durch die Wehrpflicht für einen gehörigen Zeitraum betrogen fühlte.

Während er selbst immer Glück hatte, erwischte es eines Tages seinen Kumpel. Es glich schon einem Roulette. Während Wossow zufällig die richtige Karte aus der Jackentasche zog, griff jener die falsche.

Es war an einem düsteren Frühlingsmorgen, als eine zwischen drei einzelnen Linden ansässig gewordene Amsel Fragmente eines Gesanges in den Morgensmog abgab, die zum Teil schallend von den umgebenden Mauern reflektiert, zum Teil vom Lärm der Autos übertönt wurden. Ihre tieffliegenden Vorfahren hatten sich wohl in das Labyrinth zwischen den Häusern der Menschenstadt verflogen und irgendwann nicht mehr herausgefunden. Ihr Neobiotop bestand nun aus der Stadt, ihr Revier aus einem Dreieck, das durch diese drei kränkelnden Lindenbäume markiert war, die im Sommer noch einen Rest verdorbenen Grundwassers aus dem Sand zwischen den Betonbauten zogen, im Winter völlig ohne Blätter, somit noch trostloser dastanden.

Der S-Bahnsteig war menschenleer, als sich die beiden Studenten durch die Absperrung nach oben zwängten, um auf den Zug zu warten, der jeden Moment kommen mußte. Plötzlich tauchte eine dunkelblau uniformierte Gestalt aus dem schmutzigen Nebel auf. Er sah aus wie der Hauptmann von Kapernick. Der Kontrolleur zerbröselte die Karte des Kumpels spöttisch zwischen den Fingern während er sagte: „Nee, die is heujte nich! Die is heujte!" und zeigte ihm seine probeweise gestanzte Karte mit dem aktuellen Buchstaben: „Wußte ick et doch, det eijna von Eujch beeden een Betrüügaa ist! Macht denn Zwanzick Märker! Und Se sint Student, nehme ick an? Denn passen Se blooß off, wenn ick Se neemlich det neechste Mal erwische, denn sint Se ihr Studium füa imma los! Det orjanisiiere ick denn schoon!" rief er noch hinterher, als die Strafe bezahlt war und sie gerade noch den Einstieg schafften, bevor die Türen knallend schlossen, während die Bahn auch schon mit dem gewohnt kräftigen Ruck anfuhr.

Eigentlich war immer was los, und jeden Tag passierte etwas völlig Unerwartetes. Das machte das Besondere dieser Stadt auch im Ostteil aus. War wirklich einmal nichts los, so sorgte irgend jemand schon dafür, daß etwas losging.

Es war an einem Freitag im Frühling. Chronischer Dreck von Herbst und Winter krustete langweilig an den Glasscheiben des S-Bahnhofes. Freitags fuhren viele Studenten nach Hause. Andere blieben in der Oststadt, um für die nächste Woche zu lernen oder irgend etwas anderes zu tun.

Die Nach-Hause-Fahrt begann gedanklich schon viel früher, nämlich bereits am Mittwoch und Donnerstag. Auch ein wenig Proviant mußte für die Zugreise gekauft werden, deren Dauer selbst im Sommer nur selten den Richtwerten gleichkam, wie sie der Fahrplan hinter der matt gewordenen Scheibe des Schaukastens im Reichsbahn-Gebäude vorgab.

Freitags blieb das Studium immer auf einen kläglichen Rest der Dinge beschränkt, die von der Woche übriggeblieben waren. Äußerst selten fand an einem Freitag noch eine wichtige Prüfung statt. Sie spürten, daß ihre Lehrer nicht mehr die richtige Lust hatten! Keiner wußte den Grund dafür, daß freitags alles ganz anders war. Deutlich lockerer als während der Woche. So war auch keiner der Studenten mehr richtig bei der Sache, wenn freitags gelehrt und doziert wurde. Jede inoffizielle Studentenfete fand schon in der Nacht vom Donnerstag zum Freitag statt, nicht selten wurde durchgemacht, bis der Morgen graute. Folglich war der Freitag auch der am häufigsten geschwänzte Tag. Jeder träumte freitags vor sich hin. Jeder döste mit seinen Gedanken schon in das Wochenende. Abgesehen von wenigen Lehrveranstaltungen in bestimmten Nebenfächern lief freitags nichts.

Den Lateiner zum Beispiel, einen gemütlichen Lehrer, schien es nicht zu stören, daß man ihm den Freitag gelassen hatte. Wie schon der Religionsunterricht an den Schulen gefehlt hatte, so hatte man auch dem verwandten Fach Latein keine Bedeutung beigemessen. Sogar an der Erweiterten Oberschule, die dem früheren Gymnasium entsprach, hatte man den Lateinunterricht einfach verkümmern lassen: welcher Schüler lernt schon freiwillig für ein fakultatives Fach?

Anders an der Berufsschule, wo Latein nun einmal dazugehören mußte. Doch auch hier war es nur ein verkrüppeltes Mediziner-Latein, das aus erstem und zweitem Fall, Einzahl und Mehrzahl bestand und den Schüler nicht in die Lage versetzte, einen zusammenhängenden Satz zu bilden. Der Lateinlehrer war ein Träumer. Eines Tages wollte er ihnen sogar das Wort „Penis" als weiblich untermogeln. „Die Penis" müsse es lateinisch exakt heißen, meinte er. Alle schüttelten den Kopf. Sogar die sonst so emanzipiert auftretenden Mädchen verteidigten die unzweifelhafte Zugehörigkeit des stolzen Teiles, obwohl es primär gar nicht ihres war. Alle waren sich einig: „Wozu mit einem Berufsschullehrer streiten, zumal es sich um eine tote Sprache handelt?" Sie ließen ihn in Ruhe ins Wochenende gehen, sein Penis war weiblich. Ihrer blieb das, was er schon immer war und auch immer bleiben sollte – männlich und stark!

Wossow hatte sich an diesem frühen Freitagnachmittag noch nicht entschlossen. Vielleicht führe er nach Hause, vielleicht passierte aber auch irgendwas. Irgend etwas, das ihn veranlassen würde, in der Oststadt zu bleiben, sich die triste Bahnfahrt und das Geld für die Fahrt zu sparen, von der man nie wußte, wann sie beginnen, wie lange sie dauern, ob man einen Sitzplatz bekommen und – falls nein – wo im Gang man stehen würde. So stand Wossow auf dem S-Bahnsteig, neben ihm eine Frau, vielleicht fünf Jahre älter als er. Sie hatte wunderbare Beine, die sie zu zwei Dritteln unter einem eng anliegenden Rock verbarg. Kann sein, daß sie eine dünne Strumpfhose trug, vielleicht waren ihre Beine auch nackt. Falls sie eine Strumpfhose trug, so mußte diese wirklich hauchdünn gewesen sein, vielleicht sogar eine Strumpfhose aus dem Westen?

Wossow kam und kam nicht los von ihr, mußte sie immer wieder anschauen. ‚Bestimmt ist sie schon vergeben.‘ In der Hand hielt sie ein Einkaufsnetz mit einem Fünfundachtzigpfennigbrot, an dem noch der braune (angeblich eßbare) Papierfetzen mit dem Preisaufdruck klebte. ‚Bestimmt wird sie das ganze Brot nicht für sich allein gekauft haben.‘ Sie genoß seine Blicke, nachdem sie seine hungrigen Augen nur ganz kurz gestreift und deren entschlossene Blickrichtung wahrgenommen hatte. Im MAGAZIN hatte er irgendwann einmal gelesen: „Die Begegnung der Blicke muß stattfinden!“ Wossow bedauerte, daß die S-Bahn schon einfuhr. Denn plötzlich beanspruchte etwas anderes, etwas völlig unerwartetes und äußerst unangenehmes seine Aufmerksamkeit, und sein Blick ließ die Schöne los.

Er war etwas größer als die meisten der anderen Fahrgäste, die dichtgedrängt am Bahnsteig standen. Er stand ganz vorn, bei der Frau mit den schönen Beinen, dicht vor der Bahnsteigkante, als der Zug einfuhr.

Urplötzlich geriet Bewegung in die zuvor so träge Masse der Wartenden. Ungewöhnlich, wie aufgeregt die Menschenmenge plötzlich, einer fortgeleitete Bugwelle gleich, einer Woge, einem aufgehetzten Schwarm erschrockener Fische im sonst so ruhigen Meer, von der Bahnsteigkante zurückwich. Frauen schrieen entsetzt oder hysterisch. Ihr Kreischen und Quieken kam näher und näher, so wie der Frontwagen näher kam, bis der Zug schließlich anhielt. Wossow, der zuerst ganz vorn neben der Frau an der Bahnsteigkante stand, sah, wie einer der Insassen seinen Fuß zwischen die pneumatischen Türen gesteckt hatte und im Strahl aus dem fahrenden Zug heraus urinierte!

Alle ganz vorn Stehenden, es waren mehrere hundert Leute, alle wurden sie von seinem kräftigen Harnstrahl getroffen. Auch die schönen Beine und das Fünfundachtzigpfennigbrot! Wossow, der die herannahende Bescherung noch im letzten Moment erkannte, sprang rechtzeitig zurück und behielt eine trockene Hose. Doch zu spät kam sein „Vorsicht!" Er ärgerte sich, die Lady nicht mehr rechtzeitig gewarnt zu haben. Sie blickte ihn vorwurfsvoll an, als sei er Schuld an ihrem Mißgeschick. Mit einem mißbilligenden Unterton sagte sie: „Scheiße!" Irgendeiner neben ihr antwortete: „Nee, Pisse! Echte oststeedtische Pisse!"

Sie warf das Brot mitsamt des Silastik-Netzes, in das sie es erst vor einer Stunde in der Kaufhalle gezwängt hatte, demonstrativ auf einen der überlaufenden Abfallbehälter und stieg ein. Für sie schien der Tag gelaufen.

Der Übeltäter blieb unerkannt, denn der hatte sein Geschäft beendet, noch bevor der Zug endgültig angehalten hatte. Rechtzeitig vor dem wilden Ansturm auf die grauen kunstledernen Sitze hatte er die Innereien seiner Hose vergraben und Platz genommen. Hatte er nach einem exzessiven Besuch der Bierkneipe an der Jahnwittbrücke so viel in seiner Blase akkumuliert, daß er es nicht mehr bis zur nächsten Toilette schaffte? Wie hatte er nur so viel speichern können, daß es für die Beine mehrerer hundert Leute reichte? Ein übler Streich! Schweinerei! Wossow war wütend auf den Bösewicht, denn nur seinetwegen hatte er im Gedränge der überfüllten Bahn nun auch die Frau mit den schönen Beinen aus den Augen verloren.

Mittlerweile hatte der Student in der Oststadt gelernt, wie man sich prophylaktisch verhält, will einem jemand ans Bein pissen. „Rechne imma damit! Doch merke Diia: Der Rückzieha alleijn jenügt nich! Will Dia jemand hacken, so komm ihm jerade noch im letzten Moment zuvoa!" war der kluge Ratschlag eines seiner Mitstudenten, eines Alteingeborenen, dessen Gequassel fast jedem auf die Ketten ging, ja dessen Schnabel manchmal schneller zu werden schien, als die Gedanken selbst.

Wossow lernte rasch den richtigen Gang auf dem Bürgersteig – nicht zu dicht an der Häuserfront, nicht zu dicht an der Bordsteinkante – immer schön in der Mitte! Denn an jedem Rand wartete unterschiedlich alter Hundekot, der frühestens beim nächsten Platzregen über den recht uneben gewordenen Bürgersteig in die Kanalisation gespült wurde. Die täglich produzierten, in der Regel sich selbst überlassen gebliebenen Massen an Hundekot waren ein allgemeines Ärgernis, um das sich keiner wirklich kümmerte – auch nicht der während des akuten Vorganges gedankliche Abwesenheit signalisierende, stark lokalpatriotistisch eingestellte Städter, der sich, schon immer gern zur Übertreibung neigend, ein unvergleichlich hohes Maß an Tierliebe zugute sprechen ließ.

An jedem der wenigen Bäume, jedem der Laternenmasten krusteten stinkende landkartenartige Flecken. Andere Haufen lagen vor der Häuserwand. Hatte tatsächlich ein Hund gewagt, seine stinkende Wurst mitten auf den schwach oder gar nicht beleuchteten Bürgersteig abzudrücken, so war meist schon vorher jemand hineingetreten.

Während hier, am erklärten und todsicher abgezäunten Stadtrand, ein müder Tierfreund kurz vor dem Schlafengehen seinen stummelbeinigen Mischlingshund zu einem letzten Stuhlgang vor die Tür, direkt auf die veraltete Promenade führte, flanierten ein paar hundert Luft-Meter weiter westlich zwei beschwipste Pärchen ausgelassen in einem offenen weißen BMW-Cabrio den weithin strahlenden Boulevard entlang, warfen eine Bananenschale zufällig direkt neben die Füße eines Passanten, der, letzte Einkäufe erledigend, vor dem Schaufenster eines Feinkostgeschäftes stand. Während nun hüben in einer dunklen Straße jemand schreitend auf übelriechendem Hundekot ausglitt, geschah es drüben gerade schlendernd auf der Schale einer exotischen Frucht.

Obwohl es keiner der Studenten riskiert hätte, einen westlichen Radiosender zu empfangen – das war streng verboten und hätte zur sofortigen Exmatrikulation geführt – so spürten sie doch alle die Nähe des Westens ganz deutlich: Jede halbe Stunde startete ein Düsenflugzeug drüben, irgendwo auf der bunt bemalten Seite der Mauer, stieg dynamisch und steil, strahlend wie Phönix, eine kleine Schleife drehend, in den Himmel über die Ostweststadt auf, um diesen schließlich zu verlassen – konstant in Richtung Westen!

Das den Studenten schnell vertraut gewordene Startgeräusch des wendigen kleinen Düsenflugzeuges erkannten sie selbst bei geschlossenen Wohnheimfenstern, so nahe war es, während sie ihre Gesichter mehr oder weniger konzentriert in die Anatomiebücher vergruben, um die verschiedenen lateinischen Bezeichnungen der Kanten, Vorsprünge, Eindellungen, Pfannen und Gelenkvorsprünge der verschiedenen Knochen des menschlichen Skeletts zu lernen. Im Grunde waren es immer Vorwölbungen und Eindellungen, Erhabenes und Deprimiertes, waren es Höhen und Tiefen, die sich nur ein wenig in Größe und Form unterschieden. Ob bewußt oder unbewußt, an dem regelmäßigen Starten des munteren kleinen Jetliners maßen auch sie ihre Zeit ab, ohne auf die Uhr zu schauen oder zu hören, die ihnen für die Anzeige ihrer Zeit bestimmt worden war.

Die Separierung von Zeit und Raum wurde verkörpert in der erlebbaren Pulsation in der Gestalt eines kleinen Düsenflugzeuges und mit ihm das schmerzliche Empfinden einer unerreichbaren räumlichen Illusion. Es war so nah!

Sie lebten an der Abbruch-Kante ihrer Zeit, lebten an der Abbruch-Kante einer ganzen Welt! An der Abbruch-Kante, von der die einen für sich und alle anderen behaupteten, ganz oben zu stehen. Die anderen (auf gleicher Seite) aber wußten: ganz unten angekommen zu sein.

West-Touristen verschenkten ihre letzten Alu-Chips an Kinder oder warfen sie in einen der letzten noch funktionierenden Springbrunnen, bevor sie über den Checkpoint Charlie gelangweilt zurück in die Freiheit schlenderten. Manch einer schaute dabei weg, hatte er doch Angst, sein neidvoller Blick könnte von einem Spitzel gesehen und registriert, vielleicht sogar von einer Überwachungskamera festgehalten und für das Archiv dokumentiert werden.

Hier muß es gewesen sein. Hier hatte sein alter Freund, sein früherer Kollege Werner Pocholka eine hübsche Philippina kennengelernt, die ihm schon bald auf himmlische Weise in den Westen verhalf. Es ging erstaunlich schnell, nach der Heirat dauerte es nur wenige Wochen bis zu seiner legalen Ausreise, lange bevor ihr Baby zur Welt kam. Es hatte ihre süßen Mandelaugen und Werners welliges Haar. Er blieb seiner Frau für immer treu – aus Liebe und ewiger Dankbarkeit.

Ihretwegen hatte auch Werner einiges einstecken müssen. Im oststädtischen Presse-Café hatten sie ihn vor der Toilette angegriffen. Einer hielt ihm ein Messer unter das Kinn, während ein anderer ein Glas mit einem halben Liter Bier in seine linke Hosentasche entleerte: „Hau ab, du Wichsa, du mit deijne Vjetnamesin!" sagte der Tätowierte mit dem Messer. „Sonst schlach ick dir die Fresse eijn!" Die Narbe an Pocholkas Kinn überwucherte rasch ein Vollbart. Ihre Narbe am Nasenflügel aber erfüllte ihn mit Haß, erinnert ihn noch heute an diese Szene, schweigt sie sich doch aus über all das, was damals noch geschah, bevor die Typen auch sie endlich den Ausgang passieren ließen.

Wossow erlebte den kalten Krieg von der dunklen Seite der Stadt. Dicke, graue Luft lastete schwer auf Brust und Atem, ließ den Tag erst spät und verkatert zum Morgen erwachen. Daß es ein schmutziges und ungesundes Gasgemisch war, das man wenige Meter weiter Smog nannte, erfuhren die Bewohner der Oststadt erst, wenn sie sich eine entsprechend informativere Frequenz eingestellt hatten: Smog-Alarm sagte man dort dazu, ein in der Oststadt unbekanntes Wort, das in keinem Ost-Duden zu finden ist. Ganz gleich, wer oder was den Smog verursachte, ganz gleich, woher der meiste Dreck kam, betraf es doch die Menschen in der Oststadt ebenso wie die in der Weststadt, in der dieser Radiosender mit selbiger Sprache, selbigem verschmitzten Dialekt ansässig war. Zu Hause angekommen, hörte dann auch er seinen Radiosender und jeder, sofern er nicht im Tal der Ahnungslosen wohnte, konsumierte inzwischen auch sein privates Westfernsehen! Wossow erinnert sich noch genau an die Worte des Moderators Lord Knudson, was der Aktivist Alfred Hennekens wohl bei Schüttelfrost getan hätte: „Er meldete sich zum Sandsieben!"

Im oststädtischen Rundfunk kam am Wochenende die Sendung „Von Sieben bis Zehn – Sonntagmorgen in Spree-Athen": „Sport heißt die Oststadtmedizin, Sport hält die Oststädtler auf dem Kien. Große Klasse, hej hej hej, das ist der Sport an der Spree!"

Die Berichterstattung von den oststädtischen Amateur- und Volkssportfesten, von der Grünauer Ruderregatta, dem Marathon, der Friedensfahrt und anderen aktuellen oststädtischen Sportereignissen wurde durch oststädtische Musik begleitet, von aktuellen Nachrichten, Wetterbericht und kleinen Kommentaren unterbrochen. Dann ging es sportlich und optimistisch weiter.

Es folgte der Rundgang des Tierparkprofessors und einer blonden Schönen durch das oststädtische Tropenhaus mit den Krokodilen, durch das saubere und immer auch ein wenig stinkende Schlangenhaus, vorbei an den Antilopen, dem von einem Matrosen der Handelsmarine mitgebrachten Anemonenfischpärchen (ohne Anemone) zu den Giraffen und Lamas, die sogar über eine Mauer schauen und spucken konnten. Was war schon der kleine Zoo dort drüben, ein paar hundert Meter weiter westlich, gegen den stattlichen Tierpark der Oststadt? Doch ein Vergleich wurde niemals angestellt, die andere Seite einfach negiert, als sei sie nicht existent.

Das Selbstbewußtsein der Hauptstädter gegenüber der übrigen DDR äußerte sich vor allem im Warenangebot, das man sich organisierte, das man sich zusprechen, genehmigen und mit Nachdruck kontinuierlich und wie selbstverständlich zukommen ließ und wohlwollend in seiner selbstkonstruierten Schaufenster-Funktion konsumierte: in dreister Ungeniertheit fleißig Sahne löffelnd, ohne sich Torte leisten zu können.

Auf der dunklen Seite vor der isolierenden Mauer, dort, zwischen dunkelgrauen Häuserfronten, hatten sie sich als Ersatzsonne ein Kunstlicht aufgestellt, eine Fassade aus Pappmaché errichtet, somit aufwendig einen Schatten simuliert. Erst als der Strom ausfiel entdeckten alle die Maskerade, davor wie auch dahinter!

Ostkreuz und Ostbahnhof waren schon zwanzig Jahre lang die Knotenpunkte der oststädtischen Bahn, die sie am Wochenende nach Hause und wieder an den Studienort zurückbringen sollte. Der Ostbahnhof war ein besonderer Bahnhof. Nicht wegen der kaum aus dem üblichen Rahmen fallenden Spelunke der Mitropa, an deren Eingang fast immer zwei, drei akut oder chronisch Betrunkene herumhingen. Auch nicht wegen der Schalterhalle, wo man nur tagsüber Blumen und Zeitungen, das heißt, wenn man Glück hatte, manchmal eine Wochenpost oder gar eine „Eule" kaufen konnte.

Der Ostbahnhof war ein besonderer Bahnhof, wegen der Zahl der Schließfächer, von denen es hier zehn mehr als anderswo gab, anders als die Zahl der besetzten Fahrkartenschalter. An unbesetzten Schaltern gab es überdurchschnittlich viele. Die das Warten gewohnten Reisenden kamen deshalb „ausreichend früh", um sich die ansonsten fällige Nachlösegebühr des unfreundlichen Kontrolleurs in der speckigen Uniform zu sparen. Ausreichend früh hieß zwischen fünfundvierzig und sechzig Minuten vor der geplanten Abfahrt. Nicht selten reichten die Warteschlangen bis zur gegenüberliegenden Seite der Halle, wo man dann seine „Eule" quasi im Vorbeistehen mitnahm und diese nicht selten schon bis zur Hälfte durchgelesen hatte, wenn man endlich den Schalter erreicht hatte. Kam man zu spät, konnte es passieren, daß man die Warteschlange vorzeitig verlassen mußte, um seinen Zug nicht zu verpassen. Besonders ärgerlich war es, wenn der Zug dann noch verspätet einfuhr, man also eigentlich doch in Ruhe hätte weiter anstehen können. So wurde die Warteschlange selten wirklich so lang, daß sie sich hätte krümmen oder gar winden müssen. Oder anders: Es war völlig gleich, ob die Fahrkartenverkäuferin langsam oder schnell arbeitete, die Schlange war immer konstant .

Wie gesagt, der Ostbahnhof war ein besonderer Bahnhof. Im Winter warteten die Reisenden nachts bei Kälte unten im Zwischengang vor den geschlossenen Türen der Mitropa. Auch wenn die schon früh am Abend schloß, war es doch in dem langen Verbindungsgang davor immer noch zwei, drei Grad wärmer als in der Unterführung, in der Schalterhalle oder oben auf dem Bahnsteig. Dort pfiff eisiger Ostwind unter dem Dach entlang über die Bahnsteige in Richtung Westen. Obwohl es sich für das Gros der Fernzüge funktionell um einen Sackbahnhof handelte, hielt man sich ein Hintertürchen offen und beließ den Bahnhof zumindest optisch als Durchgangsbahnhof.

Der Ostbahnhof war durch den Mauerbau in das Zentrum des neuentstandenen oststädtischen Verkehrsverbundes OVB gerückt. Seine Bedeutung als oberirdischer Knotenpunkt vieler einheimischer, aber auch ost- und südosteuropäischer Touristen und Einkaufswilliger, weniger der Oststädtler selbst, wurde eines Tages erkannt. Bewußt oder unbewußt, ob beabsichtigt oder nicht, das sogenannte „Schwedenkaufhaus" lenkte die Blicke weg von der Mauer und weg von all dem, was dahinter noch sichtbar war, hinüber zur anderen

Seite der Gleise, wo der im Verhältnis zur umgebenden grauen Betonlandschaft außergewöhnlich bunte und riesige Kaufhauskoloß innerhalb ungewohnt kurzer Zeit entstanden war. Hier hielten auch die tannengrünen Züge aus den fernen Gebieten vor und hinter dem Ural. Für sie war es ein Sackbahnhof, so wie für die mit Einheimischen aller Altersgruppen gefüllten Fernzüge der Deutschen Reichsbahn. Hatte ein Fernzug den Ostbahnhof, die Sackgasse, erreicht, warteten auf dem Gleis schon private Flaschensammler. Noch bevor die letzten Fahrgäste den Zug verlassen konnten, stürmten sie die Waggons, um die leeren Dreißig-Alupfennig-Pfandflaschen in großen Reisetaschen oder in Leinensäcken zu sammeln. Die Säcke waren praktischer, ließen sie doch Getränkereste leichter durchsickern, sich dafür aber im gefüllten Zustand schlechter tragen.

Die meisten Pfandflaschen kamen mit Zügen aus dem Süden, waren manchmal noch nicht ganz leer, hatten Etiketten tschechischer, sächsischer oder thüringischer Brauereien, während man im Norden, wo Bier immer etwas brackig schmeckte, höherprozentige, zumeist klare Getränke bevorzugte: Leere Schnapsflaschen blieben stehen, weil es dafür kein Pfandgeld gab. Und im Gegensatz zu den mit Pfand belegten Bierflaschen fuhr wohl so manche leergeschluckte Schnapsflasche das kleine Land ein paarmal auf und ab, rollte bei der holprigen Strecke mehrere hundert mal von links nach rechts, von rechts nach links, schräg oder quer über den Gang hinweg, mal vor und mal hinter verschiedensten, männlichen wie weiblichen, schmutzigen wie sauberen, trockeneren wie feuchten Fußpaaren vorbei oder gar dreist zwischen versetzt aufgesetzten Füßen hindurch, bis sie sich zwischen irgendwelchem anderem Abfall verkeilte und bis man sie irgendwann, irgendwo, auf irgendeinem zur „Reinigung" ausgesuchten Abstellgleis endlich entfernte. Dort zerbarst sie schließlich, als sie, von einem Besen über die kürzere Hälfte des Ganges vorbei an der Toilette durch die offene Tür dirigiert, auf todbringenden Schotter fallen durfte.

Bei jeder Heimfahrt brachte Wossow seiner Mutter nicht nur seine schmutzige Wäsche, mitunter auch einen übersehenen Mädchenschlüpfer mit, sondern auch eine zweite, zumeist ungleich schwerere Tasche voller Waren, die es nur in der Oststadt gab: Rauhfasertapete, Gips, bestimmte Farbe, Hartmetallbohrer, eine etwas anders schmeckende Zahnpasta, bulgarischen Kadarka, Ananas in Büchsen, Konserven mit Letscho aus der Volksrepublik Ungarn, „exotisches" Obst (z. B. verdauliche Apfelsinen) und Gemüse, zwei, drei Flaschen Bier und auch mal ein anderes, als das Nullachtfünfzehn-Brot, das es zu Hause im KONSUM gab – wenn er Glück hatte sogar Pumpernickel.

Auf der Straße fuhren Autos mit einem großen I auf dem Nummernschild. „I", das war nicht nur der erste Buchstabe des Wortes „Icke": „Icke, icke, icke … icke bin Osstädtla. Un wat bisdu?" Später kamen dreistellige Buchstabenkombinationen hinzu. „IBN" hieß vielleicht: „Ick bin neureijch." (an importierten GOLF 1 und MAZDA 323), „IBM": „Ick bin Millijoneea" (an VOLVO 244). „Zur Verschönerung des Straßenbildes", so hieß es, habe man sich die Autos gegönnt, importiert und irgendwie in die Oststadt integriert.

Kam der gemeine DDR-Bürger von Süden, Norden oder Osten über die Autobahn in die Oststadt, mußte er früher an einem Kontrollposten, später nur noch an einem Ortseingangsschild vorbei, worauf stand: „Ostweststadt – Hauptstadt der DDR".

Kam er wie die meisten mit dem Zug und wollte er ins Zentrum der Oststadt, das sich – bedingt durch die Teilung – eigentlich an deren geographischem Stadtrand befand, so mußte er über Ostkreuz und Ostbahnhof. Aus dem Süden oder gar westlichen Süden der DDR kommend, hatte er dann die Weststadt schon weiträumig umfahren.

Wie alle anderen, die das Glück gehabt hatten, die irregulären, gesichtslos-anonymen und völlig unberechenbaren Schablonen der Auswähler passiert zu haben, so durfte auch Wossow im Arbeiter- und Bauernstaat umsonst studieren.

Wie alles, so war auch die Berufsschulausbildung nach einem genauen Plan vorgeschrieben worden, der jede Form gravierender Studienbummelei verhinderte. Flog man als Medizinstudent durch eine Prüfung, erhielt man noch eine Chance. Fiel man das zweite Mal durch, fand die nächste Prüfung zwölf Monate später und unter der Maßgabe statt, während dieser Zwischenzeit als pflegerische Hilfskraft im Krankenhaus zu arbeiten. Genügend Zeit also, sich auf die zweite Wiederholungsprüfung vorzubereiten. Fiel man auch dort durch, war das Studium gestorben.

Die wenigen Bücher, die es gab, kosteten nur wenig Geld, das sich Wossow durch nächtliche Pflegedienste in der Universitätsklinik erarbeitete. Andere hatten es leichter, erhielten ein besseres Stipendium, mit dem es sich leben und sogar feiern ließ, sie waren politisch „engagierter". So auch Hans Fortun. Seine Mutter arbeitete als Professorin an der benachbarten Uni, sein Vater hatte es bei der Armee bis zum Oberst gebracht, der arme Hans war deshalb als Arbeiterkind eingestuft worden.

Freiheit bedeutete für Achim Wossow Licht, natürliches Licht bedeutete ihm Freiheit.

Der lange, dunkle Gang der Station des Westflügels der Uniklinik endete in einem großen, hellen Fenster. Durch dessen Gitterstäbe hindurch sah er eines Nachts hinaus; sah, wie die Feuerwehr auf der hellen Seite der Spree zwei ineinander verkeilte Unfallautos Stück für Stück zertrennte und die Unfallverletzten innerhalb nur weniger Minuten barg. So nahe war die Brücke nebenan. So nah die Straße gegenüber: So nah, und doch so unerreichbar fern!

Die vielen blauen Lichter der signalroten Rettungsfahrzeuge hatten seine Aufmerksamkeit geweckt, während im Fernseher eines indischen Patienten gerade ein Vampirfilm lief.

Auf den jungen, noch immer etwas blauäugigen Studenten aus dem Tal der Ahnungslosen strömten in der Oststadt, die ein wenig auch Teil der Ostweststadt mit deren typischem Flair geblieben war, so viele neue Dinge ein, die er neben seinem Studium verarbeiten mußte. Selbst die gesprochenen Worte einiger Lehrer ließen eigenen Gedanken Raum. Die objektiv existierende Nähe des Westens ließ manchen Satz in einem anderen Licht erscheinen, als dieser allein inhaltlich herzugeben vermochte, und das, obwohl die deutsche Sprache eine sehr klare ist, in der die Bedeutung eines jeden Wortes zu jener Zeit noch exakt und unmißverständlich definiert war.

Die Jause I

In der Mensa saßen Studenten neben Professoren, Ausbilder zwischen Auszubildenden, Berufsschullehrer neben Berufsschülern. In der Mensakneipe löste das Bier so manche, nur scheinbar verkrampfte Zunge. Es war klar, daß man seine Meinungsäußerungen dennoch (oder gerade deshalb) unter Kontrolle halten mußte. *Niemandem zu vertrauen* war eine – seine logische Konsequenz. Niemandem zu trauen machte sich Wossow zum eisernen Prinzip, das ihn später im Westen einmal mehr hemmen als vorwärtsbringen sollte.

Meinung war Lehrstoff. Meinung wurde vorgeschrieben. Zensur der Meinung und Zensierung artikulierter Meinung brachten das stete Bewußtsein hervor, immer und überall mit einer geäußerten Meinung gehört, registriert und archiviert werden zu können. Man wurde vorsichtig, hatte aber durchaus auch die Möglichkeit, gewisse Dinge soufflierend zu regeln, ja sogar bewußt und gezielt zu beeinflussen.

Achim Wossow, der Dorfjunge, fühlte sich in der Großstadt nur anfangs beengt. Paradox erschien ihm das Gefühl, in einer Menge untertauchen zu können. Aber gerade am Anfang war das für einen von 600 Studenten sehr leicht möglich. Ja, das Gefühl der Anonymität, das Gefühl, nicht aufzufallen, scheinbar unbeobachtet tun oder auch lassen zu können, was gerade man wollte, solange man sich an Grenzen hielt, die in der Oststadt vielleicht ein klein wenig lockerer abgesteckt schienen, als in jeder anderen großen Stadt dieses umzäunten Ländchens. Das hatte nicht nur ihn beeindruckt.

Anders war es bald schon im Wohnheim, wo der Student immer öfter das Bedürfnis verspürte, sich loszueisen und auszubrechen aus der Enge der stickigen Wohnheimluft! Das Medizinerwohnheim war ein normaler, oststädtischer Nullachtfünfzehn-Betonplattenblock, bestehend aus hunderten gleicher Wohneinheiten; ein graues quaderförmiges Gebäude, das, ein wenig umfunktioniert, schubladenartig die Ansammlung eines enormen geistigen Potentials hortete. Hier wurde die eigentliche Lernarbeit vollbracht. Hier lümmelten sie herum, strebten und büffelten, paukten den Stoff in sich hinein, futterten ihr Studentenfutter, fütterten ihre zerebrale Festplatte mit medizinischen Daten, die die Grundlage bildeten für das Verständnis der medizinischen Wissenschaften und die Grundlage für die spätere Forschung an der Uni oder für die praktische Ausübung des Arztberufes am Patienten.

Die Miete kostete einen symbolischen Preis. Die Reinigung der miteinander vernetzten Flure, vertikalen Treppenaufgänge, Fahrstühle und horizontalen Durchgänge erfolgte kasernenmäßig nach einem von der Heimleitung festgelegten Plan: Ordnung und Sauberkeit auf den Zimmern waren entsprechend Wohnheimordnung zu gewährleisten. Die Heimleiterin und der Hausmeister machten entsprechende Kontrolldurchgänge während der Abwesenheit der Mieter.

Für jede Wohnung wurde ein Wohnungsverantwortlicher bestimmt, ein Student, der für Ordnung, Ruhe und Sauberkeit in den Zimmern seiner Wohneinheit verantwortlich gemacht wurde. Er hatte zu den regelmäßig stattfindenden Wohnheimsitzungen zu erscheinen, wo es aktuelle Instruktionen gab. In den Zimmern wurde manchmal viel zu viel gelernt, studiert, ausgearbeitet, gelesen, rekapituliert und abgefragt, aber auch geraucht, getrunken, gefeiert, nicht nur nachts geschlafen und geliebt, später auch verlobt und gepoltert, wurde gebacken und gekocht, gegessen, zerschlagen, wieder aufgefegt und vergessen, aufgebracht und aufgelegt, doch auch simuliert, protokolliert und buchgeführt, intrigierend archiviert, abgehört und ausgefragt. Auf regalartig vormontierten Spanplattenbrettern hatte jeder seine wenigen Fachbücher aufgereiht. Eigentlich hatte jeder die gleichen. Es existierte ein Standard von recht ordentlichen Büchern, deren Verfasser ihre eigenen Dozenten oder aber die Lehrer ihrer Dozenten gewesen waren. Außer dem ungarischen Anatomieatlas, der aus drei großformatigen Bänden bestand, schwarz-weiß und nur an manchen Stellen ein wenig koloriert war, hatte jeder ein dickes, in Leinen gebundenes Buch für Biochemie, eins oder auch zwei für Physiologie, Skripten für Russisch und Englisch. Westbücher ließ keiner auf dem Regal stehen, sofern er welche hatte.

Im Studentenkeller lernte Wossow bald ein Mädchen kennen. Zwar war Kerstin eine rote Socke, mochte Wossow trotz seiner Einstellung aber wohl mehr, als ihm lieb war. Sie sagte, daß sie ihn für politisch besserungsfähig hielt. Sie war ein leidenschaftliches Wesen, das ihm blind vertraute. Schon beim zweiten Treff ließ sie ihn mit auf ihre Bude am Karl-Friedrich-Platz. „Trau dich," sagte sie zu ihm, „AIDS jibt et zum Jlück nur hinter der Mauer".

Als Pädagogik-Studentin im fünften Semester war sie mit ihrer Freundin in ein altes Abrißhaus gezogen, dessen Wohnungen nur noch an Studenten und Leute vermietet wurden, von denen man zu wissen glaubte, daß sie nur für kurze Zeit als Mieter in Frage kämen. Der Staat ließ mehr baufällig gewordene Häuser abreißen, als er an Betonsilos zu bauen imstande war.

Das fünfstöckige Haus hatte einen typischen alten ostweststädtischen Hinterhof, unten dunkel und muffig, oben aber erstaunlich sonnig! Wossow kam sich irgendwie in die Zeit zwischen Carl Spitzweg und Heinrich Zille versetzt vor, wenn er von ganz oben Tauben und Spatzen fütterte. Sie saßen auf der girlandenartig durchhängenden Vorkriegsdachrinne, die durch das wasserspeichernde Laubmoos mit dem darunter entstandenen Humus schwer geworden war. Das Haus war wunderschön, aber erst auf den zweiten Blick: Erker und Mauervorsprünge, steinerne Simse und Gauben, die Dachkonstruktion – das alles faszinierte den nachdenklich gewordenen Studenten jedes Mal, wenn er sich danach wieder aus ihrem warmen Schoß aufmachte, um sich vor eines der kleinen Fenster zu stellen: „Schade, daß so etwas einfach weggerissen werden soll, nachdem es sogar den letzten Krieg überlebt hat." Das Haus war in die Jahre gekommen. Niemals renoviert oder saniert, war es nun baufällig und kaum noch zu retten. Den letzten Rest an Lebenskraft schöpfte es wohl aus der tieferen Vergangenheit.

Hatten sie endlich die schwere Eingangstür hinter sich geschlossen, ging es vorbei an verlodderten Briefkästen über ein kleines steinernes Podest geradeaus in den Hinterhof, halblinks endlich aber hinauf zu Kerstin, vorbei an all den Wohnungen, deren Türen in den ersten drei Stockwerken bereits mit überkreuz angebrachten Brettern zugenagelt und versiegelt, hieß „petschiert", mit einer „Petschaft" versehen, waren. An jede Tür hatte man einen amtlich aussehenden Zettel gezwickt, der, vor Baufälligkeit warnend, den Zugang verbot.

Hier hatte man mit der alten Zeit schon endgültig abgeschlossen, hier war das alte Haus schon gestorben, die nötigen Papiere an irgendeinem spanplattenwackeligen Schreibtisch abgestempelt, mit „i. A." und einer unleserlichen Unterschrift versehen.

Die Agonie dieses Hauses erschien Wossow als Prozeß: unten totes Licht mit dem Geruch längst verlassener Wohnungen und vergangener Tage. Oben und ganz oben hingegen Sonne, Leben, da wohnte noch jemand – für ein Jahr, für zwei, drei, vielleicht noch vier Jahre? Wer weiß.

Im vierten Stock war man am Ausziehen. Der alte Mann in der letzten, noch vermieteten Wohnung dieser Etage wartete schon das dritte Jahr auf die Fertigstellung seiner „altersgerechten Wohnung" in Marzahn: „Mal seehn, ick bin ja jespannt, wann endlich die Karnickelbuchte von meijne Wohnung fertik is! Jlob mir, irjendwie häng ick doch an det olle Jemäua, hier drin wurde mejn Urjrosvatta jeboan, mejn Jrosvatta, mejn Vatta und ooch icke!" sagte er eines Tages zu Wossow, der ihm jeden Tag einen Eimer zerbröselnder, feucht gewordener Braunkohlenbriketts aus dem muffigen Kellerloch hoch in seine Wohnung trug und vor dem Kachelofen abstellte, in dessen Röhre der alte Mann manchmal noch einen echten Ostweststädtischen Bratapfel als Nachspeise für das samstägliche Abendbrot entstehen ließ.

„Aba, det scheene is, weeßte Achim, det ick nich mehr selba heijzen muß!"

„Ede, denn kommste jar nich mehr hoch!"

„Jlob ick och wieda nich!"

„Na, vielleicht kommen Kerstin und ick Dich mal besuchen, in Mazaaan!"

„Ja, ick würd mich riesik freujen! Aba saacht rechzeijtick Bescheijt, damit ick noch in 'ne Kaufhalle jeehn un ne Pulle Weijn füa Euch beede koofn kann!"

„Klar doch, Ede! Machen wa!"

Ein aus buntem West-Plastilin geformtes Schild mit „K & K" zierte die wurmfraßige knarrende Tür im fünften Stock rechts. Hier wohnten Kerstin und Katrin. Obwohl oder gerade weil kein diebischer Passant einen Bewohner in dem Haus vermutete, hatten sie sich im INTERSHOP ein Sicherheitsschloß gekauft und es selber unter Beachtung des Textes und der Skizze des Packzettels eingebaut.

Das nötige Geld für den Kauf hatte Katrin besorgt. Fast regelmäßig bekam sie einen echten Zwanziger, einen echten Fünfziger, manchmal zu besonderen Anlässen sogar einen echten Blauen geschenkt: richtiges Geld, von ihrem Vater aus dem Westen. Er muß so etwas wie ein schlechtes Gewissen gehabt haben, hatte er doch in der Nacht des Mauerbaues die vermeintlich letzte Gelegenheit genutzt, in den Westen abzuhauen. Hatte seine Frau mit den Kindern einfach im Stich gelassen. Vielleicht wäre sie damals sogar mitgegangen – mit den Kindern, rüber in den Westen.

So kombiniert und komponiert lebte es sich für Katrin ganz gut – die so sauber anmutende politische Moral aus dem Osten, dazu dann und wann etwas echtes Geld und immer wieder mal was neues aus dem Shop.

Schon mehrere Meter vor der Eingangstür des INTER-SHOP roch es nach Westen: was für ein unbeschreiblicher verführerischer Duft! Nein, ein Gemisch verschiedenster anheimelnder, aber irgendwie doch fremder Düfte und Gerüche. Ein Gemisch aus Kaffee, Tabak, Kaugummi, Parfüm und edler Seife. Betrat man den Raum gerade erst oder hielt man sich konstant in der Mitte des Raumes auf, war es die euphorisierende Summe aller Düfte und Gerüche, wie man sie nur annähernd von einem frisch geöffneten Westpaket kannte. Bewegte man jedoch das seit der Geburt nun hier zum ersten Mal wieder animierte Riechorgan durch diesen solitären Raum, überwog dieser oder jener Duft, je nachdem, in welcher Ecke man sich aufhielt, um den Augen den nicht minder umwerfenden Rest zu gönnen. Unbekannte aber nicht minder angenehme Laute und Geräusche drangen manchmal zwischen dem ubiquitären Einkaufsgeflüster an das Ohr.

Hier existierten weder Platz noch Verkaufskultur. Wozu auch? Denn nur hier im INTERSHOP gab es „einfach" alles zu kaufen. Alles, außer Autos vielleicht: Edelste Parfüms, Deos, Lippenstifte, Nagellack, Hygieneartikel, dutzende Sorten Seife; in einer anderen Ecke (oder dicht daneben) standen edelster Kaffee, Zigaretten aller Marken, Kleinmöbel; wieder woanders Waschpulver (mit einer roten Schleife), Weichspüler, Uhren, Schmuck, Römer- und alle möglichen anderen Töpfe, golden berandete Bier-, Wein- und Schnapsgläser; Rasierer, Mikrowellengeräte, Transistorradios, Fernseher, Kassetten, Schmuck, manch bunter Schnickschnack, Textilien, Fahrzeugzubehör, Tapeten, Teppiche, einfach alles, was

das Herz begehrte. „Alles, was man so zum Leben braucht"
gab es hier – auch ein wirklich sicheres Einbauschloß.

Wossow hatte keinen Stammbaum mit Westgeld. So war
der genügsame Student auch nie in Verlegenheit geraten, das
bessere Geld in der Tasche, im Shop einkaufen zu gehen. Gerade
mal für einen Schnupper-Einkauf hätte es gereicht, das
Geld, das ihm seine Großmutter aus dem Westen mitgebracht
hatte. Ganze fünf Mark durfte sie bei einer dazu bestimmten
Sparkasse in der 30 Kilometer entfernten Kreisstadt in Westgeld umtauschen, wenige Stunden, bevor sie zum siebzigsten
Geburtstag ihres Bruders nach Augsburg fuhr. Dafür hätte
sie nach der Grenzkontrolle genau fünfmal auf ein West-Klo
gehen können, dann wäre das Geld alle gewesen. Das Geld
reichte auch nicht lang, und sie ging betteln – im Westen
aufs Amt, um sich ihr „Besuchergeld" abholen. Böse Blicke
des Beamten und eine dumme Bemerkung. Die angestauten
Tränen brachen aus ihren Augen, als sich die automatische
Tür des Amtes hinter ihr geschlossen hatte. Davon hat sie
nie erzählt, als sie mit einer Tasche voller bescheidener Mitbringsel und Geschenke durch den Zoll gekommen und
wieder zu Hause war: Ein Mitbringsel für jedes Enkelkind
(ein Seidentuch von C & A für Wossows Schwester, ein
ferngesteuertes Auto von Woolworth für seinen Cousin, ein
Make-Up-Set für seine Cousine, für ihren Lieblingsenkel
den neuesten Reifferscheid von Thieme), ein Satz Zündker-
zen Marke Champion für den Vierzylinder-Lizenzmotor des
Lada ihres Sohnes, ein Stück guten Stoff – zum Schneidern
für die Schwiegertochter, ein Kochbuch und dazu ein paar
Schnupperkräuter aus der Provence für die Tochter und ein
passendes neues Scherblatt für den Rasierapparat des Schwie-
gersohnes, dann war das Geld auch schon alle. Das Geld vom
Amt allein hätte nicht gereicht, für all die Sachen. Zwei, drei
grüne Scheine bekam sie immer noch von der Schwägerin,
vom Bruder und sogar von dessen Nachbar zugesteckt.

Der Nachbar war in dem gleichen Jahr geboren wie sie
und litt Großmutters Beschreibung nach wahrscheinlich an

einem beginnenden „Alzheimer". Er hatte Mitleid mit ihr. Er mochte sie noch von früher. Gott allein weiß, was früher einmal zwischen den beiden gewesen war. Jedenfalls vergaß er, daß er ihr Geld gegeben hatte. Und jedes Mal, wenn er sie sah, wollte er ihr wieder welches geben. Obwohl er sie beim letzten Mal nicht mehr erkannte, so mußte er doch das Gefühl behalten haben, daß sie ein herzensguter Mensch war.

Sie wußte genau, nur aufgrund ihres Alters hatte man sie reisen lassen. Der Verlust eines Rentenempfängers belastet einen Staat nicht – im Gegenteil! Außerdem: Schon der Kinder wegen wäre sie immer zurückgekehrt.

Sie hatte ein schlechtes Gewissen. Sie durfte reisen, alle anderen aus ihrer Familie nicht, nur weil die jünger waren als sie. Quasi zum Trost wollte sie deshalb auch jedem etwas mitbringen, jedem Eingesperrten. Kam da noch dieser Jugendfreund und wollte ihr Geld geben, jedes Mal, wenn er sie sah! Wieder und wieder hätte sie es nehmen können, nehmen wollen, und sie hatte es schon fast in der Hand. Doch: Nein, nein, nein, sie tat es nicht!

Schräg gegenüber vom „Lampenladen", dem zweitgrößten Stromverbraucher der Oststadt, baute eine westliche Firma ein neues Hotel für West-Touristen und prädisponierte DDR-Bürger. Entsprechend seiner Nachbarschaft zum Lampenladen hatte man es auf den Namen „Hotel am Palast", abgekürzt HP, getauft. In seiner Architektur sollte es total aus dem Rahmen fallen. Besonderen Gästen sollte auch etwas besonderes geboten werden.

Irgendwie hatten die Studenten erfahren, daß wenige Tage vor der offiziellen Eröffnung ein Probelauf des Hotels stattfinden sollte. Für alle am Bau Beteiligten sollte es auch Essen, Getränke und Bar-Genuß umsonst geben. Die Studenten, voran Hans Fortun, fanden den geheimen Eingang über einen Bretterverschlag, über eine Leiter und einen provisorischen Steg aus Holz, den die Bauarbeiter aus Gerüstteilen gezimmert hatten. In bequemen Ledersesseln bekamen sie Appetit nicht nur auf das außergewöhnliche Menü, das aus vier Gängen bestand.

Das Licht war hier ein anderes. Eigenartig: es blendete nicht! Es war ein dezentes, ein ästhetisches, ein angenehmes Licht. Nicht aufdringlich und grell wie das Kunstlicht drüben im Lampenladen, fehlten ihm doch die unangenehmen störenden Komponenten des Lichtspektrums. Für den Blick von draußen waren die Studenten hinter dem Spiegelglas so gut wie unsichtbar. Allenfalls Schatten, so etwas wie Silhouetten waren sie für den Nullachtfünfzehn-Passanten unten auf der Straße, einen mit Alu-Geld in der Tasche seiner unbequem geschnittenen MALIMO-Hose, der von da zufällig gerade zu ihnen heraufguckte, ohne sie sehen zu können durch das Ventilglas, das Beobachtung nur aus einer Richtung zuläßt. Was für ein erhebendes Gefühl!

Der verfügbare, nicht rationierte, zur Ungehemmtheit freigegebene Blick richtete sich noch weiter nach oben, hoch zu den hervorstehenden Türmen und Türmchen; die durch getönte Scheiben ein geschöntes Abbild der Oststadt ergaben. Und der ein wenig parfümierte Begrüßungssekt polarisierte gar noch das blendende Licht, das vom Lampenladen hier herüberschien.

Hinter dem großen Spiegelglasfenster über dem Foyer saßen sie nun in nagelneuen Sesseln aus duftendem weichen Nappa und betrachteten wortlos staunend den Hotelhof. Wenige Stunden zuvor standen dort noch die westlichen Baufahrzeuge. Bald schon sollten hier festlich gekleidete Herrschaften aus noblen Limousinen steigen, schöne Frauen mit langen Kleidern, tiefem Dekolleté, kostbarem Schmuck auf duftender Haut; Herren im schwarzen Frack, die sie begleiten. Ein Hoteldiener, der sich zur Begrüßung verbeugt, wird dann vielleicht die hohen Gäste durch den Eingang führen, hinein in den prächtigen Bau.

Bei ihrem Rundgang durften sie sich jeden Raum ungestört anschauen, das Foyer, die Bar, natürlich auch die verschiedenen Zimmer und Suiten, den Pool, Sauna und

Solarien, das Zimmer des Hotelarztes, ganz wie es sich gehört mit Schreibtisch, Sessel und Untersuchungsliege; die Geschäftsräume, den Großen und den Kleinen Saal sowie die Seminarräume und schließlich die zweigeschossige Tiefgarage, die sie über einen mit dunklem Plüsch ausgeschlagenen Fahrstuhl erreichten. Wieder ganz unten angelangt, spürten sie: Das alles war nicht für sie gemacht. Und nach dem Essen war die wenige Stunden dauernde Stippvisite für sie auch schon vorbei.

Zurück in ihr Lebenskompartiment stiegen sie nun in umgekehrter Richtung. Zuerst über den Steg, die Leiter hinab, dann durch den Verschlag, vor dem jetzt plötzlich mehrere Polizisten in giftgrünen Uniformen mit Pistolen am Koppel, postiert waren, die als lebendige Ventile Menschen nur in eine Richtung passieren ließen.

Die Jungs wußten genau, daß die Polizisten als einzige Fremdsprache Schulrussisch verstanden. So verabschiedeten sie sich bei dem Gang durch das Spalier, beschwipste Bauarbeiter markierend, mit „Good Luck" und einem gewagten „Fuck Off". Pure Angst war es wohl, die sie dabei ernst bleiben ließ. Sie waren wie Kinder, leichtsinnig und blind für die Gefahr, in die sie sich begaben, als sie ihre gestohlenen Bestecks mit den Initialen „HP" aus der Tasche holten und von nun an täglich zu jedem Frühstück und zu jedem Abendessen im Wohnheim benutzten. Waren es doch die schönsten Bestecks im ganzen Musiker- und Medizinerwohnheim! Ihre Brote bestrichen sie von nun an nur noch mit dem „HP"-Messer. Die halbtrockene Stulle ließen sie auf dem kippelnden Sperrholzbrettchen liegen, um sie nicht wie sonst mit den bloßen Fingern anzufassen, sondern um sie gepflegt mit Messer und Gabel, mehr als nur das bestrichene Brot genießend, zu verspeisen.

In ihrem schwarzen Grusinischen Tee rührten sie besonders lange und intensiv mit dem total chic aussehenden Löffel. Majestätisch war der Klang, den der Löffel beim Rühren erzeugte, ließ der Student ihn, locker läutend, von innen gegen das Senfglas schlagen. Der Alu-Löffel aus der Mensa dagegen – ein Lacher! Dazu passend und ebenso ergonomisch wie proportional geformt war der große Löffel, mit dem sie ihre Tomatencreme-Tütensuppe nun gleich viel genüßlicher vom Plasteteller löffelten, in der linken Hand eine Scheibe Nullachtfünfzehn-Brot aus der Kauf-Halle.

Kerstin hatte in ihrer Altbauwohnung mit dem Durchgangszimmer vorlieb genommen. Der nächste Raum war die Eßküche, dahinter das Zimmer ihrer Freundin Katrin. In der Eßküche, neben dem alten Herd, gab es einen uralten gußeisernen Waschtrog. Durch dutzende Schichten Ölfarbe, die alles wie schuppende Jahresringe überzogen, war er mit der Wand eins geworden. Kein Handwerker, kein Dieb und niemand sonst hatte jemals gewagt, ihn abzumontieren. Darüber ragte ein lange nach dem Krieg angebauter grauer Plastewasserhahn mit seinem blauen Knauf wie ein Phallus aus der Ölfarbenwand. Vorher mußte dort eine der begehrten Messing-Armaturen gewesen sein, wie Plünderer sie zu Dutzenden bei Nacht und Nebel in den verfallenden Häusern des Holländischen Viertels abschraubten, abbrachen oder absägten und in einen alten Leinensack verschwinden ließen, um sie gegen „Blaue Fliesen" einzutauschen.

Als Studentinnen an Entbehrungen gewöhnt, holten sie hier das Wasser für Tee, Kaffee oder Suppe, spülten hier das Geschirr, wuschen sich und putzten sich die Zähne. Der Wasserhahn bildete den Mittelpunkt und den potenten Lebensquell dieser letzten Wohnung im Haus.

In der Mitte der kleinen Wohnküche stand ein großer rustikaler Eßtisch, die Beine inzwischen wurmstichig und morsch, schien auch er sich seiner letzten Tage bewußt. Er war noch einmal von den Mädchen reanimiert, für seine letzte Frist aufgemöbelt und poliert worden, ohne genau zu wissen, wann auch er gemeinsam mit dem Haus sterben würde.

Katrin, Kerstins Freundin, hatte längst einen Verlobten. Der kam jeden Abend zum Abendbrot und ging am darauffolgenden Morgen nach dem Frühstück. Nicht einmal

Katrin wußte so ganz genau, was er in der Zeit zwischen Frühstück und Abendbrot tat, wo er seine warme Mahlzeit einnahm, wo er arbeitete und was er eigentlich machte. „Wossi, Du kannst ruhig laut seijn, und et macht nix, wenn det Sofa dabei quietscht", hauchte sie ihm ans Ohr. Wossow genoß die Zeit mit Kerstin. Obwohl er sich sicher war, in ihr nicht die Frau fürs Leben gefunden zu haben, so hatte er doch nach seiner tristen Armeezeit eine Menge nachzuholen, und die Anonymität der großen Uni ließ das zu. Achim nahm sie mit – überall hin. Er nahm sie mit zu seiner Uni, zeigte ihr die Hörsäle, die Anatomie, den Präp- und den Histo-Saal. Er nahm sie mit in die alte Studentenkneipe, die nicht allen Studenten zugängig war. Es war eine uralte ostweststädtische Kneipe, ein Original, urgemütlich, wo es das kleine Bier noch zu vierzig Pfennig gab. Es war eine der wenigen alten Kneipen, die im Krieg weder zerbombt, noch von den Siegern zerschossen oder geplündert worden war. Sogar die alte Zapfsäule aus bunt bemaltem Porzellan prangte mit ihren auf Hochglanz polierten bronzenen Zapfhähnen über dem stolzen Tresen.

„Na dann, prost!"

„Prost Achim!"

„Hmmm, schmeckt das gut!"

„Ja, nich von schlechte Eltan!"

Er zwinkerte ihr zu, und sie zwinkerte zurück: „Mensch, Kerstin!"

„Wat is denn?"

„Du zwinkerst ja mit dem rechten Auge, ohne links mit der Wimper zu zucken!"

„Ja, kick her, so mach ick dette!"

„Is ja Wahnsinn, wie du das machst. Du schließt ein Auge und du öffnest es, das andere aber bleibt unverändert; du schließt und öffnest ein Auge, ohne daß sich irgendein benachbartes Fältchen bildet!"

„Ja, da staunst de, wa?"

„Ja, wirklich! Mit deiner Mimik solltest du dich bewerben."

„Icke? Wo denne?"

„Na als Schauspielerin vielleicht! Oder, als Spionin, na du weißt schon, Kundschafterin oder so!"

„Meinste wirklich?"

Nach einer Pause fragte er: „Und, was machen wir später?"

„Wie, später‘?"

„Na, bei dir, später?"

„Weeß ick schon janz jenau!"

„Na waas?"

„Du fickst mir von hinten!"

„Ganz einfach so?"

„Ja, Junge, janz eijnfach so!"

„Na dann müssen wir jetzt schneller trinken. Prost!"

„Prost!"

Achim nahm das Mädchen mit zur Sauna. Es war keine gewöhnliche, es war eine als physiotherapeutische Behandlungseinrichtung zugelassene Sauna. Somit bezahlten sie auch keinen Pfennig Eintritt, denn Arzneimittel, Verordnungen für jedwede Physiotherapie, Schutzimpfungen, alle ambulanten und stationären ärztlichen und zahnärztlichen Behandlungen, ja sogar Heilkuren waren unentgeltlich. Alles gratis!

Achim kannte eine junge Ärztin, die ihm Rezepte für alles mögliche ausstellte. Sie war damals so gut zu ihm gewesen. Zwar verzichtete er auch später auf stilles Wasser („Marienbader Rudolfsquelle") und sogar Watte, bat aber bei Bedarf schon um „Imidin"-Nasentropfen oder Gurgel- und Lutschtabletten, seltener mal ein Antibiotikum, manchmal eine Packung Kohletabletten, fast regelmäßig aber um ein Rezept über je eine Behandlungsserie „5x Sauna" für sich und seine Freundin. Um der Sache Nachdruck zu verleihen, hatte die Ärztin beiden „Infektanfälligkeit" attestiert.

Eine gemischte Sauna für Männlein und Weiblein gab es nicht mal in der Hauptstadt. Deshalb traf er Kerstin immer erst nach der Sauna im Café um die Ecke. Sie war ein Sonnenschein. Sie lachte aufgelöst, als er ihr von seinen Erlebnissen in der Sauna erzählte: ein schwuler Balletttänzer aus dem Tanzpalast von nebenan hatte Wossows Bewegung als Geste mißverstanden, als dieser sich nach dem glitschigen Stück Seife bückte, das ihm beim Duschen versehentlich aus der Hand geschlüpft war. Es gab wohl Tageszeiten, die man als Heterosexueller besser mied.

Eines Tages erzählte nun auch Kerstin von ihren Erlebnissen mit zwei Lesben, die es sich im Russisch-Römischen Dampfbad auf der steinernen Bank in „reversed position" französisch besorgten. Die kleine Welt war im Osten besonders klein, und Wossow erkannte in einer der beiden attraktiven Damen, die gerade das Saunagebäude mit betont prüder Miene verließen, eine Bekannte.

„Achim, kieck mal, jenau det sint die beeden!" rief Kerstin aufgeregt.

„Wat? Det is ja, … det is ja … Tine!"

„Wer … is Tiiine?"

„Na Tina aus meinem Seminar!"

„Watt'n die da, mit de bunte Kappe off'm Kopp?"

„Jenau!"

„Wußt ick doch, det ihr Mediziner Schweine seid!"

„Wat heißt hier Mediziner? Vielleicht is die and're 'ne Lehrerin? Dem Po nach könnte sie 's schon sein."

Es war noch heller Tag, als beide die nächsten siebenundsiebzig Minuten auf Kerstins Bett in der Abrißwohnung am Karl-Friedrich-Platz verbrachten. Während er danach an die wasserbefleckte Decke starrte und immer wieder über Tina nachdenken mußte, betrachtete sie ihren nackten Po in dem großen Spiegel, den sie sich erst kürzlich vom Trödelmarkt aus Kapernick mitgebracht hatte.

Das hölzerne Plumpsklo war draußen auf der Treppe. Zwölf schmale, knarrende Holzstufen führten die kleine Wendeltreppe hinauf. Jede der Stufen knarrte oder quietschte ein wenig anders, und, obwohl Wossow Kerstin nicht sah, von ihrem Bett aus konnte er genau sagen, ob sie die Treppe hinaufging oder hinabstieg. Er dachte jedes Mal an „Willy Schweibers Rümpelkammer", die streng zensierte Fernsehsendung für Nostalgiker, wenn er die knarrende Holzstiege betrat. „Willy hat wenigstens noch eijne Petroljumlampe, die ihm den Weg nach oben erleichtat", sagte Kerstin, „aba beij uns isset stockdunkel, und manchmal hab ick richtige Angst!"

Noch weiter oben kam nur noch eine zugenagelte Tür zum einsturzgefährdeten Dachboden. Ein gutes Dutzend Taubenpärchen hatte sich hier einquartiert, die das morsche Gebälk unter dem undichten Dach komplett für sich annektiert, den Bodenbrettern eine zentimeterdicke Kruste aus ätzendem Guano, Staub und Federflaum beschert hatten.

Wenn man auf dem Klo den Holzdeckel vom Loch der Sitzfläche abnahm, pfiff der zugige Wind von ganz unten her durch den langen, geraden Schlot des Fallrohres wie durch einen Kamin. In seiner Angst, mitsamt der durch Wurmfraß und den Zahn der Zeit baufällig gewordenen Toilette durchzubrechen, spürte Wossow kaum, wie stark ihm jedes Mal der stinkend beißende Wind entgegenpfiff, sobald er den Deckel angehoben hatte. Der Luftzug war so stark, daß er Wossows Haar hochblies und er die Augen zukneifen mußte, sobald er sich direkt über das geöffnete Lumen des langen Schlotes beugte. In seiner latenten Höhenangst überkam ihn jedes Mal ein Schauer, wenn er aus lauter Blödsinn die Sekunden des freien Falles lotrecht herabfallenden Spülwassers zählte.

Kerstin zitterte jedes Mal vor Kälte und wohl auch vor Angst, wenn sie von draußen kam. Sie hatte sich schon ein wenig an Wossows Wärme gewöhnt: „Du bist wie eijn Ofen," sagte sie, als sie zu ihm unter die Decke kroch. „Ach Wossi, du meijn lieba Ofen! Komm rasch und wärme mich!"

Die Anatomie wurde geplündert. Zuerst fehlte der Schädel des menschlichen Skeletts in der Ecke. Wenig später schon folgten Hände, Füße, Arm- und Beinknochen. Es nutzte auch nichts, die sofortige Exmatrikulation für den Fall anzukündigen, daß einer der diebischen Studenten auf frischer Tat ertappt würde. Während man das geplünderte Original durch Plasteknochen substituierte, mächtig auf die Studenten schimpfend, betrachteten diese den Klau wohl eher als eine Art Sport, als studentischen Kavaliersdelikt. Darüber bestand eine Art Konsens. Jeder meckerte, innerlich aber schmunzelnd. Es gab eine ungewohnte Toleranz, die vielleicht Folge der englischen Arztfilme war, welche gerade im Westfernsehen liefen.

Nicht so in der Sache mit der Formalinhand! Ein Student aus einer anderen Seminargruppe hatte einen in Formalin eingelegten Leichenarm aus einem der Bottiche des Anatomiesaales genommen, um diesen dort unter die Bettdecke einer Musikstudentin zu legen. Das Mädchen erschrak so sehr, daß man es zur Therapie einer akuten Psychose in die geschlossene Psychiatrie des Oststadtkrankenhauses einwies.

Stundenlang verbrachte Achim im Histo-Saal auf einem der Sperrholzstühle, konzentriert über das Mikroskop gebeugt. Fasziniert von all dem, was die Natur auch im Kleinen hervorzubringen imstande ist, vergaß er die Härte des unbequemen Stuhles. Unterschiedliche Färbungen hoben verschiedene Strukturen wie Zellen, Fasern, Gewebe entsprechend ihren biochemischen Eigenschaften selektiv hervor. Da waren die farbenprächtigen, dicht aneinandergereihten Schleimhautzellen, je nach Funktion unterschiedlich hoch, kubisch, zylindrisch oder platt, ein- oder mehrschichtig, mit oder ohne Hornschicht. Wie Seepocken kamen sie ihm vor, die Knorpelzellen, wie Muschelgehäuse oder exzentrische Zwiebelschalen. Oder wie das Gespinst eines Tieres, Nervenzellen und Gliazellen, deren ernährendes und reparierendes Gewebe. Wie die naturbelassene Wiese des interdeutschen Niemandslandes, wo Kornblumen, Margeriten, Vergißmeinnicht und Roter Mohn ganz unterschiedliche Farbtupfer bildeten, eine bunte Komposition!

Knochenzellen und Knorpelzellen, Fettzellen und Bindegewebszellen, Samenzellen und Follikel, Hoden und Eierstock, Eileiterquerschnitt, Gebärmutterwand in den verschiedenen Zyklusphasen, Harnleiterquerschnitt und Harnblasenschleimhaut, Brustdrüse und Scheide, Lippenrot und Mundschleimhaut, Speiseröhre, Magenkörper, Magenausgang, Zwölffingerdarm, Dickdarm, Auge, Zahn und Nerv.

Mund und Muttermund; Zunge, Haut und Haar: Immer und immer wieder mußte er auch an Kerstin denken, wenn er diese phantastischen Dinge sah; immer wieder mußte er an die „Ana" denken, wenn er dann wieder ganz nah bei Kerstin war.

Beide studierten sie einander, studierten makroskopische Anatomie, obwohl sie die Studentin einer ganz anderen Fachrichtung war. So lernten sie ihre Körper kennen, mal gleichzeitig, mal abwechselnd. Das Studentenleben wurde für beide ein gemeinsames Doktorspiel, ein einmaliges Spiel, irgendwo zwischen festgehaltener Jugend und aufkommendem teils ersehntem, teils diktiertem Ernst des Erwachsenwerdens.

Wenn er sich ein paar Tage nicht gemeldet hatte, befestigte Kerstin einen kleinen Papierblock außen an der Tür, daran mit rotem Bindfaden einen Bleistift: „Für wichtige Nachrichten!"

Lehrveranstaltungen am Nachmittag, Seminare, Sport und dann noch ihre angeblich so wichtige Versammlung an jedem Montag nahmen so viel Zeit in Anspruch, daß der Notizblock zeitweise ihre einzige Kommunikationsmöglichkeit war. Immer wenn Kerstin nicht da war, schrieb ihr

Wossow eine kurze Nachricht, bis er ihr eines Tages keine Nachricht mehr schrieb.

Vom Medizinerwohnheim hörte man seltsame Dinge, galt es doch als verrufenstes Studentenwohnheim der ganzen Oststadt. Neben Musikstudenten ließ man deshalb auch angehende Kriminalisten einziehen. Vielleicht waren die Mediziner bei ihren Ausweiskontrollen an den Eingängen des Wohnheims nicht gewissenhaft genug gewesen, immerhin hatten sie viel zu lernen und das Lernpensum war enorm. Von einem Musikstudenten konnte man nicht verlangen, daß er sich mit einem Instrument in die Pforte setzte, von einem Mediziner mit seinem Anatomiebuch hingegen schon. Als man endlich spitzbekommen hatte, daß auch die Kontrollen dieser viel zu laienhaften Kontrolleure nichts mehr nutzten, bürgerte man einfach die „Krimis" ein.

Die Mediziner waren froh darüber. Nicht nur, daß damit für sie selber der Pförtnerdienst gestorben war. Immerhin waren die Krimis der Heimleiterin auf die Schliche gekommen! Sie hatte mehreren Studentinnen Geld aus den Schränken gestohlen, während die armen Geschöpfe brav im Hörsaal saßen und ahnungslos einer Vorlesung lauschten.

Wossow war überrascht, wie schnell ein „Krimi" laufen kann, als er eines Tages, die lange Anreise von zu Hause endlich hinter sich, mit schweren Taschen in den Händen zum Fahrstuhl eilte, dessen Tür eine nette Musikstudentin aufhielt, so daß Wossow eben noch einsteigen und mit nach oben fahren konnte. Wossow war so in das Gespräch mit der Frau vertieft, daß er die aufgeregten Rufe des „Krimi" und dessen agitiertes Rütteln an der inzwischen automatisch geschlossenen Fahrstuhltür gar nicht bemerkte.

Als Wossow im neunten Stock die Fahrstuhltür aufdrückte, beide Hände voll Gepäck, stand plötzlich derselbe „Krimi" vor ihm, den er erst wenige Sekunden vorher im Erdgeschoß gesehen, dort aber überhaupt nicht beachtet hatte: „Zeigen Sie sofort Ihren Ausweis!"

„Tut mir leid, habe gerade beide Hände voll. Siehst du das nicht?"

„Zeig sofort deinen Ausweis!"

„Na gut!"

Wossow hatte den Studentenausweis irgendwo in einer der beiden Taschen verkramt. Der „Krimi" staunte, und auch Wossow selbst hatte vorher noch nicht alle Dinge gesehen, die ihm Mutter als Proviant für die kommenden zwei Wochen eingepackt hatte: zwei Tüten mit Äpfeln, davon die eine mit dem GELBEN KÖSTLICHEN, die andere mit ROTEM BOSKOOP, eine Tüte mit sauber gewaschenen Kartoffeln, ein Stück Butter, zwei große Rillengläser sauer eingelegter Gurken, ein außergewöhnlich frisches Dreipfundbrot, ein Glas selbstgemachte Erdbeermarmelade, ein halber Napfkuchen, zur Hälfte mit, zur Hälfte ohne Kakao, eine echte Tafel Westschokolade, eine Tüte Studentenfutter. Zwei Flaschen RADEBERGER mußte ihm sein Vater noch rasch zwischen die Bücher geschoben haben, bevor er den Reißverschluß endgültig zuzog.

„Hier, wenn du deine Schicht beendet hast, oder auch ruhig schon früher", sagte Wossow und drückte ihm eine der beiden Bierflaschen in die Hand. Ja, die „Krimis" nahmen ihre Aufgabe sehr ernst, schließlich soll es Wohnungen gegeben haben, in denen richtige Gruppensex-Orgien stattfanden.

Auch Wossow war eines Tages bereit, das zu glauben. An einem Freitagabend, als er notgedrungen zurück ins Wohnheim mußte, weil sein Zug „ausgefallen" war, passierten für ihn unerwartete Dinge. Er wollte den Zug am Samstag früh nehmen und legte sich deshalb schon zeitig ins Bett, um etwas vorzuschlafen.

Sein Platz war oben in einem der Doppelstockbetten des Durchgangszimmers. Er war am Einschlafen, als plötzlich einer seiner Mitstudenten angeschlichen kam und weiblichen Besuch mitbrachte. Die beiden zogen sich aus und legten sich in das untere Stockwerk seines Bettes. Für Wossow bedeutete dies bald zunehmend starken Seegang. Das Bett begann zu beben und zu schaukeln und wurde bis an die Belastungsgrenze der kurzen Holzdübel beansprucht, welche die Bettbretter aus Preßspan nur notdürftig zusammenhielten. Die Amplitude der Schwingungen der labilen Bettkonstruktion vergrößerten sich nach oben hin. Wenige Minuten nach dem Erfolg, der sich auch oben in Form einer Beruhigung des Seewetters manifestierte, kamen drei weitere, ihm unbekannte Personen zur Tür herein. Ein dürrer Kerl mit zwei Frauen, die Wossows Kumpel kannten. Alle waren etwas angeheitert von der Studentendisko raufgekommen, die jeden Freitag ganz offiziell in einer umgebauten Studentenwohnung stattfand, und wollten es nun zu fünft am Boden zwischen den Betten treiben. Erst als sie begannen, die Matratzen aus den Betten zu holen, um diese nach Studentenart auf dem Fußboden auszulegen, bemerkte eines der Mädchen, sie war recht groß, daß sich noch jemand im Raum aufhielt! Sie war so überrascht, daß sie vor Schreck zusammenfuhr.

Ihre Taille war außergewöhnlich. Sie hatte wunderschönes naturrotes Haar, das ihr bis zum Po reichte. Die natürliche Krümmung ihrer Wirbelsäule ließ es gleichmäßig wallen, edel und gleichmäßig wie West-Lametta über die harmonisch-lordotische Kurve ihrer weiblichen Lende herabhängen, während dessen Spitzen wie streichelnd gerade eben die samtweiche Haut ihres Hinterns berührten. Wossow spürte den Duft ihres Körpers. Ihre Brauen waren ungezupft und rassig, in einem noch helleren Rot, so hell wie die durchsichtigen, gekringelten Haare ihrer Scham. Ihr Gesicht war voller Sommersprossen. In dem Moment, als sie so erschrocken aufschrie, konnte Wossow alle ihre schneeweißen Zähne und ganz hinten im Rachen das gegabelte Zäpfchen sehen.

Der Abend war für die drei gelaufen. Fluchtartig verließen sie die Wohnung, während sie sich hastig die Sachen überstreiften, die sie sich vorher gegenseitig ausgezogen hatten.

Wossow, der ohnehin schlecht einschlafen konnte, beobachtete das Geschehen blinzelnd und schmunzelnd zugleich. Das Pärchen unter ihm blieb einfach in der Koje liegen.

„Achim? Bist du 's?"

„Wer denn sonst?"

„Tut mir leid, daß wir dich so überfallen haben."

„Kein Problem. Vielleicht kann ich mich bald revanchieren." Das Mädchen kicherte leise in sein Kopfkissen.

Die lange Sommerpause wurde nur zu einem Teil als Semesterferien freigegeben. Für die ersten Wochen teilte man den Studenten bestimmte Arbeiten zu, die nur selten das eigentliche Studienfach berücksichtigten. Zwar steckte man Medizinstudenten nicht mehr zur Trockenlegung sumpfigen Geländes in den Oderbruch, doch dann und wann wurden sie, der in den Fünfzigern ins Leben gerufenen Tradition sozialistischer Studentenbrigaden entsprechend, für Arbeiten eingeteilt, die kein Arbeiter machen wollte. So zum Beispiel für die Säuberung von Arbeiter-, Studenten- und anderen Wohnheimen, für die verspätet begonnene Zwiebel-, Kohl- und Tomatenernte, für die verantwortungsvolle Säuberung kommunaler Anlagen, für schwere und schwerste Erdarbeiten, zum Beispiel für das Ausheben von Gräben auf Baugrund, dessen Grundrisse in den letzten Kriegswochen mitsamt der darauf stehenden Häuser verschüttgegangen waren.

Die Studenten arbeiteten unter primitiven Bedingungen, mit den einfachsten Werkzeugen oder ganz ohne Werkzeug. Jugendlicher Schwung und Elan allein konnten bestimmte Gefahren nicht immer kompensieren, jugendlicher Leichtsinn gebar zusätzliche Gefahren, so daß Arbeitsunfälle, manchmal sogar mit tödlichem Ausgang, nicht selten waren.

Wossow hatte großes Glück. Er durfte im Krankenhaussektor in einer psychiatrischen Klinik, als Hilfspfleger auf der geschlossenen Männerstation der Forensischen Psychiatrie im Oststadtkrankenhaus arbeiten.

Er war sich der nachhaltigen Bedeutung seines Einsatzes noch nicht bewußt, als er schon am ersten Tag seine Arbeitsstätte recht gründlich kennenlernen sollte: Jeder Neuankömmling, egal ob Patient oder Personal, wurde systematisch geschockt, geschockt sowohl durch die alteingesessenen Patienten als auch durch das alteingesessene Personal. Schon in diesen ersten Stunden sollte er ein völlig inhomogenes psychiatrisches Patientengut sehen. Die Pfleger nannten es „Wald- und Wiesenpsychiatrie". Noch während dieses Vorklinikums also sollte er die Psychiatrie in praktischer Form besser kennenlernen dürfen, als es hundert Psychiatrievorlesungen jemals hätten ausrichten können. Doch das war bei weitem nicht alles. Die ihm bevorstehende Zeit in einer der letzten geschlossenen psychiatrischen Anstalten, gefüllt mit Patienten, die ausnahmslos zwangseingewiesen worden waren, sollte ihm noch eine ganz andere nachhaltige Lehre bedeuten.

Wossow war schon immer ein optischer Typ gewesen. Immer schon hatte er nur das geglaubt, was er selbst erlebt, was er mit seinen eigenen Augen gesehen hatte. Und konkrete Praxis, die er hier, auf der „Forensischen", erleben durfte, trug wesentlich zur Korrektur seiner Blauäugigkeit, zur Korrektur der ihm während seiner Jugend anerzogenen Weltanschauung bei:

„Du wirst merken, det wia hia janz vaschiedene Jrunderkrankungen beherberjen – Manische, Depressive, Polietische, Schiezophrene, Kindafreujnde, Vabrecha zua Beobachtunk, Abkleerunk und Diagnostik, ja sojar Intanistische mit irjendwelche chjronische Vajiftungen oda intanistischen Jrunderkrankungen, Neurotika, randalierende Besoffne, Psiechopaten, akute Psichootika – die sperrn wa janz hintn inne Zelle mit Panzatüre eijn, bisse sich berujiicht haam. Wenn een Besoffna zu dolle Randale macht, wird a vonne Polizeij inne Zwangsjacke jesteckt, inne Zelle am Bodn fixiat, Hose runta, dann kannna sich ausscheißn, kotzn un pinkln, allet läujeft üba de Kannalisation inne Jully ab. Un det allet sind jefeeealiche Leujte, die de nich eijnfach draußn rumloofn lassn kannst, ooch nich off de Halbjeschlossne, vastehste?" sagte der an diesem Tag für die Essenausgabe zuständige Pfleger, während er gemeinsam mit Wossow den Essenwagen vom Fahrstuhl abholte.

„Politische haben Se auch?"

„Ja, aba det du weeßt, dette hieamit belehrt bist, dette draußn jaa nischt eazählst!"

„Ja, natürlich."

Gespannt betrat der Student Achim Wossow einen der beiden Räume, die den Zugang zur Station ermöglichten, als gerade die Medizin durch eine schmale Luke hindurch ausgegeben wurden. Diese entsprach wohl eher einem größeren Guckloch, das man irgendwann einmal in Nabelhöhe angebracht, vielleicht sogar lange vor der Nazi-Zeit in die gepanzerte Türe eingearbeitet hatte. Es war die Essensluke: den Plasteteller mit der leicht gesalzenen Mehlklunkersuppe und die Scheibe Brot gab es erst, wenn der Patient hinter der Durchreiche auch glaubhaft sichtbar seine Tablettenration heruntergeschluckt und anschließend den Mund weit geöffnet hatte, um dessen Leere deutlich sichtbar werden zu lassen.

Natürlich gab es unter den Patienten auch mindestens einen Fuchs, der es verstand, über die Jahre nicht eine einzige Tablette zu schlucken. Im Mund gibt es da einiges an Versteckmöglichkeiten! So zwischen Kiefer- und Wangenschleimhaut, in einer Zahnlücke, unter einer Brücke oder in einem hohlen Backenzahn, unter oder neben der Zunge, sogar hinter dem Gaumenbogen.

Umso wichtiger war es deshalb, nicht aufzufallen, um keine Aufstockung der ohnehin recht umfangreichen Dauermedikation zu provozieren.

Im Laufe der Jahre und Jahrzehnte hatte sich unter den Patienten eine Rangordnung herausgebildet, die sich beim Antreten vor der Essensklappe, beim Anstellen zum Friseur, vor der Toilette, beim Anstehen vor der Tür zum Arbeitstherapieraum – Tütenkleben – und beim Antreten für den Hofgang in einer ganz konkreten Reihenfolge manifestierte. Neuankömmlinge integrierten sich scheinbar automatisch. Mit kleiner und kleiner werdender Amplitude des Ankämpfens und der Gegenwehr fügte sich jeder in eine bestimmte Position, nahm relativ rasch, mehr oder weniger wohlwollend, seinen Rang in der Patientenhierarchie ein. Ede nannte das „Hackordnung".

Doch es war eine viel dynamischere Ordnung, als manch oberflächlicher Aufseher zu vermuten gewagt hätte. Gab es Probleme, eckte einer wieder und wieder an, so waren die Anzeichen und Auswirkungen ganz unterschiedlich. Die bevorzugte Ausdrucksweise, die Art und Weise der Zurechtweisung durch den Stärkeren, unter Umständen auch überlagernde Demütigungen, Hänseleien aber auch Körperverletzungen durch eigentlich schwächere Dritte, die eine solche Situation zu ihren Gunsten auszunutzen suchten, brachten nicht in jedem Falle äußere Verletzungszeichen oder alarmierende Verhaltensänderungen hervor.

Für den Neuankömmling waren Probleme vorgebahnt. Je nach Konstitution und Körpergröße, seinem Äußeren, seiner Ausdrucksfähigkeit und abhängig von seinem Charakter, seiner Intelligenz, seiner Lebenserfahrung und der Art seines psychischen oder psychiatrischen Problems, meisterte er die für ihn äußerst schwierige Situation mehr oder weniger glücklich.

Doch nicht nur „Neue" konnten Probleme bekommen. Eine Änderung der körperlichen oder geistigen Verfassung durch eine Erkrankung, durch Alterung oder durch Änderung des Verlaufs oder des Inhaltes der psychiatrischen Grunderkrankung konnte latente Rivalitäten wieder und wieder aufflackern lassen.

Einen Arzt bekam Wossow erst viel später zu Gesicht, an seinem vorletzten Arbeitstag. Es war Ede, der Oberpfleger, der Wossow in seine Arbeit einwies. Ede war mit zugegen, als die Medikamente verabreicht wurden: „Sehen Se, ach wie war doch jleijch Ihr Name?"

„Achim Wossow"

„Sehen Se, Achim, würden Sie auch nur eijne diesa Tabletten schlucken, wären Se füa fünf Tage außa Jefecht! Zuerst eijnmal würden Se neemlich dreij Tage und dreij Nächte ununtabrochen schlafen. Dann bräujchten Se mindestens eijnen Tach, um richtick wach zu werden. Und weijl Se völlick verkatat, völlick aus dem Rhythmus sind, könnten Se dann erst mal zweij Nächte jarnicht schlafen! Unsre Pazjenten konsumieren dreij bis acht davon vor jede Mahlzeijt!"

„Is ja Wahnsinn!"

„Wenn Se mehr darüba wissen wolln müssen Se den Obaazt fragen. Der is der Meijnung, jeedet Medikament selba ausprobiat haam zu müssen, bevoa man et veaordnet."

Der andere Pfleger sagte, während er auf eine kleine weiße Tablette zeigte: „Unt dette sint die Androcur füa unsre Kindafreujnde. Isn jutet Mittel ausm Westn. Liste C, vasteht sich! Nimmt den Jeschlechtstrieb. Der da is son Pädophilaa, so 'n Schwein, det et mit Kindaan veasucht. Draußen ham se ihn ‚Mameladen-John' jenannt, weil er seijnen Pimmel mit Konfietüre oda Honik beschmiate, um denne det Kind an sejn Jonny lecken zu lassen. Sobald er hia raus is, nimmta seijne Androcur nich mehr, un det janze jeht wieda von voane los! Ham wa dreij mal schon beij ihm jehabt, jetz is Schluß damit. Jetz bleijbs'de füa imma hia beij uns, nich Peta?"

Peter nickte reuevoll. Ein Mensch mit einer Silberplatte in der Stirn, Paul, genannt Paule, wurde wie die meisten anderen mit starken Neuroleptika gedämpft:

„Der hiea war mal LPJe-Baua, is mit sei'm Kopp in 'ne Landwirtschaftsmaschine jekomm', die hat ihm de Stirn un en Stücke von 'ne Stirnhirn weckjeschnitt'n. Janz eijnfach so. Dafüa ham die Chirurjen ihm ne Silbaplatte injesetzt, ne Silbaplatte unta die Haut, statt dem Knochen, vastehste?"

„Klar!"

„Un schau Dir seij'n Arm an. Hat mal vor Wut, weil 'se ihm nich jleich wat zu ess'n jeb'n wollten 'ne Jlasscheibe mit de Hand zerschlajen. Janze zwölf Stunden ham se dran jebastelt, bis 'et wida hejl war. Jedet Jefeeß, jede Sehne und jede Nerv hamse jeneeht, in 'ne Handchirurjie. Jott seij Dank, det allet jleich um die Ecke is, hiea beij uns in 'ne Jlinik! Allett war kaputt von 'ne Jlasscheiben. Ooch de Muskel, nur die beeden Untaamknochn ham noch jestandn! Wie heeßen die doch jleich?"

„Elle und Speiche."

„Richtick, Herr Student, richtick!"

Dann demonstrierte der Pfleger Paules ungezügelte Eßsucht. Drei Schüsseln, voll mit Mehlsuppe, gab er ihm zu essen. Paul trank jede der Schüsseln aus, eine nach der anderen, ohne auch nur einmal abzusetzen, während sich der Bauch über dem Hosenbund in dem selben Maße vergrößerte, wie die Teller sich in seinen Bauch entleerten. Sicher hätte Paul auch noch weitere drei Schüsseln ausgetrunken, hätte man sie ihm gegeben, „Vastehste jetz, warum Paule in die jeschlossne Station jehöat? Drauß'n wär seijn Majen schon lange jeplatzt. Denn da is keena, der off ihn offpass'n täte."

An seinem ersten Tag nickte der Student noch zustimmend, ohne zu ahnen, daß er vielleicht schon bald ganz anderer Meinung sein könnte. Schon bei dem Gedanken daran wurde ihm mulmig: Er sollte mit auf Station! Er war sehr aufgeregt. Was würde ihn hier erwarten? Noch niemals hatte er bewußt Kontakt zu geistig Kranken gehabt. Und hier waren nun psychiatrische Patienten eingesperrt. Wie gefährlich mußten sie also sein, wenn man sie sogar wegsperrte!

Bei seinem ersten Gang über die Geschlossene durfte er Ede begleiten. Doch zuvor banden sie sich im Pflegerzimmer die Funkgeräte um. Das drahtlose Mikrofon wurde gut sichtbar am Kragen des Kittels befestigt. Dann erfolgte ein Testspruch: „Eijns – zwoo – dreij".

Über den gemeinsamen Vorraum von halbgeschlossener und geschlossener Station gelangten sie in den Vorraum der Sicherheitsschleuse. Von da aus schleusten sie sich auf die geschlossene Station ein. Hinter ihnen fiel erst die eine, schließlich auch die zweite stählerne Tür ins Schloß. Für die Schleuse gab es einen speziellen Schlüsselbund. Aus Sicherheitsgründen blieb der Bund immer draußen. Irgendwann nämlich war einer der Pfleger überwältigt worden. Einer der Patienten hatte ihn durch einen stumpfen Schlag auf den Hinterkopf betäubt und ihm den Bund abgenommen. Dann war die gesamte Patientenschaft auf Trebe gegangen – bis auf zwei Kataleptiker.

Aus Sicherheitsgründen, so hieß es, durften die Pfleger von diesem Tage an die Station nur zu zweit, besser zu dritt, nur ohne Schleusenschlüssel und nur mit eingeschaltetem Funkgerät betreten. Für das Ein- und Ausschleusen über die separaten Zwischentüren mußten sich die beiden jemanden von draußen rufen. Für das Öffnen der einen bedurfte es der Verriegelung der anderen Zwischentür, so daß im Regelfall niemals beide Gittertüren zur gleichen Zeit geöffnet werden konnten.

Nun standen sie mittendrin! Alle Patienten standen Spalier, um den neuen Hilfspfleger zu sehen und auf ihre Art zu begrüßen. Wossow versuchte, sich möglichst unbeeindruckt zu zeigen, als zwei der Patienten Grimassen schnitten, jeder auf seine Weise das Gesicht verzerrte, während ein anderer tatsächlich richtig zu krampfen schien. Wieder ein anderer streckte ihm einen Packen abgegriffener Zettel entgegen, und ein Hüne von einem Mensch baute sich vor ihm auf.

„Huhh!" machte Ede; der Riese zuckte zusammen, setzte sich auf die in der Wand verankerte Sitzbank neben der Futterklappe. Nun war er einen ganzen Kopf kleiner als Ede. Ede sagte: „Sie sind wie Tiere. Also mußt du sie auch behandeln wie Tiere. Sie spüren sofort, wenn du Angst hast."

Die beiden Grimassenschneider wollten den Neuankömmling vielleicht verunsichern, vielleicht auch nur auf sich aufmerksam machen, zeigen: „Hier bin ich. Ich bin zwar ein psychisch Kranker – hier, wo es dreckig ist und stinkt wie in einem Affenkäfig. Aber ich existiere! Auch wenn ich hier eingesperrt bin, ihr könnt mich nicht einfach negieren!"

Zuvor schon, lange vor dem Frühstück, hatte der Nachtdienst begonnen, die Türen der einzelnen Zellen der Reihe nach aufzuschließen. In jeder der fünfzehn Zellen standen zwei Patientenbetten. Alle Betten waren belegt. Die Zellen sahen schlimm aus. Sie sahen aus, als seien sie noch nie vorgerichtet worden. Aus jedem der Zimmer drang ein anderer Gestank: War zwar die Jause für jeden die gleiche, so schien doch der Körpergeruch jedes einzelnen durch die Stoffwechsel-Endprodukte individuell ganz unterschiedlich kombinierter und verschieden stark dosierter Medikamente modifiziert. In einer streng festgelegten Reihenfolge hatte jeder der Patienten zu allererst seinen Fäkalientopf auf der inzwischen geöffneten Toilette zu entleeren, auszuspülen und abgetrocknet wieder ins Zimmer zu tragen.

Am Ende des Ganges befand sich die dick gepanzerte Zwischentür zum „Bunker". So nannte man den Trakt für besonders schwere Fälle. Ede mußte zum Bunker, wohin am Vortag ein aggressiv gewordener Patient, dessen Diagnose „noch nicht stand", verbracht worden war. Keiner der Pfleger wußte wieso; keiner konnte sagen, woher der Neue seinen Spitznamen hatte. Die Patienten nannten ihn „den Architekten".

Um in den Bunker zu gelangen, mußte der Pfleger mit den Bunkerschlüsseln in der Tasche über den langen Gang der Normalstation. Einen anderen Weg gab es nicht. Der Schlüsselbund war recht groß, enthielt doch allein die Bunkertür drei Sicherheitsschlösser und einen dicken Stahlriegel mit einem riesigen Vorhängeschloß, wie es Wossow noch nirgendwo sonst gesehen hatte. Zum Öffnen der Zellentüren bedurfte es dann zweier weiterer Schlüssel, die Ede nach Eingabe einer Zahlenkombination aus einem gepanzerten Schlüsselkasten holte, nachdem er die Bunkertür von der Seite des Bunkers verschlossen und sich per Funk gemeldet hatte.

Ede brachte dem Architekten das übliche Frühstück, in einer Plasteschale servierte Klunkermehlsuppe mit einer Scheibe Brot. Ede und Wossow ließen den Insassen aus seiner Zelle heraus auf den kurzen Bunkergang treten, wo der Architekt ohne zu Murren seine Medizin abschluckte, um dann gierig seine Schüssel im Stehen auszuschlürfen und das Brot hastig herunterzuschlingen. Offenbar nicht ganz gesättigt machte er einen friedlichen Eindruck, wußte er doch, daß es für Bunkerinsassen keinen Nachschlag gab.

Der Architekt sprach vor sich hin: „Wie heest et doch so scheen? Nach dem Essen sollste rauchen oda ..."

„... eine Frau jebrauchen!" ergänzte Ede.

„Haste beedes nich zua Hand," fuhr der Architekt fort. Plötzlich geschah etwas, womit Wossow niemals gerechnet hätte: wortlos reichte Ede dem Architekten eine Zigarette und Feuer aus einem westdeutschen Gasfeuerzeug. Es geschah so, daß man es nicht über Funk hören konnte. Als er die Hand von seinem Funk genommen hatte, sagte Ede umso lauter: „Sie wissen doch jenau, det Rauchen hia vaboten is!"

Der Architekt zwinkerte aus Dankbarkeit mit dem noch von der Festnahme am Vortag bläulich verschwollenen Auge und ging schließlich nach kurzer Unterhaltung in seine Zelle zurück. Er wußte, daß gutes Betragen die einzige Möglichkeit war, wieder zurück in den Normaltrakt zu dürfen, wo er anhand des Lichtes durch die vergitterten Milchglasscheiben sehen konnte, ob es Tag oder Nacht, ob Morgen oder Abend und ob es trübe oder sonnig war.

Als die dicke Eisentür wieder hinter dem Patienten verschlossen war, ließ sich der Student eine leere Bunkerzelle von innen zeigen. Boden wie Wände waren aus altem preußischen, besonders hart gebranntem Klinker. Ein winziges Loch in der meterdicken Außenwand, wenige Zentimeter unter der Decke, ließ jetzt, am Tage, eben so viel Licht herein, daß er sich in dem stickigen Loch orientieren konnte. Wossow wurde klar, bei Nacht hätte er sich hier wohl allenfalls tastend fortbewegen können.

Wahrscheinlich hieß er gar nicht Ferdinand. Alle aber nannten ihn so, die anderen Patienten und auch das Pflegepersonal: dem ergrauten, hinfälligen Mann, einem außergewöhnlichen Artisten, war zwanzig Jahre vorher die Anstellung beim Staatszirkus gekündigt worden, weil er zunehmende Verhaltensauffälligkeiten gezeigt hatte. Nachdem die Volkspolizei ihn mehrfach wegen Erregung öffentlichen Ärgernisses oder einfach nur wegen einiger nicht genau faßbarer, in ihrer Strafwürdigkeit grenzwertig erschienener Verfehlungen verhaftet und für jeweils nur wenige Tage oder Wochen in Gewahrsam genommen hatte, fiel er eines Tages einem Passanten auf, der als Psychiater an der ortsständigen Uniklinik arbeitete und an jener Straßenbahnhaltestelle auf seine Bahn wartend, sofort die treffende Diagnose stellte. Wie es hieß, soll Ferdinand – einem flinken Äffchen gleich – über die Oberleitung der Straßenbahn teils balanciert, teils an dieser entlang gehangelt sein und so den Fahrplan der ganzen Stadt durcheinandergebracht haben. Einer der verärgerten, unfreiwilligen Zuschauer seiner akrobatischen Einlagen war eben dieser Psychiater, der den Artisten ohne zu zögern von Polizei und Feuerwehr einfangen und hier einsperren ließ.

Ferdinand hielt einen einsamen Rekord. Seit er hierher gebracht worden war, hatte er die geschlossene Station immerhin viermal auf riskante Weise verlassen. Jedes Mal war es eine spektakuläre Flucht gewesen. Der Weg seiner ersten Flucht war und blieb, wie es hieß, nicht rekonstruierbar. Er war halt eines Tages spurlos verschwunden. Nach dem zweiten Mal erhöhte man seinetwegen die Gefängnismauer um einen ganzen Meter, um ganz sicher zu gehen, daß er nicht auch dieses Hindernis überwinde.

Nach seiner dritten Flucht goß man in einer Nacht-und-Nebel-Aktion eine dünne Schicht besonders fetten Beton auf die Gefängnismauer. (Es war der gleiche Rüdersfelder Zement, der für den Mauerbau geliefert wurde und den man Jahre später für den Bau des Kanaltunnels und des Strahlen-Sarkophags von Tschernobyl exportiert hatte.)

Noch bevor der Beton sich verfestigt hatte, steckte man Glasscherben hinein, an denen sich Ferdinand drei Wochen später, noch in seiner manischen Phase, alle acht Langfinger mitsamt einiger oberflächiger und tiefer Beugesehnen sowie mehrerer Nerven zerschnitt.

Für den Hofgang der Patienten wurde eine separate vergitterte Schwenktür aufgeschlossen. Die Rangeleien, hinaus auf den Hof zu kommen, waren stärker, als das Drängeln vor der Futterklappe. Und manche Reihenfolge geriet hier für einen flüchtigen Moment durcheinander, wenn die Patienten den Hof betreten, endlich ein Stück des blauen Himmels sehen durften, selbst wenn dieser eher grau als blau war. Wenn sich dann noch in dem kleinen Ausschnitt an Freiheit, den das schmale Rechteck sichtbaren freien Himmels ausmachte, ein Flugzeug oder ein größerer Vogel zeigte, dann waren die über die Jahre ergrauten Jungs nicht mehr zu halten.

Bei einem Hofgang waren stets sechs der insgesamt zehn Pfleger vor Ort. Sie dirigierten die Patienten, in konstantem Schrittempo im Kreis um die dicke Kastanie zu marschieren, die in der Mitte des kleinen Hofes stand. Unwillkürlich mußte der Student an seine Schulzeit denken, an die täglich für exakt zwanzig Minuten auf dem Appellplatz stattfindende Hofpause, in der die Schüler unter Aufsicht aller anwesenden Lehrer in konstantem Tempo im Kreis gehen mußten, immer in eine konstante Richtung, zehn-, elf-, manchmal auch zwölfmal immer im Kreis herum.

Bei seinem letzten geglückten Fluchtversuch sprang Ferdinand nicht mehr die unüberwindbar gewordene Mauer, sondern den Stamm des Baumes an. Nach einem kurzen aber kräftigen Anlauf aus einer Ecke des Hofes heraus hatte er den Schwung, den er als Artist brauchte, um den Stamm hinaufzurennen. Nach ein paar Schritten kam der erste dicke Ast, den er umgreifen, an dem er seinen schlanken Körper mit seinen kräftigen Armen hochziehen konnte. Vom dritten oder vierten Ast war es nicht weit bis zum Dach der Anstalt. Er balancierte über den dünner werdenden Ast, sprang auf das Dach, kletterte empor, setzte sich für eine Sekunde auf den First. Dann rutschte er die Dachschräge auf der anderen Seite, genau in dem Moment hinab, als sich ein LKW näherte. Den Schwung ausnutzend, sprang Ferdinand auf die Plane des regelmäßig zu dieser Uhrzeit vorbeifahrenden Wäscheautos und war verschwunden.

Draußen in der Freiheit hatte er immer nur für kurze Zeit untertauchen können. Schuld daran war eigentlich nur er selbst. So wußte man inzwischen, daß er immer den Weg zu seiner Artistengruppe suchte, sogar dann, wenn diese gerade auf Tournee im Westen unterwegs war. Ferdinand betrachtete es geradezu als Herausforderung, ein Hindernis wie die richtige Mauer zu überwinden. Seine körperliche Verfassung, sein außergewöhnlicher Mut, sein Stolz und seine Dreistigkeit waren Voraussetzung dafür geworden. Seine manischen Kräfte verliehen ihm Flügel. Ohnmacht und Paralyse der Masse kümmerten ihn nicht. Er war der Überflieger, der sie alle zum Narren hielt.

Vom Baum hatte er zu ihnen herabgerufen: „Heee! Wer von uns, wer ist hier eigentlich irre? Bin ich es? Oder ihr? In Wirklichkeit seid ihr doch die Irren! Wie winzig klein und lächerlich ihr doch von hier oben ausseht! Hahahahaha, hahah! Ich lache mich noch kaputt, lauft im Kreis um einen Baum herum, als ob nicht genug Platz wäre, hier draußen zum Beispiel! Wie weiße Mäuse in einem Mäusezirkus! Heee? Ihr mit all euren Mauern. Ihr seid doch total verrückt! Macht doch, was ihr wollt! Ich jedenfalls, ich verschwinde jetzt! Ich mache diesen Zirkus nicht länger mit!"

In den Zirkuswagen der Frauen und Mädchen ging es heiß her: Ferdinand war zu ihnen in den Westen gekommen! Zwar war Ferdinand älter geworden; unbändig aber war sein Hunger nach Sex, unbändig seine Potenz, was sich inzwischen auch unter Artistinnen anderer Zirkusse herumgesprochen hatte. Kranke und ältere, optisch und physisch nicht mehr ausreichend attraktive Artistinnen hatte man über die Jahre kontinuierlich durch frischen, gesunden Nachwuchs ersetzt.

Ferdinand schien damit die eigene Jugend unvergänglich, sobald die Wirkung seiner Medikamente nachgelassen hatte. Sicher wäre Ferdinand auch als freier werktätiger Bürger nicht in der Lage gewesen, die Alimente für all die Kinder aufzubringen, die er im Laufe der vielen Jahre gezeugt hatte, als es weder Pille noch freizügige Abtreibung gab.

Irgendwann ging die Gastspielreise vorüber, und irgendwann auch Ferdinands manische Phase. Der Zirkus mußte zurück in das Winterquartier, zurück in den Osten. Die wachsamen Grenzer fischten Ferdinand aus dem Zirkuswagen, wo er sich zusammen mit mehreren Riesenschlangen in eine Ecke verkrochen hatte, und übergaben ihn der Volkspolizei. Die kamen in einem Aufgebot von acht Mann. In Handschellen brachten sie ihn zurück auf seine Station, als sei er ein Schwerstverbrecher.

Bei seinem letzten Ausreißversuch, der einem letzten Aufbäumen gleichkam, sprang er noch einmal den inzwischen noch dicker gewordenen Baum an, dessen zum Haus reichende Äste man inzwischen von der Feuerwehr hatte absägen lassen. Eine ganze Nacht lang blieb er im Geäst des Baumes sitzen und hielt die Pfleger in Atem. Sogar den Oberarzt hatten sie in ihrer Ratlosigkeit zur Hilfe gerufen. Sie suchten Ferdinand vergeblich, denn von unten war er nicht zu sehen über dem dichten Kastanienlaub. Sie hatten ihn schon abgeschrieben. Erst als er selber merkte, daß es keinen Sprung, keine gewagte Kletteraktion gab, die ihn hätte hinaus in die Freiheit führen können, meldete er sich. Er bestand auf einer Flasche Schnaps und dem Entlassungsschein. Beides sollte man ihm gut sichtbar unten, neben den Stamm des Baumes hinlegen, dann würde er vom Baum steigen. Sie holten die angefangene Flasche LUNIKOV aus dem Kühlschrank des Dienstzimmers und legten sie neben ein mit einem Stein beschwertes weißes Stück Papier, für ihn gut sichtbar, auf den Boden, dicht neben den Stamm.

Als er herunterkam, schnappten sie ihn und steckten ihn für zehn Wochen in den Bunker. Pfleger Markus erzählte:

„Als er endlich aus dem Bunker raus durfte, war er fast blind von der Dunkelheit mit seinen ohnehin schon von den Medikamenten geschwächten Augen."

Nun war Ferdinand viel zu schwach, den Baum anzuspringen und an dessen Stamm empor zu laufen. Auch die inzwischen moderner gewordenen Medikamente begannen, selektiver zu wirken. Es war schlimm, ihn so zu sehen, wie er unter der Aussichtslosigkeit litt. An manchen Tagen seiner Depression verweigerte er sogar die Nahrung.

Ausgerechnet während der Studentensommerzeit ging ein anderer Patient auf Trebe, und ausgerechnet Wossow war es, der ihm am Bahnsteig Friederickenstraße begegnete.

Wossow war sich ganz sicher, unerkannt geblieben zu sein. Und doch war ihm unheimlich zumute: wie hätte der Patient reagiert, wenn er Wossow erkannt hätte? Ganz bestimmt hatte er irgendeine Waffe, vielleicht ein Messer, bei sich, womöglich gar eine Pistole. Auf dem Weg zum Wohnheim schaute Wossow sich alle dreißig Schritte um, ob er nicht doch verfolgt würde. Im Wohnheim angekommen, schaute er zuerst unter das Bett, dann in alle Schränke, in alle anderen Zimmer, schaute ein zweites und ein drittes mal nach, daß die Wohnungstür wirklich verschlossen war. Und erst sehr spät fand er in den Schlaf. Jetzt wußte er, von welch heiklem Problem die Pfleger eigentlich sprachen, wenn einer der Gefangenen ausgebrochen war.

Am nächsten Tag berichtete Wossow nicht von dem Vorfall. Doch er nutzte die gegebene Situation, fragte nach, wie man sich verhalten solle. Es gab keine der üblichen Belehrungen, wie man sie sonst in ähnlich gelagerten Fällen abzugeben pflegte. Man hatte keine „Dienstvorschrift" parat. Es gab keine Belehrung über den dienstbeflissenen Umgang mit Flüchtigen. Es wurde eher eine menschliche Erklärung hinter vorgehaltener Hand, eine Art geheimer, unausgesprochener Konvention.

Pfleger Markus deutete dem Studenten an, wie er und all die anderen sich wahrscheinlich verhalten würden, und der Student wußte nun, daß auch er sich diplomatisch aus der Affäre gezogen hatte. Auch war er froh, daß er nicht Ede, den Stationspfleger, sondern Markus gefragt hatte. Ede traute er nicht. Irgend etwas störte ihn an Ede. War die Sache mit dem Feuerzeug ein fauler Trick? Wollte er Wossow imponieren? Wollte Ede ihn, Wossow, überprüfen? Oder wollte er einfach nur das Vertrauen des Architekten gewinnen? Oder war Ede am Ende vielleicht doch ein anständiger Kerl? Die Zeit war zu kurz gewesen, um Markus auch zu fragen, warum er sich so verhalten hätte. Was würde passieren, würde man von dem Flüchtigen erkannt? Welch prekäre Situation, würden sich die Blicke treffen, also würde der Flüchtige plötzlich merken, wie er selbst gerade erkannt wird? Nicht auszudenken, unter Umständen würde man vielleicht selbst ins Hintertreffen geraten, indem der Flüchtige nach seinem ungewollten (oder gewollten) Wiederaufgreifen das feige Verhalten des Stationspersonals verpfeift! Also war Wegschauen die gemeingültige Regel auch hier, wegschauen und selbst in irgendeine Ecke verkriechen, von dem Ort der peinlichen Begegnung so schnell wie möglich verschwinden.

Nicht auszudenken, würde der Flüchtling den Wärter bis nach Hause verfolgen, dessen Adresse ausfindig machen und am Ende den Wärter selbst zu einem psychiatrischen Fall werden lassen. Es würde bedeuten, den Gejagten zum Jäger und umgekehrt, den Wächter zum Gejagten zu machen. Das Los eines jeden Wärters sind wohl diese Art schlimmster Alpträume, könnten sie doch jederzeit wahr werden. Auch die beste Bezahlung, der höchste Erschwernis- oder Gefahrenzuschlag könnte diese latente Bedrohung nicht mindern. Darüber war sich nicht jeder der Wärter auch schon zu Beginn seiner pflegerischen Tätigkeit im Klaren. Und nur wenige hielten dem enormen psychischen Druck auf Dauer stand. Offenbar mußte sich auch unter den Gefangenen herumgesprochen haben, wie kläglich, lächerlich, ja jämmerlich die Reaktion ausfiel, wurde man draußen als Ausbrecher irgendwo von einem Pfleger erkannt, mochte dieser hier auch noch so dominant und mächtig erscheinen – draußen sah alles ganz, ganz anders aus!

Schon in der zweiten Woche wagte sich der Student ganz allein auf die geschlossene Station. Klar hatte er Angst. Inzwischen war auch der Flüchtige wieder eingefangen worden. Während dieser in den Blicken und Mienen der Pfleger so etwas wie ein schadenfreudiges „Ätsch" zu sehen glaubte, war er im Ansehen seiner Mitpatienten gestiegen, in seinem Rang vor der Essensklappe gleich zwei Zähler aufgerückt. Er und Wossow, beide taten sie so, als hätten sie sich nicht gesehen, auf dem Bahnsteig Friederickenstraße. Jeder behielt die Begegnung für sich.

Die Patienten achteten und mochten ihn. Vielleicht weil er Student war und weil sie ihm anzumerken glaubten, daß er noch unbeleckt, noch neutral in seinen Gedankengängen war. Man mochte ihn, weil er mit ihnen sprach, weil er reagierte, wenn sie ein für ihn lösbares, also ein kleines Problem hatten. Er zeigte keine Angst, und er kehrte sogar den gefährlichsten Patienten im Sitzen den Rücken zu, wenn er gegen einen der Epileptiker Schach spielte. Innerhalb von dreißig Minuten, die ein Spiel meist dauerte, hatte Wossows Gegenüber vier oder fünf epileptische Anfälle. Wossow rief Hilfe über Funk: „Hallo, kommt schnell! Patient Seibold krampft!"

„Macht nichts."

„Was heißt hier: ‚Macht nichts'?"

„Mensch Junge, scheiß' dir detwejen nich jleich in die Hosen! Bleijeb cool! Det hat 'a öfta!"

„Was heißt: ‚Das hat der öfter'?"

„Mach dir keijne Sorjen! Er hat seijne Tabletten doch schon jekriegt!"

„Na und, muß man ihm nichts spritzen – im akuten An-
fall?"

„Der Obaarzt is nich da. Und außadem hat Seijbold ein
therapieresistentes zerebrales Krampfleijden", hieß es, „det
hatta schon fuffzeeen lange Jaahräää!"

Der Medizinstudent Achim Wossow lernte das „Patientengut" dieser forensischen Station kennen als über die
Jahrzehnte gewachsenen, nahezu konstanten Stamm von
Insassen mit einem bunten Sammelsurium psychiatrischer
Diagnosen, aber (wie er meinte) auch primär psychisch gesunden Menschen, deren Innerstes teils passiv, bedingt also
durch bloße Anwesenheit auf dieser psychiatrischen Station,
teils aber auch aktiv, also ganz gezielt alteriert, zerstört, zer-
brochen wurde.

Für den jungen Wossow wurde es eine schwierige Zeit.
Obwohl er sich in der Psychiatrie nicht auskannte, war er
sich doch ziemlich sicher, daß hier geistig Gesunde gegen ihren Willen festgehalten wurden. Aus Tagen waren Wochen,
waren Monate, waren Jahre, ja Jahrzehnte geworden. Viel zu
lange also, über die Zeit nicht auch Schaden zu nehmen.

Der Architekt durfte eines Tages aus dem Bunker auf die
Normalstation, nachdem sein Veilchen soweit abgeschwol-
len war, daß er mit beiden Augen sehen konnte. Weder er
selbst, noch die Pfleger wußten, daß er schon am nächsten
Morgen weit weg, in eine andere Behandlungseinrichtung
verlegt werden sollte.

Der Architekt zählte nicht zum alteingesessenen Patien-
tenstamm, dennoch kannten ihn die anderen Patienten. Wie
sie meinten, hätten sie ihn schon längst zu ihrem Häuptling
auserwählt, wenn er nur für immer geblieben wäre! Er war
immer nur „für ein paar Tage zwischendurch" eingeliefert
worden. Immer war er vorher auch geschlagen worden. Und
keiner wußte, wohin man ihn brachte, wenn seine Behandlung für beendet erklärt, seine Beobachtungszeit vorüber
war. Nicht einmal die Pfleger erfuhren es.

Obwohl Wossow ihn nicht angesprochen hatte, gab ihm dieser außergewöhnliche Mensch die Antwort auf seine Frage, die böse Bestätigung seiner geheimen Vermutung war.

Der Architekt sagte jetzt plötzlich ohne Oststadtdialekt: „Achim, du heißt doch Achim?" Wossow war überrascht und verunsichert zugleich: „Aber, woher wissen Sie meinen Vornamen?"

Der Architekt antwortete beruhigend: „Das tut nichts zur Sache. Weißt du, Achim, man kann jeden kaputtspielen, auch den kräftigsten und seelisch scheinbar stabilsten Menschen. Es ist nur eine Frage der Zeit!"

„Und wie?"

„Durch Tun oder Nichttun und sowohl physisch als auch seelisch."

„Wie meinen Sie das?" fragte Wossow.

„Schau dich um, Junge! Schau dich nur um, und du wirst die Antwort selber finden."

Neugierig und besorgt zugleich fragte Wossow: „Sind Sie geschlagen worden?"

„Was glaubst du, wie oft sie mir schon die Fresse poliert haben? Sieh her, meine Nase! Und schau hierher:" Er öffnete den Mund, und mit den Fingern zog er die Lippen an den Mundwinkeln zur Seite. „Nur hinten habe ich noch einen Rest Zähne. Und die pflege ich, na ja, sofern ich eine Zahnbürste habe. Im Moment habe ich keine. Sonst ist es umgekehrt. Bei den meisten Menschen faulen die Zähne zuerst hinten weg, und vorne bleibt der Rest. Mir haben sie die Zähne von vorn nach hinten peu à peu rausgeschlagen."

„Haben Sie denn keine Prothese?"

„Die haben sie mir vor der letzten ES rausgenommen, damit sie nicht kaputtgeht. Dann haben sie mir den Beißkeil zwischen die Kiefer geschoben. Wo die Prothese abgeblieben ist, keine Ahnung, ich weiß es bis heute nicht!"

„Und wie, meinen Sie, kann man jemanden passiv, also durch ‚Nichttun' schädigen?" fragte Wossow.

„Zum Beispiel, indem man ihm für eine gewisse Zeit gar nichts oder indem man ihm über einen längeren Zeitraum zu wenig zu essen gibt! Dann wirst du schwach und verfällst körperlich!"

„Und seelisch?" fragte Wossow.

„Bist du denn blind? Schau dich um! Keiner von denen da, von den paar ‚schweren Brüdern' abgesehen, keiner von denen da müßte wirklich hier drin eingesperrt sein. Manche aber sind schon dreißig Jahre hier!"

„Dreißig Jahre? Nein! Das glaub ich nicht!"

„Dann glaubst du es eben nicht", sagte der Architekt schulterzuckend und fuhr fort: „Leb wohl, Achim! Mach was aus deinem Leben, und werde ein guter Arzt. Nur gehe nicht in die Psychiatrie. Sie würden dann auch dich mißbrauchen."

Der Student erkannte recht bald, daß Intellekt und Psyche völlig verschiedene Kategorien sind, daß psychisches Kranksein nicht zwangsläufig mit einer Minderung der Intelligenz korreliert, ein Schizophrener zum Beispiel viel schlauer als er selbst, sogar schlauer als der Oberarzt sein konnte. Er sah, welchen Schaden die jahrzehntelange Hospitalisation und eine chronische medikamentöse Therapie an den geistigen Funktionen dieser Langzeitinsassen hinterlassen hatten, eine Medikation, die eine rein symptomatische gewesen zu sein schien. Er hatte verstanden, warum nicht der physisch stärkste und auch nicht der aggressivste Anstaltsinsasse als erster hinter der Futterklappe stand, wenn Essenszeit war.

Wossow erkannte die Macht der Pfleger. Nicht der Oberarzt, die Pfleger waren die eigentlichen Bestimmer. Sie hatten die Macht. Doch während die Insassen, Gefangenen, Patienten, „forensischen Beobachtungsfälle", ganz gleich, wie man sie nannte, den Pflegern nahezu schutzlos ausgeliefert schienen, schien doch auch dieser und jener Pfleger in latenter Angst zu leben.

Sie fürchteten weniger kriminelles Verhalten, als vielmehr die Intelligenz manches Patienten und die damit verbundene Ungewißheit und Unberechenbarkeit. Sie hatten Angst vor einem flüchtig gewordenen Insassen, der vielleicht irgendwie an die private Adresse kommen und dadurch in die Lage versetzt werden könnte, die Existenz des Pflegers und seiner Familie sehr rasch (oder aber ganz langsam) zu vernichten. Schließlich hatten sie auch Angst vor einem Flüchtigen, der, weiß der Teufel wie, in den Westen abhauen könnte, um dort irgendwelche Wahrheiten, Halbwahrheiten oder gar Lügen über ihn und die Anstalt zu verbreiten.

Der Westen war so fern und doch auch hier so nah. Die Nähe des Westens war es, die sie auf Distanz hielt. Die Präsenz des Westens war es, die sie sachlich bleiben, sie ihre Arbeit am Ende doch loyal ausführen ließ, ohne die Häftlinge größeren Schikanen auszusetzen.

Pedro war wahrscheinlich Italiener, zumindest nannten ihn alle „den Italiener". Auch er war nun schon zwölf lange Jahre auf der Geschlossenen. Als ausländisches Waisenkind hatte man ihn schon aus dem Kindergarten heraus auf eine Spezialschule gebracht. „Ja, auf eine Archivschule!" sagte er zu Wossow, der ihn ungläubig ansah. Pedro durfte gemeinsam mit anderen Kindern eine Schule ganz im Süden der Republik besuchen, in der außer ihm noch mindestens zwanzig andere Vollwaisen, hauptsächlich Jungs, kontinuierlich auf ihre spätere Tätigkeit als „Kundschafter des Friedens" ausgebildet und vorbereitet wurden. Der braunäugige Pedro hatte blaßäugige Pflegeeltern, zu denen er so etwas wie eine Ersatzliebe aufgebaut hatte. Das spürte er, als er eines Tages seine erste Aufgabe in der Ferne zugeteilt bekam und von ihnen getrennt wurde. Seine eigenen Eltern hatte er nie kennengelernt. Offiziell existierten auch keine Unterlagen darüber, wie das italienische Kleinkind ins Vogtland gekommen war. Wen kümmerte es da schon, daß er eines Tages ganz von der Bildfläche verschwand.

Pedro erzählte und erzählte, und je mehr Wossow erfuhr, desto glaubhafter und unheimlicher zugleich erschien ihm die ganze Geschichte. Bald fühlte er sich beobachtet, wenn er seinen Funk abstellte, um Pedro zuzuhören. Die Zeit zum Reden war von vornherein durch das mithörende Funkgerät limitiert, und für kurze Zeit nur blieb das Ausschalten des Gerätes unbemerkt. Deshalb legte er sich schon vor jedem Arbeitstag essentielle, ihm wichtig erscheinende Fragen zurecht, um das Puzzle Stück für Stück zu schließen, das Bild zu komplettieren, das er sich von Pedro zu machen suchte. Erneut hielt Pedro dem Studenten den Packen abgegriffener Zettel entgegen. Es waren Arbeitsbescheinigungen, die Pedro sich immer dort ausstellen ließ, wo er als Kellner bei Hofe gearbeitet hatte. „Bei Hofe", das war überall dort, wo die Herrschaften aßen, wo sie tranken, feierten und zu vorgerückter Stunde auch noch andere animalische Triebe zu befriedigen suchten.

Pedro war ausschließlich für die Zusammenstellung und Darreichung von Speisen und Getränken zuständig gewesen. Manchmal allerdings änderte sich sein Tätigkeitsfeld: „Klar, daß ich nicht über die Dinge reden darf. Sie können mir glauben, ab einer bestimmten Uhrzeit ging es immer sehr turbulent zu! Und es waren immer die gleichen, die wir dann zur Unterkunft bringen mußten. Auch Frauen waren dabei. Wenn jemand wollte. Ich hatte die Telefonliste der Mädchen und Frauen. Wenn jemand ein Mädchen wollte, wußte ich, wo ich anzurufen hatte."

Er erzählte Wossow von seinem PP-Hubschrauber, der kurzfristig und blitzschnell einfliegen, auf kleiner Fläche landen und innerhalb weniger Minuten eine komplette Tafel, je nach Bedarf recht variabel, „gewährleisten" konnte. („PP" stand als Abkürzung für „Prasdnik-Proviant".)

„Gelegentlich traf man sich auch direkt vor dem Hubschrauber zu einem kleinen ‚Prasdnik'. Im Hubschrauber selbst war kein Platz für mehr als drei Personen. Aber dennoch, so manche geheime Unterredung, so mancher Flirt

mit einer netten Dame fand im Hubschrauber selbst statt;
und war es erwünscht, sogar kombiniert mit einem kleinen
Rundflug. Meist aber stand die kulinarische Funktion im
Vordergrund und man setzte sich für einen Imbiß auf die
breite gepolsterte Ladekante vor die geöffneten Frischhal-
tekammern, die sich im Inneren des Fluggerätes befanden.
Da hingen ein Dutzend ungarischer Salami, verschiedene
hessische, französische und südtiroler Würste, geselchter ba-
varischer Schinken, frisch geräucherter Spyker'scher Aal im
Ganzen und in Stücken, frische dänische Butter, russischer
Kaviar, frische norwegische Räucherlachsfilets, geräucherte
Wildschweinschinken aus der Jagd vom Schlaubetal, woher
auch die echten Europäischen Flußkrebse kamen, geräucherter und ungeräucherter holländischer und französischer Käse.
Zwischen all diesen edlen kulinarischen Köstlichkeiten und
den am Boden verankerten Kästen mit fünfzehn verschiedenen Biersorten hatte man verschiedenste ungarische, italienische, japanische, portugiesische, ost- und westdeutsche sowie
französische Weine, darunter fünf Flaschen achtundfünfzi-
ger Santernes, französischen Champagner und sowjetischen
Schampanskoje von der Krim, amerikanischen und schotti-
schen Whisky und Whiskey, mexikanischen Tequila, echten
karibischen Curaçao in blau, grün und orange, kartonweise
roten und grünen Moskauer Wodka. An alkoholfreien Getränken gab es Coca-Cola, Tonic-Water, Ginger Ale und eine
gute Sorte Mineralwasser aus der hessischen Rhön. Außerdem hatte man das gute Atombrot aus eigenen Armeebestän-
den in das Sortiment aufgenommen. Für das schnelle Öffnen der Atombrotdosen stand ein elektrischer Büchsenöffner
französischer Produktion zur Verfügung. Mancher Gast
bevorzugte ein ganz besonderes Menü, das Pedro, nach Art
des Hauses ein wenig modifiziert, zubereitete: Eine Scheibe
Atombrot mit einem nicht zu hart gekochten, längs geteilten
Kiebitz-, oder Wachtelei, dazu ein gehäufter Löffel roter Kaviar und das übliche Hundertgrammglas Wodka. Das ganze
nennt sich ‚Russisches Frühstück'", sagte Pedro.

„Ein Mikrowellenherd, wie man ihn vielleicht im INTER-SHOP und im Westen überall, im Osten aber nirgendwo kriegt, zum blitzschnellen Aufbacken verschiedener eingefrosteter Waren, hatte ich gerade in der Erprobung, als ich eines Tages von einem unscheinbaren zivilen Auto abgeholt wurde, das nur vorne Fenster hatte. Es war ein blauer BARKAS. Sie holten mich direkt von der Arbeit weg, so plötzlich waren sie da. Ich hatte keine Zeit zum Packen. Nichts konnte ich mitnehmen. Alles blieb liegen: Mein Geld, mein Giroheft, mein Adreßbuch, mein Sparbuch, mein Fotoalbum, meine Bücher und Sachen, alles! Erst viele Wochen später erfuhr ich, wohin sie mich gebracht hatten. Vier kräftige Männer packten mich, hielten mich fest. Dann kam jemand von hinten: Eine Frau! Ja, eine Frau! Das Luder! Sie spritzte mir ein Mittel, von dem ich einschlief. Als ich in einer Zwangsjacke, auf einer Pritsche fixiert aufwachte, hatte ich Brandwunden hier am Kopf." Dabei zeigte er an seine Schläfen, scheitelte das dichte, lockige Haar ein wenig. „Damit sie die Elektroden besser anlegen konnten, hatten sie mich vorher kahlrasiert. Keine Ahnung, wie viele Elektroschocks sie mir verpaßten. Habe die Leute niemals kennengelernt, die das gemacht haben. Bestimmt sollte ich vergessen, was früher einmal war. Vieles habe ich vielleicht auch vergessen. Vielleicht brauche ich nur jemanden, der mir wieder auf die Sprünge hilft! Wissen Sie, jemanden, der mir einen Denkanstoß gibt oder jemanden, dessen Stimme ich nur hören müßte, ganz gleich, was er spricht. Die Frau zum Beispiel, die Frau, die mir diese verdammte Spritze verpaßte. Ihre Stimme habe ich mir ganz genau gemerkt. Erst zwei Monate später, als die Haare wieder nachgewachsen waren, brachten sie mich dann hierher."

Wegen „asozialen Verhaltens", zur Erstellung eines psychiatrischen Gutachtens habe man ihn hierher auf die „Forensische" gebracht. Wossow konnte sich den, selbst in gestreiften Anstaltssachen gepflegt aussehenden Kellner nicht als subsoziales Element vorstellen. Er sah noch immer aus wie einer vom Archiv, schlank, blaß, Augenringe, kurzes und streng gekämmtes Haar, niemals unrasiert und immer ernst, ja fast verbissen und dennoch irgendwie ausdruckslos. Pedro hatte kein vertraglich fixiertes Arbeitsverhältnis, und deshalb wurde er von dem Gericht auch als asoziale Person abgeurteilt. Man hatte Pedro einfach keinen schriftlichen Arbeitsvertrag ausgehändigt, so daß man ihn auch schon viel früher und legal hätte feuern können. Inzwischen aber wußte er zu viel, hatte zu viel gesehen und zu viel miterlebt. Zu vieles widersprach inzwischen auch seinen gesunden Moralvorstellungen, wie er sie einmal von seinen Pateneltern anerzogen bekommen hatte. Das hatte seine Person zu einem nicht kalkulierbaren Sicherheitsrisiko gemacht. Er mußte so rasch wie möglich von der Bildfläche verschwinden.

Wie er Wein, Bier, Salami und Atombrot im PP-Hubschrauber wälzte, so wälzte man auch das Ordonnanz-Personal bei Hofe. Seine Ablösung war schon längst geplant, lange bevor er seine Arbeit als Kellner überhaupt begann. Jemand mußte ihn ersetzen, jemand ohne Stammbaum, einer wie er.

Seit zwölf Jahren sprach Pedro nun jeden an. Jedem Neuankömmling, egal ob Pfleger, Arzt oder Patient, jedem zeigte der Italiener sein Sammelsurium von Arbeitsbescheinigungen. Jedem, von dem er sich Hilfe versprach, vertraute er seine Geschichte an. In seiner naiven Blauäugigkeit hatte er viele Leute angesprochen, die zwar sein Vertrauen geweckt hatten, aber nicht gerade seine Freunde waren. Andere hatten ihn für verrückt erklärt, und inzwischen hörte ihm auf Station keiner mehr zu. Auch die anderen hatten ihre Probleme. Nicht einer interessierte sich mehr für seine Geschichte, die ihm ohnehin niemand glauben wollte. Nun, in seiner Verzweiflung, klammerte er sich an jeden Strohhalm.

Wossow wußte, daß er Pedro nicht helfen konnte, ohne seine eigene Existenz aufs Spiel zu setzen. Während des Studentensommers glaubte er, sich immer sicherer geworden zu sein, daß nicht in Pedro selbst, sondern eher in dessen gesellschaftlicher Umwelt die Ursache des Problems zu suchen war. Daß nicht er, sondern eine übermächtige Maschinerie straffällig geworden war. Wossow versuchte vergeblich, mit dem zuständigen Oberarzt ins Gespräch zu kommen.

Lag hier vielleicht der Schlüssel? Verkroch der sich vielleicht irgendwo, nur um nicht von Wossow in irgendein unangenehmes Gespräch verwickelt zu werden. Hatte der vielleicht Gewissensbisse? Waren der und sein Vorgesetzter die Verantwortlichen, die bösen Männer, die Pedros Entlassung aus diesem Krankenhaus durch fragwürdige Begründungen schon seit zwölf Jahren verhinderten? Hätte man Pedro auch so einfach ausreißen lassen wie Ferdinand? Oder hätte man ihn den Grenzstreifen gar nicht erst lebendig betreten lassen? All das waren Fragen, die Wossow durch den Kopf gingen.

Die Pfleger verweigerten ihm die Einsicht in Pedros Patientenunterlagen: „Die liejen beim Obaazt. Hat von uns ooch noch keena jeseen." Wossow war es wie ein Alptraum. Doch nüchtern betrachtet konnten Pedros Geschichten doch gar nicht stimmen! Nicht umsonst handelte es sich hier um eine psychiatrische Station. Sollte man da nicht meinen, daß auch Pedros geistige Funktionen erheblich gestört sind!

Vielleicht litt der Italiener an einer Schizophrenie und alles war nur eine fixe Idee, Einbildung, Spinnerei, das ausformulierte Produkt Pedros paranoider Gedanken? Der Student Achim Wossow hatte überhaupt keine Ahnung von dem großen Fachgebiet der Psychiatrie. Er stand noch ganz am Anfang seines Medizinstudiums. Er war noch längst kein Arzt, erst recht kein Facharzt für Psychiatrie, er war einfach viel zu unerfahren, am Patienten XY Verhaltensauffälligkeiten mit Krankheitswert feststellen oder gar ausschließen zu können und zu dürfen. Würde Pedros Geschichte stimmen, so ließe man ganz sicher keinen Medizinstudenten auf diese Station. Oder war Wossows Einsatz etwa ein Irrtum vom Amt? Oder: War man vielleicht doch so mächtig, daß man sich diese Dreistigkeit in dem Glauben erlaubte, über jeden

Verdacht erhaben zu sein? Oder war die Dreistigkeit dieser Macht eine noch viel größere?

Ihre Abschlußprämie verpraßten sie in der Nachtbar am Nordbahnhof. Sie tanzten und feierten. Unter dem geheimnisvollen Schein der Tischlaternen erzählten sie sich ihre Erlebnisse der letzten Wochen. Sie saßen und sie tanzten bis der Morgen graute, bis zum einundzwanzigsten Mal auch das Band mit dem Lied „Oneway City" abgespielt worden war. Dann schickte man sie vor die Tür. Sie rochen nach Kneipe und Körper und sahen müde aus. Die Mädchen mit verschmierten Lidern und zerzaustem Haar, die Jungs unrasiert, allesamt verbraucht aussehend. So begegneten sie – sie waren in der Minderheit – den erwachsenen Werktätigen, die ihnen mit pädagogisch ernsten Mienen vom Bahnhof aus entgegenströmten, um diszipliniert in einen Bus, die U-Bahn, die nächste Straßenbahn oder einen anderen Zug umzusteigen, der sie zu ihrer Arbeit bringen sollte.

Sie verstanden die strafenden, abfälligen Blicke sehr gut, wußten aber, daß sie während der letzten Wochen für ihr noch junges Leben bedeutende Dinge erlebt hatten, unglaubliche Dinge, die in keiner Oststadtzeitung standen, Dinge, die ihnen sowieso keiner geglaubt hätte, von deren Existenz die anderen ja keine Ahnung hatten, weder in der Oststadt, noch in der Weststadt, deren Verarbeitung aber ihnen selbst keine Reserven mehr übrig ließ, keine Valenzen für ein Schmollen, für das Eingeständnis der eigenen, ja nur scheinbaren Unzulänglichkeit. Eine Unzulänglichkeit, wie sie nur zu nahe lag, blickte man sie beim Verlassen der Nachtbar prüfend und strafend an. Die kalte, blendende Morgensonne ließ ihre Stimmung rasch in nüchternen Ernst umschlagen, denn sie hatten kein Geld mehr für die S-Bahn.

Den Studenten überkam immer öfter das Gefühl, zu spät in die Zeit hinein geboren zu sein; ein Gefühl der *Torschlußpanik*: Um sie herum verschwanden all die guten Leute, aus ihrer kleinen Welt rüber in eine andere, riesige, aus dem

Eingesperrtsein in die unendliche Freiheit, aus der Bevormundung rüber in die Freizügigkeit. Aber sie? Sie waren nur Studenten, standen erst am Beginn ihrer Berufsschulausbildung. Es war extrem schwierig geworden, in den Westen abzuhauen. Es war lebensgefährlich, wollte man mit dem Kopf durch die Wand. Lange her, als man in feinen Sachen, in frisch gedämpften Anzughosen mit frischem weißem Hemd und goldenen Manschettenknöpfen, Krawatte und Hut, den ledernen Koffer in der Hand im Osten in einen Zug einsteigen konnte, um diesen dann nach geruhsamer Fahrt im Westen wieder zu verlassen – auf nimmer Wiedersehen!

Einem Gerücht nach soll sich der letzte große Professor der berühmtesten deutschen Anatomie mit einem Seziermesser das Leben genommen haben. Keiner wußte, warum er eines Tages nicht mehr zu seiner angekündigten, von den Studenten geschätzten Vorlesung an der *Elité* erschien. In keiner Zeitung hatten sie eine erschöpfende Antwort auf die brennende Frage finden können, ob es wirklich stimmte, daß er Selbstmord beging. Was um Gottes willen, was hatte ihn dazu getrieben? Alle zwei bis drei Monate, jedes Mal, wenn wieder einer der Anatomen in den Westen abgehauen war, setzte man Wossows Seminargruppe wieder einen neuen wissenschaftlichen Lehrassistenten vor.

Alle, die gegangen sind, waren gute Leute, deren Namen als Autoren und wissenschaftliche Mitarbeiter in den Büchern standen, die inoffizielle Vorlage einer jeden Anatomievorlesung waren. Die Bilder an der Leinwand des altehrwürdigen *Elité*-Hörsaales, die Diapositive, die der Saaldiener seit Jahren schon routinemäßig, still und leise in den großen schwarzen Projektor steckte, waren identisch mit den Bildern, Zeichnungen und Fotos ihrer Bücher.

Einige Bücher wurden von den Verlagen nicht mehr neu aufgelegt, obwohl der enorme Bedarf fortbestand. Die Antiquariatsabteilung des einzigen medizinischen Buchgeschäftes der Oststadt war ebenso groß wie die Abteilung mit den neuen Büchern. Die absoluten Renner standen im Antiquariat. Die begehrtesten Titel kamen gar nicht erst in die Regale. Sie lagen für besondere Kunden unter dem Ladentisch.

Es herrschte eine eigenartige Spannung. Äußerlich schien die Stimmung gedrückt. Jeder glaubte zu wissen, wohin die guten Leute verschwunden waren, deren Bücher jetzt im Westen gedruckt wurden. Jedes ihrer Bücher war ein Schatz, eine Kostbarkeit, deren Herkunft die Dummen zu negieren suchten. Aber selbst die Dummen hatten schon gelernt, daß es keinen Sinn macht, Bücher zu vernichten.

Die Stimmung war am Boden, wenn wieder einer den dicken Daumen gezeigt und gesagt hatte: „Tschüß! Seht zu! Ihr könnt mich mal! Habe nur ein Leben, und das lasse ich mir nicht durch die Konsequenzen und Inkonsequenzen eurer abwegigen Utopie vermasseln!" Ohne es zu wissen, kompensierten viele diese Grundstimmung, indem sie sich sagten: „Irgendwie werde auch ich es schaffen, in den Westen abzuhauen." Keiner sprach von seinen Träumen – aus Angst, sich zu verraten. Keiner sprach von seinen Träumen – aus Angst, an jemanden zu geraten, der ihn verpfeifen könnte.

Bei anderen schlug heimlicher Neid um in Mißgunst und das „Schäflein-Hüte-Syndrom". Sie fühlten sich auserkoren, als mutige Tschekisten und „Kundschafter des Friedens" für die „große Sache" zu kämpfen. Dabei waren sie alles andere als mutig.

Andere wieder suchten einfach nur nach einer Möglichkeit, zu denen zu gehören, denen es nicht erst im Kommunismus, sondern schon in dessen Vorstadium, im Sozialismus, deutlich besser ging, als dem Nullachtfuffzehn-Nebenan. Mit ihrer Einstellung fielen sie auf den Boden der Leute vom Archiv, obwohl sie ursprünglich gar nichts weiter wollten, als ihr Medizinstudium ohne Zwischenfälle zuende zu bringen. Das Studium fiel nicht jedem leicht. Wer für zusätzliche Sicherheiten sorgen wollte, das Studium bequem und sorgenfrei durchzustehen, den lockte schon bald das Archiv.

Ohne es zu ahnen ging Wossow mit einem von ihnen regelmäßig auf ein Bier ins „Oranienquell". Manchmal waren es auch zwei Kindl, die sie in der Kneipe gegenüber der Botschaft tranken, bevor sie wieder zurück in die Anatomie eilten, um vor Ende des Präparierkurses noch einmal präsent zu sein. Die Anderen, Fleißigen hatten inzwischen wieder ein Stück an der Leiche zerfleddert, ohne, daß ihnen irgendjemand zeigen konnte, wie man sachgemäß präpariert. Nur sporadisch kam einer der Sektionsassistenten von einem der Nachbartische vorbei, um die dringendsten Fragen der Wißbegierigen zu beantworten.

Wossows Anatomiegruppe stand eine männliche Leiche für die Präparation zur Verfügung. Keiner der Studenten wußte etwas anzufangen mit dem stark erweiterten Darmsegment, das so gar nicht in das Anatomiebuch passen wollte.

Nach jedem Sezierkurs mußte die Leiche wieder in einen der Eisenbottiche getragen werden, damit das Formalin einwirken, es den von Kurs zu Kurs immer unansehnlicher werdenden Leichenrest vor dem Austrocknen schützen konnte. Solange das Geld reichte, gingen sie auch nach dem Anatomiekurs noch ein Bier trinken, nur um die hübsche blonde Kellnerin mit den langen, schlanken Beinen noch einmal zu sehen. Als Wossow sie zum ersten mal sah, mußte er sofort an seine Biologielehrerin denken. Auch sie war blond und schön, hatte schlanke lange Beine, trug ein kleines Muttermal genau an der gleichen Stelle – jungenhandbreit oberhalb der rechten Kniekehle. Nächte hatte ihn dieser Leberfleck damals wachgehalten, als er noch zur Schule ging.

Sein Bewacher, dessen Namen er inzwischen vergessen hat, holte ihn wieder in die Gegenwart zurück, wenn er einen seiner vulgären Witze erzählte.

„Achim, sog mol! Wou is bei d'r Frau d'r Blinndorm?"

„Weiß nich! Rechts, nehm ich an. So wie beim Mann!"

„Nej! Wenn de reingommst lings!"

Auf dem Rückweg in der S-Bahn ... „Dadamm-dadamm ... dadamm-dadamm ... dadamm-dadamm ..." standen die Menschen dichtgedrängt.

Man rümpfte die Nase über die aus der Anatomie kommenden Studenten, denn der beißende Formalingestank war ihnen in die Sachen gekrochen, in das Haar, war in der Haut und steckte in den leinengebundenen Anatomiebüchern. Natürlich hatten sie die Bücher in der Anatomie mit den formalinbenetzten Gummihandschuhen anfassen müssen, um den Muskel an der Leiche mit der Abbildung im Buch zu vergleichen. Gummihandschuhe waren schließlich Mangelware. Keiner hätte sich leisten können, nach jedem bißchen Blättern im Buch gleich wieder neue Handschuhe anzuziehen.

Keiner der Fahrgäste wußte den Geruch hochprozentigen Formalins irgendwie einzuordnen. Auch wenn große Mengen von dem Zeug im VEB MÖBELWERK zur Herstellung von Spanplatten für ihre Schrankwand mit den TGL-Standard-Abmessungen, passend in jede Nullachtfünfzehn-Neubauwohnung Verwendung gefunden hatten, so roch dieses Formalin doch irgendwie anders.

Nur einige der Passagiere waren wirklich echte alteingesessene Oststädtler, meist handelte es sich um Adoptiv-Oststädtler, Zugereiste, Werktätige und Pendler aus den Randgebieten der Oststadt und wohl auch um ein paar Touristen. West-Touristen verirrten sich selten einmal in eine oststädtische Straßen- oder S-Bahn. Der devisenbringende West-Tourist kam zu Fuß, um im Zentrum billig einzukaufen, oder um die Mauer einmal in seinem Leben auch von der tristen, fahlgrauen, weil unberührten, unnahbaren und unbemalten Schattenseite zu sehen. Dann war er, mehr oder weniger verschreckt, auch schon wieder verschwunden.

So waren sie unter sich und dazu bestimmt worden, es auch zu bleiben bis an das Ende ihrer Tage. Davon waren alle überzeugt. Meist saßen oder standen sie stumm. Meist waren es blasse, depressiv und leer aussehende Gesichter, die ihren Blick nach draußen richteten, um nicht in ein anderes schauen zu müssen. Andere lenkten sich ab, indem sie ihre Gesichter in die Zeitung vergruben. Meist war es die Oz, die

OSTSTADTZEITUNG. Die war nicht so groß, in ihrem Format kleinlaut, bescheiden und S-Bahn-tauglich. Sie ließ sich auch gut im Stehen noch durchzublättern, ohne dem Nebenmann die Sicht nach draußen zu nehmen. Oder sie lasen die FÜR SIE, oder die NOWI, die NEUE OSTWESTSTÄDTISCHE ILLUSTRIERTE, die es ausschließlich in der Oststadt und in der DDR zu kaufen gab. Anders beim ND, der Zeitung im abstrakten Schwarz-Weiß, die ein Abschweifen des Blickes, etwa am oberen oder seitlichen Rand des Blattes vorbei, mit oder ohne akkommodierende Scharfstellung des Augenpaares auf die im Hintergrund sichtbar werdende Mauer und das, was dahinter kam, unter gar keinen Umständen zuließ. Mit diesem Blatt hatten die Bestimmer sich nicht nur in Größe und Auflage übernommen, und so mancher Packen der hypertrophen Zeitungen wurde schon primär in den Altstoffhandel abgegeben, ohne jemals aufgeschnitten oder gar gelesen worden zu sein.

Der Frust saß tief. Der Frust saß so tief, daß es oft nur eines kleinen, unbedeutenden Anlasses bedurfte, die Beherrschung zu verlieren. Ursache und Wirkung standen in keinem angemessenen Verhältnis.

In Experimenten war bewiesen worden, Lurch A springt sofort wieder aus dem Topf, wenn man ihn in heißes Wasser wirft. Lurch B geht zugrunde, erwärmt man das anfangs noch kalte Wasser, in dem er schwimmt, ganz allmählich: Eine andere, ihn vernichtende Qualität ist entstanden, und er hatte es nicht einmal bemerkt. Nein! Für die Psyche der Masse gibt es kein Modell! Es war nur scheinbar paradox, wenn großer, chronisch angestauter Frust keine Reaktion, eine kleine Ursache hingegen inadäquat große Wirkung zeigte und die Sicherung zum Durchbrennen brachte.

Die kollektive Barriere der trägen Masse war zu groß, als daß ein einzelner deren Zusammenbruch hätte auslösen können. Indem er die Beherrschung verlor, die Wahrheit sich traute zu formulieren, nicht mehr bereit war, mit dem Rudel der Barriekarrieristen mitzuheulen. Fiel er aus der

Rolle, ließ ihn die Masse im Stich. Er hatte den alleroberstern Grat der absoluten Obergrenze um das entscheidende Hunderstel einer Dekompensationseinheit überschritten, obwohl die Vorarbeit nicht einmal er selbst, sondern ganz andere geleistet hatten, vielleicht sogar intrigierende Fallensteller vom Archiv. Doch dies klarzustellen oder zu beweisen nutzte nichts, denn es war das entscheidende Hundertstel, das ausschließlich er und kein anderer überschritten hatte. Manchmal war es ein einziges Wort, manchmal reichte ein falscher Satz, eine falsche Geste, die man schon lange erwartet, gebahnt und gebettet, deren Registration man schon lange vorbereitet hatte. Nun plötzlich stand keiner mehr hinter ihm. Das „Kollektiv" ließ ihn fallen, einfach so und ganz, ganz tief. Man ließ ihn abstürzen in ein tiefes schwarzes Loch. Die meisten schauten weg. Andere verurteilten sein Tun demonstrativ, um durch besonders lautes Geheul Karriere zu machen, nun im Rudel ein deutliches Stück nach vorn aufzurücken. Wieder andere ließen sich in ihrer Naivität vorübergehend als Leitheuler vor den Schlitten spannen, der auf verharschtem Untergrund dann bergab viel zu schnell wurde, als daß der Leitheuler ihn hätte auch weiterhin kontrollieren und navigieren können. Die einer anderen verbalen Äußerung, außer zu heulen, nicht taugliche Masse kollektiv nickender Mitheuler hatte schon einmal versagt und den Schlitten, Trägheit hätte ausgereicht, irgendwann nicht mehr abbremsen können.

Begehrte einer auf, der nur eine kleine Nummer war, wurde er einfach weggesperrt. War er bekannt oder gar prominent, wurde er weggelassen, weggeschickt, ausgewiesen oder verbannt, man ließ ihn nicht wieder ins Rudel zurückkehren. Mitheulen ward ihm ab jetzt streng verboten, selbst wenn er sich, auf den Knien rutschend, reuevoll heulend entschuldigte!

In jedem der S-Bahn-Wagen saß und stand ein anderes Sammelsurium von Gesichtern. Keiner kannte den anderen oder die wirkliche Gesinnung seines Gegenüber, nicht einmal seines eigenen Bekannten, seines vermeintlichen Freundes. Währenddessen tauchten beim kollektiven Blick durch die Fenster des fahrenden S-Bahn-Zuges Mauerfragmente mal dichter, mal weiter entfernt, mal ganz weit weg am Horizont auf.

Jeder wußte, daß es inzwischen keine einzelnen Fragmente waren und daß vor der Mauer noch ein inzwischen breiter und breiter gewordener Sandstreifen, bespickt mit intelligent ausgetüftelten kleinen Überraschungen auf all diejenigen wartete, die aus dem Kompartiment ihrer kleinen Welt ausbrechen, rüber in den Westen, in die Freiheit abhauen wollten. Im S-Bahn-Zug sah Wossow das Modell der tristen Gesellschaft: brave, kollektive Durchhalter und Defaitisten, ein spontanes Sammelsurium gegenseitiger Aufpasser im krankhaften Zustand neurotischer Fehlentwicklung auf gemeinsamer Talfahrt durch die kontinuierlich hinwegfließende Zeit, die keinen außerplanmäßigen Absprung eines Einzelnen zuläßt. Der Lokführer bestimmt die Geschwindigkeit, nicht die Richtung des Zuges, dessen Weichen schon lange und nach einem starren Plan gestellt sind.

Streckenführung und Geschwindigkeit ließen in der Eigenart ihrer Kombination nur selten einmal einen berechenbaren Absprung zu. Eine pneumatische Vorrichtung hielt alle Türen fest geschlossen, allerdings nur während der Fahrt.

Blieb die Bahn auf freier Strecke stehen, bot sich früher einmal, als die Mauer nur symbolisch, eher virtuell, also eben noch durchlässig war, dann und wann eine solche einmalige Chance, abzuspringen, auszusteigen, zu verschwinden, auf Trebe zu gehen – für immer! Der Entschluß fiel nicht leicht. Doch verpaßte man eben diesen Moment des Stillstandes, der die Tür ganz leicht öffnen, ein Hinabsteigen von der scheinbar so soliden Plattform des Abteils des nur für den Moment am Signalspiel stehengebliebenen Zuges hinab auf den scheinbar so unwegsamen Schotter des Bahndammes ermöglichte, wurde es später schwieriger und schwieriger. Enger und enger zog sich das Netz, dichter und dichter wurden die Maschen des rigiden Drahtes. Die Spannfeder der ausgeklügelten Falle bis auf das äußerste gespannt, waren inzwischen auch die Sensoren massiv aufgestockt, war der Auslösemechanismus mehr und mehr verfeinert worden.

In jedem Abteil gleichermaßen war es zu hören, das eintönige Fahrgeräusch des vierachsigen Wagens über die Schienenstöße, dadamm-dadamm ... dadamm-dadamm ... dadamm-dadamm, durchmischt mit dem hochfrequenten aufschwellenden Ton des Elektro-Antriebes.

Nachdem die ersten fünf Stationen passiert waren, wurde der Wagen fast leer. Die Bahn fuhr an und begab sich bald wieder in das monotone Dadamm-dadamm. Wossows Gegenüber trommelte mit seinen ungepflegten, etwas zu langen Fingernägeln auf das Fensterbrett in eben diesem Rhythmus: dadamm-dadamm ... dadamm-dadamm. Was mögen wohl seine Gedanken gewesen sein? Dadamm-dadamm ... dadamm-dadamm. War es ein Takt? Dadamm-dadamm ... dadamm-dadamm.

Was wollte er damit ausdrücken? Dadamm-dadamm ... dadamm-dadamm. Oder, dachte er überhaupt etwas? Dadamm-dadamm ... dadamm-dadamm ...

Ein Jahr später hatte sich Wossow in der Stadt eingelebt, deren Lebensrhythmus angenommen und beinahe sogar deren Sprache übernommen. Es war eine gewöhnliche und geschwätzige, etwas sterile Sprache; ohne viel Modulation, mit viel Schaum und nicht immer ganz ernst zu nehmen, recht oft zu hinterfragen. Nicht selten war der Mund schneller, als das übergeordnete Sprachzentrum. Die Sprache gab es in ihrer reinen Form nur hier, innerhalb einer wenige Quadratkilometer großen, in ihrem Inneren zudem noch gewaltsam separierten Fläche.

„Eine Sprache, so flach wie das flache preußische Land, wie die Brüste der alteingeborenen Frauen. Zilles Bilder übertreiben: keine Brust, aber einen geilen roten Arsch", so hatte einmal sein Armee-Kumpel aus Karl-Marx-Stadt die Oststädtlerinnen beschrieben. Die Bewohner der Oststadt einschließlich der Zugereisten wiederum mochten die Sachsen überhaupt nicht und bezeichneten sie herablassend als „Gesox", bezeichneten ihre Stadt als „die Stadt mit den drei U", weil die Leute aus „Gurl-Murx-Studd" beim Sprechen den Mund nicht aufkriegten. Dafür aber hervorragend modulieren und beinahe singend sprechen konnten und ihre Frauen durchaus auch oben herum vorzeigen.

Er hatte sich gefangen, hatte seine Gedanken sortiert. Immerhin wollte er Arzt werden, dazu noch ein guter Arzt, der von seinen Patienten so ernst genommen und geachtet wird wie seine Eltern ihren Doktor achteten. Außerdem machte es keinen Sinn, über den Status quo nachzugrübeln und Zeit zu verschwenden, die er für die Konzentration auf sein Studium unbedingt brauchte: *Patienten gibt es überall, weshalb dann verschwinden?*

Er meldete sich als Hilfsassistent für die Physiologie. Hier half er, Experimente vorzubereiten. Vielleicht waren auch hier die Ausbilder knapp geworden, weshalb man auf Studenten zurückzugreifen gezwungen war. Oder war es vielleicht die mit dem Westfernsehen herüberkommende Verunsicherung über die moralische Bedenklichkeit von Tierversuchen?

Wossow war es gleich. Es hatte ihm gefälligst gleich zu sein! Anfangs genoß er das Gefühl, fachlich so stabil zu sein, daß er für seine Mitstudenten etwas vorzubereiten imstande war, ohne selbst andere Fächer zu vernachlässigen. Das hier waren keine Tierversuche im Dienste der Wissenschaft! Es waren keine neuen Entdeckungen zu erwarten. Es ging auch nicht um die Austestung eines neuen Pharmakon. In Wirklichkeit handelte es sich um nichts weiter, als um physiologische Demonstrationen am „Tiermodell".

Wenige Jahre zuvor hatte man im Physiologie-Institut noch Frösche als Versuchstiere benutzt. Durch die Trockenlegung der Sümpfe und andere Meliorationsmaßnahmen hatte man den Bestand an Fröschen so stark dezimiert, daß man nun andere Tiere für die Ausbildung von Medizinstudenten organisieren mußte: Ratten.

Ratten schreibt man ja, genauso wie Fröschen, bestimmte unästhetische Eigenschaften zu. Sicher ist das eine wichtige Voraussetzung für die Auswahl einer Tierart als Versuchstier oder als Demonstrationsobjekt für die medizinische Lehre. Doch Wossow lernte die ihm zugeteilten Tiere ganz und gar nicht als ekelerregend kennen.

Zahm waren sie! Die Tiere waren nicht gewohnt, mit den Lederhandschuhen angefaßt zu werden, die man den Studenten bereitgelegt hatte. Private Kleintierzüchter hatten die Ratten großgezogen, um sie schließlich für zwei Mark und fünfzig Pfennige das Stück an die zentrale Aufkaufstelle für Kaninchen, Meerschweine, Ratten, Mäuse, Hunde, Katzen und Hamster abzugeben. Sie wußten nicht, was mit den noch nicht einmal erwachsen gewordenen Tieren geschehen würde. Und selten nur interessierte sich irgend jemand dafür.

Die Ratten mit schneeweißem Fell, Albinos mit roten Augen, Tiere mit fleischfarbenen Ohren, Schnauze, Pfoten und Schwanz waren sehr saubere Tiere. Wossow behandelte sie wie Meerschweinchen, streichelte und fütterte sie. Sie fraßen ihm Hansa-Kekse aus der Hand.

Er hätte es nicht vor einem Spiegel tun können, und wie umgewandelt kam er sich dann jedes Mal vor, wenn er sich die Lederhandschuhe überzog, um ein Tier nach dem anderen für die verschiedenen Experimente vorzubereiten: von einem lebenden Kreislauf durchblutete Rattenmuskeln wurden nach präparatorischem Sichtbarmachen durch Abziehen eines Stückes vom Fell über eingestochene Nadeln auf verschiedene Weise elektrisch stimuliert; eben noch schlagende Rattenherzen wurden bei geöffnetem Brustkorb über eine Pipette mit unterschiedlichen Substanzen beträufelt, um deren Wirkung am Herzmuskel zu demonstrieren.

Während des Experimentes mußte die richtige Narkosetiefe gefunden und auch gehalten werden. War das überhaupt möglich? Er war bestimmt kein Weichei. Das Experiment sollte gelingen, aber auch nicht in Tierquälerei ausarten. Das bedeutete, daß Wossow die Narkose steuernd überwachen mußte und das Versuchstier unmittelbar nach dem „Versuch" töten.

Nachts im unruhigen Schlaf schreckte er auf. Wilde Träume plagten ihn. Und oft genug lag er stundenlang wach, während andere ruhig ausschlafen konnten. War es eine Art Bestimmung, auf diese Weise Überwindung erlernen zu müssen: Überwindung einer gewissen Hemmschwelle, ein bestimmtes Maß an Skrupellosigkeit und Abgebrühtheit? Die Voraussetzung dafür, später einmal als Chirurg das Messer, die Präparierschere, die Klemme ruhig in der Hand halten zu können, auch in einer grenzwertigen Situation? Nein, bestimmt nicht!

„Quäle nie ein Tier zum Scherz, denn es fühlt wie du den Schmerz!" hatte seine Mutter einmal zu ihm gesagt, als er noch ein kleiner Junge war. Wossow war als Kind ein autoritäres, zugleich aber ein menschliches Verhalten im Umgang mit Tieren anerzogen worden. So war er überglücklich, als die Versuchsreihe und damit auch das Vorklinikum zuende ging.

Pfingsttreffen

Das „Pfingsttreffen der Jugend" hatte man wie die „Weltfestspiele der Jugend und Studenten", die später nur noch „Weltfestspiele der Jugend" hießen, weil die Studenten ja sowieso zur Jugend gehörten, bombastisch aufgezogen. So schien es mental und aus preußischer Tradition in dieser Stadt seit eh und je gewesen zu sein.

Mehr Schein als Sein, viel Schaum, hinter dem sich wenig Stabiles fand, sobald man jenen wegzuwischen versuchte, um sich Klarheit zu verschaffen. Es war vergleichbar mit einer Seifenblase, die an trockener Luft zerplatzt, der Tritt auf den überreifen Kartoffelbovisten oder die Impression, die vielleicht ein Ellenbogen, vielleicht der Stoßfänger des versehentlich etwas zu weit zurückgestoßenen Autos in einer Hauswand hinterläßt, die lediglich aus ein paar Kanthölzern, Glaswolle, Styropor und einer dünnen Schicht Putz besteht.

Es ging zu wie in einem verschlampten Haushalt, der nur noch für gewisse sporadische Besuche auf Hochglanz gebracht wurde, indem man schon längst zur Erledigung anstehende und liederlich herumliegende Dinge schnell unters Bett und hinter den Schrank schob und damit für eine unbestimmte, nicht klar zu definierende Zeit von der Bildfläche verschwinden ließ.

Plötzlich waren Unmengen von Farbtöpfen und Mal-utensilien, hunderte nagelneue Abfallbehälter, hochbeinige zweiachsige Toilettenwagen, sogenannte Winkelemente aus Papier, Tonnen von Blumen der Sorten A-043, A-227, B-308 und F-73 für die Bepflanzung von Rabatten, ganze Armeen von Straßenkehrern, Ausbesserern und Gärtnern aufgeboten.

Die Oststadt machte sich chic für das Pfingsttreffen der Jugend. Glück hatten die Organisatoren mit dem Wetter, und Wossow kann sich an keinen Mai erinnern, in dem es so drückend heiß war, wie damals in der Oststadt, als er in seinen Wisent-Jeans und seinem abgeänderten orangefarbenen T-Shirt barfuß im Freien auf einer der Campingliegen unter der Jahnwittbrücke schlief, über die alle drei Minuten eine S-Bahn ratterte.

Dann und wann einmal war er mit seiner Freundin unterwegs, um etwas raus zu kommen raus an die Stadtluft. Wie gewohnt war es auch an jenem Dienstagabend im Mai sehr schwierig gewesen, einen Platz in irgendeiner der wenigen noch erhaltenen Kneipen der Oststadt zu finden.

Anstehen vor einer Kneipe war eingeplant. Man rechnete mit einer bis eineinhalb Stunden Wartezeit. Verabredete man sich mit einem oder zwei weiteren Pärchen, kamen die anderen von vornherein eine Stunde später zum verabredeten Ort, was keine Garantie für ein sofortiges Platznehmen bot.

Dem angestellten Kneiper war es vollkommen egal, ob alle Tische besetzt wurden oder nicht. Wurde ihm die Arbeit zu viel oder hatte er keine Lust, mußte er zu oft oder zu schnell hin- und herlaufen, stellte er einfach ein Schild mit der Aufschrift RESERVIERT auf die Tischdecke, die selten schon nach der ersten Benutzung gewendet wurde.

Orte der Kommunikation und des geselligen Beisammenseins waren sie früher einmal überall gewesen, die berühmten Kneipen und Lokale der Ostweststadt. In der Oststadt aber war jetzt unkontrollierte Kommunikation nicht mehr erwünscht. Ein paar mehr oder weniger niveauvolle Gaststätten im Zentrum wurden noch für Tagestouristen gepflegt. Andere aßen ohnehin in ihren Hotels. Nach zehn schienen die Bürgersteige wie hochgeklappt.

Die stillen Alkoholiker, von denen es mehr und mehr zu geben schien, saßen in ihrer Nullachtfünfzehn-Neubauwohnung vor der Glotze und ließen sich eine Welt vorflimmern, die für sie nicht wirklich existierte. Sie leerten eine Flasche nach der anderen, ganz langsam, ohne die Wirkung des Alkohols zu kontrollieren, bewußt zu registrieren oder gar zu genießen und torkelten ins Bett. Am nächsten Morgen gingen sie mit Kopfschmerzen zu der Arbeit, die sie nicht wirklich befriedigte, kamen nach Hause, legten sich vor die Glotze. Ließen sich eine farbige Scheinwelt vorgaukeln. Griffen zur Flasche. Leerten eine nach der anderen, ohne die Wirkung zu erschließen. Legten sich ins Bett, neben die Frau, die schon schlief und die sie manchmal verprügelten. Dadamm-dadamm … Dadamm-dadamm …

Anstehen vor der Kneipe war eingeplant. Anstehen vor, in und nicht selten auch hinter der Eingangstür. Um etwas Festes zu bekommen. Hatte man nach langem Warten endlich einen Sitzplatz, so hieß es nicht selten: „Tut mia leijd, in eina Stunde haben wia Küchenschluß, deshalb nehm ick ooch keene neujen Bestellungen mea entgejen. Aba … ick muß jleijch mal mit dem Küchenchef reden, vielleijcht kriejen Se noch 'nen kleenen Toost."

„Toast" klang wie „Trost" und war man endgültig zu spät zu Stuhle gekommen, so blieb es bei ein, zwei oder drei Hellen oder einem großen Glas Gotano-Wermutwein, großzügig aufgefüllt mit Würfeln aus gefrorenem Chlorwasser. Gegenüber, auf der anderen Seite der Allee, schritt ein Wachposten vor einem riesigen grauen Betonblock auf und ab. Kragen, Ärmel und Schulterstücke seiner grünbeigegrauen „Präsent-20"-Uniform waren pinkfarben abgesetzt. Überwachungskameras blickten permanent herab auf jeden Passanten. In der Kneipe um die Ecke hinter dem Wohnheim war gerade ein Tisch frei geworden. Hier wurde Wossow von einem Neugierigen befragt, was denn der weiße Punkt am Ärmel seines orangefarbenen T-Shirt bedeute. Wossow hatte sich aus der Krankenhaus-Näherei einen der aufbügelbaren kreisrunden Flicken geben lassen, wie sie sonst verwendet wurden, um Krankenhausbettwäsche, Patientenhemden und weiße Personalwäsche ohne irgendeine Naht zu flicken. Ein Holländeremblem hätte vielleicht ganz gut auf den Ärmel des Hemdes mit der ungewohnt warmen und schrillen Farbe gepaßt, nicht aber das Emblem, mit dem das orangene T-Shirt gekauft werden mußte. Doch eben dieser renitente dreifarbige Emblemaufkleber mit Hammer und Ährenkranz ließ sich nicht ablösen, ohne ein winziges Loch in den Stoff des Ärmels zu reißen! Wossow war so wie alle jungen Leute im Osten schon immer scharf auf ein T-Shirt gewesen.

Das T-Shirt als Symbol westlicher Kultur und westlicher Lebensart war Mangelware geblieben. Nun nutzte man die Mangelsituation, indem man T-Shirts verkaufen ließ, denen kurz vorher ein Staatsemblem aufgebügelt worden war. Das Motto hätte heißen können: „Wenn schon ein T-Shirt, denn schon eins mit Logo, logo!"

Jedenfalls fragte ihn der Neugierige: „Watt'n, watt iss'n dette?"

„Lieber 'n weißen Punkt auf'm Shirt, als 'ne rote Socke im Schuh!" antwortete Wossow.

Er war stolz auf sein orangenes T-Shirt gewesen. Das erste T-Shirt, das es immerhin regulär für Alu-Chips zu kaufen gab. Fast zwei Stunden hatte er in der langen Schlange anstehen müssen für ein einziges T-Shirt!

Als Wossow zwei T-Shirts verlangte, sagte die Verkäuferin: „Eijns! Mehr jipt et nich!"

„Wieso? Schließlich habe ich über eine Stunde anstehen müssen, und das zweite ist für meine Freundin, die – so wie Sie – gerade arbeitet!"

„Keene Tricks, Junge!" antwortete die Verkäuferin „Det läujeft bei miaa nich!"

„Wat heißt hier Tricks?" fragte Wossow, worauf die Verkäuferin erklärte: „Hamstakäujfe jippt et nich! Eijns darf ick vakoofen. Eijns füa jeeden!"

Wossow ließ davon ab, sich weiter mit ihr zu zanken. Sie tat ihm leid, und wahrscheinlich war er der einzige, dem sie leid tat. Er sah die wenigen übrigen T-Shirts unter ihrem Ladentisch, daß weit mehr Menschen in der Schlange hinter ihm standen, als Shirts unter dem Ladentisch lagen. Er stellte sich vor, welche frustgeladenen Beschimpfungen auf die arme Frau zukommen würden, wenn sie, nur noch wenige Käufer nach ihm, bekanntgeben würde, daß alles ausverkauft war.

Bestimmt hatte sie sich vorher ein paar T-Shirts abgezweigt für ihre Familie oder für diese und jene Bekannte. Sie tat ihm trotzdem leid.

Wenige Jahre früher, als er noch zur Schule ging, hatten sich die Jungs von der 11b ihre T-Shirts selbstgemacht. Kurzärmelige Unterhemden verwandelten sie in wahre Kunstwerke, indem sie Schultern, Bauch und Rückenpartie des guten weißen Hemdes aus Vaters Wäscheschrank zu Zipfeln formten, die sie in unterschiedlich großen Abständen ganz fest mit dickem Bindfaden umwickelten, bevor sie das Hemd in einen Topf mit kochend heißer Ostereierfarbe tauchten, andere Farben gab es nicht zu kaufen. Nachdem sie die Bindfäden entfernt hatten, blieben hübsche Kringel und Kreise über Rumpf und Schultern übrig. Der Fantasie waren keine Grenzen gesetzt. Damit sich das Färben lohnte, versammelte sich die ganze Clique vor Mutters altem Windelkochtopf. Nach dem zweiten oder dritten Spülgang wurden die Bindfäden vorsichtig durchgeschnitten. Jeder war gespannt, mit welchem Resultat die aufwendige Prozedur enden würde. Schnitt man zu hastig, entstand nicht selten ein Loch im Stoff. Während Mutters Waschbecken kaum korrigierbare, häßliche grüne Flecken bekommen hatte, blaßte das Hemd von Wäsche zu Wäsche mehr und mehr ab. Sogar auf der Haut hinterließ es farbige Spuren.

Das Grün ihrer Hemden paßte zu dem OP-Grün der Hosen, die irgend jemand aus dem Krankenhaus „mitgebracht", zu Jeans umgearbeitet und als Freizeithosen verkauft hatte.

Mancher Campingplatz schien zeitweise ausschließlich von OP-Personal bevölkert zu sein, denn fast alle liefen hier in den wie steingewaschen aussehenden giftgrünen OP-Hosen herum. Je öfter eine Hose den Waschgang der Krankenhauswäscherei passiert hatte, desto begehrter war sie, und ein Loch, geflickt oder ungeflickt, minderte den Wert keineswegs.

Für die Zeit des Pfingsttreffens wies man den Studenten andere Wohnungen zu, als sie sonst bewohnten. Das bedeutete, sie hatten ihre bisherigen Studentenwohnungen zu verlassen, also komplett mit all ihren Büchern und Studentenklamotten nach Hause auszuziehen. Zwischen Aus- und Wiedereinzugstermin lag eine Woche, so daß ein direkter Umzug von einer Wohnung in die andere ausgeschlossen war. Offenbar wollte man Irritationen sich kreuzender Umzüge vermeiden. Ein reibungsloses Neueinziehen erschien den Organisatoren offenbar weniger problemträchtig. Die Organisation war wenig logisch, vielleicht sogar ganz gezielt unlogisch.

„Verstehst du jetzt, warum ick nich mehr in so'n Wohn-Silo woh'n wollte?" fragte ihn Kerstin. Achim nickte ratlos mit zugleich verständnisvoll wirkender Miene. Er hatte sich eine

Studentenbude mit drei Studenten aus anderen Seminargruppen zu teilen. Er selbst hatte vorwiegend Nachteinsätze beim Pfingsttreffen zu schieben und war dem sogenannten Sicherstellungskommando zugeteilt worden. Die anderen arbeiteten fast alle tags, meist in verschiedenen Altenpflegeheimen. Es war Urlaubswetter, aber noch keine Urlaubszeit. Offensichtlich stockte man die miserable Pflegesituation nur vorübergehend etwas auf, um wieder einmal seiner Schaufensterfunktion gerecht zu werden.

Wenn Wossow als Nachtarbeiter eigentlich hätte schlafen müssen, um in der nächsten Nacht wieder fit zu sein, dann ließen die Jungs von der Nachmittagschicht die Sau raus! Sie feierten und spielten Skat, Schach oder Doppelkopf, während sie sich unglaubliche Dinge aus verschiedenen Pflegeheimen erzählten. Angetrunken brach einer von ihnen, ein ziemliches Sensibelchen, sogar in Tränen aus.

Die Nächte verbrachte Wossows Einsatztruppe in mehreren Lagerhallen der Oststadt. Gemeinsam mit anderen Studentinnen und Studenten packten sie dort tausende von Proviantbeuteln für die Teilnehmer des Pfingsttreffens mit je einem hellgrünen Apfel, einem Lolli, einer grünlichgelben Kuba-Apfelsine, zwei trockenen Schrippen, einer fettigen Knackwurst mit etwas zu viel Kümmel und mit kleinen Knorpeln, einer Tafel weißer Schokolade, einer kleinen Pakkung Waffeln und einer halben Hand voll Plombenzieher-Bonbons Marke „Sahne-Toffee".

Keiner schien so richtig zu wissen, wie hoch der Bedarf tatsächlich zu kalkulieren war, so packte man sicherheitshalber ein paar hundert Beutel mehr, als hundert zu wenig; auch auf die Gefahr hin, daß so manche Lastkraftwagenladung in der brütenden Sonne vergammelte.

Dann kam die Nacht, in der die Studenten des Sicherstellungskommandos mehrere tausend Fallschirmspringer basteln mußten. Große Paletten mit Spielzeug-Kosmonauten aus Plaste, ein paar dutzend Packen bedruckten Kunstseidenstoffs, quadratischer Tücher, die mit dem Symbol des

Pfingsttreffens versehen waren sowie Bindfaden en masse hatte man mit einem Gabelstapler vor diesem kläglichen Dutzend Studentinnen und Studenten im Eingang einer der Holzbaracken unter der Jahnwittbrücke abgestellt. Wie die Plaste-Sigis an den Tüchern befestigt wurden, war den Organisatoren egal, das wurde den Studenten überlassen. Wichtig war neben der geforderten Schnelligkeit nur, daß sie am nächsten Tag plangemäß von einem oder mehreren Hubschraubern aus über einer Wiese abgeworfen werden konnten, auf der anläßlich des Pfingsttreffens angeblich mehrere tausend Kinder versammelt werden sollten. Es gab große und kleine, weiße, blaue und orangefarbene Sigis. Sie nannten die Plastekosmonauten „Sigis", weil diese den ersten deutschen Kosmonauten als das große Vorbild aller Kinder symbolisieren sollten.

Wossow hatte einen schnellen und zugleich sicheren Knoten raus. Und bald kamen die anderen, um sich seine Technologie abzuschauen.

Die Sigis durften keineswegs irgendwie, sondern mußten in einer bestimmten Weise in die Palette zurückgelegt werden. Immerhin sollten sich die Fallschirme ja auch öffnen!

An den darauffolgenden Tagen schlief Wossow unruhig. Er träumte von übergroßen Sigis, deren Bändchen sich gelöst hatten. Wie Steine fielen die Plaste-Sigis vom Himmel und verletzten die kleinen Kindergartenkinder am Kopf …

Am nächsten Abend mußten die Leute vom Sicherstellungskommando schon sehr viel früher los als sonst. Es handelte sich um einen besonderen Einsatzort: die Thälmann-Gedenkstätte in Ziegenhals. Hier soll Ernst Thälmann seine letzte Rede gehalten haben, bevor die Nazis ihn verhaften ließen. Die Studenten des Sicherstellungskommandos hatten in FDJ-Blusen und FDJ-Hemden vor ihrem Wohnheim zu erscheinen. Von dort wurden sie mit mehreren Ikarus-Bussen nach Ziegenhals gebracht. Dort, weit vom Zentrum des Geschehens in der Oststadt, ging es um die Anwesenheit mehrerer hundert Statisten für eine politische Gedenkver-

anstaltung, die vom Fernsehfunk für die „Aktuelle Kamera"
übertragen werden sollte.

Der Redner sprach sehr leise, war hinten nicht zu verstehen, und noch vor dem eigentlichen Abschluß der Rede
gingen die Scheinwerfer der Kameraleute aus. Das war der
Moment, als auch die Leute von der Sicherstellung wieder in
die Busse einsteigen mußten, denn nächster Einsatzort war
eine große Lebensmittelhalle mit verderblichem Obst.

Als er am nächsten Morgen müde ins Wohnheim kam,
schlief er zufrieden und froh darüber ein, daß er endlich allein war, während alle anderen zu ihren Einsätzen unterwegs
waren. Er träumte von seiner Armeezeit. In seinem düsteren
Traum lag er irgendwo inmitten des großen Übungsgelän-
des der kasachischen Wüste. Rechts und links von ihm lagen
die anderen Soldaten seiner Kompanie im heißen Sand in
Stellung. Flinke, langbeinige Ameisen rasten direkt neben
seinem Gesicht über den Sand; Spinnen und Skorpione mit
breitem Schwanz; schließlich kroch eine große, fette Sand-
viper erst über das eine, dann über das andere Bein. Schweiß
tropfte vom Rand seines Stahl-Helmes in den heißen Sand,
verdunstete innerhalb weniger Sekunden in der Wüstenson-
ne. Übrig blieben winzige glitzernde Salzkristalle.

Plötzlich tauchten am Horizont feindliche Panzer auf. Sie
kamen immer näher – unaufhaltsam. Als sie auf Schußweite
heran waren, feuerten er und seine Kameraden mit ihren
Panzerfäusten. Die Panzer störte das nicht, nicht einer konnte gestoppt werden. Sie schossen und schossen, aber die Panzer fuhren einfach weiter, immer weiter und gerade auf sie
zu. Das dröhnende Geräusch gewaltiger Kriegsmotoren kam
näher und näher. Es wurde so laut, daß er die Schüsse seiner
Kameraden nicht mehr hören, sie aber noch schießen sehen
konnte. Seine Kampfgefährten wurden schließlich von den
Panzern überrollt. Eine Selbstfahrlafette, dicker, höher und
protziger als die anderen Panzer, klappte ihr Schiebeschild
hydraulisch herunter und schob wie ein Schneepflug die
zum Teil nur verwundeten Kameraden in den Schützen-

graben hinein, um sie anschließend unter heißem Sand zu begraben.

Die Lafette kam nun auch zu ihm, näher und näher, der Lärm wurde lauter und lauter, Wossow schloß die Augen, als er schrie: „Jetzt ist es vorbei!". Als das lautstarke Motorengetöse plötzlich vorüber war, überfuhr ihn tatsächlich ein kräftiger Luftstrom, und er wachte auf: es roch nach Kerosin. Eine Staffel von Kampfhubschraubern war dicht über das Wohnheim hinweggeflogen.

Der Student Wossow fand an diesem heißen Tag im Mai keinen Schlaf mehr. Er wußte, daß sie gar nicht über der Oststadt fliegen durften und dachte im Halbschlaf: ‚Bestimmt kommen sie jetzt unsere Sigis abholen, um sie dann in der sengenden Mittagssonne über den heranorganisierten Kindergartenkindern abzuwerfen.'

Laborpraktikum

Neugierig und interessiert ging Achim Wossow in das Praktikum. Den Laborchef, der ihn eigentlich am ersten Tag begrüßen wollte, lernte er erst am letzten Tag seines Praktikums kennen.

Sein eigentlicher Chef – das war eine Frau! Sie war fünfundvierzig Jahre alt, vollschlank, blond, ein bißchen Doppelkinn, drei Kinder zu Hause, manchmal mußte sie etwas gegen ihre Gallenkoliken einnehmen. Sein Laborpraktikum: das war Gunda! Prompt hatte sie sich ihres neuen Schülers angenommen. Das Labor bestand aus zwei Hauptabteilungen: Blutlabor und Urinlabor. Niemand sprach jedoch vom Urinlabor. Keine der Laborantinnen ging gern in die Pinkelküche. Das war die Aufgabe der Praktikanten, und alle Labordamen freuten sich, wenn mal wieder ein Praktikant kam, zudem, wenn es ein junger, ansehnlicher Kerl war wie Wossow.

Der Student ließ die Zeit mehr oder weniger neutral an sich vorüberziehen. Zwar störte ihn schon der Gestank verdampften Urins. Andererseits jedoch hatte er seine Ruhe vor dem Weibergeschwätz des Blutlabors, wäre da nicht Gunda gewesen, die ihn regelmäßig und immerfort belehrend drangsalierte.

„Herr Wossow, passen Sie mir ja auf, daß Sie den Urin nicht zu schnell zentrifugieren, sonst zerplatzen die Zellen!"

„Ja!"

„Herr Wossow, haben Sie auch das Mikroskop richtig eingestellt?"

„Jaaa!"

„Passen Sie mir auf, daß Sie nicht den Objektträger mit dem Objektiv zerknacken!"

„Jaaaaa!"

„Herr Wossow, wie alt sind Sie eigentlich?" …

Das Urinlabor, das in einem kleinen Nebenraum untergebracht war, bestand aus einem Arbeitstisch und einem Regal. Zur Ausstattung gehörten Bunsenbrenner mit Reagenzglasständer, mehrere, meist kegelförmige Reagenzgläser, das Regal vollgepfropft mit unterschiedlichen Flaschen, Gläsern, Kanistern und anderen Behältnissen. Links neben dem Brenner und einer Rolle pH-Papier war die lautstarke, bei niedrigen Touren trotz gleichmäßiger Bestückung etwas unrund laufende Zentrifuge, rechts davon ein monokulares Mikroskop mit einem großen Firmenschild VEB CARL ZEISS JENA aufgestellt.

Mit Gummihandschuhen mußte Wossow sparsam umgehen und sorgsam. Kautschuk war ein teurer Rohstoff. Gummihandschuhe wurden deshalb mehrfach verwendet und entsprechend oft desinfiziert und gewaschen. Wenn sie zu lange in der Desinfektionslösung gelegen hatten oder zu heiß gewaschen wurden, verfärbten sie sich zunehmend bräunlich, wurden weiter, weniger dehnbar und zerrissen.

Ähnlich wie auf der Station für das Bindenwaschen und Bindenwickeln, auch im Labor hatte man einen *soziali-*

stischen Wettbewerb ins Leben gerufen. Wer am längsten und ausdauerndsten mit seinen Gummihandschuhen hinkomme. Gunda selbst hatte die wenigsten Sorgen bei diesem Wettbewerb, denn sie war mit der Zeit gegen die verschiedensten Sachen allergisch geworden. Ob es sich bei ihrer Handschuh-Allergie um eine Allergie gegen den Gummi selbst, das Puder oder aber gegen bestimmte Desinfektionsmittel handelte, hatte ihr keiner sagen können, auch nicht der Arbeitshygiene-Facharzt vom benachbarten Institut.

Im Blutlabor ging es recht laut zu. Die Frauen unterhielten sich über alles, nur selten über die monotone Arbeit selbst. Nebenher lief das Transistorradio der Marke „Stern-Elite". In einer Oldie-Sendung sangen Bärbel Wacholz und Peter Wieland. Die Sprecherin des Senders „Stimme der DDR" nannte die Lieder Evergreens.

Für Enzym-Untersuchungen benutzten die Laborantinnen Pipetten aus Glas. Die dünnen Spitzen der Mundpipetten, die verhindern sollten, daß die Laborantin Testlösung in den Mund bekommt, hatten sie heimlich abgebrochen, um den Inhalt schneller auslaufen zu lassen. Dadurch, daß jeder Pipette die Spitze fehlte, waren die gemessenen Werte dennoch untereinander vergleichbar, und der Doktor auf Station wußte hauseigene Werte entsprechend einzuordnen, ohne jedoch den Grund der grundsätzlichen Abweichung zu kennen.

Hatte Wossow die Tag für Tag anfallenden dreißig bis vierzig Urine zentrifugiert, die Sedimentausstriche durchgemustert, Zucker und pH bestimmt und eine qualitative Eiweißprobe vorgenommen, ging er heimlich auf die Chirurgie, wo er dann und wann ein wenig gipsen, eine Gelegenheitswunde versorgen oder etwas punktieren durfte.

Das Laborpraktikum endete für Wossow mit der Aushändigung der Teilnahmebescheinigung durch den Händedruck des Herrn Diplom-Chemiker. Die Semesterferien konnten beginnen.

Wossow meldete sich zum Studentensommer in die Sowjetunion. „Von der Sowjetunion lernen heißt Siegen lernen", so hieß es. So hatten es alle in der Schule gelernt; das war Lehrmeinung, auch wenn sie nicht jeder Lehrer überzeugend genug herüberzubringen vermochte. Obwohl es pures Fernweh war, seine Bereitschaft, an der Reise in die Sowjetunion teilzunehmen, rechneten sie ihm diese auf das Konto seiner politischen Gesinnung an. Andererseits galt das Arbeiten in der Sowjetunion als Auszeichnung. Diese Auszeichnung sollte man sich erkämpfen. Und das weniger durch gute Studienergebnisse. Es galt die Regel: bevor jemand als Student zum Studentensommer in die Sowjetunion fahren darf, muß er erst einmal zu Hause mit sowjetischen Komsomolzen gemeinsam gearbeitet haben.

Obwohl eine Teilnahme gut auch so möglich geworden wäre, nur wenige Interessenten hatten sich gemeldet, erfüllte Wossow diese Voraussetzung. Das galt als gewichtiger Pluspunkt. Das zählte!

Es war genau zwölf Monate vor seiner ersten Studentenreise in die Sowjetunion. Nach dem festlichen Empfang der Sowjetstudenten hatte man die Studentengruppen so eingeteilt, daß sie die sowjetischen Studenten immer erst nach dem Feierabend treffen konnten.

Der deutsche Studentengruppe war die Aufgabe übertragen worden, auf dem Klinkgelände einen tiefen Graben zu schaufeln und Löcher für Zu- und Abfluß eines Springbrunnens durch die dicke Backsteinmauer eines alten unterirdischen Tunnels zu bohren. In den Bombennächten der letzten Kriegsjahre hatte man die unterirdischen Gänge unter den Verbindungswegen zwischen den einzelnen Pavillons gezwungenermaßen, aber mit gutem Erfolg als Luftschutzkeller für Patienten und Personal nutzen können. Nun waren die Katakomben völlig verdreckt und zu Hohlräumen verkommen, deren Dasein man in der Nachkriegszeit bequemerweise für die Verlegung verschiedener Leitungen genutzt hatte. Gute Arbeit, die hartgebrannten Ziegel aus der alten Zeit! Die Wandung des Tunnelkellers war gut einen halben Meter dick. Es war Schwerstarbeit, mit den verfügbaren Mitteln ein Loch für den Durchtritt der Rohrleitungen durch die Mauer zu brechen. In den dunklen Gängen stank es fürchterlich. Mancher Penner hatte sich hier nächtelang rumgedrückt, war zum Urinieren nur ein paar dutzend Schritte weitergegangen. Ratten, Mäuse und anderes Ungeziefer vermehrte sich hier schon in der dreihundertsten Generation. An den Kellerdurchgängen lagen Zigarettenkippen, leere Schnapsflaschen, Krankenhausmüll und anderer Abfall herum.

Die Chirurgie hatte ihre alten Braun'schen Schienen hier unten abgeladen: Ein neuer Professor war gekommen. Anstatt der Braun'schen Schienen hatte der fünf dutzend Volkmann-Schienen für die Ruhigstellung verunfallter Beine eingeführt und bestellen lassen. Wer weiß, vielleicht brauchte man die Braun'schen Schienen schon bald wieder, wenn ein neuer Chef kommt. Und vielleicht lauerte hier ein ruhender Schatz schon auf seine dankende Wiederverwendung?

Für die Patientenbeförderung von Klinik zu Klinik und zur definitiven Verlegung in eine andere, nur wenige dutzend Meter entfernte Fachabteilung wurde ein Krankenwagen vom Roten Kreuz bestellt, der den Transport erledigte. Früher, vor dem Krieg, ließ sich die Patiententrage bei gutem Wetter unter freiem Himmel, bei schlechtem Wetter unterirdisch, nur von einer Person hervorragend schieben.

Der Springbrunnen im Park enthielt nur tote Brühe, altes abgestandenes Laub vermoderte am Grund. Sumpfgasblasen blubberten zur Wasseroberfläche, als der Gärtner mit einem Holzknüppel stochernd nach dem Zulaufstutzen suchte: „D'r Winder hot uns iberroscht, is olles eingefrorn!"

„Aber so kalt war es doch gar nicht!" sagte eine Studentin, worauf der Gärtner antwortete: „Nöö, ober d'r vorledsde Winder, mein' isch, der hod's schonn in sich gehobbt!"

Am Abend endlich traf man sich mit den Sowjetstudentinnen und -studenten. Gesprochen wurde ausschließlich russisch, das heißt in der Sprache, der man die Perspektive einer Weltsprache vorausgesagt und alles mögliche und unmögliche getan hatte, dies auch durchzudrücken. Vor allem die junge Generation sollte im Geiste Uljanows, also auch in dessen Sprache, erzogen, belehrt und herangebildet werden.

Zu Essen wollte man den Gästen aus der Ferne etwas ganz besonderes reichen: Statt einfach Wiener Würstchen zu kaufen, Brötchen und Senf dazu zu reichen, hatte man acht Kilogramm frisches Schabefleisch und frischen Hackepeter besorgt. Die manuell durchgeknetete Masse hatten sie mit Salz, Pfeffer und Kümmel gewürzt, mit Zwiebeln, Knoblauch und frischem rohen Eigelb versetzt. Keiner weiß, warum man ausgerechnet so etwas ähnliches wie Tatar reichte, vielleicht lag das allein an der Herkunft des Wortes.

In russischer Sprache mußten sie sich dann sagen lassen: „Schmeckt zwar gut, ißt man aber in der Sowjetunion nicht." Die Blamage war perfekt! Dabei wäre die Darreichung von Wienern so einfach gewesen, hätten sie doch nur damals schon gewußt, wie scharf Sowjetmenschen auf Würstchen sind.

Ansonsten genossen die sowjetischen Freunde alle denkbaren touristischen Annehmlichkeiten, von Beginn bis zum Ende ihrer Studentensommerzeit. Zum Arbeiten kamen sie nicht. Tagsüber besuchten sie außer verschiedenen Kliniken, Polikliniken und anderen medizinischen Behandlungseinrichtungen auch Galerien, Ausstellungen, das Militärmuseum und verschiedene Kult- und Kulturstätten. Ein Tagesausflug in die Berge, die das Tal der Ahnungslosen säumten, gehörte ebenso dazu wie ein Kinobesuch und der Besuch verschiedener Theater-, Opern- und Operettenaufführungen.

Abends kümmerte sich dann Molly, die hauptamtliche FDJ-Sekretärin, ganz persönlich um die im Kollektivgeist erzogenen männlichen Freunde aus der Sowjetunion. Wie fast alle Funktionäre, so soll auch sie eine nicht unerhebliche Menge Wodka weggedrückt haben, bevor ihr weicher Körper ins Wanken geriet. Mollys Übergewicht, das auf den ersten Blick kaum auffiel, beruhte auf bemerkenswert gleichmäßig und ungewöhnlich proportional verteilten, strammen und runden Fettdepots. Mit ihrem Körper muß sie das urslawische postsozialistische Schönheitsideal ihrer Verehrer noch übertroffen haben, denn schon nach wenigen Tagen sagte man ihr nach, sie habe es nach dem offiziellen Teil des Studententreffs mit dem allabendlich folgenden Umtrunk in den Räumlichkeiten des FDJ-Sekretariats auf der Couch nacheinander mit allen fünfen getrieben. Wossow kümmerte sich nicht um den Tratsch. Doch irgendetwas muß an der Sache gewesen sein, denn zwei Wochen später sah man sie als Verkäuferin in dem HO-Fischgeschäft an der Bahnhofsecke. Er mußte seine Meinung korrigieren, denn sie konnte auch richtig zufassen, ihr Geld auch mit Arbeit verdienen. Der Umsatz des Fischgeschäftes stieg mit der wachsenden Zahl männlicher Fischkunden zunächst sprunghaft an, ließ sich aber in Ermangelung ausreichenden Nachschubs an Räucher- und Frischfisch irgendwann nicht weiter aufbessern. So stand sie an vielen Nachmittagen nur noch hinter Resten von Konservenfisch.

Die klinische Berufsschule

Die Zeit verging. Das Studium der klinischen Fächer machte Wossow großen Spaß. Der Stoff war nun nicht mehr so eindeutig, nicht mehr so gut faßbar, wie während des Physikums, als sich alles um den gesunden menschlichen Körpers drehte. Doch ist es nicht genau das, was Medizin wirklich ausmacht – das Wissen über das nicht mehr Gesunde, über das Krankhafte? Nie hatte er geglaubt, wie schwer das Abstecken dieser Grenze sein kann. Was ist noch als gesund anzusehen, was schon als Kranksein? Diese Grenze versuchte man für sie möglichst exakt, möglichst zeitlos abzustecken.

Schweren Gemüts machte er die Krankheit durch, die alle Studenten des dritten Studienjahres befällt, „die Krankheit des dritten Studienjahres". Die Pathogenese dieser Erkrankung lag in der Pathologie selbst verborgen. Jeder suchte am eigenen Körper nach krankhaften Veränderungen, die in der Vorlesung im Fach Pathologie demonstriert worden waren. Denn aus dem Vorklinikum war man gewohnt, den demonstrierten Lehrstoff mit den anatomischen und funktionellen Gegebenheiten des eigenen, jungen, lege artis funktionierenden Körpers vergleichen zu können, ja zu müssen. Varianten waren ohne Krankheitswert gewesen.

Nun plötzlich war alles anders, Umdenken war gefordert. Jugend bedeutete nicht automatisch Gesundheit, begann doch die Vorlesung bei den angeborenen Mißbildungen. Man fühlte sich ausgesprochen krank, entwickelte einen Verdacht nach dem nächsten, an einer der schlimmen Geschichten erkrankt zu sein, die erstmals bei der Vorlesung demonstriert und in ihren pathogenetischen Zusammenhängen vorgeführt wurden, von deren Existenz man früher nichts geahnt hatte.

Die Pathologen, die „postmortalen Klugscheißer", wie die Kliniker sie nannten, ließen keine Gelegenheit aus, auch Ergebnisse ärztlicher Denkfehler und Denkdefizite anhand der Organpakete in der „Kaltschale" anprangernd zu demonstrieren. Sie selbst nannten die Veranstaltung „Die Kaltschale", bei der man interessierten Klinikern die zugehörigen weiß-emaillierten Blechschalen mit den darin hin- und herrutschenden Organpaketen der Patientenleichen aus der Kühlzelle holte, die von Interesse waren.

Für die studentische Lehre hatte man stets acht solcher Schalen vorbereitet. Daß es immer genau acht waren, lag wohl an der Größe des Sektionstisches und entsprach auch dem Redepensum des Dozenten: „Als Nebenbefund sehen Sie hier den Nagel in das Knie schauend, es ist ja wohl ganz klar, weshalb der Patient das Knie nicht mehr beugen konnte! Man hat den Nagel einfach zu tief eingeschlagen!"

Oder: „Gucken Sie her: Die Patientin verblutete infolge der beabsichtigten Pleurapunktion. Der Punkteur interpretierte die Dämpfung des Perkussionsschalls fehl: es war kein Erguß, sondern die von Metastasen durchsetzte und deshalb stark vergrößerte Leber, die er immerhin fünfmal mit einer weitlumigen Kanüle anstach."

Also, wenn man denn schon von einer der schlimmen, unheilbaren Krankheit betroffen war, sollte man demnach, selbst wenn die Krankheit erkannt wurde, dank unfähiger Behandler kaum noch Überlebenschancen haben.

Wossow mochte die Pathologie und die Pathologen, meist waren es überdurchschnittlich schlaue Leute, die er wegen ihres Wissens bewunderte. Doch genauso verabscheute er Kollegen, die sich auf Kosten anderer Mitarbeiter profilierten, indem sie auf unfaire Weise oder gar schadenfroh auf deren Fehler aufmerksam machten, um sich dadurch zusätzlich Gehör und Geltung zu verschaffen.

Aber zum Glück gab es lebendige Patienten, die auch wieder gesund wurden. Zum Glück gab es die eigentlichen klinischen Fächer, wie den Klopfkurs. Die Perkussion war nicht die einzige Methode, Patienten klinisch, also mit Hilfe der fünf Sinne, zu untersuchen. Man legte großen Wert auf die Aneignung der Grundlagen dieser Art der Krankenuntersuchung.

Die Beschaffung eines Stethoskops gestaltete sich äußerst schwierig. Während sich die meisten seiner Mitstudenten ein tolles Teil aus dem Westen schicken ließen, kam Wossow durch einen glücklichen Zufall an ein polnisches Fabrikat aus dem Medizindepot. Es war die als Lizenz gefertigte Kopie eines Stethoskops aus dem Westen. Bei der Länge des Hauptschlauches und der beiden über ein Y-Stück zu den Ohrstöpseln führenden Schläuche hatte man deutlich an Schlauchgummi gespart, was aber die Qualität des Gehörten nur verbessern konnte, hatte sich damit doch auch der Weg, den der Schall von der Körperwand des Patienten bis hin zu den Ohren des Untersuchers zurückzulegen hatte, verkürzt. Man mochte es interpretieren wie man wollte. Von seinen Mitstudenten jedenfalls wurde er wegen seines kurzen Stethoskops mitleidig belächelt. Doch Herz und Lungen wurden dadurch besser hörbar. Das Arzt-Patient-Verhältnis litt nicht darunter, wenn Wossow sich etwas stärker zu seinen Patienten herabbeugen mußte, als seine Kommilitoninnen und Kommilitonen mit ihren Originalen aus dem Westen.

Sah sonst gut aus, Achims Stethoskop, fing aber bald von innen heraus, durch den Chrom hindurch an zu rosten, wie die Stoßstangen und Lampenringe des Polski Fiat seiner netten Dozentin.

Sie zeigte in der Medizinischen Klinik, wie man die Punktion eines Brustfellergusses vornimmt. Ein Ultraschallgerät gab es nicht. Durch Abklopfen und Differenzierung des unterschiedlichen Klopfschalles der hinter der Brustwand verborgenen Strukturen gelang es ihr, den tiefsten Punkt der Dämpfung zu lokalisieren.

Sie war Pulmologin, konnte aber Wossow nicht sagen, ob es „Pneumologie", „Pneumonologie", ob es „Pulmologie" oder aber „Pulmonologie" heiße, das Fach, das die Lungenkrankheiten spezialisiert. Schließlich entschied sie sich für „Pulmonologie", was aber das Verständnis auch nicht vereinfachte.

Der Professor der Augenheilkunde wollte und konnte wohl auch kein E aussprechen. Er sprach in seiner Vorlesung über Tränenwege („Dräh'nwääge") und Augenverletzungen: „Somsdog middog bossierts: Somsdog middog vorsuch'ng di Hausfrau, di Gonsärv'n midd'm Mässor zu äffnen: Än Stigge vom Gloos blodst ob ... un fliescht gänaou ins Aougä! Donn is guder Rad deuer! Donn gomm'sä zu mir in dä Schbräschdundä."

In der mündlichen Ophthalmologie-Staatsexamensprüfung fragte er Wossows Kommilitonin, was Samstagmittag um 12 Uhr passiere: Sie wußte es nicht. Sie kam nur deshalb gerade noch mit einem „Genügend" durch die Prüfung, weil sie alle anderen Fragen verstanden und prompt und exakt beantworten konnte.

In der Urologie-Vorlesung wurde ein alter Mann als Patient vorgestellt. Er sah sehr krank und hinfällig aus, war blaß und stark abgemagert, sein Gesicht von quälendem Schmerz gezeichnet. Der Urologie-Dozent stellte ihn vor, beschrieb seine Krankengeschichte, trug aktuelle Labor- und Röntgenbefunde vor und fragte schließlich: „Na, meine Damen und Herren, was meinen Sie, welches Grundleiden liegt hier vor?" Keiner traute sich eine Antwort. Keiner meldete sich.

Der Dozent war sichtbar enttäuscht: „Der typische Gesichtsausdruck einer ‚Facies prostatica'. Eine Blickdiagnose! Unser Patient leidet wahrscheinlich schon seit Jahren an einem Vorsteherdrüsenkrebs. Wir haben ihn darüber und über die recht gute Prognose aufgeklärt, die er durch die morgen stattfindende Operation erfahren wird. Nicht wahr, Herr Fritsche?" Herr Fritsche nickte. Die anschließende Vorlesung fand im gleichen Hörsaal im Fach Gynäkologie statt. Der Gyn-Prof stellte eine abgemagerte alte Frau als Patientin mit einer Gelbsucht und einer Bauchwassersucht vor: „Nun, meine Damen und Herren Studentinnen und Studenten, was meinen Sie, könnte diese Patientin haben? Na, was meinen Sie? Gallensteine ja wohl nicht! Denn dann würde ich sie sicher nicht in meiner Gynäkologievorlesung vorstellen!" Keiner traute sich eine Antwort. Keiner meldete sich. „… Eine ‚Facies ovarica'! Der typische Gesichtsausdruck einer Patientin mit einem Ovarialkarzinom! Prägen Sie sich dieses Gesicht gut ein, es ist eine Blickdiagnose!" Alle lachten, nur der Professor nicht. Der Patientin war auch nicht zum Lachen zumute.

Das Kreißsaalpraktikum dauerte exakt 48 Stunden ohne Unterbrechung. Dennoch zu kurz, um selbst mit zuzufassen, es sei denn, es wäre Not am Mann gewesen, oder man wäre – anders als die meisten Studenten – nicht ganz unbeleckt in den Kreißsaal gekommen. So blieb jeder in irgendeiner Ecke stehen, um zuzuschauen. Hinsetzen, das traute man sich nicht, denn alle ringsumher, die Hebammen, Schwestern, Ärzte, alle hatten sehr viel zu tun. Sogar hier lief alles streng nach Plan. Wie an einem Fließband wurden Kinder geboren, nacheinander, nebeneinander, hintereinander kamen sie solitär, als Zwillinge und einmal sogar als Drillinge zur Welt. Es gab keine Hemmungen, sie zu holen, falls sie nicht freiwillig und zügig genug den Leib der Kreißenden verlassen wollten. Alles nach Plan! Der Wehentropf wurde routinemäßig zur Geburtseinleitung so angelegt, daß das Kind zum richtigen Zeitpunkt „kam". Reichten Kraft und Mühen des Gebärkollektivs, also der Kreißenden, der Hebamme, der Schwester, nicht aus, mußte der Facharzt für Gynäkologie und Geburtshilfe heran. Die Zangengeburt galt als zu gefährlich, man favorisierte eine andere Methode, wenn das Tokogramm bedrohlich langsam tickte: „VE" war der letzte Schrei, so hieß die neue Methode. Der athletisch gebaute Doktor saß auf dem dreibeinigen Drehschemel vor der Kreißenden, die man auf einem gynäkologischen Operationsstuhl fixiert hielt. Während die Hebamme den Bauch der Kreißenden bearbeitete und rhythmisch auf die Kreißende einschrie, diese in ihrer Lautstärke noch übertreffend, setzte der Doktor die Saugglocke am Kopf des Kindes an. Mit seinem kräftigen Arm zog er dann unter kreisenden Bewegungen und unter Entfaltung seiner ganzen Manneskraft. Plötzlich gab die Vakuumglocke nach, der kleine Schemel mit dem darauf sitzenden Doktor geriet ins Wanken. Beinahe wäre er, mit der Saugglocke in der Hand, rücklings auf die Fliesen des Kreißsaales gestürzt, während das Kind noch immer im Geburtskanal steckte. Der Doktor war ehrgeizig. Nach seiner artistischen Einlage – durch balancierend kreisende Bewegungen seiner Arme konnte er den Schemel wieder in die Ausgangsposition zurückbringen – versuchte er es noch einmal. Er setzte die Glocke erneut an. Diesmal gelang es.

Die Studenten sahen es viel zu emotional. Man beruhigte sie: „Der flüchtige Bluterguß auf dem Kopf verschwindet innerhalb weniger Stunden."

In der Gerichtsmedizin-Vorlesung ging es heiß her. Der Hörsaal mußte ein Problem verkraften, das ihm aus den Vorlesungen der drei Hygienefächer Sozialhygiene, Arbeitshygiene, Kommunalhygiene unbekannt war: Stomatologie-Studenten schwänzten ihre eigene Vorlesung und kamen zusätzlich in den kleinen, ohnehin bis auf den letzten Platz besetzten Hörsaal, um sich die Vorlesung des Professors der Gerichtsmedizin noch ein zweites Mal anzuhören. Überall standen sie dichtgedrängt: hinter der letzten Sitzreihe dazwischen und rechts und links auf den Stufen der Treppenaufgänge. Der Herr Professor im schwarzen Anzug zog deshalb auch alle nur denkbaren Register dozentisch ausgefeilter und ironisch-sarkastischer Rhetorik. Er, ein kleines schmächtiges Männlein, das sich fröhlich drauflos gestikulierend hinter dem hohen Rednerpult aufbäumte, genoß die Hörsaalatmosphäre des Gebäudes, in dem sonst nur Totenstille herrschte. Es ging um brisante Themen mit einer Brise Mystik und Humor. Ein in der Oststadt der Nachkriegszeit in Schwarz-Weiß gedrehter Zeitraffer über Veränderungen an der Leiche, über Verwesung und Tierfraß wurde gezeigt. Der Professor sprach über unsichere und sichere Zeichen des Todes, über klinischen Tod, Organtod, Hirntod und Individualtod, über Scheintod, natürlichen und nichtnatürlichen Tod, über Mittel und Methoden zur Bestimmung der Todeszeit und stellte die unterschiedlichen Formen der Mumifizierung, bildhaft untermalt mit konkreten Beispielen, wie er sagte „ganz aus dem Leben gegriffen", vor:

„Die neu gegründete freiwillige Ortsfeuerwehr eines kleinen Städtchens in der Nähe der Oststadt ließ einen Karpfenteich von der Volkspolizei beschlagnahmen und absperren und erkor diesen aus ... als was? Meine Damen und Herren? ... Genau! Richtig! Als Feuerlöschteich! Mit dem Schnorchel der Feuerwehrpumpe schlürften sie bei ihrer ersten Feuerwehrübung ... schlll, schlllüü, schlllürrrf ... den Tümpel vollkommen leer, und die gehäckselten Karpfen flogen als Filets auf das Dach der Scheune, die sie sich als zu löschendes Objekt ausgesucht hatte. Warum, meine Damen und Herren? Na, warum wohl die Scheune? Richtig! Weil sie direkt neben dem Karpfenteich steht! ... Lange Rede, kurzer Sinn, ganz leer pumpten sie den Teich doch nicht: wie so oft, so ging es auch in diesem Kriminalfall um eine schöne Frau!

Zwanzig Jahre vor benannter Feuerwehrübung verschwand nämlich ein junger Mann, der Rivale und Erzfeind des eifersüchtigen Täters spurlos von der Bildfläche! Und wohin, meine Damen und Herren? Richtig! Genau: In den Teich! Besser gesagt: auf den Grund des Karpfenteiches! Der eifersüchtige Täter hatte ihn eiskalt erstochen, die Leiche dann auf ein Fahrrad gebunden, dieses mit einem Betonbrocken beschwert und in dem Vertrauen in den Teich geschoben, daß der nie wieder auftauche! Die Strömungsverhältnisse des Tümpels aber waren so ungünstig, daß man ihn nach zwei Jahrzehnten hervorragend identifizieren und sogar noch den Hergang der Tat rekonstruieren konnte! Ja, sogar das Tatwerkzeug – ein großes rostfreies Küchenmesser – steckte noch mitten im Herzen! Und, meine Damen und Herren: da hat der nun zwanzig Jahre auf seinem Fahrrad gesessen und ist keinen Meter vorwärts gekommen!"

Die Gerichtsmediziner waren in schwarze Anzüge gekleidete Herren. Schwarze Anzüge trugen sie nicht nur im Gerichtssaal, wo sie als Sachverständige ihre Gutachten vortrugen, nein, man sagte ihnen nach, den Anzug selbst bei der Sektion anzubehalten!

Manch spannende Erzählung rankte sich um die Männer in Schwarz, eine Kultgeschichte, die an jeder Uni ein wenig anders erzählt wurde:

Einer der Professoren war der kalten Chirurgie auf Dauer nicht gewachsen und dem Alkohol mehr und mehr verfallen. Da er bald schon auch morgens angetrunken daherkam, ansonsten aber noch brauchbare Arbeit leistete, entzog man ihm zunächst den Lehrstuhl. Bald durfte er auch nicht mehr als Gutachter für die Gerichte tätig sein, denn ein Anwalt hatte den Trunkenbold inmitten einer Gerichtsverhandlung bloßgestellt.

Wegen Erregung öffentlichen Ärgernisses flog er eines Tages ganz von der Uni. Nach dem Entzug seiner Fahrerlaubnis erwischte ihn ein Streifenwagen der Volkspolizei, als er gerade wieder angetrunken mitten durch das Stadtzentrum gaste. Ausgerechnet vor dem Polizeigebäude fuhr er gegen einen Hydranten. Die sofort ausströmenden Wassermassen überfluteten nicht nur Straße und Gehweg, sondern auch mehrere Kellerräume des Bezirkspolizeiamtes. Durch den gewaltigen Aufprall war auch das Fahrzeug nicht mehr funktionstüchtig.

Von der Polizei bequem einzufangen, verweigerte er allerdings die Blutabnahme zur Bestimmung der Alkoholkonzentration: „Meine Herren! Ich bin Professor Doktor Brandow vom hiesigen Gerichtsmedizinischen Institut! Ich und Ihr Chef, wir kennen uns persönlich!"

„Tut mir leid, aber Sie scheinen unter Einfluß von Alkohol zu stehen. Sehen Sie nicht, was Sie angerichtet haben! Kommen Sie sofort mit auf's Revier!"

„Mein Herr! Haben Sie denn noch nicht meine neueste wissenschaftliche Arbeit in der Zeitschrift ‚Gerichtsmedizin Heute' über die ‚Alkoholbestimmung aus dem menschlichen Urin' gelesen? Es ist heutzutage überhaupt nicht mehr nötig, Blut abzunehmen, um die Alkoholkonzentration im menschlichen Körper feststellen zu können! Wie unsere wissenschaftlichen Forschungen ergaben, genügen bereits 40 Milliliter frisch gelassenen Urins!"

Brandow folgte den Polizisten die wenigen Schritte in das Gebäude, in dem er fein säuberlich in einen Becher urinierte, anstatt sich Blut aus einer Vene abnehmen zu lassen. Er hatte es der verbliebenen enormen Überzeugungskraft seiner Persönlichkeit zu verdanken, daß man ihm das Märchen von der Alkoholbestimmung im Harn ebenso abnahm, wie den Becher Urin, dessen Inhalt mit großem Aufwand in das Labor seines eigenen Institutes gebracht wurde.

Der Orthopädieprofessor hielt eine parteilich ausformulierte Rede zum Studienbeginn, die mit reichlich Zitaten aus den letzten SED- und KPdSU-Parteitagen gespickt war. In ihrer agitatorisch wirkungsvollen Verquickung von durchaus glaubhaft vorgetragenem politischen Wortgesülz einerseits und strengen, wissenschaftlich fundierten Vorgaben und Forderungen an die werdenden Mediziner andererseits war sie ein angsteinflößender Vorgeschmack auf die kommenden klinischen Semester, an deren Ende einmal das Staatsexamen stehen sollte.

So rügte er das Tragen eines Bartes als „staphylokokkenhaltiges Erregerreservoir" ebenso wie Unpünktlichkeit, Unzuverlässigkeit und mangelnde Bereitschaft, übriggebliebene Arbeit gegebenenfalls auch nach dem offiziellen Feierabend zu erledigen. Unter Patienten genoß er einen besonders guten Ruf, was nur zum Teil auf das recht dankbare Fachgebiet selbst zurückzuführen war. Seine Kollegen achteten seine Selbstdisziplin und sein Wissen und Können.

In seiner knapp bemessenen Freizeit ging er zur Jagd. Er war ein leidenschaftlicher Jäger. Um seinen Waffenschein zu bekommen, hatte er sich politisch engagieren müssen. Das Gelände im Revier war recht uneben und löchrig wie ein Schweizer Käse, oder wie der Harz, wo schon so mancher urplötzlich von der Bildfläche verschwunden, auf nimmer Wiedersehen in einen Schacht, eine Grotte, in eine tiefe Erdspalte gerutscht war. Eines späten Nachmittags rutschte sein prächtiger schokoladenbrauner, an seinen schlanken Flanken weißlich getüpfelter Voralpensenner-Jagdhund mit der rechten Hinterpfote in ein solches Loch und brach sich das Bein. Es war nicht einfach für die Jagdhelfer, das große Tier bei hereinbrechender Dunkelheit kilometerweit bis zu dem großen Kombi des Herrn Professor zu tragen. Der Hund winselte vor Schmerz. Doch der Professor hatte eine Schmerzspritze parat, die er dem Tier verpaßte. Wie ein Unfallchirurg so zog er dann an der schief zur Seite wegstehenden Pfote, um das Bein annähernd in die Achse zu bringen und den Weichteilschaden zu minimieren. Mit stark überhöhter Geschwindigkeit fuhr er in die Klinik, ließ den diensthabenden Anästhesisten kommen und baute dem Hund einen Fixateur externe an das gebrochene Bein. Die komplizierte Operation dauerte eine Stunde und sieben Minuten.

In der folgenden Zeit begleitete ihn sein Hund mit angelegtem Fixateur. Sechs Wochen nach dem Unfall durfte der Hund wieder mit zur Entenjagd, zehn Wochen danach auch wieder zur Wildschweinjagd.

Die unfallchirurgische Therapie mit der nachfolgenden Rehabilitation dieses Patienten war nur einer der Glanzpunkte seiner Tätigkeit, welcher er seine ganze Kraft widmete. Allein aus diesem Grund ging er auch eines Tages nicht mehr zur allmontäglich stattfindenden Versammlung der Partei, die sich ein ubiquitäres und allumfassendes Primat selbst eingeräumt hatte, mit der Begründung, er als Klinikchef habe noch etwas wichtiges im Krankenhaus zu tun. Er schwänzte einfach den Termin und ging in den OP, um eine Skolioseoperation mit Hilfe der Harrington-Stäbe durchzuführen, die er als Geschenk von seiner letzten Japan-Kongreßreise nicht ohne Widerstand durch den Zoll bekommen hatte.

Einfach nicht mehr zur Versammlung zu gehen, war ein entscheidender Fehler („das entscheidende Hundertstel"), denn was im Leben eines Arztes könnte es wichtigeres geben, als eine Parteiversammlung? Von diesem Moment an begann das Archiv, in seiner Sache aktiv zu werden. Sämtliche latenten, im Zwischenlager des Karteischrankes vorsorglich gesammelten Informationen und Register wurden gezogen. Sie fanden einen Grund, ihn von seinem Thron zu heben. In ihrer hypertrophierten Dummheit waren sie sich der Tragweite ihrer Entscheidung gar nicht bewußt und nahmen ihm das, was für ihn den Inhalt seines Lebens ausmachte. Von diesem Moment an ließ er sich nun selbst einen Vollbart wachsen.

Büßen lernen
(Bei Freunden zu Gast)

Ein Jahr später war es endlich soweit. Wossow freute sich auf die Reise in die Sowjetunion, ja wirklich! Erhielt man doch als Student die einmalige Chance, in Bereiche vorzudringen, die jedem Touristen, sogar einem West-Touristen, verborgen blieben, falls sie überhaupt die Sowjetunion besuchen durften. Wossow freute sich auf das Verborgene und Unbekannte, auf die nur ausnahmsweise erlaubte Ferne im Osten und natürlich auch auf die Ferien, die sich dem Studentensommer anschlossen, bevor es erst in weiter, weiter Ferne wieder mit dem Studium weiterging. Aber es war Erwartung und Gewißheit des Unerwarteten dabei, man konnte sich sicher sein, in der Sowjetunion Dinge zu erleben, die man sein Leben lang nicht vergißt. Nicht was du denkst! Bestimmt waren es vor allem positive Erwartungen, die man an die Reise knüpfte. Man kam aus einem Land der „Sozialistischen Staatengemeinschaft", allerdings aus westlicher Himmelsrichtung. Man kam als Freund in die Sowjetunion, allerdings als Deutscher.

Dieser Besuch war für die Studenten auch mit der Verpflichtung verbunden, den sozialistischen deutschen Staat, den Staat, „dessen Bürger *aus der Geschichte gelernt* haben", würdig zu vertreten.

Endlich war es soweit! Froh gelaunt und optimistisch, wie man es von einer Studenten-Brigade erwartete, stiegen sie dann in den langen tannengrünen Schlafwagenzug der sowjetischen Staatsbahn nach Leningrad. Die unruhige Fahrt sollte zwei Tage und drei Nächte dauern. Genügend Zeit, sich auszuschlafen, meinten sie. Doch sie schliefen kaum. Die Gleise wurden schlechter und schlechter, je weiter sie sich von zu Hause entfernten.

Sie hatten gelernt, in der Sowjetunion sei man mit der gesellschaftlichen Entwicklung schon viel weiter, dort baue man schon den Kommunismus auf. Und so stellten sie, an der Grenze angekommen, auch ihre Uhren eine ganze Stunde nach vorn. Nachdem auch der Zug in Brest auf breitere Achsen gestellt worden war, ging die Reise weiter, auf breiteren Schienen hinein in die unendliche Weite der Sowjetunion. Riesige hydraulische Hebevorrichtungen hatten die Wagen des Zuges in die Luft gehoben, um deren Fahrwerk auszuwechseln. Nach Stunden des Wartens, der Zollabfertigung und Grenzkontrollen ging die Fahrt weiter.

Die Temperaturunterschiede zwischen Tag und Nacht wurden größer, je weiter der Zug nach Osten fuhr. Tagsüber war die Sommerhitze bei geöffnetem Fenster nur während der Fahrt zu ertragen. Wenn die Sonne untergegangen war, fehlte es sofort auch an Wärme. Nachts waren es nur wenige Grade über Null, und als sie später nach Moskau kamen, hatten sie sogar Bodenfrost.

Wäre das monotone Brummen der schwergewichtigen Diesellok nicht gewesen, hätte Wossow geglaubt, in einem Zug mit vorgespannter Dampflokomotive zu sitzen, die dann und wann, wie ein Drache, mal Dampf, mal Glut und Funken oder gar Feuer spie. Es roch eindeutig nach verbrannter Kohle! Eine der beiden Zugbegleiterinnen war intensiv damit beschäftigt, zu heizen und frischen Tee aus dem Samowar zu bereiten.

Den riesigen Kessel hielt sie flott mit „Prawda"-Resten, Holz aus der sibirischen Taiga und Steinkohle aus dem Donbas. In genau dieser Reihenfolge brachte sie das reaktorförmige Gerät zum Sieden, um es schließlich nur noch mit Kohle zu bestücken. Ihre Arbeit begann lange bevor draußen der Augustmorgen graute, und sie hielt das Ungetüm in Gang bis tief in die Nacht hinein.

Währenddessen schlief die andere Stewardeß oder ging bestimmten anderen Dingen nach. Beide waren ernst, sprachen sehr wenig, schon gar nicht deutsch. Nicht der Anflug eines Lächelns! Jede trug eine streng gebügelte weiße Bluse zum dunkelblauen Uniform-Rock. Wenn es Abend wurde, zogen sie sich die zu dem Rock gehörende Kostümjacke darüber. Unmittelbar oberhalb der Brusttasche der Uniformjakke prangte das Emblem der sowjetischen Staatsbahn. Brauen und Lippen hatten sie sich immer besonders reichlich geschminkt, und süßliches Parfüm verriet ihr Erscheinen, wenn der Student schlafsuchend vor sich hindösend, halb liegend, halb sitzend in einer Ecke des Abteiles die Augen geschlossen hielt.

Wachten sie nachts auf, geschah dies meist vor Kälte, die durch die dünne Lakendecke kroch, sobald der Zug angehalten hatte. Der Zug stand manchmal mehrere Stunden vor einem Signal, und die Heizung schien nur während der Fahrt zu funktionieren.

Schaffner und Stewardessen verdienten nur wenige Rubel. Deshalb schmuggelten sie von West nach Ost, von dort noch weiter nach Osten und sicher auch im Gegenzug von Ost nach West. Meist geschah es nachts in einer Kurve, auf der konvexen, von Aufpassern weniger gut einsehbaren Seite, wo der Zug an einer definierten Stelle regelmäßig und zu einer bestimmten Zeit anhielt. Auf ein kurzes Zeichen mit einer Öl- oder Taschenlampe kamen zwei oder drei Gestalten aus dem dunklen Wald hervorgerannt. Ein kurzer, hastiger Wortwechsel folgte, dann wurde ein Bündel vom Zug heruntergereicht und ein kleines Päckchen hinauf. Dann verschwanden die Gestalten wieder im Wäldchen. Kaum, daß die letzte Tür geschlossen war, der Motor begann brummend und kräftig vibrierend zu arbeiten, setzte sich der Zug auch schon in Gang. Die Bremsen lösten sich spürbar, die Diesellok holte tief Luft, um sodann die beim Anfahren besonders voluminöse Wolke aus heißem Gas und reichlich schwarzem Ruß über ein großes Loch in ihrem Dach auszuspucken. Die schweren Räder der Eisenbahn rollten weiter. Dadamm-dadamm … dadamm- dadamm … dadamm-dadamm …

Auch die Heizung begann wieder laut knackend zu arbeiten und Wossow konnte wieder einschlafen. Irgendwann wurde es hell. Während der erste, kochend heiße Tee hereingereicht wurde, richteten sie die dunkelrosafarbenen Linnen, klappten die oberen Betten herauf, rieben sich Schlaf aus verklebten Augen. Die Gegend draußen war monoton, war flache Landschaft. Bahnübergänge, zumeist unbeschrankt, zeigten sich nur selten, vielleicht alle dreißig Kilometer einmal. Das ebenso laute wie einschläfernd wirkende Dadamm-dadamm kommentierte Melancholie. Es war ein mächtiges, schwergewichtiges, ein schwermütigeres Schienengeräusch, als die leichtfüßige Bahn auf den schmalen Oststädtischen S-Bahnschienen je herzugeben vermocht hätte.

Diese Schienen waren nicht nur breiter, sondern auch krummer, die Schienenstöße auch größer geworden, je weiter der Zug sich nach Osten vorgearbeitet hatte. Wossow war sich nicht sicher, ob nicht mit der breiter gewordenen Spur auch der Raddurchmesser größer geworden war. Vielleicht wären größere Räder in der Lage gewesen, die großen Schienenstöße besser zu kompensieren. Ein einziger übergroßer Schienenstoß genügte, Wossow aus dem Schlaf zu hämmern. Der Zug bewegte sich fast rhythmisch, nicht nur auf und ab, sondern auch in Form niederfrequenter seitlicher Schwingungen, die von unregelmäßig auftretenden Rüttlern überlagert wurden. Wie der Sinusrhythmus des Herzens, der von einzelnen Extrasystolen unterbrochen wird, die nur selten einmal bewußt wahrgenommen werden.

Als besonders beunruhigend empfand er die Fahrt über eine oder gar mehrere Weichen, radadadadadadammm, wie gefährliche Salven-Extrasystolen in einem Elektrokardiogramm, die Häufung mehrerer Extrasystolen, die zu einer Schwindelattacke, manchmal sogar zur Bewußtlosigkeit führen.

Die ohnehin niedrigen Teegläser steckten in breitfüßigen Metallköchern. Diese, hübsch verziert und verschnörkelt, hatten lange, geschwungene Henkel, damit man sich nicht gleich die Finger verbrannte, und der breite Fuß sicherte einen festen Stand auf dem Fenstertischchen. Ein normales

Trinkglas wäre unter rasanter Fahrt über eine entgegengesetzt gestellte Doppelweiche von dem Tischchen gesprungen, doch dieses Glas in seiner kräftigen Metallummantelung blieb stehen. Dennoch hielten sie ihre Gläser lieber in ihren Händen, wenn der schwere Zug mit relativ hoher Geschwindigkeit durch einen Rangierbahnhof donnerte.

Die Schönheit der Tschai-Gläser wurde durch den Banner der sowjetischen Staatsbahn „CCCP", das unübersehbar in der Mitte des Metalls prangte, nachhaltig relativiert, hielt es doch einen potentiellen Dieb oder einen Souvenirjäger, wie auch Wossow einer war, von seinem möglichen Vorhaben ab, das Glas unmittelbar vor dem Verlassen des Zuges einfach mit in den Koffer zu packen.

Von der Landschaft fühlte sich Wossow zuerst kaum beeindruckt, von den Ölbildern im Russischen Museum Leningrads, die diese Landschaft und deren Menschen zu feudaler Zeit festhielten und beschrieben, hingegen sehr. Die Gemälde öffneten ihm den Blick für die Schönheiten, die er auf der Hinreise noch gar nicht richtig wahrgenommen hatte.

Wurde die Landschaft etwas hügelig, blickte er automatisch öfter aus dem Fenster. Hinter manchem Hügel, in manchem Tal erschien dann plötzlich ein Dorf, eine Siedlung, ein Fließ, ein Fluß, ein See, eine große Betriebsanlage. Die Ebene aber abstrahierte, bündelte, fokussierte die Blicke auf das, was auf den ersten Blick belanglos oder gar langweilig erschien. Kinder spielten am Fluß oder rannten, mit hellen Tüchern winkend, ein Stück neben dem Zug her. Ihm fiel die Schönheit natürlicher Flußläufe und Ufer auf, ungezwängtes Wasser, zügellose Mäander. Reichlich braches Land; Steppe bis zum Horizont; riesige, kilometerweite Sümpfe. Selten ein Wäldchen. Dann wieder ein großes Feld, das bis zum Horizont reichte, ein Kolchos. Lastkraftwagen und Pferdefuhrwerke. Lehm-, Sand- und Schotterwege waren die Lebensadern, an deren Rand sie Strommasten mehr oder weniger gerade eingegraben sehen konnten. Manchmal schienen es sogar Bäume zu sein, denen man einfach die Äste amputiert hatte. Die krummen Masten hielten müde, wie Girlanden herabhängende Kabel von der Erde fern. Die Kabel leiteten die Nachrichten der Fernschreiber, transportierten amtliche Telefongespräche und brachten den elektrischen Strom in die Dörfer. Dort waren Lautsprecher, seltener einmal eine Straßenlampe an den Masten befestigt. Die Lampen an den Masten und die in den kleinen Häusern gaben abends ein schwaches gelbliches Licht. Über die Nacht waren sie verstummt.

Das mit dem elektrischen Strom hatte einmal der Uljanow organisiert. So jedenfalls lehrte man es zu Hause in jeder Schule. Einzig die Strom- und Telegrafenmasten schienen den Unterschied zu den Bildern der alten russischer Maler auszumachen, die er später in der Galerie sehen durfte: Die Bilder Lewitans, Wassiljews, Schischkins drückten genau diese Melancholie, die selbe Eintönigkeit und Monotonie; keine Langeweile, doch Urwüchsigkeit, Naturverbundenheit und ein allein ihnen zustehendes Heimatgefühl aus, aber auch Ziellosigkeit, Schwermut, vielleicht sogar Resignation in der unendlichen Weite des riesigen Landes, dessen Grenzen von hier scheinbar unerreichbar weit waren.

Auf der Hinfahrt, aus westlicher Himmelsrichtung kommend, hatte er vieles noch gar nicht gesehen, sah es ganz anders, als später auf der Rückfahrt. Dann kam er wieder aus dem ferneren Osten zurück, fuhr in seinen Osten, wo ihn seine Freundin vom Ostbahnhof abholen würde. Ein eigenartiges Gefühl sollte ihn dann beherrschen. Es war nicht das Gefühl, endlich wieder in seine Heimat zurückzukehren. Heimat? Was war, was ist das?

Dadamm-dadamm ... dadamm-dadamm ...

Fünf Wochen sollte die Reise der Studentenbrigade dauern. Wossow ging voller Erwartungen hinein. Mehr Mädchen als Jungs fuhren mit. Keiner der Mitstudenten aus seiner Seminargruppe hatte Interesse gezeigt. Und so war es für ihn kein Problem, zu den Auserwählten zu gehören, die diese „Auszeichnung" empfangen, als Teilnehmer einer FDJ-Studentenbrigade in die Sowjetunion reisen und dort arbeiten, das Leben in der Sowjetunion näher kennenlernen und den eigenen Staat im „befreundeten Bruderland", dem Land Uljanows und der „Großen Sozialistischen Oktoberrevolution" und des „Großen Vaterländischen Krieges" würdig vertreten zu dürfen.

Fünf Wochen, das hieß je eine halbe Woche Hin- und Rückfahrt mit dem Zug, drei Wochen arbeiten, eine Woche „touristische Rundreise".

Auf dem Bahnsteig in Leningrad angekommen, wurde die Studentengruppe herzlich von drei Komsomolzen auf Russisch empfangen. An Brust und Ärmeln ihrer feldgrünen Uniformen trugen sie verschiedene Abzeichen und bunte Aufnäher, darunter auch ein Emblem ihrer Universität. Noch auf dem Bahnsteig drückten sie jedem FDJ-ler einen Aufnäher des Studentenlagers in die Hand. „Inter" stand darauf in kyrillischer Schrift.

Sie hatten diese Leute noch nicht gekannt. Es waren andere Komsomolzen, nicht die, die sie ein Jahr zuvor zu Hause empfangen und bewirtet hatten. Schade! Waren persönliche Freundschaften nicht erwünscht? Oder war Mollys übertriebene Gastfreundschaft etwa bis hierher bekannt geworden? Hatte man die Komsomolzen deswegen gar exmatrikuliert? Keiner unter den neuen Freunden, der ihnen eine Antwort auf diese Frage geben konnte oder wollte.

Der Awtobus brachte sie mit ihren Koffern bis vor ihre Unterkunft. Sie waren nicht prompt aus ihren Sitzen aufgestanden, als der Bus anhielt, weil sie nicht glauben wollten, hier schon am Ziel zu sein: „Konjez", sagte der Busfahrer, dann: „Fstawaitje rebjata! Nu dawaitje!" („Steht auf, Kinder! Beeilt euch!")

Das „Blumenkombinat", an dessen Errichtung sie in den folgenden drei Wochen mitarbeiten durften, lag von Brachland umgeben zehn Kilometer hinter der Stadtgrenze. Die letzten fünfhundert Meter bis zum Quartier mußten die

Koffer über einen lehmigen Weg getragen werden. In brütender Hitze war er gelber Staub, nach jedem Regen schmieriger ockerfarbener Schlamm. Das Quartier, ein permanentes Provisorium, war die spätere zentrale Verpackungshalle der Gärtnerei. Die Gärtnerei war das „Zwetnui Kombinat". Von Menschenhand gezogene Blumen schienen in diesem riesigen Land völlig unbekannt, selbst in der Stadt suchte man vergebens nach einem Blumenladen. Sicher, irgendwo gab es bestimmt Blumen, und irgendwo auf irgendeinem Markt hatten sie wohl auch ein paar wenige Sträuße gesehen, die in einem Wassereimer standen, zu einem unerschwinglich hohen Preis.

Ohne es offiziell zuzugeben, bestand Nachholbedarf, um der Rolle als allumfassendes Vorbild gerecht werden zu können, zumal mehr und mehr „Turistui" nicht nur nach Moskau, sondern auch nach Leningrad und in andere Städte kamen, um sich die Sehenswürdigkeiten ihrer Städte anzuschauen, auf die man sie gelehrt hatte, sehr stolz zu sein.

Was eigentlich war gegen Blumen einzuwenden? Blumen waren Symbole des Friedens, der Lebensfreude, warum also nicht auch als ein Symbol des Kommunismus?

Die zukünftige Verpackungshalle des erst noch zu errichtenden „Blumenkombinates" hatte man durch eine provisorisch eingezogene Wand aus brauner Pappe in zwei etwa gleich große Räume zerteilt, den ersten Raum für die Mädchen, die Studentinnen, den zweiten Raum für die Jungs und Männer, die Studenten. Von einem kleinen gemeinsamen Vorraum trat man dann direkt hinaus auf die Baustelle.

Draußen im Freien stand eine Holzbude – die Toilette. Mit zwei mal drei Löchern im Fußboden. Drei für die Mädchen, drei für die Jungs, natürlich über getrennte Öffnungen in der Außenwand zugängig. Mit dem Rücken zur dünnen brettternen Trennwand kamen sie sich auf der Toilette manchmal viel näher, als sonst irgendwo. So war das Hocken etwas andersartig, mit dem Rücken an ein und der selben rohen Bretterwand. Die Verklemmten – sie hatten ein Verstopfungsproblem – gingen in die umliegende karge Botanik, erledigten ihr Geschäft heimlich hinter einem der wenigen Sträucher oder warteten bis alle schliefen, um sich bei Dunkelheit hinauszuschleichen.

Dreißig Schritte weiter stand eine Tausendliterzisterne, ein LKW-Anhänger mit einem Wasserfaß darauf, wie Wossow es von zu Hause von der Weide der LPG „Typ1" kannte. Der Auslaufstutzen des Wasserfasses war dort den Kühen zur Tränke gekehlt. Hier war der tiefste Punkt der Zisterne durch einen Gummischlauch mit dem zentralen Rohr der Waschanlage verbunden. Der Wasserdruck war somit eine Funktion des Füllungszustandes der Zisterne. Die Sonne heizte das weniger und weniger werdende Wasser in dem dunklen armeegrünen Behälter tagsüber derart auf, daß es bis zum Abend heiß geworden war. Es roch dann immer auch ein wenig faulig.

Die Waschanlage stand auf einem Holzpodest, damit sie bei Regenwetter nicht im Lehm stehen mußten, wenn sie sich wuschen. Auch die Waschanlage war symmetrisch zweigeteilt. Wasser für die Zisterne gab es nur einmal am Tag, das war irgendwann am Vormittag. Es hatte deshalb viele Tage gedauert, bis bei dem Reinlichkeitsfimmel der deutschen Mädchen auch morgens noch so viel Wasser in der Zisterne übrig war, daß es für alle zum Zähneputzen und für eine morgendliche Katzenwäsche reichte.

Für den Boden fehlte es an Brettern, bei Regenwetter schlitterten die Studenten durch den lehmigen Schlamm. Ein paar übriggebliebene Bretter hatten die Erbauer des Lagers deshalb als Behelfswege zur Toilette und zur Waschrampe gelegt.

Die polnische Studentenbrigade mit ihren Rucksäcken ging gerade in die touristische Woche, als die Deutschen mit ihren überproportionierten Koffern ankamen. Die deutschen Studentinnen und Studenten bezogen die Feldbetten, die ihre polnischen Vorgänger gerade mit abschiedsfreudigen Gesichtern verlassen hatten. In jedem der beiden Räume hielt man dreißig dieser durchgelegenen knöchelhohen Armeeliegen aufgestellt. Jeder hatte eine kratzige graue Filzdecke, wie Wossow sie noch vom Kindergarten kannte. Außer den Komsomolzen und ihnen schliefen hier noch Studenten aus Bulgarien. Tschechen und Ungarn, so hieß es, waren schon eine Woche vorher abgereist.

In der Verpackungshalle lag ein permanenter Körpergeruch, den die Mädchen manchmal durch das Fluorchlorkohlenwasserstoffdeo unterbrachen, das sie sich unter die Achseln sprühten.

Vor ihrem letzten Tag im Arbeitslager hatten die Polen ihre Zeichnungen und Kommentare auf der Zwischenwand mit Farbe verewigt. Eine unerhörte Provokation: ein polnischer Student hatte eine Seite mit dem Foto einer nackten Frau aus einem polnischen Magazin herausgerissen und am Abend vor seiner Abreise direkt neben die propagandistische Wandzeitung an die Pappwand geklebt. Zwischen all den anderen Zeitungsausschnitten und Losungen war es den Komsomolzen nicht sofort aufgefallen. Erst am nächsten Tag entdeckte ein Komsomolze das Bild: „Äto Kapitalism!" („Das ist der Kapitalismus!") rief der junge Komsomoljez aufgeregt und betont zornig, als er das Bild mit der schönen Nackten von der Wand riß, damit vor die Tür rannte, um es dort demonstrativ auf dem Lehmboden zu verbrennen.

Kaum waren sie angekommen, gab es auch schon den ersten Appell: „Na Lineyku! Rebjata! Dawaitje, dawaitje!" riefen die Komsomolzen in den Uniformen und machten den Neuankömmlingen Beine. Der Appell war eine heilige Sache. Ohne Appell lief gar nichts. Zum Appell hieß es, Symbole zu zeigen und Flagge. Die sowjetischen Studentinnen und Studenten trugen bereits ihre Komsomoluniformen, in denen sie zum Appell kamen, in denen sie arbeiten, in denen sie zum Heldenfriedhof mitfuhren, in denen sie nachts schliefen. Die Deutschen hatten ihre blauen FDJ-Blusen und FDJ-Hemden, die sauber und glatt gebügelt noch nach Zuhause rochen, aus dem Koffer geholt und rasch übergeworfen.

Die Fahnen der einzelnen, am Studentensommer teilnehmenden Nationen wurden morgens beim Morgenappell gehißt und abends nach dem Abendappell wieder eingeholt. Die rote Fahne der sowjetischen Drusja mit Hammer und Sichel war witterungsbedingt schon stark abgeblaßt. Das frühere Arbeiterrot war dadurch zu einem falschen Rot degeneriert, es glich nun ausgewaschenem Pink, vom Lehmstaub stellenweise auch etwas ins Orangene schimmernd. Durch die Einwirkung von Regen, Sonne und Wind begann der Saum am freien Ende des Stofftuches schon deutlich auszufransen.

Zum Appell wurde in einzelnen Pulks, streng nach Nationalität getrennt, angetreten. Die Deutschen standen zwischen den Bulgaren und den Russen. Zudem war jeder Pulk der Größe nach sortiert. Die Großen standen rechts, ganz Kleine links. Angetreten wurde in zwei Reihen wie beim Appell der Jung- und Thälmann-Pioniere auf dem Schulhof. Hinten wurde immer etwas geflüstert und gelästert, vorne mußte man ernst bleiben.

Nach dem Antreten und Ausrichten zum Appell versammelten sich die einzelnen Brigadiere neben dem „Towarischtsch Kommandir". Der Genosse Lagerleiter war der oberste aller Natschalniks, er war ein etwas älterer Student in Komsomoluniform mit einem am Rand schon etwas zerfleddert und ungepflegt aussehenden Gorki-Oberlippenbart. Er nahm die Meldungen der ihm unterstellten Brigadiere der einzelnen Studentenbrigaden in für ihn sichtlich unbequemer strammer Haltung entgegen. Dann nuschelte er, alles auf Russisch, etwas in seinen Bart hinein, das sich Wossow während der ersten zwei Wochen noch komplett übersetzen lassen mußte, dann aber allmählich, dank seiner mäßigen bis guten Russisch-Vorkenntnisse und inzwischen auch praktisch erlangten Sprachkenntnisse immer besser selbst entschlüsseln konnte. Anfangs hörte Wossow nur ein paar Wortfetzen heraus, die ihm vom Geschichts- und Staatsbürgerkunde-Unterricht noch geläufiger waren, als vom Russischunterricht selbst. Er hörte „Faschistui", „Bolschaja Oktrjabrskaja Revoljuzija", „Sozialism", „Kapitalism", „Kommunism" und andere Schlagwörter und Phrasen, aber dann auch Worte wie „Rabota", „Tualet" und „Nelsja".

Das „s" in dem Wort „Nelsja" spricht man im Russischen weich aus, was dem Wort eine kaum angemessene Entschärfung, Verniedlichung, Verweichlichung, vielleicht aber auch eine gewisse diplomatische Entgratung verschafft. „Nelsja" war ein häufiges, wenn nicht sogar das am häufigsten gebrauchte Wort mit unmittelbarer Relevanz für das Lagerleben. Es hieß „Verboten" oder „Nicht erlaubt" oder „Verbietet sich" oder „Sollte man nicht tun". Wenn das Wort „Nelsja" aus dem Bartgemurmel auftauchte, dann wurde auch Wossow hellhörig. Wenn das Wort einmal auftauchte, wurde es auch bald noch einmal benutzt. Das war der Moment, ab dem man dann zuhören mußte, denn es war für die Lagerinsassen wichtig zu wissen, was man alles „lieber nicht" tun sollte: „Nelsja" war zum Beispiel das Rauchen in den Quartieren. Dafür gab es eine Raucherecke. „Nelsja" war jede Form des Spielens mit Karten oder gar um Geld. „Nelsja" war das zu späte Zurückkommen von einem Stadtbesuch. Zwar lag das Zwetnui Kombinat im freien Gelände, aber die Tür der Verpackungshalle wurde um „desjat-tschasow" (22 Uhr) abgeschlossen. Beim Ausspruch der „Desjatch" zeigte er auf seine Uhr. „Nelsja" war das Trinken von Alkohol innerhalb des Lagers. „Nelsja" war deshalb natürlich auch bereits das Hereinbringen alkoholischer Getränke in das Lager!

Der Lagerleiter selbst roch immer etwas nach Wodka, sogar am hellen Tag! Und unklar blieb, ob er in der Zeit so gegen „10 Tschasow" noch immer, oder ob er schon wieder nach Wodka roch. Bei seinem Gang über die Baustelle war auch der Glimmstengel stets dabei. Für alle anderen war das Rauchen außerhalb der Raucher-Ecke streng „nelsja".

Am Tag nach ihrer Ankunft fuhr schon nach dem Frühstück ein eigens zu diesem Zweck heranorganisierter Sonderbus, eines von den buckeligen Vehikeln mit knatternd-dröhnendem Heckbenziner und stark ruckelnder Automatik, auf dem Wendeplatz neben der Straße vor, um die Deutschen, wie es hieß „für einen touristischen Ausflug", abzuholen. Die breite Sitzbank ganz hinten im Heck blieb – außer im strengen Winter – automatisch frei, weil die Wärme des überhitzten Motors ein längeres Sitzen auf deren Kunstleder unmöglich machte. Nach dreiviertelstündiger Fahrt hielt der Bus auf dem Vorplatz eines der monumentalen Gedenkplätze und Heldenfriedhöfe, von denen es in und um Leningrad mehr als ein Dutzend gab, wie Wossow schien. Der Bus stand in der brütenden Sommersonne. Der Schweiß lief den Insassen nur so von der Stirn.

Bevor die Studenten den Bus verlassen durften, bekamen sie eine ausführliche Einweisung – mit erhobenem Zeigefinger. Wossow hörte den Lagerkommandeur dabei das einzige und auch letzte Mal wenige Worte in deutscher Sprache sprechen; nachdem er etwas unverständliches gemurmelt und die Worte „Nelsja goworitch nemetski!" ausgesprochen hatte, sagte er: „Nicccht spreccchen Teutccch!"

Was die jungen Deutschen dann erlebten, glich einem Spießrutenlauf. Sie gingen in ihren Blauhemden und -blusen durch den Heldenfriedhof. Und die Einführung des Lagerleiters wäre nicht nötig gewesen, denn keiner hätte gewagt, auch nur ein einziges Wort Deutsch über seine Lippen zu bringen. Ein Gemisch von Trauer- und Kampfmusik drang leise, aber nicht überhörbar aus Lautsprechern, die den Weg rechts und links begleiteten. Hier war es zu hören, das Lied des Rote-Armee-Chores. „Das Lied vom Heiligen Krieg". Wossow erinnerte sich genau an die kleinlauten Worte seiner Russischlehrerin, die das Lied nur einmal während des Unterrichtes vorgespielt und übersetzt hatte: „Es gehört nicht in den Lehrplan. Es steht in keinem DDR-Schulbuch und es gibt auch keine offizielle deutsche Übersetzung dafür."

Riesige Grabplatten trugen Inschriften tausender Namen in kyrillischer Schrift, Namen der von den Deutschen in und um Leningrad erschossenen, durch Granaten und Bomben umgebrachten oder einfach durch Aushungern getöteten Sowjetmenschen. Es waren die Namen von Erwachsenen, von Männern und Frauen, alten Menschen, aber auch die Namen von Kindern und Babies. Vor den Grabplatten knieten alte Frauen. Witwen, die weinend und schluchzend Blumen niederlegten.

Es gehörte zum guten Ton und es galt als Pflichtbesuch einer jeden Hochzeitsgesellschaft, nicht etwa in einer Kirche zu beten, sondern der Toten auf einem der Heldenfriedhöfe zu gedenken. Ja, es galt als Pflichtbesuch, den die junge Generation den gefallenen Verteidigern der „unsterblichen Heldenstadt" auch Jahrzehnte später noch abzustatten hatte, und man nannte es bereits Tradition.

Im Gegensatz zu den jungen Paaren, die gut gelaunt und forschen Schrittes ihren Besuch zu erledigen suchten, weinten sich die alten Frauen, nebeneinander bückend, gegenseitig in einen Zustand sich steigernder, aufschaukelnder Emotion. Ihr Schluchzen wurde lauter und intensiver, je näher die ausländischen Gäste kamen, von denen sie nicht zu ahnen schienen, daß es sich um Deutsche handelte.

Vor dem Ausgang des Heldenfriedhofes betrat die Studentengruppe schließlich ergriffen und mit blassen langen Gesichtern den Raum, in dem sich die ewige Flamme befand, die am Boden, einer Fackel gleich, flackernd leuchtete. Mehrere Ausstellungsräume schlossen sich an, in denen Bilder und Fotos als Dokumente die Greueltaten der deutschen Soldaten und das Ausmaß der Zerstörungen belegten.

Mindestens zweimal wöchentlich, wobei die Wochenenden nicht ausgenommen blieben, brachte man die deutsche Studentenbrigade auf verschiedene Heldenfriedhöfe, Gedenkplätze oder in Museen, welche die Schuld der Deutschen am millionenfachen Mord, am Elend des sowjetischen Volkes ebenso herausstellten, wie die Vernichtung des Aggressors durch die „ruhmreiche Rote Armee" im „Großen Vaterländischen Krieg", der damit zu einem besonderen, einem Befreiungskrieg, dem besungenen heiligen Krieg geworden war.

Am Abend war wieder Appell.

Es war die Zeit der Weißen Nächte. Ein eigenartiges, ein gespenstisches Licht am Horizont. Ein Kaltlicht, dem die Sonne fehlte. Spärliche, wie filigrane gläserne Fasern dahinstreichende Wolken wurden rasch wechselnd von verschiedenen Seiten, in verschiedensten transparenten Farben beleuchtet.

Wind strich über die staubige Fläche des Arbeitslagers, wirbelte Lehm über Unebenheiten des kargen Bodens auf, um damit Risse und Vertiefungen ganz allmählich zu schließen. Lange, sehr, sehr lange würde der feine Staub brauchen, die breiten und tiefen Risse zu verschließen, die der scharfe Landregen zu oft wieder freispülte. Eine chronische Wunde, die immer wieder mit zersetzendem Speichel benetzt, ein Geschwür, an dem wieder und wieder genagt wird, das deshalb wohl nie abheilen könnte.

Nach dem Abendappell brachten sie die Studenten mit Bussen in die Nähe des Stadtzentrums. An einem ganz besonderen Ereignis sollten sie auch diesmal teilhaben. Ein Geheimnis rankte sich um das in Aussicht gestellte Schauspiel der besonderen Art. Kaum aus dem Awtobus ausgestiegen, jeder erhielt eine bereits brennende, tropfende und ebenso stark rußende Fackel in die Hand gedrückt, die aus einem Holzknüppel mit einem darumgewickelten Öllappen bestand, sahen sie, wie aus allen Himmelsrichtungen, aus allen Straßen und Gassen Menschenmassen heranströmten, um sich am Ufer der Newa zu sammeln. Sie alle – es waren Tausende – waren gekommen, um einzig und allein das Öffnen von Brücken im Halbdunkeln zu bestaunen und sogar zu feiern.

Während die Schiffe nun den geöffneten Wasserweg passieren konnten, sich der tausend Blicke wohl bewußt, sprühten Funken der Fackeln, tropften Glut und brennendes Öl zu Boden, wehten dunkel aussehende Fahnen im ungewohnt würzigen Wind der so nahen, Länder verbindenden See des Ostens. War dies etwa das Fenster zum Westen, das vor langer, langer Zeit einmal St. Petersburg bedeutete? Wossow kennt es zu gut – das Geräusch der Fahnenstangen auf einem Appellplatz.

Es gehört auch den Segelschiffen im Hafen: Der Wind bewegt die Leine des eingeholten Segels, läßt sie rhythmisch an den Mast schlagen. Je kräftiger die Brise, desto heftiger, lauter, hochfrequenter und unruhiger wird dieses Peitschen. Wehendes Tuch im Wind, Fahnen oder Segeltuch.

Liegt Wossow an Deck, an der Grenze des Schlafs vor sich hindösend, führt ihn das Geräusch noch immer zurück auf den Schulhof, wo sie als Jungpioniere, die rechte Hand über den Kopf gestreckt, vor wehenden Fahnen noch immer strammstehen mußten: „Immer bereit!"

Zurück zum Schulhof, wo sie als Thälmann-Pioniere vor wehenden Fahnen strammstehen mußten: „Immer bereit!"

Zurück auf den Hof der Erweiterten Oberschule, wo sie in ihren blauen Blusen und Hemden vor wehenden Fahnen mit durchgedrückten Knien strammstehen mußten: „Freundschaft!".

Zurück zur Maidemonstration, wo sie mit blauem Halstuch oder im blauen Anorak nach ihrem Demonstrationsmarsch unter wehenden Fahnen zu einem Rednerpult aufschauen mußten, hinter dem ein Mensch mit einem roten Rhinophym seine Rede von einem Papier ablas, um danach ein Kampflied zu singen.

Zurück zum Exerzierplatz, wo sie als Pioniere in Paradeuniform im strammen Paradeschritt mit hochglanzpolierten Stiefeln, zu wehenden Fahnen aufblickend, an einer Horde Angetrunkener vorbeimarschieren mußten, um dann stundenlang vor wehenden Fahnen strammzustehen: „Hurrah! Hurrah! Hurrah!"

Zurück an die Newa, zurück auf den russischen Appellplatz im Leningrader Arbeitslager, wo sie vor altersschwachen Fahnen strammstehen mußten: „Druschba!"

Allein das Geräusch ist es, das ihn immer wieder in den gleichen Alptraum zurückholt. Wird er wieder wacher, freut er sich, daß es in Wirklichkeit der Segelmast ist. Vor Genugtuung schläft er langsam wieder ein. Liegt er heute lässig in der Koje und küßt ihn ein Mund, so ist es nicht der von Carola:

„Na Beton!"
(„Auf, zum Beton!")

Drei Wochen lang arbeiteten sie als Betoniererinnen und Betonierer. Große Worte für einfache Tätigkeiten, was die Arbeitsmittel anbetraf: außer zwei Nasylkis und den wenigen spatenartigen Schaufeln gab es keine spezifischen Arbeitsmittel. Wossows Brigade bestand aus vier männlichen Rabotschiks und vierzehn weiblichen. Die Mädchen schaufelten Beton von dem großen, auf dem Lehmboden liegenden Haufen auf eine der beiden Nasylkis. Es war grober Beton, mit großen Steinen darin. Der Kipper, ein „ZIL", hatte die Betonfuhre irgendwo abgekippt. Selten nur hatte ein Fahrer sich die Mühe gemacht, rückwärts bis in die Nähe der zu betonierenden Bodenvertiefungen zu fahren, um die steinige graue Masse auf den Lehmboden hinabrutschen zu lassen. Der Kipper kam irgendwann, und meist kam erst spät am Nachmittag die letzte Fuhre. Keiner wußte, wann er kommt. Die Betonladungen für das Blumenkombinat fielen zusätzlich immer dann ab, wenn die Neubaustelle, irgendwo am anderen Ende der Stadt, gerade mal keinen Beton brauchte.

Es war Aufgabe der Jungs, den schweren Beton auf der Nasylka zu abgesoffenen Erdlöchern zu tragen. Fundamente für Heizungsaggregate und -installationen sollten es sein.

Die Last wog schwer, zog an den Armen kräftig nach unten. Besonders ihr schwächlich konstituierter Brigadier hatte zu kämpfen. Jeder war froh, war man endlich am Wasserloch angelangt, um den Beton von der Nasylka abzukippen.

Platsch! Wenn das noch nicht verfestigte Gestein in das Loch hinabrutschte und dreckiges Wasser hochspritzte, erfrischte es nur kurze Zeit die heiße, schweißige Haut der jungen Männer. Unter der brennenden Sonne trocknete es darauf zu graubraunem Beton- und Lehmstaub ein. Die Bulgaren nebenan arbeiteten nur selten einmal. Auch sie hatte man zu Erdarbeiten eingeteilt. Sie schaufelten Kies von mehreren Sandhaufen durch die noch unverglasten Fenster in einen Rohbau. Dort planierten sie den Kies mit Schaufeln oder mit ihren Füßen. Der aus mehreren dutzend Kipperladungen angehäufte Sandberg muß die damit beauftragten Bulgaren so beeindruckt haben, daß sie gar nicht erst in Betracht gezogen hatten, ihn bewältigen zu können.

Während sich die Bulgaren über deren Arbeitseifer amüsierten, waren die Russen von der Arbeitsleistung der Deutschen beeindruckt und zuletzt sogar so überzeugt, daß sie den von den Bulgaren liegen gelassenen Sandhaufen einfach noch den Deutschen als kleine Zusatzaufgabe übertrugen.

Ein Gemisch aus Achtung, aus Belächeln und Belehrung muß es gewesen sein, das ihr Verhalten charakterisierte und ihr Verhältnis zu den jungen Deutschen überhaupt auszumachen schien.

Die Jause II

Die Verpflegung war eintönig. Häufigstes Haupt- und Nebengericht war „Kascha". Kascha ist alles. Kascha ist Buchweizenbrei, Kascha ist jede Art von Reis, Kascha kann wahrscheinlich jede Zubereitung aus ungemahlenem oder geschrotetem Getreide sein, egal ob mit oder ohne Schale: alles Kascha! Manchmal gab es süßen, manchmal gesalzenen Kascha, manchmal dicken, manchmal dünnen Kascha. Meist erhielten sie ihn in einem Teller vorgesetzt, als trockene krümelige grau-braune Masse und einen Löffel, etwas Salz.

Am Morgen des fünfzehnten Tages, es war an einem Montag, gab es überhaupt kein Essen, und die Wasserzisterne war leer. Die Mädchen hatten nämlich am Vortag ihre wichtigsten Wäschestücke gewaschen.

Alle waren hungrig. Die sowjetischen Freunde hatten sich irgendwohin verkrümelt, die bulgarischen Freunde waren zu keinerlei Regung bereit. Mitten im Sommer hatten sie wie sonst Eichhörnchen im Winterschlaf alle körperlichen Aktivitäten, ihren gesamten Stoffwechsel auf ein absolutes Minimum herabgefahren.

Auch die Deutschen wollten nicht mehr: „Mit leerem Magen? Nein!" Ihnen aber antwortete man auf Russisch: „Vergeßt nie, woher ihr kommt! Das hier ist blutgetränkte Erde! Hier starben unsere heldenhaft kämpfenden Väter und Großväter im Kugelhagel der deutschen Faschisten! Wie ihr wollt, wenn ihr nicht arbeitet, könnt ihr auch gleich nach Hause fahren!"

Die Studenten wußten genau, was das bedeuten konnte. Und es war wohl nur der Diplomatie und der Wortgewandtheit ihres sehr gut russisch sprechenden Brigadiers zu verdanken, daß sie auch wieder heil aus dieser Situation herauskamen.

An der Raucherecke bauten sie sich aus ein paar Steinen und Brettern eine Sitzecke, wo sie dreimal täglich für die Zeit einer Zigarette auf den Beginn des Appells warteten. Eine der Fachschulstudentinnen, eine zukünftige Krankenschwester, konnte ganz gut auf ihrer Klampfe spielen. So ging es immer recht lustig zu, wenn sie sich singend etwas Freiraum verschafften. Außerdem muß es für jemanden, der die deutsche Sprache nicht oder nur sehr schlecht kannte, ganz gut geklungen haben, wenn sie bei dieser oder jener Gelegenheit ein Lied anstimmte.

Der Frust war es wohl, der ein neues Lied entstehen ließ, das sie fortan mehrmals am Tag sangen. Sie nannten es „Das Lagerlied" oder „Makarenko'scher Fahnenappell":

Sie sangen:

Nüchtern steig'n wir aus den Liegen
Hella-hella-hellu
Sackratten nicht wegzukriegen
Hella-hella-hellu
Vor dem Frühstück „Na Lineyku!"
Hella-hella-hellu
Nach dem Frühstück „Na Lineyku!"
Hella-hella-hellu

Hey!
Hella-hella-hellaley
Hella-hella-hellu
Hella-hella-hellaley
Hella-hellaleylu.

Kascha dick und Kascha dü – ünn
Hella-hella-hellu
haben wir vor Hunger dri – in
Hella-hella-hellu
Vor dem Mittag „Na Lineyku!"
hella-hella-hellu
Nach dem Mittag „Na Lineyku!"
Hella-hella-hellu
Hey! ...

Vor dem Stadtgang „Na Beton"
Hella-hella-hellu
schnell noch eine Fuhre kommt
Hella-hella-hellu
Auf die Nasylka raufgeschippt
Hella-hella-hellu
Ins Loch damit, schnell abgekippt
Hella-hella-hellu
Hey! ...

154

Mit dem Awtobus in die Stadt
Hella-hella-hellu
schnell, bevor's Museum zugemacht
Hella-hella-hellu
Vor dem Abend „Na Lineyku!"
Hella-hella-hellu
Nach dem Abend „Na Lineyku!"
Hella-hella-hellu
Hey! ...

Wossow lernte eines der Mädchen näher kennen. Sie hieß Carola und war Fachschulstudentin. Vielleicht wolle sie doch noch das Abitur nachholen, wie sie meinte, um richtig Medizin zu studieren, wenn der Schwesternberuf sie irgendwann vielleicht nicht mehr ausfüllte. Sie verschafften sich, sie gaben sich den Ausgleich, den sie im Lager so dringend brauchten. Sie, das zarte Ding, hatte in der ersten Woche so viel an Gewicht abgenommen, daß ihr die Wangenknochen unter der Haut hervorstanden. Abends nach der Arbeit oder nach dem gemeinsamen Stadtgang traf er Carola regelmäßig bei der alten gelben Planierraupe, die in der Nähe der Bushaltestelle stand und dort vor sich hinrostete. Außer der Raupe und ein paar Büschen gab es keinen Ort, an dem man sich vor den Blicken der anderen hätte schützen können. Und in der russischen Raupe war ein ungewöhnlich weicher Sitz. Dort saßen sie, stundenlang und küßten sich. Er durfte sie überall anfassen, streicheln, nur passieren ließ sie es nicht. Nur so wurde die Zeit für beide erträglich, nur so verdauten sie die herbe Schule des Büßenlernens.

Den ganzen Tag lang freuten sie sich insgeheim schon auf den Abend in der Raupe. Manchmal, dann nämlich, wenn der Tag besonders belastend gewesen war und sie wieder zu einem der Heldenfriedhöfe gebracht worden waren, nahmen sie sich eine kleine Flasche Wodka mit auf die Raupe, leerten sie gemeinsam ... Schluck für Schluck ... Träne für

Träne ... Kuß für Kuß: Zwischen je einem Schluck gaben sie sich einen Kuß, der noch viel länger dauerte, als der vorausgegangene. Die geleerte Flasche begruben sie dann neben all den leeren großen Flaschen, die der Planierraupenfahrer lange vor ihnen in dem Werkzeugkasten neben dem Sitz deponiert hatte.

Die Raupe stammte aus der legendären russischen Panzerfabrik. Wie sie sich erzählten, sollten damals, im Krieg, dort die T-34-Panzer gebaut worden sein. Sibirisch handgefeilt – aus einem Stück. Auf der einen Seite brachte man das Eisenerz, soeben frisch abgebaut, in die Fabrik, auf der anderen Seite fuhren die fertigen Panzer heraus. Vollgetankt und bestückt mit Panzermunition und jungen, zur Verteidigung ihrer Heimat entschlossenen Grenadieren sollen sie einmal sogar, mit ihrer Fabrik nur noch wenige Kilometer von der herannahenden Front entfernt, direkt ins Gefecht gerollt sein. Keine Chance für die gut ausgebildeten Gegner, die dem nichts Frisches an Kräften, Kämpfern, Kampfgerät und Munition entgegenzusetzen hatten.

Nach der Abreise der bulgarischen Studentengruppe wurde einiges leichter. Nicht nur, daß niemand mehr sie mitleidvoll belächelte. Auch die verfügbare Wassermenge pro Lagerinsasse vermehrte sich. Die Mädchen faßten wieder Mut, trauten sich wieder, dann und wann eines ihrer Kleidungsstücke zu waschen.

Da es keine Dusche gab, suchten sie gemeinsam nach einem Ersatz für die von zu Hause gewohnte komfortable Körperpflege. Da war der Besuch der Großen Leningrader Badeanstalt. Hier konnten sie sich endlich einmal ausgiebig waschen und nach einer „gewissen" Zeit des Anstehens eine der beiden Duschen benutzen. Sogar eine Sauna gab es hier, mit richtigen Birkenzweigen! Eine heruntergekommene Bude war es schon. Die Wände verschimmelt, der Boden glitschig, Schweißgeruch. Aber all das störte die Wasserhungrigen kaum.

An ihrem vorletzten Arbeitstag kam der letzte Betonkipper so spät, daß sie nicht mehr in die Stadt konnten. Das erste

Mal nahmen sie sich die Zeit, die nähere, recht trostlose Umgebung des Lagers zu erkunden. Bereits fünfhundert Meter hinter dem Lager, draußen im weiten Brachland, fanden sie einen alten abgesoffenen Schützengraben. Wie froh waren sie, sich nach der schweren Arbeit doch noch erfrischen zu können. Doch gerade, als sie sich auszogen, um splitternackt in den Tümpel zu springen, kam der Towarischtsch Lagerkommandir angerannt. „Nelsja plawatch! Nelsja! Rebjata! Nelsja plawatch!" rief er, womit ihnen auch diese Möglichkeit eines reinigenden Bades genommen war. Das Gebiet sei noch nicht von Munitionsresten aus dem Krieg bereinigt worden, gab er auf Russisch zu verstehen.

Vergebens hatten die Studenten der Medizin auf einen geplanten Besuch, eine offizielle Führung durch eines der großen Leningrader Krankenhäuser gehofft. So intensiv sie sich dann auch selbst darum bemühten, sie erhielten die Genehmigung nicht, obwohl die Studenten der Partner-Uni im vorausgegangenen Jahr mehrere DDR-Krankenhäuser besucht hatten. Doch sie waren Studenten. Und als solche verschafften sie sich Zugang zu dem Ort, dessen Besuch man ihnen verwehrt hatte. Auf eigene Faust besuchten sie eines der Versorgungskrankenhäuser der Stadt.

An einem Sonntagmorgen hatten sie sich heimlich davongemacht, obwohl sie wußten, daß es „nelsja" war: Die sowjetischen Freunde hatten wieder gefeiert bis in die tiefe Nacht hinein und so manche Flasche ausgetrunken. Das war ihre Chance, das Lager unbemerkt zu verlassen.

Das Krankenhaus hatten sie zwei Tage vorher als solches identifizieren können. Während ihrer Fahrt auf der Newa hatten sie von weitem Patienten in uniform blau-grau längsgestreiften Bademänteln erkannt, wie sie rauchend auf einer Parkbank saßen. Und auch einen Menschen mit einer weißen Kochmütze, wahrscheinlich einen Doktor, hatten sie in einem geöffneten Fenster gesehen. Zwar enthielt der Stadtplan durchaus nicht alle Straßennamen, selbst wichtige Gebäude und Orientierungspunkte fehlten ganz einfach.

157

Sie fanden dennoch zu ihrem Ziel. Sie schlichen sich genau dort, wo sie den Machorka-Raucher gesehen hatten, über den Hof durch den Wirtschaftseingang in das Krankenhaus. Da drinnen fast jeder mit seiner Arbeit beschäftigt schien, konnten sie auch ungehindert Gang für Gang, Station für Station durch das Krankenhaus gehen, ohne gefragt zu werden, was sie eigentlich wollten, wer sie sind, wer ihnen erlaubt habe, das Gebäude zu betreten, wo doch der Eintritt für Unbefugte „nelsja" ist! Sie liefen stumm, zügigen Schrittes und nie nebeneinander. In ihren Sachen sahen sie nicht aus wie „Turistui", schon gar nicht wie Natschalniks, auch nicht wie Mitglieder einer Kontrollkommission während einer Krankenhausbegehung, wie sie dann und wann stattfand, ohne daß sich jemals irgendwelche sinnvollen Konsequenzen daraus ergeben hatten.

Sie sahen in keinen Raum, sahen in keinen Saal, der nach ihrer Meinung hätte der Operationssaal sein können. Aber die Sommerhitze ließ so manche Türe länger und weiter offenstehen. So sahen sie Ambulanzzimmer, Küche, Wasch- und Sanitärräume, natürlich die Patientenzimmer, Schwestern- und Arztzimmer; Funktionsräume ... waren vielleicht das die Operationsräume?

Auf dem Gang einer der Krankenstationen stand ein alter Küchenschrank, auf dessen Anrichte gerade Spritzen und Kanülen ausgekocht wurden. Eine Dicke mit einer Kochmütze nahm gerade die in ihre Einzelteile zerlegten Glasspritzen, metallene Kanülen, Flügelkanülen und andere kleine Gerätschaften aus dem siedenden Wasser, um diese dann auf einem großen grauen Leinenlappen zum Trocknen abzulegen und auszubreiten. Fliegen tummelten sich auf dem Schrank neben dem Lappen.

Die Infusionsflaschen sahen aus wie Milchflaschen, die man einzeln gefüllt, deren Stopfen man mit heißem Bienenwachs vergossen hatte.

Die Patientenzimmer waren überfüllt, die Betten standen dicht bei dicht, immer zwei nebeneinander wie Ehebetten.

Zwischen jeweils zwei mal zwei schmalen Betten war ein schmaler Zwischenraum zum Durchtritt freigelassen. Die Sachen waren über zwei Leinen gehängt, die man vor längerer Zeit zwischen Wand und Fensterkreuz gezogen hatte. Die Zimmer waren voller Fliegen, Wespen und anderem Ungeziefer. Schaben, Öhrlinge, Spinnen und Asseln krochen über Boden und Wände.

Eine dünne Ameisenstraße kreuzte ihren Weg, um in mehreren Ecken, am Fenstersims und am Sockel des Flures nur scheinbar zu enden.

Die chirurgische Station war unverkennbar. Es roch etwas anders, es roch nach Chirurgie. Wossow konnte nicht definieren, wie genau oder wonach es roch, und auch später gedanklich nicht rekonstruieren, wodurch dieser spezifische Geruch zustande gekommen war, wie es bei manch anderen Gerüchen durchaus im Nachhinein noch möglich ist.

Auf dieser Chirurgie sah er viele durchgeblutete und durchsiffte Verbände. Er sah schlechte Gipse und miserable Krücken. Er sah frisch Operierte, die in ihren Betten oder auf Tragen liegend, zwischen septische Patienten geschoben wurden.

Wie draußen fehlten auch im Krankenhaus auf der Frauenstation gynäkologische Binden. Erst Carola hatte sie darauf aufmerksam gemacht. Statt dessen waren textile Vorlagen auch hier üblich. Nach dem Waschen wurden diese, über die Zeit grau gewordenen Lappen ausgekocht, zum Trocknen an großen Holzrosten und Holzreitern aufgehängt, die dort vor einem weit geöffneten Fenster standen.

Wossow wird das Schreien der kleinen und das ängstliche Winseln der größeren Kinder auf der Kinderstation nie vergessen.

Sie verließen das Spital über ein Treppenhaus, das direkt zum Pförtner und von dort an die klare Luft führte. Sie rannten durch die Tür davon, als der Pförtner sie nach ihrem Paßport fragte: „Rebjata, Stoi! Schto wui delajetje? Rebjata! Stoi! Stoi!" Doch sie rannten einfach weiter, sie rannten weg wie Kinder, wenn sie etwas gestohlen oder einen üblen Streich gespielt haben.

Sie sahen sich an. Aber keiner sagte etwas. Stumm und noch etwas benommen von dem süßlichen Krankenhausgeruch standen sie nun an der Bushaltestelle. Mit blassen Gesichtern sah man sie in dem Linienbus stehen, der sie zurück vor das Lager brachte. Sie stiegen aus dem Awtobus, stiegen wieder hinab in den staubigen Lehm.

Sie waren enttäuscht von dem, was sie in diesem Krankenhaus gesehen hatten. Soll das wirklich alles gewesen sein? Sollte all das erstrebenswertes Ziel ihres eigenen Gesundheitswesens sein? „Von der Sowjetunion lernen, heißt siegen lernen." So hatte man es ihnen gelehrt. Und was gelehrt wird, sollte richtig, sollte wahr sein, oder? Als Schüler ehrt man seine Lehrer, indem man Gelehrtes zu Gelerntem werden läßt, indem man das Gelernte entgegen anderslautende Behauptungen verteidigt. Doch was geschieht, wird man mit einer anderen Wahrheit konfrontiert? Was geschieht, wenn Gelehrtes und Gesehenes verschieden voneinander sind? Zweifel kommen auf, Zweifel lassen neuen Zweifel entstehen, lassen auch anderes Gelehrtes und bereits Gelerntes kritisch prüfen: „Die Praxis ist das Kriterium der Wahrheit." Auch das war (nur) ein Lehrsatz. Sollte man etwa den in Frage stellen?

Endlich hatten sie es geschafft, die Zeit im Arbeitslager war vorüber. Tatsächlich hatten sie hier neue Freunde gefunden und gemeinsam einen schwierigen Zeitabschnitt bewältigt. Selbst wenn es nur für eine kurze Zeit war, hatten sie doch Leid und Los der sowjetischen Studenten geteilt. Sie hatten Dinge zur Sprache gebracht, an die ein Komsomolze nicht einmal zu denken gewagt hatte, bevor sie kamen.

Wie sollten Flechten, Gras oder gar Blumen auf nacktem Lehmboden gedeihen? Wie sollte fruchtbarer Humus entstehen, wenn immer neue Erosionen neue Risse im Lehm bildeten, die solch feiner Staub nie schließen kann? Oder glaube man vielleicht, Blumen dauerhaft zum Blühen zu bringen, indem man fremden Humus kommen ließ in ein Gewächshaus?

Der touristische Teil ihrer Reise begann mit der Zugfahrt nach Moskau. Dort soeben in einem spartanisch ausgestatteten Studentenwohnheim untergekommen, fuhren sie zuallererst mit der Metro zum Roten Platz. Die Metro war für sie etwas Gewaltiges, ein überwältigendes Bauwerk, das endlich einmal den Vorstellungen von der unermeßlichen Kraft des Sowjetreiches entsprach. Mehr als hundert Meter lang müssen die Rolltreppen sein, deren Ende sich oft erst ganz zuletzt einsehen ließ.

Carola schwärmte: „Wahnsinn, die Metro! Alles andere als die ‚Unterstraßenbahn' bei uns in der Ostweststadt!" Aljoscha, der Komsomolze antwortete darauf: „Unser Metrro aucch mussen schuitzen Mencchen im Krrieg; eee, wie heißt docch gleich po-nemjetzki?" Wossow sagte: „Zivilschutz oder Luftschutzkeller."

„Rricchtig! Zivilcchutz!"

Carola staunte weiter: „Und diese prunkvoll ausgestatteten Metro-Stationen! Jede hat ein anderes Gesicht."

Als Wossow die Station mit dem Inneren des Zarenpalastes verglich, sagte Aljoscha: „Du besserr nnicht sprrecchen von Zarrr!"

Am Roten Platz angekommen, machte sich erneut ein wenig Enttäuschung breit.

Dieser weltbekannte Platz war nicht größer, als jeder andere Marktplatz. Nur fehlte hier ein Marktbrunnen. Dafür war kein Platz, denn hier hielt man regelmäßig große Militärparaden ab. Für die Fernsehübertragungen der Mai-, Sieges-, Oktober- und sonstigen Feiern benutzte man Weitwinkeloptiken, die den Platz in den Medien viel größer vorkommen ließen.

Bei Kriegsende hatte man die ausgemergelten deutschen Kriegsgefangenen eingesammelt und hier wie Trophäen vorgezeigt und wie eine Herde Vieh entlanggetrieben, zum

Spießrutenlauf vorgeführt, zum Anspucken freigegeben, bevor man sie in die Arbeitslager nach Sibirien verbringen ließ. Und auf diesem winzigen Platz mit einem Sportflugzeug zu landen, ist sicher eine Meisterleistung! Für die einen ein Pflichtbesuch, für andere vielleicht die Befriedigung einer Neugier, Besichtigung einer Attraktion, Besuch einer deklarierten Gottheit, Vorbeigehen an einer Mumie, von der nur ein kleiner eingeweihter Personenkreis wirklich wußte, wieviel von deren Körper überhaupt noch erhalten war. Hier also standen tagtäglich Tausende an, um Uljanow zu besuchen. Touristen, und Wossows Studentengruppe galt ab jetzt als Touristengruppe, wurden gastfreundlich vorgelassen: „Turistui!" hieß es: „Turistui" war das Wunderwort. Das genügte, ein bis zwei Wartestunden erstattet zu bekommen, sich hundert Meter weiter vorn einreihen zu dürfen. Busseweise kamen sie, die „Turistui", um sich vorzudrängeln; als würde er auf der Autobahn rechts überholen, kam Wossow sich vor. Er schämte sich sogar ein wenig. Aber die Sowjetbürger fühlten sich geehrt, wenn jemand aus der weiten Ferne oder gar aus einem ganz anderen Land hierher kam, um ihren Genossen Uljanow zu sehen. Vielleicht fühlten sie sich auch wohlwollend bestätigt in ihrer Weltanschauung, obwohl Uljanow als vergötterte Kultfigur nicht so recht in eine materialistische Weltanschauung hineinpaßte, dachte der Student.

Ihre beiden Reisebegleiter, Aljoscha und Vera, waren zwei gut aussehende junge Leute in gepflegten Komsomoluniformen. Beide sprachen recht gut deutsch und beide hatten Uljanow schon oft besuchen müssen. Sie kannten auch die Stelle, wo Touristen Streckenrabatt erhielten und vorgelassen wurden. Nach wenigen Metern des Anstehens erfolgten erste Sichtkontrollen, ein paar Meter weiter mußten sie ihre Jacken ausziehen und Hosen- und andere Taschen leeren, um deren Inhalt vorzuzeigen, Fotoapparat, Hand- und andere Taschen abgeben, in bestimmten Fällen erfolgten genauere Visitationen. Hände selbst bei eisiger Kälte, und nach einer frostigen Augustnacht war es auch am Morgen noch sehr kalt, in Jacken- oder Hosentaschen zu stecken, war streng „nelsja".

In konstantem Tempo, in weniger als halbem Schrittempo, in einem Tempo also, wie es bei einem Begräbnis üblich ist, bewegte man sich in Richtung Mausoleum und betrat dieses schließlich voller Erwartung oder vor Ehrfurcht. Uniformierte Wachsoldaten mit blankpolierten Karabinern und aufgepflanztem Bajonett hielten vor und in dem Mausoleum Wache. Ob ihre Stahlhelme auch nur aus Pappe waren, so wie die Pappmachékappen der beiden torpiden Wachsoldaten in den Paradeuniformen unter oststädtischen Linden? Stundenlang standen sie hier und bewachten die Mumie als das Symbol der Seele des für sie einzigen Urvaters des Kommunismus.

In gleichem Tempo mußten sie an dem einbalsamierten Körper vorbei, dessen sichtbare Hautpartien, Kopf und Hände, in einem gedämpften gelblichrosa Licht erschienen. Ein Sarkophag aus Schauglas umgab ihn.

Jedem blieb die gleiche rationierte Zeit für die Betrachtung, aus der sich das Tempo der heranschreitenden riesigen Menschenschlange ergab. Die uniformierten Aufseher achteten darauf, daß hier keiner stehenblieb und wurden sehr böse, wenn jemand aus der Rolle fiel und vom vorgezeichneten Weg abwich. Außer den Wächtern im Gebäude standen zwei dutzend vor, ein dutzend in und nur noch ein halbes dutzend Aufpasser hinter dem Mausoleum. Sie waren wie lebendige Ventile, indem sie das Tempo des Vorbeischreitens bestimmten und keinen Stillstand der Schritte, kein zu nahes Herantreten, keine Umkehr zuließen.

Der quaderförmige Bunker aus edlem roten und schwarzen Gestein war auch in seinem Inneren symmetrisch angelegt. Sie gingen um die Leiche herum, um das Mausoleum dann auf der anderen Seite wieder zu verlassen; hinaus an die Kremlmauer, in und an welcher alle anderen Nationalhelden in Urnen beigesetzt waren. Mit Steinskulpturen unterstrich man die besondere Gewichtung ausgewählter Helden und Persönlichkeiten als Geroi Sowjetskowo Sojusa (Held der Sowjetunion). Zu Helden wurden keineswegs nur Staatsmänner, Politiker, Philosophen und Gesellschaftswissenschaftler erkoren. Manchmal erst nachträglich, nach deren Tod also, hatte man auch Naturwissenschaftler und Fliegerkosmonauten wie Juri Gagarin dazu gemacht, der bei einem Testflug eines neuentwickelten Militärflugzeuges ums Leben gekommen sein soll.

Die Auswahl der an der Kremlmauer Beigesetzten war immer eine dynamische Größe gewesen und hing wesentlich von der innenpolitischen Wetterlage ab, wie Fahnen im Wind. Sogar für die Leiche Jossif Wissarionowitsch Dschugaschwilis soll ein eigenes Mausoleum gebaut worden sein. Auch seinen sterblichen Überresten wurden zunächst Privilegien einer Gottheit zuteil. Schon bald aber entfernte man Dschugaschwilis Körper ganz aus dem Stadtzentrum, um ihn Jahre später wieder an die Kremlmauer zurückzuholen, wo Dschugaschwili als „normaler" Staatsmann den gebührenden Platz erhielt, während der ungewöhnliche Status Uljanows weiterhin unangetastet blieb. Ähnlich Dschugaschwilis muß es wohl den sterblichen Überresten vieler anderer Persönlichkeiten ergangen sein, die zuerst an der Kremlmauer beigesetzt, mal hinter der Stadtgrenze verscharrt, dann wieder zur Kremlmauer zurückbeordert worden waren oder umgekehrt ...

Nach dem Besuch von Mausoleum und Kremlmauer durften die „Turistui" sich ihre Fotoapparate, Taschen und sonstigen Sachen wieder vom Kontrollgebäude abholen.

Sie hatten ihren Pflichtbesuch getan, ihre teils spontane, teils verordnete Neugier auf das Stadtzentrum befriedigt. Nach dem Besuch des Kreml führte man die Studenten zu weiteren Sehenswürdigkeiten, von denen man meinte, daß es die wichtigsten Sehenswürdigkeiten seien, zu denen man historisch, architektonisch und weltanschaulich interessante basilikale Kirchen und Kathedralen nicht zählte. Nur in wenigen Kirchen fanden noch Gottesdienste statt. Einige Kirchen waren verfallen, vegetierten hinter einem unschönen Hochhaus, fristeten ihr Dasein als Lagerhallen oder als Garagen für Lastkraftwagen, Traktoren, Planierraupen oder gar Panzer und anderes Kriegsgerät.

Man begleitete sie zur TRETJAKOW-GALERIE, zum Kaufhaus GUM, zur LOMONOSSOW-Universität, einem wuchtigen grauen Bau aus der Dschugaschwili'schen Zeit und schließlich zur „Allunions-Ausstellung", wo zum Beispiel eine verkohlte Sojus-Raumkapsel und die inzwischen völlig vergilbten, ursprünglich einmal himmelblauen Trainingsanzüge zweier Kosmonauten mit dem Aufdruck „CCCP" ausgestellt waren, eben jenen riesigen Lettern wie man sie noch recht gut von den Fernsehübertragungen aus dem Inneren der winzigen Raumkapsel kannte.

Dem Kreml gegenüber sahen sie das Kaufhaus GUM mit einer aus der Ferne ansehnlichen Fassade, die in einem dezenten Lindgrün gehalten war. Drinnen jedoch herrschte chaotisches Durcheinander. Weil das Warenangebot nicht systematisch geordnet war, hätte Wossow sich gut verlaufen und bei den Massen von Menschen leicht Carola aus den Augen verlieren können. Wie Kinder in Grimms Märchen faßten sie sich deshalb bei der Hand.

An mehreren Stellen gab es die gleichen Hüte, gleiche Schuhe, Pelze, Taschen, die gleichen Textilien, Zigaretten, Regenschirme, Spielzeug, Krimskrams, Handwerkszeug und Haushaltwaren. Übersichtliche Hinweistafeln, etwa auf die Frage, in welchem Stock welche Waren zu kaufen seinen, suchten sie vergebens. Eine gehässige Antwort wäre gewesen: „Es gibt überall alles!"

„Gdje moschno kupitch Matrjoschki?" fragte Wossow die Verkäuferin an einem der Spielzeugstände in gebrochenem Russisch nach Matroschkas.

„Nje snaju!" sagte die Frau mit dem geheimnisvollen Babuschka-Gesicht, sie wußte es nicht, während sie für eine einheimische Kundin den Preis mit einer Rechenmaschine ausrechnete, die Wossow noch aus seiner Kindheit und von dem Magasin der sowjetischen Streitkräfte am Rande der Oststadt kannte.

Der abgegriffene und speckig gewordene hölzerne Rahmen enthielt zehn quergespannte Drähte, blank und so dick wie Fahrradspeichen, mit je zehn darauf reitenden kanülierten Holzkugeln, je zur Hälfte aus hellem und dunklem Holz. Wossow bewunderte die Schnelligkeit, mit der die Babuschka alle Preise addierte und dann noch das Rückgeld ausrechnete.

Für Taschendiebe war das Chaos im GUM wie geschaffen. Meist waren es Kinder oder Jugendliche, die das Tohuwabohu geschickt und skrupellos auszunutzen verstanden. Carola machte Achim auf einen kleinen Jungen und zwei größere Mädchen aufmerksam, die im Kollektiv „arbeiteten": Während sie mit weiblichem Geschick einen Verkäufer ablenkten, schnappte der Kleine blitzschnell zu. Auch eine alte Frau erschien Wossow suspekt.

An jeder Ecke, in jedem Ein- und Ausgang postierte Milizionäre, jeder mit Gummiknüppel und Pistole bewaffnet, waren eher nicht die Herren der Lage. Ein Abenteuer war das GUM, eine besondere Art Basar, in dem es streng „nelsja" war, irgend etwas privat zu verkaufen.

Wossow kaufte schließlich eine fünfteilige Matroschka für vier Rubel und fünfzig Kopeken und heimlich, ohne daß es Carola merkte, für seine Freundin, die in der Oststadt schon auf seine Rückkehr wartete, einen kleinen runden Spiegel, dessen Plasterahmen eine recht geschickte Kupferimitation war.

Aljoscha, der Komsomolze, hatte gesagt: „Acchiem! In Moskau giebt alles. Alles was dein Ccherrz begehrren! Du brraucchen nur rricchtiges Geld! Du, Acchim, du aber cchast auch falcches Geld, genauso wie ich, icch chabe aucch falcches Geld! Hahahahahaha!" Sie lachten herzlich und umarmten sich, denn sie waren richtige Freunde geworden.

Dadamm-dadamm ... dadamm-dadamm ...

Von Moskau fuhren sie zwei Nächte und einen Tag lang mit der Eisenbahn nach Tallinn, wo sie sich einen Tag lang das wunderschöne historische Stadtzentrum ansahen. Niemand sprach dort russisch, vielleicht wollte auch keiner russisch sprechen. Estnisch ähnelt eher einer skandinavischen, als der russischen Sprache. Und sie hatten große Probleme, sich mit Hilfe ihrer Russischkenntnisse durchzufragen. Aus Estland ging es weiter nach Lettland, dadamm-dadamm, dadamm-dadamm, und über Riga nach Hause.

Zu Hause angekommen war der Student froh, daß die sechs Wochen vorüber waren und er sich nicht hatte kahlrasieren müssen, um das Ungeziefer mechanisch entfernen zu können. Er konnte endlich zu Hause in die Drogerie gehen, um sich ein Mittel gegen Pedikulose zu holen, das prompt anschlug. Er war froh, als er baden konnte so oft er nur wollte und als er wieder wie gewohnt täglich das Hemd wechseln konnte.

Die Studenten kamen zurück und hatten das Sowjetvolk besser und aus einer ganz anderen Perspektive kennen, verstehen und in besonderer Weise mögen gelernt. Sie kamen aber auch mit der Erkenntnis zurück, daß das, was von der Sowjetunion zu lernen war, nicht Siegen war, eher ein Leben lang Buße zu tun.

An der Grenze stellten sie gern ihre Uhren wieder eine ganze Stunde zurück und waren froh, als der Zug wieder auf seine schmalen Achsen zurückgestellt wurde. Den Eltern seiner Freundin in der Oststadt brachte er die zwei Flaschen Kwas, ihrem kleineren Bruder die fünfteilige Matroschka mit, die er im Kaufhaus GUM von einem privaten Händler gekauft hatte. Sie freuten sich, als sie sich wieder in die Arme schließen konnten. Wieder zurück am Ostbahnhof! Endlich?

Bei ablandigem Wind hört Dr. Wossow das rhythmische Schlagen der Leine gegen den Segelmast. Doch schließt er die Augen, so sieht er noch manchmal die Fahnenstangen des sowjetischen Studentenlagers vor sich. Es überkommt ihn ein eigenartiges Gefühl. Fahnenstangen und die Masten der festgemachten Segelschiffe im Wind des Hafens – sie liegen bei ihm zu dicht beieinander. Es ist ein und dasselbe peitschende Geräusch, das ihn immer wieder träumen läßt. Möwen, die über das Lager unweit der Newamündung hinwegflogen; Möwen auch hier am Atlantik. Er träumt von dem Lager, wenn er im Sommer mit freiem Oberkörper hinter der Reling, durch die Persenning windgeschützt auf den warmen Decksplanken liegend, bei Sonnenschein seine Augen schließt, während das Boot in den Wellen dümpelt, ihn in seinen alten Traum wiegt. Und er träumt von Jakobs Segelschiff, wenn er in Bergen auf der Parkbank neben den distanten Fahnen der Europäischen Union sitzend, nur für einen Moment beide Augen schließt. Seltsam, wie dicht aneinander sein Geist unterschiedlichste Lebenserfahrungen projiziert, angenehmes und äußerst unangenehmes allein aufgrund derselben Wahrnehmungsqualität assoziiert.

„Segler und Chirurgen haben eine wichtige Gemeinsamkeit" behauptet Jakob, Wossows Nachbar, „Achim, du als Chirurg müßtest das doch wissen!" Jakob ist Fotograf und hat sich in der Stadt mit einem kleinen Geschäft selbständig gemacht. Nur am Wochenende, wenn sein Atelier geschlossen ist, kommt er mit seiner jungen Frau und dem Baby in sein Häuschen am Fjord. Hier fischt er und segelt. Abends kommt er immer zurück, seit das Baby da ist.

Dem Chirurgen zeigt er sein neues Sonar. Damit will er jetzt ganze Fischschwärme genau orten können. Sogar einzelne Fische könne er damit aufspüren, wenn sie nur ausreichend groß sind!

Bevor er Wossow zu einem ersten Törn einlud, sagte er in einer auch ihm fremd gebliebenen Sprache: „Nothing without knots!" Wie sein Haus am Fjord, so hatte sich Jakob sogar den Motorsegler irgendwann einmal selbst gebaut. Er behauptet, einmal sogar mit diesem Schiff bis nach Irland und auch wieder zurückgesegelt zu sein. Erst in England, wo er wegen eines gerissenen Segels unfreiwillig in einer kleinen Fischerbucht festmachen mußte, habe man ihm richtiges, sicheres und wirklich gutes Knoten beigebracht!

Damals, als Student bei seinen Sigi-Knoten, hatte Achim immer an Kerstin denken müssen. Es war unter chirurgisch ambitionierten Medizinstudenten so Tradition. Das Knoten wurde am Daumenzeh der Freundin geübt, nirgendwo sonst: Der Daumenzeh ist die einzige zweigliedrige Zehe des Fußes. Alle Langfinger und alle kleinen Zehen sind normalerweise dreigliedrig.

Wie sonst hätte er die Nacht zwischen hunderten von Sigis sonst rumkriegen sollen, ohne die Dinger vor Wut in die Ecke zu werfen? Doch wohl nur dadurch, daß er beim Knoten immer und immer wieder an Kerstin dachte und an alles andere danach; an all das, was sie nach seiner frustrierenden Knotenübung taten in der Abrißwohnung, dort im obersten Stock eines sich selbst überlassenen Hauses am Karl-Friedrich-Platz.

Mit Gefühl und nicht zu fest darf der Faden um die Zehe deines Mädchens geschlungen, nicht zu fest mit dem ersten Knoten fixiert sein, den man durchaus noch mit dem zweiten, dritten und vierten, fünften und sechsten „Weiberknoten" nachziehen könnte.

Knoten ist nicht gleich Knoten. Ob Palstek, ob Kreuzknoten mit oder ohne Slipstek, Altweiberknoten oder Schuhbandschleife, ob lange oder englische Trompete, abgesehen von Fancywork hat wohl jeder Knoten eine bestimmte wichtige Funktion. Doch, was wäre die Welt ohne Fancywork?

In der Chirurgie erfordern bestimmte Nähte auch ein besonderes Nahtmaterial, bestimmte Materialien bestimmte

Arten oder eine bestimmte Zahl von Knoten, um Festigkeit zu erlangen. Schon auf der Grundschule hatte Wossow die wichtigsten händischen Knoten gelernt, denn das gehörte zum Assistieren. Die vom Operateur gestochenen und somit vorgelegten Nähte waren vom Assistenten per Hand zu knüpfen. Ein Faszienfaden war sicher und möglichst fest zu knüpfen. Nicht selten riß dabei die Haut an den Fingern ein, ohne daß der Handschuh kaputt gegangen wäre. Denn es mußte flott gehen, und es durfte kein Luftknoten sein, der die Wunde in der Tiefe unzureichend adaptiert hätte. Beim ersten Luftknoten wurde gelächelt. Ärgerlich und schimpfend wurde der zweite Luftknoten durchtrennt, neu gestochen und schließlich vom voroperierenden Operationslehrer demonstrativ auch selbst geknüpft.

GRUNDSCHULE

Mit Recht konnten sie stolz auf das sein, was sie nun geschafft hatten. Ein absolviertes Abitur? Nein! Er war größer, viel, viel größer; er war gewaltiger: Der Abschluß der Berufsschule der Humanmedizin! Endlich hatten sie es geschafft!

Niemals wieder würde ihnen ein derart breites, anwendungsbereites Wissen zur Verfügung stehen wie damals unmittelbar nach dem Staatsexamen. Jeder ihrer Professoren, jeder Prüfer war ein absoluter Profi auf seinem speziellen Gebiet und mit diesem Spezialistentum ein Fachidiot! Die Studenten waren es nicht. Ihre blutjunge, äußerst schnelle und zum Ende der Examina kaum mehr fragmentierte Festplatte hatte noch immer reichlich Speicher frei.

Ihnen mangelte es vor allem an Praxis, die man ihnen an der Berufsschule nicht hatte vermitteln können. Vielleicht fehlten die Zeit und die Mittel. Praktische Berufserfahrung läßt sich nicht in einem Schnellkurs auf Jüngere übertragen.

Es gab nichts mehr zu sagen. Die Studenten hatten genug voneinander, hatten lange genug aufeinander geguckt. Damit konnten auch die Kalfaktoren ihre Berichte abschließen, die Akten an das Archiv absenden. Manchem jungen Observator war nicht bewußt, welche Weichenstellungen er bewirkt hatte, so oder auch so herum. Die Seminargruppe zerstob in alle Fach- und Himmelsrichtungen. Eine neue Etappe sollte beginnen, und neue Gesichter, neue Kalfaktoren waren schon auf ihr Erscheinen vorbereitet: Wossow verschlug es im Rahmen der „sozialistischen Studienlenkung" an einen Ort, der ihm für die Absolvierung seiner chirurgischen Grundausbildung geeignet erschien; nicht mehr und nicht weniger. Seine Möglichkeiten bei der Auswahl des Ortes waren begrenzt und die begehrten Stellen schon lange vorher unter der Hand vergeben.

Der Ort war nicht schön und nicht häßlicher, als man es von anderen Orten sagen konnte. Alles hatte er seinen beruflichen Ambitionen untergeordnet, und so wohnten weit und breit weder Verwandte noch Bekannte. Den jungen Familienvater, der endlich unabhängig vom Hause der Eltern sein und seine eigenen Fehler selber machen wollte, störte das wenig. Er war sogar froh, daß er nun endlich allein für sich und seine Familie entscheiden konnte. Hinzu kam die in Aussicht gestellte Facharztausbildung an dieser angesehenen großen Klinik.

Schon bei seinem Vorstellungsgespräch, lange vor dem eigentlichen Beginn seiner Arbeit, hatte der Student die Möglichkeit gehabt, seinen zukünftigen Chef und ersten Lehrmeister kennenzulernen, der sagte: „Wenn Sie ein guter Chirurg werden und später auch bleiben wollen, dann müssen Sie leben wie ein Leistungssportler. Sie dürfen nicht trinken, Sie sollten nicht rauchen. Sie müssen abends früher zu Bett gehen als die anderen, um am nächsten Morgen fit zu sein, wenn Sie selbst eine größere Sache vorhaben. Und Sie müssen sich stets fit halten, indem Sie regelmäßig die aktuelle Fachliteratur studieren.

Als Chirurg können Sie kein reicher Mann werden! Ein reicher Mann werden zu wollen hieße, in Ihrer Konzentration auf das Fachliche nachzulassen. Das kann sich kein guter

Chirurg leisten. Und hier im Osten werden Sie ohnehin nicht reich. Als Arzt haben Sie keine Ahnung von Geldangelegenheiten, als Chirurg schon gar keine Zeit, über Geld überhaupt nachzudenken. Und dennoch werden Sie kaum Zeit haben, Ihre paar Groschen auszugeben. Die angenehmen Dinge und Seiten des privaten Lebens werden Sie vergessen müssen. Manche Entbehrung in Kauf nehmen. Manchmal auf Urlaub ganz verzichten. Ihren Körper müssen Sie gesund und fit halten, denn nur in einem gesunden Körper lebt ein gesunder Geist. Aber das wissen Sie ja. Ein guter Chirurg ist nicht partytauglich. Nebensächlichkeiten müssen Sie ad acta legen. An eine andere Frau dürfen Sie nur denken. Alles weitere würde Ihre berufliche Konzeption ruinieren. Lassen Sie sich niemals auf ein Verhältnis mit einer Patientin ein!

Ein guter Chirurg ist noch immer die beste Waffe gegen den Krebs. Da hilft kein Handauflegen, kein Pflanzenextrakt und kein Beten. Und das sage ich Ihnen, obwohl ich selber Christ bin! Von uns Chirurgen, von der Gründlichkeit unserer Arbeit hängt es ab, ob der Patient den Krebs überlebt oder nicht. Kommt er zu spät oder wird er zu spät geschickt, können wir ihm dann leider auch nicht helfen. Doch wenn Sie ein guter Chirurg werden wollen, wenn auch Sie den Krebs radikal herausschneiden wollen, glauben Sie mir, dann haben Sie einen steinigen und verdammt langen Weg vor sich. Der Weg des Chirurgen ist länger, viel länger als der irgendeines anderen Facharztes.

Sie werden hart arbeiten müssen. Sie werden lernen müssen, innerhalb kürzester Zeit Entscheidungen zu treffen, die für das Überleben oder zumindest den Fortbestand oder die Wiederherstellung der Gesundheit Ihrer Patienten essentiell sind. Das muß kein Pathologe, kein Internist, kein Dermatologe, kein Orthopäde! Aber *Sie* werden jederzeit angreifbar bleiben, denn keiner ist so perfekt, daß er nicht auch Fehler machen könnte. Ihre Komplikationen müssen sie nicht nur fachlich, sondern auch psychisch kompensieren und beherrschen.

Damit stehen Sie unter einem enormen Streß. Ihre Lebenserwartung liegt deutlich unter dem Durchschnitt, darüber sollten Sie sich klar werden, sollten Sie tatsächlich Chirurg werden wollen. Sie sind bereit, härter, intensiver und viel ausdauernder zu arbeiten, als jeder andere Berufler? Und noch etwas: es wird Tage, ja Wochen geben, in denen Sie jede Rückkopplung vermissen. Jeder hat mal seine Pechsträhne, jeder macht mal Mist. Doch bald schon kommt wieder eine bessere Phase, und Sie spüren, wie wunderbar die Große Chirurgie ist. Die anderen werden es negieren, in Frage zu stellen und zu verhindern suchen. Sie werden das Haar in Ihrer Suppe suchen und es auch finden. Denn sie gönnen uns den Erfolg und den eigentlichen Lohn unserer Arbeit nicht, den Dank und die Achtung unserer Patienten!"

In seinem Blick glaubte der Student etwas Geringschätzung, etwas Angabe, aber auch ein klein wenig Achtung zu erkennen, als er dem Blick seines zukünftigen Chefs standhaltend mal das eine, mal das andere Auge beobachtete.

Wossow fand später all die anstrebenswerten Eigenschaften bei seinem Chef wieder. Die Unterstellten aber, angefangen bei den Oberärzten, über den Alpha bis zu den übrigen Assistentinnen und Assistenten waren alles andere als Leistungssportler. Vorausblickend schien die prophylaktische Standpauke des Chefs nur eine Aufzählung der negativen Eigenschaften all der anderen Kollegen zu sein.

Die Oberärztin führte Wossow durch das Krankenhaus. Sie führte ihn, als sei er der neue Oberarzt und nicht der jüngste angehende Assistent. Doch sie war nicht ehrlich, erzählte ihm nur Positives, dabei wollte sie doch nur den Chef nicht in die Pfanne hauen.

Hans Fortun meinte: „Was? Du willst doch nicht etwa in die Große Chirurgie? Junge, bist du verrückt? Überleg es dir noch mal! Also ich könnte das nicht – die vielen anstrengenden Nachtdienste, dieser Streß! Nein danke!"

Auch Wossows Vater versuchte zu intervenieren, vor allem, was die Fachrichtung anbetraf. Denn er kannte seinen

Sohn. In ihm wußte er auch ein Stück seiner selbst: „Du läßt dir nicht gern etwas sagen. Suche dir doch eine Richtung, wo du dein eigener Herr sein kannst. Praktischer Arzt zum Beispiel. Da hast du dein eigenes Sprechzimmer in einer Poliklinik, und keiner redet dir rein."

Stur und verbohrt wie er war, schlug er auch diesmal den Rat seines Vaters aus.

Am ersten Arbeitstag gab es den üblichen Laufzettel: Die Wäscheausgabe, zuständig für die rationierte Ausgabe weißer Kittel und weißer Hosen, der dicke Gewerkschaftsonkel, die Parteitante, die Oberschwester, der ärztliche Direktor und der Schlüsseldienst waren darauf abzuhaken. Die Schlüssel waren nicht mehr neu und alle schon etwas abgenutzt, große Schlüssel mit Bart und aus Aluminium wie das wertlose Geld in der Tasche. Nur der Fahrstuhlschlüssel fiel etwas aus der Rolle, der war aus richtigem Stahl, der Bart mit Messing hart eingelötet.

Das erste, was Wossow noch am selben Tag in seiner neuen Mietwohnung tat, war, die wie Herbstlaub aussehenden Blumentapete herunterzureißen. Das Zimmer der Parteisekretärin, eines Mannweibs mit Nikotinfötor und rauchiger Stimme, war mit der gleichen Tapete ausgeklebt worden. Wäre der Laufzettel mit dem Punkt *Partei* nicht gewesen, diesem wunden Punkt, in dessen Konsequenz er ein genau determiniertes Zimmer zu betreten hatte, hätte er die Wohnzimmertapete wohl kaum schon an seinem ersten Arbeitstag entfernt!

Das Entfernen der Tapete setzte viel Mut voraus, galten doch sowohl der Kleister als auch die von ihm für das Wohnzimmer vorgesehene Tapete als absolute Mangelware; beides hatte er noch gar nicht, als er die Tapete herunterfetzte.

Als die Parteizimmertapete heruntergerissen war, kam ein Teil der Bausünden zum Vorschein. Mit Gips wollte er die zugigen breiten Fugen verschmieren, die zwischen den Betonplatten an der Decke des Wohnzimmers verblieben waren.

„Jips? ... Jibs nich!" gab man ihm in jedem Geschäft zur Antwort. „Nimm doch Mehlkleista!" hatte ihm grienend der auch unter einer laufenden Operation als sehr kreativ im Umgang mit Mangelsituationen bekannte OP-Pfleger geraten. Der Assistent, der in dieser Empfehlung eher eine gehörige Portion Ironie vermutete, machte sich auf den Weg in die Oststadt, wo er hoffte, richtigen Gips zu bekommen. Wossow hatte Glück, im dritten Handwerkergeschäft gab es „für jeeden een halbet Kilo ... denn Hamstakäujfe jibt et beij Jips nich!" Vier Wochen später ertappte man den OP-Pfleger, als er gerade zwei Packungen Knochenzement in seine Aktentasche verschwinden ließ, um damit die Rostlöcher seines akustisch wie optisch penetrant heckmotorisierten PKW SAPOROSHEZ zu verspachteln.

Das innere, das heimliche Problem eines jeden selbstkritischen Anfängerchirurgen liegt im mangelnden Vertrauen in die eigenen, noch unbekannten, noch unerschlossenen Fingerfertigkeiten. Stets besteht ein präsenter Druck, die vorgesehene zielführende Handlung sicher und manuell geschickt, also zügig und dennoch mit ruhiger Hand, auszuführen.

Aus einem zu selbstbewußten Anfänger wird vielleicht einmal ein guter Handwerker, aber nur selten auch ein guter Arzt!

Ist also *das* das Ziel: Das richtige Maß an Skrupellosigkeit, an selbstbewußter Überwindung, das Skalpell ruhig von der Hand führen und losschneiden zu lassen, auch wenn eine Situation, und sei es nur für einen kurzen Moment, heikel erscheint?

Nur ein guter Lehrer ist fähig, seinem Jungassistenten über diesen kritischen Punkt hinwegzuhelfen. Es gibt nur wenige, denen das Lehren Spaß macht, ohne dabei immer nur den Lehrer hervorzukehren. Jemanden, der bereit ist, sein eigenes Wissen und Können, seine Erfahrung wirklich selbstlos weiterzugeben, findest du nur selten.

Während seiner Zeit in der Patho hätte der Assistent beinahe alles hingeworfen, um sich der kalten Chirurgie zu

175

widmen. Exaktheit gewohnt, legte man dort großen Wert auf den richtigen Namen des Instituts. Nicht Pathologisches Institut wollte man genannt, angeschrieben oder angesprochen werden, sondern Institut für Pathologie.

Immerhin hundertfünfundvierzig eigene Sektionen durfte er durchführen, die Organe zuletzt sogar selbständig beurteilen, die mikroskopischen Präparate für die Herrichtung durch die MTA zuschneiden, um dabei auch zu lernen, worauf es bei einer chirurgischen Biopsie ankommt – nämlich auf den Randbereich des krankhaften Gewebes zur gesunden Umgebung. Auch hier war es so: an seiner Grenze offenbart sich der wahre Charakter eines Systems. Das in seinem Zentrum bereits zerfallende und absterbende Gewebe des Tumors zeigt kaum verwertbare Zellen. Im Randbereich hingegen wachsen die Krebszellen am aggressivsten. Hier werden die Eigenschaften eines bösartigen Tumors am deutlichsten sichtbar. Einbrüche in Gefäße, Nervenscheiden, Hohlräume führen zur Ausbreitung des Tumors, der seine Zellen so über die Organgrenze hinaus verteilt.

„Es heißt nicht ‚PE‘, sondern ‚DE‘, also nicht ‚Probeexzision‘, sondern ‚Diagnostische Exzision‘, denn Sie probieren nicht am Patienten herum, sondern im Grunde entnehmen Sie eine kleine Gewebemenge zu Untersuchungszwecken!“ sagte der Pathologe selbstbewußt. Er war ein wichtiger Lehrmeister, lehrte er ihm doch, klar, nicht an der Oberfläche und möglichst objektiv zu sehen, seine Ergebnisse exakt zu formulieren! Und auch später bedeutete er ihnen eine wichtige, wenn nicht sogar die wichtigste Rückkoppelung für ihr ärztliches Handeln, das nicht ohne Fehler sein konnte.

Der Pathologe lehrte ihn, nüchtern und in pathogenetisch klaren Zusammenhängen zu denken, keine Valenz mehr für ein Abschweifen in Mystik oder in irgendein idealistisches Philosophieren. Er lehrte die kommentarlose Akzeptanz des eigenen Sterbenmüssens als nichts weiter, als das logische Resultat des alltäglichen Umganges mit Leichen, der täglich bis zu dutzend Leichenöffnungen mit dem Ziel, die Todesursache, das Grundleiden und andere krankhafte Befunde herauszufinden.

Der Pathologe zog sich seinen Rückenschlußkittel über, anschließend Gummihandschuhe, setzte sich an den Zuschneidetisch der Histologie, während eine der flotten Sekretärinnen links neben ihm in gebührendem Abstand Platz nahm, um ihre kleine mechanische Schreibmaschine auszupacken, mit der sie den vom Pathologen diktierten makroskopischen Befund auf den Histologieschein schrieb. Bei einer Unklarheit konnte sie sofort rückfragen, hatte sie eines seiner Worte nicht verstanden. Umgekehrt erinnerte sie auch ihn an diese oder jene wichtige Befundkomponente, und er hatte beide Hände frei.

Vor dem Pathologen lag ein Schneidebrett aus Hartholz, daneben ein äußerst scharfes Messer mit langer Klinge und geradem Griff, eine große anatomische Pinzette, eine Schere und schließlich ein aus einem Dederon-Damenstrumpf gebasteltes kleines Kaffeesieb, wie es auch Süßwasseraquarianer zum Fangen von Wasserflöhen und anderem Lebendfutter verwendeten.

Es gab einige wenige hauseigene Rituale. Eines war das Schärfen der schmaler und schmäler gewordenen Klinge des Zuschneidemessers durch einen der Sektionsgehilfen, unmittelbar vor dem Ansetzen des Messers zum allerersten Zuschnitt und unmittelbar vor den Augen des sich soeben zum Zuschneiden hinsetzenden Pathologen.

Neben dem quaderförmigen Glaskasten, in dem verschiedene Körner, Samen und Früchte lagen, die dem Pathologen zur exakten Beschreibung dienen sollten, lagen als Zeichen der neuen Zeit ein Lineal aus durchsichtigem Polystyrol und ein Bandmaß.

Die verschiedenen Gegenstände, Samen und präparierten Früchte dienten nicht nur der Größen- und Formbeschreibung der vom Kliniker eingesandten Präparate. Zulässig waren auch (zum Beispiel unter Benutzung des Damenstrumpffragmentes entstandene) Volumenbeschreibungen

177

wie: „Zur Einsendung gelangen mindestens fünf, aus leicht zerfließlichem Gewebe bestehende, bräunliche bis grünlich aussehende, teils festere, zum Teil auch gallertig imponierende Gewebepartikel von insgesamt Linsenmenge ..." Auf diese Weise lernte der junge Assistent noch Vokabeln aus dem Sprachgebrauch der alten klassischen, vergleichend-beschreibenden Pathologie kennen.

Da man einen großen Teil dieser Samen und Früchte wie Taubeneier, Aprikosenkerne und Kaddigbeeren überhaupt nicht kannte oder zumindest sehr selten zu Gesicht bekam, bedurfte es deren Ausstellung, wie der Pathologe meinte. Außerdem trug der auch in anderen Instituten präsente Schaukasten wesentlich dazu bei, ein Mindestmaß an Vergleichbarkeit erhobener Befunde zu gewährleisten.

Wossow schämte sich. Irgendwie war er doch ein Weichei geblieben, hatte er doch große Hemmungen, einen der fast täglich aus dem Gynäkologie-OP ankommenden Feten zu sezieren. Eigentlich ging es lediglich um den Ausschluß einer Mißbildung des Herzens, der großen Gefäße oder anderer Organe, dennoch brachte er es einfach nicht fertig, Messer anzulegen an ein totes Kind, das definitionsgemäß noch längst keines gewesen war, als man es aus dem Mutterleib geholt hatte. Er weigerte sich, es zu tun. Er konnte es nicht. Alpträume quälten ihn, und später war er froh, daß der Pathologe Nachsicht gezeigt und selbst erledigt hatte, was er Wossow bereits drei-, viermal demonstriert und jedes Mal dabei gesagt hatte: „Es ist im Grunde auch nichts anderes, als der Körper eines Erwachsenen!"

Wenige Wochen später, als er selber Vater wurde, war er froh, es nicht getan zu haben.

Als er auf der Anästhesie arbeitet, hatte er oft genug zugesehen, während andere wegschauten. Er hatte oft genug gesehen, wie die Kürette ein blutverschmiertes Etwas hervorbrachte, das sich manchmal noch bewegte, bewegte und auch aussah wie ein Kind, obwohl es laut Definition noch keines zu sein hatte.

Die der Mutterschaft Abtrünnige fiel in ihren medikamentös herbeigeführten Traum, als die Gynäkologin Hegarstift für Hegarstift einführte, um den Gebärmutterhals für die Kürette eingängig und für das Abradat ausgängig zu bekommen. Dann erfolgte das, was in jedem OP-Plan als „Abrasio" aufgeführt war. Fünf, sechs, sieben, acht und mehr sogenannte Abrasiones an einem Vormittag waren Routine. Und eine Dame hielt mit zwölf Ausschabungen innerhalb von drei Jahren den einsamen Rekord dieser Stadt. Durfte man sie überhaupt als Patientin bezeichnen.

Der Pathologe hatte, wie er selber meinte, viele Jahre lang überlegt, ob es nun richtiger „Abradat" oder vielleicht doch exakter „Abrasat" hieße – das, was er aus dem kleinen Näpfchen auf den Damenstrumpf goß, das durch die Einwirkung des Formalins dunkelrot bis schwarzbraun aussehende Gemisch aus Gebärmutterschleimhaut, Mutterkuchen, Blutgerinnsel und dem Etwas, das hätte ein Kind werden können.

„Und wo ist das Embryo?" fragte er den Pathologen, als dieser ihn das erste Mal zum Zuschneiden mitnahm. „Meist sieht man gar keine Frucht, weil sie noch so klein ist" antwortete der Pathologe, „es wäre ein Zufall, wenn wir das kleine Ding auf den Objektträger bekämen, eben, weil es mit bloßem Auge kaum zu erkennen ist, so klein ist es noch. Ist es etwas größeres, erkennen wir es schon an dem größeren Einsendegefäß, in welchem es die Gynäkologen schicken, und wir schneiden es dann im Sektionssaal zu. Denn dann handelt es sich schon um einen richtigen Fötus."

„Und worum geht es dann jetzt, ich meine, wie ist die Fragestellung zu diesem Abradat hier?" fragte Wossow.

„Es gibt Plazenta-Tumoren. Und außerdem könnte es ja sein, daß doch noch ein Wunschkind kommt."

„Und woher die vielen großen Feten?" fragte Wossow weiter „Ich denke, der Abbruch ist nur bis zur zwölften Woche erlaubt?"

Darauf sagte der Pathologe verunsichert: „Wissen Sie, es wäre mir lieber, Sie würden mich etwas fachliches fragen! … Und außerdem, es gibt da noch die medizinische Indikation!" Nach einer Weile fügte er zornig hinzu: „Meinen Sie vielleicht, den Gynäkologen macht das Spaß? Im Grunde haben die das Gesetz auch nicht gemacht. Und so einfach läßt sich der Konzeptionstermin auch nicht bestimmen! Ist Ihnen denn nicht bekannt, daß unsere Gynäkologen noch gar kein Sonographiegerät haben?"

Allein die Prosektur war idyllisch gelegen. Autonom war sie, und weit weg vom Krankenhaustrubel stand das kleine Nebengebäude auf einer winzigen Anhöhe, die alle den „Patho-Berg" nannten. Hier, am Rande des Krankenhausparkes, konnte man das Gelände sogar über eine winzige Hintertür verlassen, ohne gesehen zu werden. Wenn man es tatsächlich einmal verschlafen hatte, kam man über einen immer schmaler werdenden Grat zwischen moribunden Lebensbäumen und Koniferen, Obstbaum- und Rhododendronrudimenten durch die von bunten Wicken bewachsene, etwas quietschende Hintertür unauffällig an seine Arbeit und setzte sich vor das Mikroskop, als sitze man schon eine geschlagene Stunde dort.

Rauchschwalben nisteten in der Prosektur, wo zumindest von April bis Oktober eines der Fenster permanent offenstand. Die Schwalben kümmerten sich nicht um die menschlichen Leichen und all das, was man dort, schräg unter ihrem Nest, damit anstellte. Genauso wenig kümmerten sich die Sektionsgehilfen um die Schwalben, die da oben brüteten und bald auch ihre Jungen großfütterten. Im steilen Anflug kamen die Elternvögel abwechselnd durch das stets offenstehende schmale Klappfenster gesegelt, um eine Runde durch den Sektionssaal zu drehen, bevor sie das laute Betteln der größer und größer werdenden Jungvögel am Nestrand landen ließ. Das Futter abgegeben, erwarteten sie dort sitzend den von einer dünnen, membranartigen Hülle umkleideten weißen Kotballen, den sie dann, inzwischen wieder vom Nestrand gestartet, durch den schmalen Schlitz des Fensters nach draußen navigierend, wenige Meter hinter der Krankenhausmauer fallen ließen.

Die Schlamperei des Krankenhausgärtners hatte hier, wo es im Sommer schon am Morgen nach den zur Sektion aufgelegten Leichen, mittags nach verbrannten Schuhen, Textilien und nach verbranntem Leichenmaterial roch, über die Jahre und Jahrzehnte ein Vogelparadies entstehen lassen.

Der Gärtner, sich der Sicherheit seines Arbeitsplatzes wohl bewußt, war mit zwei Dingen beschäftigt, dem heimlichen Verkauf der von ihm im Gewächshaus erzeugten Blumen, Gurken, Tomaten, Bohnen, Erbsen, Salatköpfe, Petersilie, Dill und anderen Gewürzpflanzen, sogar Kakteen sowie mit der Planung, Bebauung und später auch der Pflege des parkartig angelegten Koniferen- und Biotop-Gartens des Poliklinikdirektors.

Zweimal im Jahr wurde deshalb das Krankenhauspersonal im Rahmen des Wettbewerbs „Schöner unsere Städte und Gemeinden – mach auch du mit!" zur Ableistung von NAW-Stunden aufgerufen. Jedes ernannte Kollektiv war für ein bestimmtes, ihm zugewiesenes Planquadrat des Krankenhausgeländes verantwortlich, das es zu pflegen und zu bearbeiten hatte. Im Herbst wurde eigentlich nur Laub gerecht, um es zu kompostieren oder, wenn es trocken geblieben war, zusammen mit trockenen Ästen und Papierabfällen in irgendeiner Ecke zu verbrennen. Im Frühjahr wurde der Rasen nochmals geharkt, wurden besonders stark störende Äste gestutzt, Dachziegel, Abfälle unter den Fenstern der Patientenzimmer, heimlich leergeschluckte Schnaps- und Bierflaschen, Zigarettenschachteln, Bonbonpapier und sonstiger Unrat aufgesammelt. Die wenigen NAW-Stunden der Krankenhausbeschäftigten konnten jedoch die qualifizierte, regelmäßige Arbeit eines geschulten Gärtners bei weitem nicht ersetzen.

Der Gärtner war leidenschaftlicher Kakteensammler, ohne sich des Wertes und der Bedeutung seiner Sammlung überhaupt bewußt zu sein. Ganz am Ende des Gewächshauses begann sein Paradies. Der Fußweg dorthin war ungebetenen Betrachtern durch eine tiefe Querrinne versperrt, zu deren Überwindung er selbst eine breite Holzbohle benutzte, die er sorgsam unter einem der Pflanzkästen versteckt hielt, um sie dann, ähnlich einer Schwenkbrücke, zur Begehung seiner Kakteenecke hinüber zu schwenken.

Er als Pflanzenspezialist wußte, daß die Voraussetzungen für eine erfolgreiche Kakteenzucht nur unter einigermaßen konstanten Temperaturen gegeben sind. Deshalb trennte er die Kakteenecke durch eine dicke Foliebarriere ab, wie sie in manchen Fabrikhallen für die Durchfahrt von Gabelstaplern benutzt werden: Nach der Passage schließt die transparente Tür von selbst. Die Folie ließ Licht fast ungehindert, unerwünschte neugierige Blicke aber nicht hindurch.

Die umfangreiche Kakteensammlung bestand aus verschiedensten Opuntien, Echinokakteen, Säulenkakteen, Mammillarien und verschiedenen Sukkulenten. Besonders stolz war er auf seine seltenen Exemplare von Ariocarpus fissuratus, Cereus giganteus, Trichocereus fulvinatus, Mammillaria heyderi und Lophophora williamsii!

An besonders schönen Sommertagen, bei gutem Flugwetter, wurden die Stimmen der Vögel des Krankenhausparkes durch die im Tiefflug über die Stadt brausenden MIG-21 übertönt, die Fangen spielten. Die flogen stundenlang, flogen, bis leere Tanks sie zur Rückkehr zwangen: Jäger und Gejagter, zwei silberglänzende Düsenjäger, mal im kleinen oder großen Kreis, mal in Achtertour, mal in Schlängellinien, dann wieder ein paar Kilometer geradeaus. So fegten sie über die Stadt, mal versetzt nebeneinander, mal übereinander machten sie ihre Spielchen, sobald ein bißchen Sonne draußen war. Nicht selten durchbrachen die MIGs die Schallmauer noch während des Tieffluges über der Stadt. Als sie kamen, in dem Moment, als sich kein Vogel mehr in die Luft erhob, brach der Pathologe sein Diktat ab. Wenn er sagte: „Räumt ab ..." wußten die MTAs, daß der Lärm selbst ihm unerträglich geworden war. Dann vergaß er für einen Moment seine marxistisch-leninistische Erziehung und ließ seine Miene sprechen. Als die Düsenjäger wieder etwas weiter weg waren, bekam er wieder deutlich weichere Gesichtszüge, und scherzend suchte er zu glätten: „Räumt den Tisch ab, ich glaube, die wollen landen."

Wossow verpaßte in der Pathologie seine vorletzte Chance, sich doch noch von der Chirurgie loszueisen: „Bleib doch hier! Es fehlt nicht mehr viel, dann kriegst du den Facharzt! Wir helfen dir doch! Du bist zu schade für die Chirurgie!" hatte sein Freund, der Pathologe, gesagt. „Chirurgen sind im Grunde jähzornige, eigenwillige und skrupellose Widdertypen, die am Ende noch unseren Sektionsbefund anzweifeln."

Auf der Internei

Die Interne Abteilung war eine riesige, für die wenigen dort tätigen Fachärzte eigentlich nicht zu bewältigende Aufgabe. So war man immer froh, wenn im Spätsommer wieder neue Pflichtassistenten kamen, die sich wenigstens um die Anamnesen neu aufzunehmender Patienten kümmerten, Entlassungsbriefe diktierten und Stationskram erledigten. „Stationskram" waren die Gabe von intravenösen Injektionen, das schmerzhafte Stechen stumpfer Flexülen, das Auswerten von EKGs, natürlich nur mit Unterstützung der Fachärzte. Das Pensum zu absolvierender i.v.-Injektionen war enorm. Allmorgendlich gab es auf jeder internistischen Station drei volle Tabletts mit verschiedenen Antibiotika, Eisenspritzen, Choleretika, Diagnostika und anderen Mitteln, die man nicht als Tropfen, oder Tablette geben konnte.

Um die Blutabnahmen für das Labor kümmerten sich die Schwestern. Seit eh und je war das Punktieren einer Vene zur Gewinnung von Blut für das Routinelabor allein Aufgabe der Schwestern gewesen. Die stolz präsentierte Spritze galt als *das* Statussymbol der Krankenschwester. In jedem

Kinderbuch, in jedem Schulbuch, in jeder Illustrierten, in jedem Literatur- und Theaterstück des sozialistischen Realismus, in jedem Kino- oder Fernsehfilm, im farblosen Ost- wie im bunten Westfernsehen, war sie so anzuschauen: Die echte, die in Weiß gekleidete, die schlanke, die resolute Krankenschwester mit der stolz getragenen Haube über dem hübschen und immer strahlenden Gesicht und mit einer großen Spritze in der Hand.

Wie in der Pathologie, so gönnte man auch auf der Isolierstation jedem Angestellten außer dem symbolischen Gefahrenzuschlag täglich eine kleine Flasche Milch. Wie es hieß, sollte die Milch als zusätzliche Eiweißration die Abwehrkräfte des gefährdeten Personals stärken.

Milch gab es in den üblichen Glasflaschen mit großer Öffnung. Unter dem aufgepreßten Deckel aus Alufolie bildete sich meist eine fünf Millimeter dicke gelbliche Schicht aus Rahm. Schon damals in der Schule hatte Wossow gelernt, die fetthaltige Schmantschicht zu ignorieren, indem er die Flasche kräftig schüttelte.

Buttermilchflaschen hatten einen grünen, Fruchtmilchflaschen einen rosafarbenen Deckel. Beide gab es nur selten. Wossow war auf die Buttermilchstation eingeteilt worden. Im Dienst hatte er sich natürlich genauso auch um alle anderen internistischen Stationen zu kümmern. So kam er eigentlich nur zum Abendessen auf seine Station.

Es war eine Selbstverständlichkeit, daß sich die Station auch um das Essen ihres Doktors kümmerte. War man doch ausgeruht und ausgeschlafen zum Dienst erschienen, um das Krankenhaus pünktlich, das heißt nach acht Stunden, wieder zu verlassen, während der Doktor seinen Dienst an die normale Arbeitszeit anzuhängen hatte und oft Doppeldienste ohne Pause leistete. Es war deshalb auch selbstverständlich, den Tisch ein wenig hübsch zu decken und es war Ehrensache, das Abendessen gemeinsam mit dem Doktor an einem Tisch einzunehmen, sobald der Doktor Zeit fand, auf seine Station zu kommen, wo „seine" Schwestern Dienst hatten. Obwohl es verboten war, aß jeder, auch Wossow, sein Abendessen auf „seiner" Station des Krankenhauses.

Schon an seinem ersten Tag auf der Inneren hatte die Stationsmutter zu ihm gesagt: „Die Küche hat wieder fünf Abendbrote zu viel hochgeben lassen. Wäre doch schade drum, die guten Sachen alle wegzuwerfen, Doktorchen! Da, iß das, bevor ich es in den Müll kippe!"

Die Isolierstation bestand, ähnlich einer Psychiatrie, aus einer offenen und einer geschlossenen Seite. Die offene beherbergte nichtinfektiöse, die geschlossene Seite ansteckende oder potentiell ansteckende Fälle. Als Relikt früherer Zeiten trug die Isolierstation als solche nur mehr symbolischen Charakter. Im Regelfall war auch sie mit nicht ansteckenden internistischen Patienten belegt. Tatsächlich abgeschirmt wurden Patienten mit ansteckender Gelbsucht.

Im äußersten Eck befand sich die „Kinder-Iso", ein Ableger der Kinderabteilung, mit dessen Ärzten auch Wossow nur Blickkontakt hatte. Schlimm war es anzusehen, wenn die Kinder im Sommer auf dem Balkon standen und ihren Besuch nur aus großer Distanz sehen durften. Mutter, Vater und andere Angehörige standen unten auf dem Rasen, schauten manchmal weinend nach oben zu ihrem Quarantäne-Kind, das nicht begreifen konnte, was da mit ihm passierte und weshalb man es weggesperrt und von den Eltern getrennt hatte.

Eines Tages war ein kinderloses Ehepaar aufzunehmen. Da beide die Ruhr hatten, durften auch beide in das selbe Isolierzimmer. Wegen blutigen Stuhls war das Pärchen vorzeitig von einer „Freundschaftsreise" aus dem asiatischen Teil der südlichen Sowjetunion zurückgekehrt. „Bestimmt war es das Moskauer Eis!" sagte er. „Nein, bestimmt das Leitungswasser in dem Hotel in Taschkent!" antwortete sie. „Nein, das Eis hat schon so komisch geschmeckt!" Sie sagte darauf: „Nein, du warst es! Du hast doch das Leitungswasser angebracht, um unseren Sirup zu verdünnen!"

Wossow unterbrach den Streit, um die Anamneseerhebung und die klinische Untersuchung der beiden fortzusetzen. Zu diesem Zeitpunkt ahnte weder er noch sie, daß sich ihr Aufenthalt über sechs lange Wochen hinziehen sollte: „Nach drei negativen Stühlen werden sie entlassen, keinen Tag früher!" hatte der Oberarzt bestimmt.

Doch schon bald hatten sich die beiden Streithammel beruhigt. Obwohl ihre Hochzeit schon mehr als zehn Jahre zurücklag, schienen sie eine Art Flitterwochen neu und sehr intensiv zu erleben, in der verordneten Ruhe. Alle im Schwesternzimmer sprachen darüber, das Paar wurde zum Gesprächsthema Nummer Eins. Was sollten sie auch anderes tun, sechs Wochen lang zusammen, eingesperrt, eine Frau mit ihrem Mann, gemeinsam in einem zwanzig Quadratmeter großen Raum, in dem zwei Krankenbetten dicht bei dicht nebeneinander standen, am fünften Tag endlich zu einem Ehebett vereinigt?

Der Chef der Internei war ein Meister der Diplomatie. Er verstand es, bestimmte Atteste, Stellungnahmen, Gutachten, komplizierte Arztbriefe geschickt so zu formulieren, daß er die Wahrheit schrieb, aber trotzdem keinem wehtat. Ja, es war ein Genuß, seine Briefe zu lesen, die er locker in die Maschine zu diktieren vermochte, ohne sich auch nur einmal unterbrechen oder gar korrigieren zu müssen.

Den Internisten-Chef sah man nur zur Morgenbesprechung, als Repräsentant seiner Abteilung auf allen regelmäßig und außerordentlich stattfindenden Versammlungen und Sitzungen sowie während der Chefvisite, die einmal in der Woche auf jede Station kam. Freche Zungen behaupteten, er ginge nur noch auf Visite, um sich die verschiedenen, unterschiedlich langen, zum Teil recht dünnen und hübsch durchsichtigen Nachthemden und das zu betrachten, was sich darunter verbarg, indem er sich in ausgewählten Fällen auch einmal herabließ, eine junge Herzpatientin abzuhören. Jeder der Oberärzte und Assistenten wußte, daß es so nicht war. Doch die Abteilung hätte sicher auch ohne seine eher sporadische Anwesenheit recht gut funktioniert.

Auch Wossow brauchte den Chef nur ein einziges Mal: An seinem letzten Arbeitstag auf der Internei, für die Unterschrift unter seine Beurteilung. Dafür hatte die Sekretärin nämlich einen Nullachtfünfzehn-Mustertext, den sie frisch abtippte und mit Wossows Personalien versah. Wenn die Beurteilung besonders gut war, so war es wohl eher der Verdienst der Sekretärin, als die Tatsache, daß Wossow in der besonderen Gunst des Herrn Chefarzt gestanden oder etwa besondere Leistungen vollbracht hätte. Der Chef hatte sich nicht einmal die Mühe gemacht, den Text durchzulesen, bevor er endlich seinen unleserlichen, dafür aber hochbegehrten Krakel unter das Schreibwerk setzte.

Die Oberärztin war ganz anders. Sie war außergewöhnlich direkt und geradeheraus. Sie verließ sich nie auf ihre Kollegen, schon gar nicht auf den Chef. Sie kümmerte sich um die Patienten auf Station auch dann noch, wenn Chef und Assistenten schon längst zu Hause waren.

Abends schmerzten ihr die angeschwollenen Beine. Sie hatte dicke Krampfadern, und ihre Füße waren platt gelaufen. Oft taten ihr Kreuz und Hüften weh. Doch sie ließ sich nichts anmerken.

Ihre Dienstabrechnung fiel magerer aus, als das, was sie während eines Dienstes tatsächlich leistete. Ob sie von den paar Kröten, die es für die Dienste gab, ein paar mehr oder weniger bekam, war ihr einerlei. Sie lebte ohnehin nur für ihr Krankenhaus.

Ihr machte es Spaß, mit einfachen Mitteln und ein bißchen Logik herauszufinden, was den Patienten ins Krankenhaus geführt hatte, was ihn quälte, was sein kausales Problem war. Sie hörte den Menschen zu, selbst dann noch, wenn sie unter Zeitdruck stand. Sie war eine Meisterin der Blickdiagnose. Gab es tatsächlich ein diagnostisches Problem, fand sie nicht eher ihre interne Ruhe, bis sie es gelöst und schließlich die so wichtige Diagnose gestellt hatte. Fachlich schien sie über den Dingen zu stehen, ihr Fachwissen und die Erfahrung machten sie fast unfehlbar.

Die Chirurgen waren froh, wenn sie als Konsiliararzt herüberkam, um sich diesen oder jenen Patienten anzuschauen, die internistische Behandlung festzulegen.

Sie wiederum achtete die Chirurgen, die dort für viele Patienten noch etwas tun konnten, wo die Internisten mit ihrem Latein am Ende waren. Sie achtete jeden erwachsen gewordenen Chirurgen ob seiner Entscheidungskraft und seiner Fähigkeit, mit ruhig bleibender Hand internistische Barrieren zu durchbrechen, manchmal das zu tun, was notwendig war, um rasch aus der internistischen Sackgasse heraus zu kommen.

Zwei grundsätzlich verschiedene Kategorien von Personen belegten die Betten der internen Abteilung: Durchzuuntersuchende und zu Therapierende, also Patienten im eigentlichen Sinne. Durchzuuntersuchende kamen primär ausschließlich zu einer gründlichen Durchuntersuchung. Es sollte eine Art Gefälligkeit, eine Art Serviceleistung sein, in gewisser Hinsicht vergleichbar mit einer großen, besonders gewissenhaften Durchsicht ihres Import-Gebrauchtwagens.

Meist waren Durchzuuntersuchende gar nicht wirklich krank. Sie gehörten in der Regel zur höheren Gesellschaftsfraktion der Stadt, gelegentlich waren es auch nur gute Bekannte, die im „Eine-Hand-wäscht-die-andere" Prinzip habituell alle zwo bis drei Jahre ins Krankenhaus kamen, um sich durchuntersuchen zu lassen.

Für die reine Durchuntersuchung sah die Internationale Klassifikation der Krankheiten sogar eine eigene Durchuntersuchungsnummer vor, dennoch hatte auf der Arbeitsunfähigkeitsbescheinigung stets irgendeine knallharte (Para-)Diagnose zu erscheinen. Welche es dann letztendlich war, war völlig sekundär. So konnte gewählt werden zwischen ICD-Nummer 308: Akute Belastungsreaktion, ICD-Nummer 465: „Akute Infektion der oberen Luftwege" oder gern auch ICD-Nummer 780.7: „Unwohlsein und Ermattung".

Für Durchzuuntersuchende gab es eine eigene Station, für die ein eigener, von den Entscheidungen der Oberärzte weitgehend autonomer Arzt zuständig war. Er war ein für das Archiv äußerst aktiver Internist und ein äußerlich wie fachlich makelloser Kollege mit allen Privilegien, die man sich nur denken konnte. Keiner wußte woher er kam, keiner kannte ihn. Keinem war er geheuer. Er verkehrte in höheren gesellschaftlichen Kreisen. Von den Nachtdiensten hatte man ihn nicht ganz befreit, um ihn auch in praktischen Dingen fit zu halten. Freistellungen in Form von Dienstbefreiungen erhielt er für alle essentiellen Fortbildungsveranstaltungen, die an der *Elité*-Schule oder gar irgendwo im Westen stattfanden. Er hatte einen eigenen Dienstwagen. Privat fuhr er immer den neuesten Importwagen, den er sich irgendwie aus der Oststadt organisieren ließ.

Sein Name war nichtssagend. Alle nannten ihn deshalb „Dr. Du.". Natürlich war er promoviert.

Er war für alle Durchuntersuchungen verantwortlich. Ihm zur Seite standen zwei ausgesuchte und zudem recht hübsche Pflichtassistentinnen. Sie schienen ihn zu inspirieren, denn er hatte eine Schwäche für schöne Frauen. Für Dr. Du. bedeuteten sie das Tüpfelchen auf dem „i" seiner Durchuntersuchungsstation.

Chirurgie und Internei glichen Mann und Frau mancher in die Jahre gekommenen Ehe, die nur deshalb noch funktioniert, weil beide aufeinander angewiesen sind. Nur der Pathologe schien in der Lage, den Streit für eine gewisse Zeit zu schlichten, indem er mal diesen, mal jenen in Anwesenheit des jeweils anderen auf peinliche Denkdefizite verwies.

Der Chef

Den begehrten Posten soll er nur bekommen haben, weil er die baldige Fertigstellung seiner Habilitation in Aussicht gestellt hatte. Beim Auspacken seines Umzugswagens soll er diese Absicht durch das Hervorzeigen seiner umfangreichen Bibliothek mit einer Unmenge von Aktenordnern untermauert haben. Als er dann die Stelle bekommen und definitiv übernommen hatte, blieb ihm keine Zeit mehr für die Wissenschaft. Bei seiner Gewissenhaftigkeit nahm ihn die viele Arbeit voll in Anspruch. Es sollte sich wohl jeder Oberarzt, der ernsthaft eine Chefstelle anstrebt, klar darüber sein. Als Chef steht er plötzlich ganz allein – mit der ganzen Verantwortung; er hat keinen über sich, den er ungezwungen ansprechen kann, keinen, der ihm Verantwortung abnimmt. Ehrliche Freunde hatte der Chef kaum, und er erkannte weder seine wirklichen Freunde, noch seine Erzrivalen.

Seinen ärgsten Widersacher sah er im Anästhesisten-Chef, der inmitten eines zur Entgleisung tendierenden Streitgespräches ernsthaft behauptet hatte, er müsse seine Patienten vor den Chirurgen schützen. Er hatte viel Zeit zum Nachdenken, viel mehr, als der Chefarzt der Chirurgie. Vielleicht wirkte er deshalb ausgeglichener, schlauer, überlegener. Einen seiner schlauen Sprüche, zu den wichtigsten Foltermethoden des Mittelalters habe das Vorzeigen der Folterinstrumente gehört, trug er immer nur dann vor, wenn es auch der betroffene Patient hören konnte.

Wie jeder andere Chef, jeder Betriebsleiter eines VEB, so hatte auch der Chirurgenchef seinen eigenen Dienstwagen. Es war einer von den pontonartig konstruierten Zweitaktern mit drei Zylindern, die den Motor ein klein wenig runder laufen ließen, als das ein TRABANT-Motor tat. Die Kotflügel waren mit den anderen Karosserieteilen so verschraubt, daß man sie im Falle des Durchrostens hätte abschrauben und gegen neue auswechseln können. Es war ein undefinierbar braunes Fahrzeug. Gerade deshalb war es als Auto eines Chirurgen bestens geeignet: die äußerst knapp bemessene Freizeit des Chefs reichte nicht noch zum Waschen eines Dienstwagens. Schmutz und Staub fielen bei dieser Farbe am wenigsten auf.

Mit diesem Dienstwagen fuhr er morgens zur Arbeit, abends spät nach Hause zurück, im Nachtdienst zusätzlich ins Krankenhaus. Außerdem fuhr er mittags nach Hause zu Tisch. Bestimmt war das der einzige Luxus, den er sich leistete.

Schaffte er es mittags nicht pünktlich aus dem OP, kam seine liebe Frau mit einem Kochgeschirr ins Krankenhaus, um ihm das Essen dann dort zu servieren. Sie hatte einmal Pädagogik studiert, ihren Lehrerberuf aber später seinet- und der Kinder wegen aufgegeben. Der Chef hatte eine eher negative Meinung zu Leuten entwickelt, die diesen Absprung nicht geschafft, also im Lehrerberuf geblieben waren: „Lehrer – das ist kein Beruf, das ist eine Diagnose!" Für ihn war es sogar eine Blickdiagnose.

Sonst war der Chef immer sachlich, sehr gewissenhaft und ehrgeizig. Aber er war ein cholerischer Typ, dessen dünne Stimme zwar zu seiner geringen Körpergröße, nicht jedoch zu seinem Geltungsbedarf paßte. Neben seinem Minder- wuchs schien diese zarte Stimme ihn selbst am meisten zu stören. Ärgerte er sich über etwas, fing er an, mit den Flügeln zu schlagen, sich auf die Zehen zu stellen und, immer lauter werdend, seiner Kritik durch schwerste Vorwürfe Nach- druck zu verleihen. Je mehr er sich ärgerte, desto dünner wurde dieser Rest einer Stimme.

Der Chef war ein leidenschaftlicher Chirurg. Als Block- flöte verstand er es, dann und wann etwas Opposition zu zeigen ohne anzuecken; wenn es nötig war, schließlich aber doch mit den Wölfen mitzuheulen, wenn es eng wurde. Nur so konnte er seiner Arbeit einigermaßen ungestört nachgehen. Als leitender Chirurg war es besser, Blockflöte zu sein. Wäre er Genosse gewesen, hätte er jeden Montag zur Parteiversammlung gehen müssen. Und wäre er parteilos geblieben, hätte man ihn wieder und wieder bedrängt, seine politische Position klar zu definieren.

Er wußte genau, hier war die Endstation seiner Karriere, mehr wollte er nicht, und für ein größeres Krankenhaus fehlte ihm das Abzeichen am Revers ... Wossow bildete sich diese Meinung, obwohl er die politische Gesinnung seines Chefs nur oberflächlich kannte. Möglicherweise bestand die Opposition seines Chefs aus viel mehr, als nur aus dem dreimal jährlich stattfindenden Gang in die Kirche? Wossow blieb das im Grunde auch egal, war er sich doch ziemlich sicher, daß tiefgreifende politische Umwälzungen, initiiert von seinem Chef, wohl nicht zu erwarten waren.

Morgens um halb acht traf man sich zur Röntgenbesprechung. Einen Radiologen gab es nicht. Das Befunddiktat erfolgte deshalb durch einen chirurgischen Kollegen in Anwesenheit aller übrigen Chirurgen, Assistenten, Gast- und Pflichtassistenten. Der Lehr- und Lerneffekt und die Aufmerksamkeit waren enorm. Regelmäßig wurde auch einer der Facharztkandidaten aufgefordert, das Diktat zu übernehmen. Der endgültige Text des Diktates kam nur unter gemeinsamem Konsens einer Formulierung zustande, die unter Umständen auch eine fundierte gegensätzliche Meinung berücksichtigte, ohne die Härte der Position des Chefarztes aufzuweichen.

Wossows Chef mochte besonders die Unfallchirurgie und bezeichnete sie sogar mit einem Augenzwinkern als sein Hobby. Die Position als Chef gab ihm wohl das Recht, seine liebste Beschäftigung – das Hämmern und Meißeln, Bohren, Sägen, Schrauben, Nageln – auch auf Arbeit zu seinem Privileg zu machen, während sich alle anderen mit der Weichteil-Chirurgie zu begnügen hatten.

Wossow war beeindruckt, mit welcher Energie und Penetranz der Chef bestimmte Dinge organisierte. Obwohl seine Abteilung nicht zu den auserwählten gehörte, Hüftgelenk-Endoprothesen implantieren zu dürfen, die gegen „harte Währung" aus dem Westen importiert werden mußten, so schaffte er es doch, für seine Abteilung ein paar wenige Pak-kungen Knochenzement über Sonderanforderung zu bestellen. Damit verhalf er operierten Krebspatienten wieder auf die Beine, wenn auch nur für die wenigen Monate, die ihnen ihre unheilbare Krankheit übrigließ.

Der Alpha

Von wenigen Ausnahmen abgesehen hat wohl jeder Chef, bewußt oder unbewußt, einen Assistenten, den er besonders fördert und bevorzugt. Als „Nummer 1" ist der Alpha-Assistent für den Chef primär schon einmal der Beste. Ist der es nicht, so macht er ihn dazu, koste es was es wolle! Seine eigenen Konkurrenten sind die Oberärzte. Ein erfahrener Oberarzt operiert den Routineeingriff routinierter. Schon deshalb wird der Chef die Oberärzte weniger fördern (müssen). Vielleicht kann sich eines Tages einer der Oberärzte den Traum von der eigenen Chefarztstelle verwirklichen. Schon deshalb braucht der Chef einen Oberarztnachfolger, einen, der besser ist, als die anderen Assistenten, einen potentiellen Oberarztkandidaten.

Jeder Neuankömmling ist für den Alpha-Platzhirsch primär ein Konkurrent. Es gibt Sticheleien, Rangeleien, Intrigen. Manchmal muß sogar einer der Oberärzte regulierend eingreifen.

Der Grundschul-Alpha war allen sympathisch, am meisten natürlich dem Chef. Als Konkurrent kam er nicht in Betracht, war quasi ungefährlich. Ungefährlich deshalb, weil sein überhöhter Spiegel an männlichem Geschlechtshormon bestimmte vernünftige zerebrale Funktionen limitierte, ja zeitweise sogar gänzlich ausschaltete und ihm die Arbeit dann nebensächlich erscheinen ließ. Der Alpha war ein Frauenheld; war unverheiratet, hatte aber mit einer Stewardeß der INTERFLUG ein Kind. Damals nannte man das „Wilde Ehe".

Den Chef störten Alphas Weibergeschichten immer erst dann, wenn Alpha nach Kontakt mit einer bestimmten Laborantin eine Amnesie für patientenbezogene Dinge ausbildete, die sich – den Nachforschungen Oberschwester Tanjas zufolge – nachweislich und nachprüfbar während seines Dienstes ereignet hatten.

Harte Dienste waren das, aber keiner wäre auf die Idee gekommen, deshalb zur Gewerkschaft zu rennen, dem Onkel dort die Ohren voll zu heulen, wie anstrengend und belastend die Dienste doch seien. Jedem der Kollegen machte die Chirurgie großen Spaß. Und jeder nahm die Dienste gern in Kauf, auch wenn er mal eine Nacht durchgearbeitet und gar nicht geschlafen hatte. Wer die Anspannung psychisch, psychosomatisch oder physisch nicht verkraftete, wechselte von selbst irgendwann in ein anderes Fach. Meist mit Tränen in den Augen. Wurde Internist, wurde Anästhesist, Orthopäde, Pathologe, Hygieniker, HNO-ler, Dermatologe, Augenarzt, Röntgendoktor, Androloge, Laborarzt, Physio- oder Psychotherapeut, Neurologe-Psychiater oder Schlaflaborant. Der Chef hielt diese Auslese für essentiell. Er setzte den für die Ausbildung notwendigen Willen und ein bescheidenes Mindestmaß an Gesundheit bei seinen angehenden Chirurgen voraus. Wie er meinte, könne man einen Patienten nicht noch mit einem Arzt konfrontieren, der selbst Patient ist. Gab es Probleme, machte er schon früh genug darauf aufmerksam. Sah er ein nicht lösbares Problem, sorgte er dafür, daß der betreffende Kollege dies früh genug und möglichst von selbst erkannte. Er war es, der Spreu von Hafer trennte, noch bevor die Probleme symptomatisch wurden.

„Gute Chirurgen entstehen nicht aus Träumern, die nur arbeiten können, wenn sie ausgeschlafen sind. Möglicherweise gibt es keine andere Fachrichtung, auf die das zutrifft, Chirurg jedenfalls wird man nur im Dienst. Alle Chirurgen sind sich darin einig, daß man sich Chirurgie nicht im Ohrensessel sitzend anlesen kann", sagte er.

Jeder der Oberärzte war einmal durch diese Schule gegangen, war gestählt und befähigt worden, das zu tun, was er nun brachte und zu erbringen imstande war. Sie waren die besten auf ihrem Gebiet, und sie hatten es auch als ihre Aufgabe erkannt, dafür zu sorgen, daß keiner der Assistenten rechts überholte.

Chirurgie bedeutet nicht nur gut zu operieren. Ein guter Facharzt ist, wer auf eine Operation dann verzichtet, wenn die Aussichten der konservativen Behandlung besser oder vielleicht genauso gut (oder ebenso schlecht) sind. Dazu gehört sehr viel Erfahrung, vor allem aber Charakter.

Der Alpha sagte einmal kopfschüttelnd zu Wossow, der gerade einem betrunkenen Kerl mit einer Kopfplatzwunde die blutverkrusteten Haare zu säuberte: „Der ist Autoschlosser. Meinst du etwa, der würde dir dein Auto umsonst saubermachen, bevor du's aus der Werkstatt abholst?" Zwischen den beiden gab es dann und wann Meinungsverschiedenheiten – nicht mehr und auch nicht weniger. Ihre Ansichten vom Chirurgendasein unterschieden sich mental. Eines Tages erfuhr Wossow auch von Alphas Aktivität für das Archiv, und es gab für Wossow keine außerdienstlichen Gesprächsthemen mehr, die er hätte mit dem Alpha besprechen müssen.

Der OP

Am Morgen seines fünfundzwanzigsten Grundschultages wurde Wossow zur Beta-Assistenz einer Gallenoperation gerufen. Bedingt durch die zufällige Anhäufung nicht alltäglicher Geschehnisse und besonderer Vorkommnisse sollte sich die Erinnerung an diesen Tag für immer in sein Gedächtnis einbrennen:

„Ffffwupp ...", nachdem der Sog des permanent arbeitenden Lüfters die Tür seiner Neubauwohnung ins Schloß gesaugt hatte, stieg Wossow die nach unten hin von Stockwerk zu Stockwerk zunehmend sandiger werdenden Terazzo-Stufen hinab, um sich auf den gewohnten Weg zur Arbeit zu machen.

Weder das miese Wetter, noch Krach und Gestank der Zweitakter auf dem Weg zur Arbeit störten ihn an diesem

Tag. Er war gut drauf, denn am Vortag hatte er erfahren, daß er zum ersten Mal in den OP durfte. Auf dem Weg von der unterbrochenen Visite zum OP war alles noch normal. Er wußte, daß er sich zu beeilen hatte, denn von Anruf bis OP-Beginn war nur wenig Zeit, so hatte man gesagt. Gemeinsam mit dem Alpha betrat er die Umkleide. Dank dessen Hilfe fand Wossow gleich ein passendes OP-Hemd, Mütze und Mundtuch. Die längste OP-Hose aber war ihm noch immer zu kurz, und er hatte Mühe, ein paar passende Gummigaloschen zu finden. Der Alpha, der ihm eben noch die Sachen gezeigt hatte, war plötzlich in den OP verschwunden. Wossow zwängte seine großen Füße in die Galoschen, tappte mit gekrümmten Zehen und schmerzverzerrtem Gesicht in den nächsten Raum, wo er niemanden fand, der ihm sagen konnte, in welchem Saal „die Galle" aufgelegt worden sei. So ging er einfach in den mittleren Saal, wo ihm eine vermummte Person antwortete: „Nee, hier machen w'r das Ganglion. Andere Baustelle! ... isch mein, Se müssen in den A-Saal – wenn Se rausgom'm reschts!"

Endlich hatte er seinen Saal gefunden: Operateur und Alpha waren bereits beim Waschen und in ein Gespräch über Jagdwaffen vertieft. Beide standen barfüßig in ihren hohen Holzpantinen, durch die sie, zusammen mit ihren zeltförmig ausgeformten Mützen, deutlich an Körperhöhe gewonnen hatten. Wasser und Seifenschaum spritzten umher, spritzten an die Fliesen, spritzten an die Gummischürzen, wo ihnen das Wasser nach unten auf und wohl auch in die Schuhe lief.

Während sich die Ärzte noch fünf Minuten lang die Hände und Unterarme mit einer drahtigen Kunsthaarbürste schruppten, zupfte die flinke OP-Schwester bereits mehrere Meter Fäden aus kleinen Döschen, die unter einem sterilen Mehrlochtuch versteckt waren und plazierte diese fein säuberlich, nach Stärke und Länge geordnet, auf ihrem Instrumentiertisch, der mit einer Vielzahl von Scheren, Pinzetten, Klemmen, Nadelhaltern, Haken und Spateln, verschiedenen runden und halbrunden Nadeln und anderen metallenen

Instrumenten, Schalen und Schälchen, Bauchtüchern, Tupfern und Tüpferchen gerichtet war.

Wossow wurde vom Operateur, dem Ersten Oberarzt, der Czaja hieß, in die hauseigenen Wasch- und Desinfektionsriten eingewiesen. Das intensive Waschen und Bürsten wurde nach einer strengen Vorschrift durchgeführt, die man, von einer Schreibmaschine mehrfach ausgedruckt, über jedem der vier Waschbecken fixiert hatte. Ausschließlich für ein eventuell notwendiges Reinigen und Kürzen der Fingernägel durfte es unterbrochen werden. Nach dem Abtrocknen der Hände und Unterarme benutzten sie einen der drei in Peressigsäure schwimmenden Waschlappen, um sich zehn Minuten lang abwechselnd rechten und linken Arm mit der aggressiven Flüssigkeit zu benetzen.

Gekonnt, wie nebenbei und in nicht aufdringlicher Weise befragte Czaja den Neuling nach familiären und persönlichen Dingen, während dieser sich mit Tränen in den Augen auf seine Unterarme konzentrierte, die inzwischen krebsrot geworden waren. Die Kunststoffborsten hatten winzige Furchen in der Haut hinterlassen, die nun unter Einwirkung der ätzenden Flüssigkeit viel deutlicher hervortraten. Aufsteigende Säuredämpfe brannten Wossow in Nase und Augen, ließen Nase und Augen tränen.

„Aber Se werden sehen, Herr Kollesche, wenn Se mal ne Wunde an der Hand haben, wieviel schneller diese durch Peressigsäure abheiln wird! Schau'n Se mal her!" Czaja zeigte ihm eine junge Narbe am linken Zeigefinger: „Hier habe ich mich vor gerade mal drei Wochen zu Hause beim Aufbrechen eines Stück Wild geschniddn. Seh'n Se her: Nichts mehr zu sehn! ... Weil ich jeden Tag mehrere Stunden lang hier im OP stehe."

Die Haut des Operationsgebietes hatte der jeweilige Operateur selbst zu desinfizieren. Dies geschah nicht etwa aus gewerkschaftlichen Gründen pro Schwesternschaft, sondern eher als Zeichen des Mißtrauens, andere könnten nicht die notwendige Fläche, nicht das erforderliche Areal, dieses vielleicht nicht mit der nötigen Gründlichkeit desinfizieren. Jeder war von den Vorbereitungen bis zur Umlagerung ins Bett bei seinem zu operierenden Patienten.

Ganz anders lagen die Dinge in der *Elité*-Schule, wo der Herr Professor in jedem „seiner" OPs den für ihn entscheidenden Operationsschritt – „den heiligen Akt" – vollzog. Die Desinfektion hingegen, Beginn der Operation mit der manchmal recht aufwendigen und anspruchsvollen Freilegung des zu operierenden Organs oder Organabschnittes sowie später dann die Blutstillung, die Plazierung der Drainagen und der schichtweise Verschluß des Situs galten dort als niedere Tätigkeiten, die er dem Fußvolk, Oberärzten und Assistenten, überließ, um welche sich diese Kollegen dann aber noch intensiv zu streiten pflegten. Der erste, zweite, dritte und womöglich auch vierte Assistent – sie schwitzten schon eine geschlagene Stunde lang, als der Professor noch in Ruhe bei einer Tasse DALLMAYR mit überkreuzten Beinen im Ledersessel neben seinem breiten Schreibtisch saß.

Sie alle legten für ihn schon mal in Saal 5 das Pankreas, in Saal 2 die aneurysmatisch erweiterte Bauchaorta, in Saal 8 den Thymus und im Saal 11 den zweiten Halswirbel frei. Dann standen sie, keiner wußte, wann der große Meister kommen und wohin er zuerst gehen würde, und warteten, warteten, warteten ... gemeinsam mit den Anästhesisten, während der Patient schlief.

Je intensiver der Ellenbogenkampf, je aggressiver Alpha, Beta, Gamma oder Delta sich untereinander verhielten, desto genießender wurde ihnen ein „Happen" in Form einer begehrten Assistenz quasi zur freien Disposition vorgeworfen. Den Streit seiner Untertanen kostete der Professor genüßlich aus. „Nun meine Herren, *ich* werde morgen eine Hemipelvektomie vornehmen. Ich hoffe, sie bereiten sich gebührend auf den Eingriff vor. Einigen Sie sich, wer welche Assistenz übernimmt. Hoffentlich wird es nicht wieder ein Reinfall."

Czaja war in Festtagsstimmung. Er als Operateur brüstete sich, glucksend wie ein balzender Auerhahn, nun gleich seine

600. Galle zu operieren. Sein Objekt war eine etwas stärker gebaute Person. Die riesigen Fettfalten der Haut schimmerten rosa in der Morgensonne des Ost-OP. Der Operateur stand gut gelaunt und überschwenglich in seiner vergilbten roten Gummischürze da, um die vier sterilen Tupfer zur Desinfektion des Operationsgebietes zu empfangen. Seine Miene verfinsterte sich prompt, als er die unvollständige Rasur des Bauches der Patientin erblickte: „Schlamperei, was ist das hier für ein Sauhaufen?" brüllte er. Zur Korrektur einer mangelhaften Rasur war es üblich, die verantwortliche Öse und die zuständige vorbereitende Schwester von Station kommen zu lassen. Obwohl sich beide erst umziehen mußten, ging die Einschleusung erstaunlich rasch, und nach weniger als drei Minuten standen beide im Saal. Während die junge Schwester reuevoll und mit hochrotem Kopf die Rasur an der noch nicht narkotisierten Patientin nachholte, mußte sich die Öse den üblichen Spruch des Herrn Oberarzt anhören.

Es war üblich, als Entschädigung für den aus einer schlampig ausgeführten oder gar völlig fehlenden, also vergessenen Rasur resultierenden Zeitverzug ein großes Päckchen RONDO oder MOKKAFIX bei den OP-Schwestern abzuliefern. Eine „eiserne Kaffeereserve für den OP" war eigens für bestimmte Engpässe von jeder chirurgischen Öse angelegt worden. Die Tüte lag für diesen oder ähnliche „Notfälle" sicher verwahrt und verschlossen im Suchtmittelfach des Medikamentenschrankes parat.

Nach Entrichtung der großen Packung MOKKAFIX durch die Schwester war Czaja wieder so weit generiert, daß er sagte: „Übrigens, Wossow, kennen Se den Witz von RONDO und JAKOBS?" Vorsichtig antwortete der Assistent: „Nein!?"

„Na, was is der Unterschied?" fragte Czaja. „Was is der Unterschied zwischen JAKOBS und RONDO?"

„Keine Ahnung!"

„JAKOBS: die Krönung; RONDO: der Gipfel! Hahahahahahaha!"

Nach dem Erzählen eines seiner neuen Witze war Czaja hier im OP besonders auf die akustischen Lachäußerungen der Umstehenden erpicht, konnte er doch das erwartete Schmunzeln der Lippen nicht sehen, allenfalls ein Hervortreten von Lachfalten zweiter und dritter Ordnung im Gesicht oberhalb der OP-Maske.

Nach zwei Minuten fragte Czaja wie beiläufig: „Wossow, die ‚Jakobs‘-Werbung kennen Se doch?!"

Er schob den ersten dicken Tupfer zwischen die Branchen der ins Schloß knackenden Kornzange, um sich vom Springer Wundbenzin darüber gießen zu lassen. Das Benzin entfaltet infolge sehr rascher Verdunstung eine besonders starke Kältewirkung auf der Haut. Czaja holte aus, um den triefend nassen Tupfer mit Schwung auf den dicken Bauch platschen zu lassen, während er sagte: „So, nun woll'n wir das Schwein mal schlachten"

Dabei zuckte die Patientin, für Czaja völlig unerwartet, zusammen. Er hatte nicht bemerkt, daß die Patientin noch ohne Narkose war.

Zum Glück hatte der Vorfall Czajas Hand nicht aus der Ruhe bringen können. Nach der Narkoseeinleitung begann die Operation – wie immer mit einem senkrechten Schnitt unterhalb des rechten Rippenbogens.

Das größere Verteilungsvolumen fettleibiger Patienten erfordert größere Mengen Narkosemittel. An diesem Tag trug offenbar der Anästhesist dieser Tatsache in nicht ausreichendem Maße Rechnung, denn plötzlich erschien eine siebente Hand im Operationsgebiet – die rechte Hand der Patientin, welche sich, langsam aber stetig, in die eigene Operationswunde hinein bewegte. Nur sehr langsam kroch die Hand unter der Abdeckung entlang, direkt in das OP-Feld, um dann in die blutige Wunde unter dem Rippenbogen einzutauchen – niemand hielt sie.

Keiner hatte mit der Hand gerechnet! Sie war plötzlich da! Keiner traute sich, die nackte Hand anzufassen: sie war nicht steril! Keiner konnte, keiner wollte sich die Existenz der nackten, ungewaschenen und nicht desinfizierten Hand im Operations-Situs überhaupt vorstellen! Sie trauten ihren Augen nicht. Wie gelähmt waren sie für einen langen Augenblick.

„Die ... die will mi... mi... mitoperieren! ... Hiiilfe!" schrie Czaja so laut, daß man es im Nachbarsaal hören konnte. „Gebt ihr doch gleich noch einen Haken, dann muß sich Wossow nicht so anstrengen!" Es war schlimm. Da faßte sich der Assistent ein Herz, ließ den Haken los, um sich die Hand so lange zu greifen, bis die Narkose wieder ausreichend tief geworden war. Die anderen hatten nun fragend über das grüne Tuch geschaut, das über den Narkosebügel gelegt worden war, das die Anästhesisten selbstherrlich als „Blut-Hirn-Schranke" bezeichneten.

Wenn auch selten, so erlebte Wossow auch später manchmal noch Narkosen, bei denen der Patient heller wach zu sein schien, als der Anästhesist.

Auch die Anästhesisten gehörten zur Gruppe der Buttermilchtrinker und erhielten täglich eine klitzekleine Ration Kuhmilch umsonst, die Flasche weißer Alibi-Flüssigkeit, durch deren Verordnung man meinte, ein Gegengewicht zu schaffen gegen die lebertoxische Wirkung der Narkosegase. Auf der Buttermilch-Station war es das hohe Infektionsrisiko, in der Patho waren es außerdem Formalin, Benzol, Xylol und verschiedene andere Desinfektions-, Fixier- und Lösungsmittel gewesen.

Seine Rotationszeit auf der Anästhesie fand der Assistent langweilig. Anders als so mancher Vorgänger hatte er deshalb auch nie ernsthaft mit dem Gedanken gespielt, vielleicht doch die Chirurgie sausen zu lassen, um Anästhesist zu werden.

Er war ehrlich zu den Leuten, und er achtete ihr Tun. Dafür hielten die Anästhesisten ihm den Rücken frei. Die Zeit zwischen den Narkosen nutzte er für seine Dissertation. Für die Fertigstellung der Arbeit reichten die drei Monate bei weitem nicht aus, doch er kam ein gehöriges Stück voran.

Auch fand er zumindest zeitweise etwas Abstand von seiner Schule, dem ewigen Hickhack, der auf seiner eigenen Abteilung herrschte. So wie er es sonst nur genoß, wenn er mal für zwei zusammenhängende Wochen auf Urlaub konnte. Am dreihundertzweiundfünfzigsten Tag war es soweit. Endlich durfte Wossow seinen ersten Blinddarm operieren. Im vergangenen Winter hatte er die Stelle angetreten, und nun ging schon der zweite Winter ins Land. So gut wie ein ganzes Jahr also hatte er auf seinen ersten „Wurm" warten müssen. Viel zu lange für einen jungen angehenden Chirurgen!

Traditionsgemäß behielt sich der Chef die allererste Assistenz für jede neue Operation seiner Assistenten vor: „Damit Sie keine falschen Sachen lernen! Sie werden ohnehin noch früh genug merken, daß es für jede Diagnose einen mehr oder weniger breiten Behandlungsspielraum gibt. Ich als Chef aber muß darauf achten, daß auf meiner Abteilung ein paar grundsätzliche Dinge beachtet werden."

Wossows erste Blinddarmoperation verlief problemlos.

Den ersten „Wurm" erhielt er nach Art des Hauses durch die begehrteste OP-Schwester serviert: Von ihr persönlich mit einem roten Schleifchen versehen, neben dem ersten Schneeglöckchen, auf einer schneeweißen Mullkompresse, in einer besonders blank polierten Nierenschale aus Edelstahl. Dazu gab sie ihm ein Küßchen auf die Wange, ganz dicht neben den rechten Mundwinkel. Damit tröstete sie ein wenig, wußte sie doch, wie angespannt er auf die erste Blinddarmoperation gewartet hatte: „Hier Wossi, deinen ersten Wurm! Leider habe ich nur Schneeglöckchen bekommen können!"

Es ereignete sich im Frühstücksraum des OP-Traktes.

Hier saßen die Anästhesisten während langer OPs auch zwischendurch, gönnten sich dann eine oder zwei zusätzliche Tassen Filterkaffee bei einer F6-Filterzigarette.

Hier schlug der Alte am meisten mit den Flügeln. In der Pause zwischen zwei Operationen, während der Ein- und

Ausschleusung, während des Auflegens des nächsten Patienten, hatte er genügend Zeit, sich aufzuregen. Hier mußte die leitende OP-Schwester die meisten seiner Kritiken einstecken. Hier ließ sie die meisten Federn, hier wurden ihr die meisten Haare unbemerkt, weil unter der Haube, grau und bald auch weiß.

Hier stand auch das Telefon, mit dem Czaja während der OP-Pausen private Geschäfte abwickelte.

Hier wurde am meisten auf den Assistenten herumgehackt, denn hier saßen die Operateure während der OP-Pause, noch im grünen Kittel, die Hände noch in den Handschuhen, noch mit textiler OP-Mütze und Mundtuch. Nur dieses streiften sie nach unten vor das Kinn.

Das frische wie das bereits festgetrocknete Patientenblut hatten sie sich zuvor mit Seife von den Handschuhen gewaschen.

So saßen sie nun irgendwie, lässig und locker, die Beine alternierend übereinanderschlagend, um Filterkaffee zu trinken, um über die letzte oder die nächste Operation oder über ganz andere Dinge zu diskutieren. So saßen sie an dem Tisch mit der bunten, schon etwas verblichenen Wachstuchdecke, auf welcher sich Berge zu wickelnder Binden türmten, Berge von Mull, den die Schwestern mit einer großen Schere in kleine, quadratische Stücke schnitten, um Tupfer daraus zu drehen.

Gleiche OP-Kittel, darunter die gleichen blauen Hosen; gleiche Mützen und gleiche Mundtücher, gleiche Schuhe und gleiche Handschuhe, gleiches Blut und gleicher Schweiß – allzu viel des Gleichen! So wurde halt gemeckert und gemault, berechtigt oder unberechtigt, wurde kritisiert, wurde dramatisiert, manchmal auch ein wenig philosophiert; eher zu wenig als zu lange über den nächsten Satz nachgedacht und der Lehrer immer und immer wieder, eher noch heraus- als einfach nur hervorgekehrt.

Oberarzt Czaja, der gerade die kleine kreisförmige Pfütze herabgelaufenen Kaffees mit dem Rockzipfel seines Kittels vom Tisch gewischt hatte, wartete auf die Telefonverbindung zu einem Handwerker. Den Kittel, der ihm ein wenig lang geraten war, hatte er sich mit den Händen weit nach oben ziehen müssen, um die Beine, die er nur scheinbar bequem übereinandergeschlagen hielt, zwischen seinem Stuhl und dem Tischchen zu plazieren, auf dem der elfenbeinfarbene Telefonapparat mit der abgegriffenen Wählscheibe stand. Wartend sah er zum Fenster hinaus, blickte durch den Raum, sah Wossow an, sah wieder hinaus.

Endlich fiel ihm etwas ein ...

Provozierend fragte er: „Wossow, wo habn Se sich denn am Wochenende rumgetrieben?"

Der Assistent wußte, worauf Czaja anspielte. Die einschüchternde Art seiner Frage verunsicherte Wossow, äußerlich zeigte er sich aber unberührt: „Wieso?"

„Se wissen doch genau, was ich meine!" antwortete Czaja barsch.

„Nein. Keine Ahnung! ... Was kümmert Sie eigentlich, was ich am Wochenende tue?"

„Ich mache mir schon Gedanken und bemüh mich um meine Kolleschen," sagte Czaja schleimig, „damit sich keiner in Gefahr begibt und damit keiner eine Dummheit macht. Und Sie, lieber Herr Kollesche, waren kurz davor, eine Dummheit zu tun."

„So ein Unsinn! Was denn für eine Dummheit?"

Überraschend offen und gereizt antwortet Czaja: „Wossow, tun Se nich so, als wüßten Se nich, was ich meine! Se wissen genau, daß Se dort nich langfahrn dürf'n!"

„Ach davon sprechen Sie!" lenkte Wossow ein „Ja, ich habe mich leider im Wald verfahren."

„Na wenn Se das ‚verfahren' nennen. Se hab'n dreimal versucht, in ein streng verbotnes Gelände vorzudringen, um ein bestimmtes Objekt zu besichtigen, und jedes Mal sind Se aus 'ner andern Richtung gekommen! Und das nennen Sie ‚Zufall'? ..."

Wossow war froh, daß der Streit nicht weiter eskalierte. Czajas Telefonverbindung unterbrach den Wortwechsel.

204

„Wossow, wir unterhalten uns noch" warnte Czaja, „doch, Se wissn ja, ‚Privat geht vor Katastrophe': mein Telefonat!"

Czaja hatte wieder einmal seine Muskeln spielen lassen. Wahrscheinlich hatte man Wossows Auto in der Nähe des großen Gästehauses des Archivs erkannt, das sich mitten im Prasdnikgelände des Jagdgebietes befand. Auf der Suche nach einem bestimmten kleinen Waldsee war er über einen halb zugewachsenen Weg, durch Unmengen von Gestrüpp hindurch, unbeabsichtigt dorthin gelangt – über einen Weg, der nur noch in der alten Karte eines inzwischen an Leukämie verstorbenen Patienten verzeichnet war.

Die noch junge Witwe des ehemaligen Forstbeamten hatte ihm die Karte zugesteckt, weil sie wußte, daß er seine freien Wochenenden mit seiner Familie in der vermeintlich noch unberührten Natur der näheren Umgebung verbrachte. Am Sterbebett ihres unheilbar kranken Mannes hatte sie Wossows besondere ärztliche Fürsorge kennen und schätzen gelernt und ihm aus Dankbarkeit mehrere alte Förstereikarten geschenkt:

„Hier, Herr Doktor" sagte sie flüsternd, „die Karten von meinem Mann. Bitte geben Sie auf keinen Fall aus der Hand! Die sind eigentlich nur für einen eingeweihten Personenkreis."

Unvorsichtig und laut fragte Wossow: „... Leute vom Archiv?"

„Pscht ... leise!" Die Witwe schaute sich erschrocken um.

Wossow fragte leiser: „Vom Archiv?"

„Mein Mann hat sie von seinem Vorgesetzten bekommen, der ist aber inzwischen auch schon verstorben. Deshalb weiß auch keiner, daß ich die Karten noch habe!"

„An einer Leukämie?" wollte Wossow wissen.

„Wie bitte?"

„Ist der Oberförster vielleicht auch an einer Blutkrankheit verstorben?" wiederholte Wossow.

Nachdenklich antwortete die Witwe: „Ja ... jetzt wo Sie es sagen ... Ach ..., eigentlich weiß ich es gar nicht!"

„Vielen Dank jedenfalls, vielen Dank für die Karten ...
und für Ihr Vertrauen!"

„Wissen Sie, ich will nie mehr in diesen Wald." sagte ihm
die Frau „Zu viele Erinnerungen ... Aber schön ist es dort!
Sie wissen – die unberührte Natur!"

Als er die Karten nahm, umklammerte die Witwe seine
Hand fest: „Passen Sie auf sich auf, Herr Doktor! Es ist
manchmal gar nicht gut, wenn man so viel weiß!"

„Ich weiß schon!" antwortete Wossow.

In der Stadt war nichts los, kulturelle Einöde und somit
scheinbar kein ergiebiges Aufgabenfeld für einen Kalfakter.
In Schulen und Betrieben, auf Ämtern, Behörden und in den
wenigen Gaststätten, in den Wohngemeinschaften und sozi-
alen Einrichtungen, vor allem aber im Krankenhaus mit der
angeschlossenen Poliklinik, da sah es ganz anders aus: Hier
liefen alle Fäden zusammen. Hier mußte jeder irgendwann
einmal hin: Jeder kriegte irgendwann mal Zahnschmer-
zen. Fast jeder zog sich mal diese, mal jene behandlungs-
bedürftige Verletzung zu. Dieser oder jener, diese und jene
kriegte irgendwann mal starke Körperschmerzen. (Fast) alle
Kinder wurden planmäßig im Krankenhaus geboren, und
jedes hatte sich auch planmäßig impfen zu lassen! Sogar das
Vitamin D wurde ihnen hier als Bolus in den Mund geschoben. Dieses oder jenes Kind kriegte früher oder später ganz
gewiß auch irgendwann einmal hohes Fieber, Ohrenschmer-
zen, einen Ausschlag, einen schlimmen Husten oder einen
ernst zu nehmenden Durchfall, und fast jede Mutter wollte
dann auch ihren (häuslichen) Mutterpflichten nachkom-
men! Oder aber: Manche wollte (noch) gar nicht Mutter
werden, obwohl sie bereits auf dem besten Weg dorthin war.
Manch einer konnte einfach nicht mehr arbeiten, brauchte
eine Krankschreibung. Oder hatte irgendwann keine Lust
auf Arbeit, wollte ein paar Tage an den Urlaub dranhängen,
irgendwo schwarzarbeiten oder einfach bloß irgendwo mit
einer anderen im Bett liegen; ließ sich dieses oder jenes Zip-

perlein, dieses oder jenes mehr oder auch weniger glaubhafte Symptom einfallen und nutzte die Dummheit, Unerfahrenheit, das Zweckdenken oder die Gutmütigkeit irgendeines Diplom-Mediziners aus und holte sich seinen Schein ab. Wer nicht von sich aus kam, der mußte vielleicht einen kranken Angehörigen oder Bekannten besuchen.

Im Krankenhaus herrscht ein besonderes Klima: Ärzte sind Vertrauenspersonen. Ärztliche Auskünfte unterliegen der Schweigepflicht! Wer vermutet hier schon einen Kalfakter?

Die Krankheit selbst ist eine Ausnahmesituation. Die Krankheit selbst oder bestimmte Medikamente erschließen neue Kanäle, öffnen manchen, sonst besonders renitent verstockten Mund!

Jeder Chirurg, jeder Anästhesist, jede OP- und Anästhesieschwester, fast jede Schwester auf Station wußte inzwischen, daß Doktor Czaja für das Archiv arbeitete. Viel zu offen hatte er in nicht zu überbietender Dreistigkeit bestimmte Dinge offenbart. Über das alteingesessene Personal war deshalb nur selten noch etwas zu eruieren; für die Feinheiten, für scheinbare Nebensächlichkeiten, diese oder jene unbedachte Äußerung vielleicht – da hatte Czaja bei ihnen noch diese oder jene wichtige Information ohne großen Aufwand über eine hochsensible Antenne abschöpfen können. Die Antenne blieb auch ausgefahren, und im glaubhaften Hinzuspinnen falscher Tatsachen war er kreativ.

Ertragreicher aber war das Ausfragen jedes ahnungslosen Neuankömmlings. Zu gern prahlte der extrovertierte Czaja, gab an, mit seiner Reisetätigkeit, mit seiner Datsche, seinem neuen Auto. Und das tat er besonders gern in den OP-Pausen und sogar unter der Operation selbst, wenn sich der Erfolg eingestellt, wenn der schwierigste OP-Schritt erledigt oder man bereits beim Zunähen war.

Immer wieder kam auch seine alte Geschichte von der Kokosnuß, die ihn damals an der Beach-Bar am Strand des Indischen Ozeans bald erschlagen hätte, als er ahnungslos in einem der Beach-Chairs neben dem Swimmingpool in der Mittagssonne lag, während dann und wann eine der knapp bekleideten schwarzen Bardamen mit einem erfrischenden Drink vorbeikam.

Mag sein, daß er ein Angeber war; die Art jedoch, wie er seine intrinsische Begleitfunktion wahrnahm, machte ihn unberechenbar. Er provozierte, um auszufragen. Er provozierte, um zu verunsichern. Er provozierte, um einzuschüchtern, und der Assistent wußte genau: Jetzt, wo er sich mit Czaja angelegt hatte, jetzt würde dieser sich überhaupt nicht mehr um seine Ausbildung kümmern – im Gegenteil! Czaja teilte ihn nur noch für Assistenzen ein, und auch sonst hackte er nur noch auf ihm herum.

Deshalb ließ sich der Assistent eine kleine Überraschung für den siegessicheren Czaja einfallen: Erst kürzlich hatte Czaja eine tolle Armbanduhr im Rahmen einer Auszeichnung überreicht bekommen. Jeder wußte inzwischen von der Uhr, die Czaja stolz präsentiert und überall herumgezeigt hatte. Es war eine in kleiner Serie gefertigte SPEZICHRONIC, eine ebenso schwere wie klobige Armbanduhr aus einheimischer Produktion. Das mechanische Uhrwerk zog sich – für den Träger deutlich spürbar – bei jeder ruckartigen Bewegung des Armes durch eine eingebaute Schwungmasse auf. Der verchromte Uhrdeckel enthielt eine ganz besondere Prägung: „Ehrengeschenk des ZK der SED" stand dort, deutlich sichtbar in großen Lettern im Metall der Rückseite.

Zufällig kannte Wossow einen Uhrmacher, bei dem er eine solche Uhr als gebrauchtes Einzelstück kaufen konnte. Den Gag ließ er sich einiges kosten!

Als Stätte der Offenbarung und Herausforderung wählte der Assistent die OP-Umkleide. Dort steckte er die schwere Errungenschaft, wie mit einer Armbanduhr üblich, in die Tasche seines Arztkittels. Wegen des enormen Gewichtes des Zeiteisens klaffte die Tasche ein wenig, und jeder, der an seinem Kittel vorüberging, sah die Armbanduhr. Seinen

Kittel mit der Uhr darin hängte er direkt neben den des ersten Oberarztes – für Czaja unübersehbar!

Czaja kam, sah die Uhr in Wossows Kitteltasche, griff sofort reflexartig nach seiner eigenen Uhr und staunte nicht schlecht. In diesem unbeobachteten Moment hob er die Uhr aus Wossows Kittel, um nachzuschauen, ob auch diese eine solche Inschrift besaß. Und tatsächlich! Auch Wossows Uhr trug die Uhrdeckelprägung „Ehrengeschenk des ZK der SED". Von diesem Tag an ließ er den Assistenten in Ruhe. Nie wieder versuchte Czaja, seinen Unterstellten zu schikanieren. Im Gegenteil: in seinen Berichten erwähnte er Wossow ab jetzt nur noch wohlwollend und „neuen Nachforschungen zufolge hatte Wossow sich tatsächlich im Wald verfahren."

Schließlich gab es ja die Observatoren, deren Aufgabe die Observation und Kontrolle der Kalfaktoren und Kalfaktörchen war, und Czaja vermutete in Wossow nun einen auf höherer bis höchster Ebene intrinsisch tätigen Oberobservator!

Der junge, ehrgeizige Diplom-Mediziner Achim Wossow hatte sehr lange warten müssen, bis er seinen ersten Blinddarm operieren durfte. Zu lange. Die schlimmste Demütigung eines jungen angehenden Chirurgen ist, ohne ersichtlichen Grund OP-Verbot zu bekommen. Stets hatte er seine Aufgaben auf Station pünktlich erledigt, war bei der Beurteilung seiner Patienten gewissenhaft, beim Diktat seiner Entlassungsbriefe nie in Verzug gewesen, während andere Kollegen stapelweise zu diktierende Krankenblätter in einem entlegenen Schrank oder gar zu Hause horteten.

Einmal hatte Czaja in Gegenwart des Chefs gemeint: „Wossow, wir haben uns gedacht, Sie sollten erst einmal richtig assistieren lernen. Denn das ist die Voraussetzung für das spätere Erlernen des selbständigen Operierens. Sie als Assistent sind so etwas wie das Rückgrat der Abteilung, auch im OP, meine ich! Denn ohne eine gute Assistenz können auch wir nicht operieren! Und Se werdn sehn, daß das richtige Assistiern durchaus ne anspruchsvolle und verantwortungsvolle Aufgabe is, die aber gelernt sein will. Und wir werden Sie zu einem guten Assistenten ausbilden!" Am Nachmittag des darauffolgenden Sonntages hatte Czaja gleich zwei Blinddärme hintereinander operiert und sich auch beide Operationen nacheinander von Wossow assistieren lassen, obwohl er vom Chef persönlich für Wossows Ausbildung verantwortlich gemacht worden war. Er war es, der Wossow lange hingehalten, ihn schikaniert und zappeln lassen hatte. Doch nun war Schluß damit. Wossow hatte das Spiel erst einmal gewonnen, hatte Czaja mit seinen eigenen Waffen geschlagen, ihm etwas glaubhaft vorgemacht, etwas, das gar nicht existierte.

Mit den Blinddärmen war es so eine Sache: Eine Appendizitis eignete sich hervorragend, einem Assistenten zu demonstrieren, wie unerfahren er doch ist. Sagte der Assistent: „Das ist eine Appendizitis", sagte Czaja prompt: „Nein, kühlen!" Klar, daß Czaja einen geplatzten Wurm niemals übersah. Sagte der Assistent, er meine, es sei keine Appendizitis, so sagte Czaja: „Hochakuter Befund! Muß schnellstens operiert werden!" Er operierte dann immer selbst. Die Trophäe in der Hand, kam dann prompt der Satz: „Na, Wossow? Wohl wieder keine Lust gehabt zu appendektomieren? Guck her, und *was* für ein schöner Wurm!"

War der „Wurm" im Bauch wider Czajas Erwarten völlig bland und jungfräulich dünn, so drückte er so lange unbeobachtet in der Tiefe der Bauchhöhle mit einem Stieltupfer daran herum, bis der Wurm, inzwischen endlich vor der Bauchdecke und somit für alle sichtbar, angeschwollen und infolge der intensiven mechanischen Irritation wohl auch deutlich gerötet war.

Im Krankenhaus herrschte eine strenge Hierarchie. Je länger Achim an dieser Schule arbeitete, desto deutlicher zeichnete sich für ihn ab, daß zwei voneinander nur scheinbar unabhängige hierarchische Konstruktionen hier nebeneinander existierten. Diese waren auf verschiedenen Ebenen durch personelle Brücken derart miteinander verwoben und verflochten, daß es für den Außenstehenden wie auch für den Neuankömmling unmöglich war, alle Verstrickungen sofort zu durchschauen. Ein offizielles, extrinsisches, und ein gut getarntes, für ihn nur gelegentlich und dann meist unverhofft und nur für kurze Zeit sichtbar werdendes Hierarchiesystem existierten und arbeiteten teils synergistisch, teils völlig autonom voneinander. Dennoch, so schien es ihm, konnte das offenbar viel mächtigere intrinsische System durchaus nachhaltigen Einfluß auf sein berufliches, aber auch auf sein privates Leben ausüben, sei es auch nur durch die Erzeugung latenter *Angst*.

Das extrinsische Krankenhaussystem war das äußere, für jeden sichtbare – die ganz offizielle Machtstruktur des Krankenhauses. Oberhaupt war der Ärztliche Direktor – ein bescheidener, zierlicher, vom Habitus eher asthenisch wirkender Mensch, der, zufrieden mit seiner erreichten Position, für Ruhe im einigermaßen geordneten Ablauf des Krankenhausbetriebes sorgte.

Sein gewissenloser Widersacher, von dem man sagte, er ginge auch über Leichen, war der Direktor der Poliklinik. Dieser verkörperte nicht nur physisch genau das Gegenteil, war groß, von stattlichem Körperbau, war skrupellos, arrogant und innerhalb kürzester Zeit völlig abgehoben und hypertrophiert: Er wußte das Archiv hinter sich. Keiner wollte ihm trauen. Jeder vermutete in ihm sogar den Chef des geheimen intrinsischen Gefüges.

Zu Beginn wußte keiner so recht, war es der Wirkung des Alkohols zuzuschreiben, als er auf einem der Prasdniks Informationen über seine Archivobservatorfunktion preisgab, oder, wollte er nur imponieren, nur ein wenig angeben, provozierend Macht demonstrieren, vielleicht sogar drohen und die erschrockenen Blicke der Gesprächspartner genießend beobachtend, deren Aufmerksamkeit er immer wieder erregte, indem er ganz gezielt und wohldosiert Wissen aus Archivdateien preisgab. Bis in die kleinste Einzelheit, bis ins kleinste Detail zeigte er sich informiert, wenn sich jemand traute, ihm eine Gegenfrage zu stellen, um zu testen, ob er nur bluffte oder ob er tatsächlich Bescheid wußte. Und er wußte Bescheid! Mit überheblicher Dreistigkeit kam er immer wieder über seine Lippen, kam um so öfter, je mehr er getrunken hatte, der Satz: „Wissen ist Macht!" Jeder hatte Angst vor ihm, *keiner war so ganz sauber. Keiner hatte keinen Dreck am Stecken, und wer tatsächlich keinen hatte, dem verhalf er schon bald dazu.* Die Machthaber vom Archiv wußten: je mehr Schmutz existierte, desto größer war die Verletzlichkeit, Erpreßbarkeit, Intrigierbarkeit, Dirigierbarkeit und damit auch die Rekrutierbarkeit neuer Sensoren und kalfaktierender Observatoren.

Der Gewerkschaftsvorsitzende war eines der Schoßhündchen des Ärztlichen Direktors. Als einziger hauptamtlicher Vertreter der „BGL" bestand seine einzige praktische Tätigkeit im Verkaufen und Einkleben winziger Beitragsmarken in kleine rote Mitgliedsbücher. Doch selbst den Speichel sollte er sich bald für andere Zwecke aufsparen können, denn eines Tages stellte man ihm für das Einkleben der Marken einen Schaumgummibefeuchter zur Verfügung. Gelegentlich nur füllte er etwas klares Leitungswasser nach, indem er den Deckel des Döschens abschraubte, den Schwamm anhob, manchmal sogar ausspülte, nach Einlassen des Wassers dann Millimeter für Millimeter einlegte, um anschließend den in der Mitte offenen Deckel aus schwarzem Bakelit wieder aufzuschrauben. Das Einkleben hatte ihm ein zunehmendes Problem bedeutet, zitterten ihm doch am Morgen schon seine großen Hände, und manchmal mußte er die kleine Marke mit den dicken Fingern beider Hände anfassen, um sie so an die richtige Stelle zu plazieren. Er konnte nichts dafür, denn selbstverständlich hatte er auch bei jeder wichtigen und jeder unwichtigen Sitzung Präsenz zu zeigen und seine Zeit gähnend abzusitzen, bis es später immer zum Essen auch mindestens ein Getränk gab.

Verhielt man sich passiv, wurde man automatisch Mitglied des FREIEN DEUTSCHEN GEWERKSCHAFTSBUNDES. Für die Aufrechterhaltung einer Nichtmitgliedschaft hingegen bedurfte es erheblicher aktiver Anstrengungen. Man fiel auf, eckte an, wenn man nicht Mitglied oder besser *Nichtmitglied* war. So auch der Assistent, den man nach jahrelangem Widerstand erst durch forcierten Druck bewegen konnte, seinen Aufnahmeantrag schlußendlich doch zu unterschreiben.

Eine ganze Stunde dauerte es, bis die Telefonistin an der Pforte endlich eine Verbindung mit der AKADEMIE FÜR ÄRZTLICHE FORTBILDUNG zustande bekommen hatte, die in der Oststadt ansässig war. Für wichtige Telefonate, zum Beispiel für eine Patientenverlegung oder auch für die Vereinbarung eines auswärtigen Untersuchungstermins mußte der Arzt in der Nähe des Telefons bleiben, sonst war das Gespräch „weg".

Der lediglich diplomierte Mediziner Achim Wossow war deshalb auch eisern hinter seinem Stapel zu kodierender, abzuschließender und zu diktierender Krankenblätter sitzengeblieben. Schließlich stand Wossows Verbindung.

„Schulz, Akademie füa Eeaaztliche Foatbildunk!" meldete sich eine schroffe Frauenstimme.

Wossow vorsichtig: „Guten Tag. Wossow ... Grundschule. Ich möchte mich gern zur Facharztprüfung anmelden. Können Sie mir sagen, welche Unterlagen ich einreichen muß?"

„Habn Se denn schon alle OPs füa Ihren Katalog zusammen?"

„Nein, ich wollte ...", begann Wossow.

„Un die Maaxismus-Leninismus-Kurse, habn Sie wenigstens die schon absolviat?" unterbrach ihn Frau Schulz.

„Nein, ich ..."

„Warum rufen Se denn dann übahaupt an, hat Ihnen denn det keena jesaacht?" fuhr Frau Schulz dazwischen.

Wossow mußte ihr ins Wort fallen, um rasch noch seine eigentliche Frage anzubringen: „Muß man denn auch … F…D…G…B-Mitglied sein?"

„Also wissen Se!" antwortete sie „Nur Jeweakschaftsmitjlieda weaden zu eina Fachaaztprüfung zujelassen, det, also det is ja wohl selbstvaschtentlich! Also wissen Se! … Wiedahörn!"

Ärztlicherseits herrschte an der Grundschule eine bemerkenswert saubere extrinsische Staffelung nach beruflicher Erfahrung und Qualifikation in Chefs, Oberärzte, Stationsärzte und Pflichtassistenten.

Die Pflichtassis krepelten dabei irgendwo ganz, ganz unten herum. Man wußte nicht so recht, und auch die Betroffenen selbst ließ man im Unklaren darüber, ob man nun noch Student oder vielleicht doch schon Arzt war. Im Prinzip war es auch egal, denn nach zwölf Monaten hatte die Zeit das Problem gelöst. Im Dienst erwartete man von ihnen alles; tagsüber durften sie nichts. Dann nämlich hatten sie sich um die Erledigung einfachster Stationsarbeiten zu kümmern.

Solange nichts schiefging, ließ man ihm freie Hand. Wagte er sich zu weit nach vorn, führte sein Tun oder sein Unterlassen zu einem Schaden am Patienten, gab es eben jenen großen Krach. Gleiches traf auf die Assistenten zu. Da es quasi keine Arbeitslosigkeit gab, war es eher ein Problem des Assistenten, sich an den Vertrag zu halten und bis zum Abschluß der Weiterbildung dazubleiben. Gab es keine Stelle, schuf man eine. So war das auch draußen in der „Volkswirtschaft".

Schaffte man es bis zum Oberarzt, so hatte man ausgesorgt. Es sei denn, man wollte noch höher hinaus. Mag sein, ein Oberarzt trägt den Frust ständig mit sich herum, und oft genug sieht man es ihm an.

Wossow gewann den Eindruck, als sei nicht der Chef selbst, sondern Czaja, dessen erster Oberarzt, der eigentliche Bestimmer der Abteilung. Gut, der Chef hatte fachliche

Verantwortung zu tragen. Im Hintergrund aber wurden die Karten von Czaja gemeinsam mit irgendwelchen Leuten und Schattenmännern gemischt und immer wieder frisch *gezinkt*. Waren sie zu oft gezinkt worden, wechselte man einfach das Blatt.

Der Chef selbst war für diese Leute nichts als eine von der Chirurgie besessene Figur, die sie geschickt zu dirigieren verstanden.

Czaja nutzte jede sich bietende Gelegenheit, das Ansehen des Chefs zu untergraben. Seinen eigenen abfälligen Bemerkungen konforme Äußerungen anderer Kollegen hingegen sammelte er, um diese sogleich dem Chef aufzutischen, sobald der aus dem Urlaub oder von der Chirurgen-Tagung zurückgekehrt war.

Irgendwie militärisch ging es nicht nur unter den Ärzten zu: Gesetze und Verfügungen wurden durch Dienstanweisung, Anordnung, Verweis und strengen Verweis ergänzt. Noch vor Dienstbeginn hatte die Öse jeder Station den Zettel mit der Bettenmeldung unter der dann noch verschlossenen Tür der dicken Tanja hindurchzuschieben. Oberschwester Tanja wurde innerhalb der Schwesternschaft spitznamentlich als „Tonja" geführt. Keine Schwester mochte sie, obwohl sie ein liebes Gesicht hatte. Ein unschuldiges, weiches Semmelgesicht – eine Maske?

Gelegentlich machte Tanja mitten in der Nacht Kontrollrundgänge über die Stationen, um nachzuprüfen, ob ja alle Nachtschwestern die Schwesternhaube trugen. Die Hauben waren aus stärkebehandeltem weißen Stoff, vorn über der Stirn bugförmig thronend, nach hinten offen und in der Mitte wellenförmig gefältelt. Der steifere Bug wurde mit zwei Haarspangen seitlich am Haar befestigt. Die Hauben verhalfen der Schwesternschaft automatisch zu einem Mehr an Achtung, Ansehen und Respekt, allein schon durch die Vergrößerung der Körperhöhe. Schon auf den ersten Blick hoben sie sich so von den Frauen des Reinigungsdienstes, des Küchenpersonals, der Verwaltung wie auch Ärztinnen ab.

Doch die Haube war unbequem. Im Sommer schwitzten sie darunter. Über die lästigen Spangen zog sie am Haar, und so manche Schwester glaubte, die Haube sei Ursache ihres vermehrten Haarausfalles. Bei bestimmten Arbeiten störte sie oder drohte herunterzufallen, und nicht selten zog ein Kind oder zerrte ein verwirrter älterer Patient beim Umlagern oder beim Betten an der Haube herum. Zu vorgerückter Stunde sah manche Nachtdienstschwester die Sache etwas lockerer, nahm die Haube einfach ab. Für Tonja war dieses Vergehen immer ein Grund für eine Disziplinarstrafe. Die Strafe war recht hart. Auch ein bereits fest zugesagter Urlaub konnte gestrichen werden, und bei Rückfälligkeit drohte die Kündigung.

Der Assistent fand, daß die Patienten von der traditionskonformen Zusammenarbeit zwischen ärztlicher Leitung und Oberschwester, somit also der gesamten Schwesternschaft, enorm profitierten. Immerhin war Tonja bei jeder Chefvisite zugegen. Daß Tonja gleichzeitig mit gespitzten Ohren auf die politische Gesinnung aller anwesenden Ärztinnen und Ärzte achtete, erschien auch ihm als nebensächliches Begleitprodukt. Jeder wußte es oder ahnte es zumindest. Ja, es war schon eigenartig. Jeder hatte sich darauf eingestellt!

Eines Morgens begegneten sich Chef und Assistent im Fahrstuhl. Es war ein kleiner Fahrstuhl mit klapprigen Schwenktüren aus Sperrholz. Maximal vier dünne Personen, sich anatmend, oder aber zwei Dicke hintereinander, Gesicht zu Gesicht, Rücken zu Rücken oder auch Sicht zum Rücken fanden darin Platz. Der Assistent war schon im Fahrstuhl verschwunden, als der Chef plötzlich angerannt kam, die Tür noch im letzten Moment polternd aufriß, um mitzufahren. Hätte er Wossow einsteigen sehen, wäre er sicher demonstrativ die Treppe raufgerannt, nur um eher oben zu sein, als Wossow. Nun aber ärgerte er sich und stellte seinen jüngsten Assistenten während der Fahrt strafend zur Rede, weshalb er denn mit dem Fahrstuhl fahren müsse:

„Herr Wossow, als ich noch so jung war wie Sie, da wäre es mir doch im Traum nicht eingefallen, mit dem Fahrstuhl zu fahren. Und Sie machen doch auch einen sportlichen Eindruck!" Wossow zuckte nur mit den Schultern.

„… Wer hat Ihnen eigentlich den Fahrstuhlschlüssel gegeben?"

Doch Wossow ließ ihn einfach stehen und verließ den Fahrstuhl wortlos in eine andere Richtung. Der Chef stand noch eine Weile sprachlos auf dem Gang, bevor er schließlich sein Dienstzimmer betrat.

So laut die Zimmer, so anstrengend die Dienste auch waren, das meiste lernte man während des Dienstes hinzu. Chirurg wird man nur im Dienst! Wossow wußte, nur wenn man ihn machen ließ, wenn er als ausreichend selbstkritischer Arzt endlich freie Hand bekam, wenn er „ins Wasser geworfen wurde, um auf diese Weise schwimmen zu lernen", nur dann machte die Ausbildung Sinn, in deren Ergebnis ein theoretisch wie praktisch selbständiger, sattelfester Arzt entstanden sein sollte.

Nach seiner ersten schweren Behandlungskomplikation wußte er, wie nah es ihm ging, wie schwer ihm ums Herz wurde, wenn etwas nicht so funktionierte, selbst dann, wenn er wirklich nicht wußte, was er selber hätte besser machen können.

Das betraf auch seine Rettungseinsätze des DRK. Er nahm interessiert an der Schulung teil, deren Bescheinigung die Voraussetzung seines baldigen Einsatzes als „DMH"-Arzt war. Eigentlich war es eine reine Wiederholung des Stoffes, den er noch von der Uni kannte. Die Einweisung in den „DMH"-Wagen war schon interessanter. Doch einige wichtige Geräte, Medikamente und Utensilien fehlten schlichtweg oder waren längst nicht mehr zeitgemäß.

Die Sanitäter vom Roten Kreuz waren gute Kraftfahrer, selten nur waren es wirkliche Retter. In der Gegend kannten sie sich aus, kannten jede Siedlung, jede Straße, jeden zur freien Durchfahrt genehmigten Feld-, Wald- und Schleichweg, kannten jeden Baum und jeden Winkel, kannten Hinz und Kunz. Doch dann, am Patienten, da standen sie unbeholfen daneben, wußten nicht, wo und wie sie zufassen sollten. Keiner der Ärzte sprach ernsthaft von „Sanitätern" – es waren halt „die Fahrer".

Der fabrikneue „DMH"-Wagen war nichts als ein technisch veraltetes PKW-Untergestell mit viel zu schwachem Motor und draufgeschraubtem Blechkasten, in dem sich ein starr arretiertes Rollengestell mit darauf abgelegter Trage und ein paar Schubfächer mit durcheinanderpurzelnden Medikamenten, später auch Plastespritzen und stumpfe Flexülen befanden. Für die Erstversorgung von Patienten mit schlechten Venenverhältnissen hatte man ein Venaesectio-Besteck sterilisiert und hinter einer Wandkonsole verklemmt: ein komplettes chirurgisches Besteck als Ersatz für ein ordentliches Punktionsset!

Harte, viel zu schmale Sitzbänke für Mitfahrende hingegen gab es genug; mehr an Sitzfläche, mehr als für ein ungehindertes Arbeiten gut sein konnte. Geeignet und gebaut für einen kleinen Massentransport? Die Versorgung im Katastrophenfall, die Bewältigung des Massenanfalls von Verletzten, egal ob im Frieden oder Krieg, die wurde geschult. Doch keiner glaubte im Ernst, daß sie tatsächlich funktioniert hätte. Keiner rechnete mit einer Katastrophe, keiner im Ernst mit einem „Ernstfall", von dem diese Lehrer immer wieder faselten.

Ob Lehrer oder Schüler, einen Alptraum hatten sie alle: als Verwundeter auf einem Regimentsverbandsplatz, irgendwo im Schlamm zu liegen, der Willkür eines Verrückten, eines medizinischen Dilettanten hilflos ausgesetzt und mit einer Bagatelle im Stich gelassen zu werden, mit einer Verletzung, die sie nur nicht aufstehen, nur nicht fortgehen oder davonkriechen ließ …

Wossow kannte die Krankentransportfahrzeuge, die sich von einem Rettungsfahrzeug der „DMH" nur unwesentlich unterschieden, bereits von seinen Verlegungs- und Untersuchungsfahrten in die Bezirksklinik oder die Oststädtische *Elité*-Schule. Bestimmte teure Geräte, die gegen harte Währung aus dem Westen importiert worden waren, gab es ausschließlich dort. Und selbst dort durfte keineswegs jeder Untersucher damit arbeiten. Es handelte sich um einfache Ultraschall-, Computertomographie- und andere essentielle Geräte. Zu der Zeit, als es im ganzen Land ebenso viele Computertomographiegeräte gab, wie allein in der Stadt Hamburg, fuhren Wossow und andere junge Kollegen ein- bis zweimal wöchentlich als Transportbegleiter mit in die Bezirksklinik. Gern ließ man sie mitfahren. Gespannt erwartete man das Ergebnis der noch immer als exotisch eingestuften Untersuchung und nicht selten entsprach es einem Überraschungsbefund.

Nur ein einziger Arzt beherrschte die als extrem schwierig geltende Untersuchung mit dem teuren ERCP-Gerät aus dem Westen! Er war ein beneidenswerter Doktor! Ein Held? Ein Retter? Nein: *ein Gott*! Alle himmelten ihn an, und die schönsten Assistentinnen und Schwestern arbeiteten in seiner Nähe. Zu gern hätte er die entdeckten Gangsteine gleich endoskopisch entfernt, doch die speziellen Geräte und Instrumente dafür hatte nur der Über-Gott, der Champion in der *Elité*-Schule zur Verfügung gestellt bekommen.

War nach der Gallenoperation einer von mehreren dutzend Gallengangsteinen im Gang verblieben, hatte der Doktor in der Bezirksklinik den Stein entdeckt und sogar ein Röntgenbild angefertigt, so war das Problem damit noch lange nicht aus der Welt. Das „Aha" der Ärzte nützte dem Patienten noch gar nichts. Ein neuer Termin mußte vereinbart werden: Ein Termin an der *Elité*-Schule!

Hatte der Champion sehr viel zu tun, war er – ein Reisekader – gerade auf Kongreßreise irgendwo im Westen, im Urlaub oder war er gar selber krank, so mußte der Stein des inzwischen gelb gewordenen Patienten schließlich doch chirurgisch entfernt werden.

Eine Fahrt zur *Elité*-Schule konnte eine Tagesbeschäftigung sein. Stundenlange Fahrt über miserables Pflaster und über eine Autobahn, die aus der Vorkriegszeit stammte, chaotische Verkehrs- und Straßenverhältnisse in der Oststadt, dann stundenlanges Warten auf den Champion. Trost geben, Trost spenden, ohne viel tun zu können gegen den Schmerz des Patienten.

Endlich die Untersuchung: „Das Ergebnis steht auf dem Befundzettel!" sagte die überlastete Schwester und drückte ihn mitsamt der Röntgentüte aus dem Untersuchungszimmer, bevor er es überhaupt betreten hatte.

Dann mußte er noch stundenlang auf den Fahrer warten, der inzwischen die Gelegenheit für einen Einkauf in der Oststadt genutzt hatte.

Stundenlange Rückfahrt im kalten Krankenabteil, die Scheiben beschlagen. Hinten und an den Seitenscheiben hatten sich *Eisblumen* gebildet, so kalt war es. Die Reservedecke hatte er zusätzlich über dem Patienten ausgebreitet, von dem er nicht wußte, ist es Schüttelfrost? Oder ist es die eisige Kälte, die auch ihn so frieren läßt?

Es war wohl beides. Dem kranken alten Mann ging es schlecht, und er zuckte bei jedem Schlagloch vor Schmerz zusammen. Bei den vielen Schlaglöchern und Bodenwellen, die so dicht beieinander waren, daß es für den Kettenraucher hinter dem Steuer keinen Sinn mehr machte, einem einzelnen Loch auszuweichen.

Nach diesem Erlebnis ließ sich der Assistent in Ermangelung eines Notfallkoffers von der Stationsmutter einen der sonst kaum benutzten Weidenkörbe aus der Stationsküche geben, um diesen mit den allerwichtigsten Notfallmedikamenten, einem starken Schmerzmittel, zwei Infusionsflaschen, Infusionssystemen, Pflaster, Spritzen und einem einfachen Tubus zu bestücken. Mehr rückte der Anästhesist nicht heraus, hatte selber kaum Instrumente in Reserve.

Die nächste Tagesfahrt kam unversehens.

Die Stationsmutter fragte neugierig: „Na, Doktorchen, noch schnell 'ne Tasse warme Suppe?"

Wossow, der sich seine alte Studentenkutte zu Hause vorgekramt und vorsorglich über den Kittel gehängt hatte, in der rechten Hand das Körbchen mit den darin klappernd und klirrend herumpurzelnden Flaschen, Ampullen und Gerätschaften, unter dem linken Arm eine zweite Decke, sagte: „Nein. Aber ein kräftiger Kaffee wäre nicht schlecht!"

„Komm! Hier sieht Sie keiner!" winkte ihn die gutmütige Stationsmutter herein „Trink Doktorchen, trink!"

Als sie sein Körbchen erblickte, sagte sie: „Schau einer an, was der Doktor sich alles eingepackt hat! Da geb ich dir noch zwei Tücher, hol schon mal die Sachen raus."

Wossow legte alles auf dem Küchentisch ab, während sie ein Frottétuch auf den Boden des Korbes legte. Als er wieder alles eingepackt hatte, deckte sie ein weißes Tuch darüber: „So, nun geh!" und sie lachte.

Zu gern ließ man Pflichtassistenten und andere Jungärzte mitfahren, verblieb doch ein nicht unerheblicher Rest Verunsicherung in dem schlecht ausgestatteten Fahrzeug bei dem komplikationsträchtigen Krankheitsverlauf vieler Patienten. Es war eine Zumutung! Schlimm, wie man sie auf die Piste schickte. Nicht selten sahen sie ihren Patienten beim Betreten des schlecht oder gar nicht beheizten Fahrzeuges zum ersten Mal, unerfahren und dazu noch hilflos mit einer einzigen Flasche eiskalter Infusionslösung in der Bordwand aus nacktem Blech.

Gern ließ man sie mitfahren. Ersparte man doch sich selbst unangenehme fachliche Rückfragen. Das stundenlange Warten auf das Freiwerden einer Telefonleitung schloß solche von vornherein aus. Die wichtigen Valenzen des veralteten, aus der Vorkriegszeit stammenden Telefonsystems waren für Abhörzwecke des Archivs reserviert, umprogrammiert, umgeschaltet, umgestöpselt worden.

Doch es kam noch schlimmer. Jeder Einsatz mit der „DMH" sollte für den jungen unerfahrenen Arzt Achim

Wossow zu einem Abenteuer werden. So blieb es auch später, denn selbst gewachsene Erfahrung, Routine und grenzenlose Kompromiß- und Improvisationsbereitschaft konnten die gravierenden Mängel und Unzulänglichkeiten nicht kompensieren.

Lange vor seinem ersten „DMH"-Dienst bat er, bei Einsätzen seiner älteren Kollegen mitfahren zu dürfen. Nur da passierte nichts; nie kamen sie zu einem lebensbedrohlichen Notfall. Das Adrenalin blieb an Bord.

Sein erster eigener Einsatz war der zu einer Gasvergiftung. Eine alte Frau hatte sich in der Küche ihrer 47-Mark-Mietwohnung vor den geöffneten Gasherd gelegt und war seit mehreren Stunden tot. Polizei und Feuerwehr waren bereits vor Ort. Alle Fenster, alle Türen hatten sie weit geöffnet. Es war dunkel und kalt. An den Fenstern schimmerten Blumen aus Eis.

Der „DMH"-Dienst begann um 16 Uhr. Der diensthabende „DMH"-Arzt war gleichzeitig für die Rettungsstelle zuständig.

Oft genug ging es im Dienst hektisch zu. Manchmal gab es auch gar nichts zu tun. Viele Dienste waren durchwachsen, mal so, mal so also. Innerhalb weniger Minuten konnte das Blatt sich wenden von aus absoluter Ruhe zu plötzlicher maximaler Anspannung. Adrenalin!

Nach der Aktuellen Kamera begann im Fernsehen gerade ein neuer Teil der naiven Endlos-Serie „Polizeiruf 110", als es an der Tür Sturm klingelte. Die Wirklichkeit: Drei unterschiedlich stark angetrunkene Vopos kamen mit einer noch betrunkeneren Zivilperson laut polternd in die Rettungsstelle. Nach einer fünfzig Minuten dauernden Verfolgungsjagd führten sie den muskelstarken Delinquenten nun mit großer Mühe zur Alkoholprobe vor. Anschließend war die frische Brauenplatzwunde über dem zugeschwollenen Auge des straffällig gewordenen Bürgers zu versorgen.

Die geforderte Haftfähigkeitsbescheinigung stellte Wossow nicht aus, was bedeutete, daß der Patient im Krankenhaus übernachten mußte. Ihre Jagdbeute – ein widerspenstiger Straftäter – wehrte sich umsonst gegen die drei heißgefahrenen Uniformierten. Sie hatten dem Täter unterhalb der Handschellen zusätzlich einen Knebel angelegt. Es war eine Kette aus nichtrostendem Stahl, welche dosiert festzuziehen der agitierteste der drei Vopos nicht mehr in der Lage war. Die Feinmotorik des Polizisten war alkoholbedingt empfindlich gestört. Zudem hatte das ständige Ziehen und Zerren des kräftigen Menschen an der Kette seine Kräfte ermüden lassen. Der Knebel hatte bereits blutende Spuren in Haut und Weichteilen hinterlassen, die den Straftäter für den Rest seines Lebens an diese Nacht erinnern lassen sollten.

Initialisiert wurde die Meldekette durch die Alarmierung des „DMH"-Arztes. Es gab dann eine seitenfüllende Litanei wichtiger Nummern für die Meldung genau definierter „Besonderheiten" und „Vorkommnisse" im „DMH"-Dienst, und hätte sich der Doktor daran gehalten, wäre er wohl nicht mehr zum Retten gekommen. Was sich parallel dazu auch noch an Informationen für das Archiv ableiten ließ, entzog sich der Arbeit des Arztes, die jedoch streng überwacht wurde.

Klar, durch den Genuß einer größeren Menge Alkohol hätte (fast) jeder einmal zu einer „hilflosen Person" werden können, für die deren Behandlung in sechsmonatigen Abständen aktualisierte Dienstanweisungen und Richtlinien an die Ärzte weitergegeben wurden. Und nicht jede Person, die hilflos am Straßenrand lag, war alkoholisiert.

Während früher volltrunkene Stadt- und Landstreicher, Freitagabendtrinker, aber durchaus versehentlich auch einmal gesellschaftlich höherstehende Persönlichkeiten durch die Volkspolizei vom Bürgersteig aufgelesen und zur Ausnüchterung in die polizeieigene Ausnüchterungszelle transportiert wurden, sollten sie nun in jedem Fall zuerst einmal zur Rettungsstelle verbracht werden. Ab genau diesem Moment trug nicht mehr der Polizist, sondern der Doktor die

Verantwortung für den Gesundheitszustand der „hilflosen Person", mit deren Bewachung der Doktor und seine zwei Schwestern völlig überfordert waren.

Meist vermieden die Polizisten den Transport, indem sie – nach Feststellung der Personalien rasch wieder im Streifenwagen sitzend – wachend neben der hilflosen Person auf die „DMH" warteten.

Die Platzwunde war versorgt, Straftäter- und Patientenblut separat abgenommen, als auch im „Polizeiruf" das stets zu erwartende gute Ende nahte: Volkspolizisten auf Skiern kamen in einem verschneiten Waldgebiet gleichzeitig aus allen Himmelsrichtungen, um den ausgerissenen Verbrecher zu stellen.

Zwei Stunden später brachten die Rotkreuz-Fahrer einen betrunkenen Randalierer. Er sollte die Einrichtung der Bahnhofskneipe zerlegt haben, hieß es. Wie alle anderen, so schlief auch er erst einmal auf der Untersuchungsliege des als Ausnüchterungszimmer benutzten „Stübchens" ein. Die Fenster des Stübchens waren vergittert und die Tür von außen abschließbar. Das Stübchen war alles andere als ein bequemer Raum, und keiner wußte, wie es zu seinem Namen gekommen war: Außer einem kleinen Waschbecken und einer ungewöhnlich hellen Lampe, die, von einem robusten Drahtgitter ummantelt, fest an der Decke angeschraubt war, befand sich nur noch eine sehr harte, recht schmale Pritsche als nackter Gegenstand in diesem Raum.

Czaja war zufällig gerade in der Rettungsstelle, schon in Zivil, um das Krankenhaus unauffällig, quasi über die Hintertür, zu verlassen. Er wollte sich nur noch schnell vergewissern, ob nicht zufällig gerade ein „akuter Bauch", ein frischer Unfall oder sonstiges für ihn relevantes zur Operation anstand, um nicht gleich wieder ins Krankenhaus umkehren zu müssen, wenn er eben zu Hause angekommen war. Es gab nichts dergleichen, als ihn die Rettungsstellen-Schwester bat, sich doch schnell noch den Patienten im Stübchen anzuschauen, damit man ihn zum Röntgen bringen könne:

„Herr Obaazt, wir hätten da noch einen ambulanten Patienten für die Chirurgie. Er ist betrunken, aber wir können ihn ja schon mal zum Röntgen bringen, wenn Sie uns nur schnell den Röntgenschein unterschreiben würden."

„Dann muß ich ihn mir ja angucken!" murrte Czaja.

„Ist denn kein Assistent da? Wer hat denn heute noch Dienst?" Die Schwester sagte: „Doktor Wossow, aber der näht gerade eine Sehne!"

„Der ist doch gar kein Doktor!" ...

„Na gut, weil Sie es sind!" lenkte Czaja ein.

„Ich wußte doch, daß Sie ein guter Mensch sind, Herr Obaazt!" schmeichelte die Schwester ihm.

Während der fünfzehn Schritte zum Stübchen erzählte sie ihm, worum es ging. Dann öffnete sie die Tür, um Czaja vorzulassen: „Heeee ... aufstehen! Heee ... hier wird nicht gepennt!" rief der Arzt.

„Waas? ... Ach laß müch in Ruhe!" lallte der Betrunkene.

Czaja wiederholte: „Heee, hoch vom Sack! Stehn Se auf!"

„Laß müch doch in Ruhe! ... Hee, düch kenne üch gar nücht! Wer bücht du eingtlüch ...? Und was willcht du von mür? ... Wo bün üch überhaupt?"

Die Schwester sagte laut: „Im Krankenhaus! Und das hier ist der Herr Doktor!"

„Was sollte ich denn im Krankenhaus? Wollt ihr mich verarschen?"

„Heee, aufstehen!" rief Czaja wieder.

Als der Mann nicht weiter reagierte, kniff der Arzt ihn in die Hautfalte über der Schulter, so, wie er es von den Anästhesisten gesehen hatte, wenn ein Patient nicht gleich aus der Narkose aufwachen wollte. „Auua!" schrie der Mann, „halt 's Maul! ... Laß mich schlafen, du Arsch!"

Es folgte eine handgreifliche Auseinandersetzung. Schließlich benutzte der Mann den Inhalt der am Boden neben der Liege abgestellten Ente, um Czaja Portion für Portion, Schwapps für Schwapps mit dem noch körperwarmen Inhalt zu begießen. Damit war die Sache für Czaja erledigt. Er ließ die Tür des Stübchens abschließen. Während Czaja noch Anweisung gab, die Volkspolizei zu rufen, verließ er fluchtartig die Rettungsstelle, um sich unter die Dusche zu begeben.

Die Jause III

An der „Raufe" gab es Wahlessen: es blieb jedem selbst überlassen, ob er an der Esseneinnahme teilnahm oder nicht. In der Kernanstehzeit bildete sich eine lange Schlange vor und eine fast ebenso lange Schlange hinter der Essenausgabe. Diese Werktätigen warteten, den Teller mit dem nur anfangs noch dampfenden Essen in der Hand, auf einen Sitzplatz.

Das war durchaus kein ungewohntes Bild. Auch im „HO"-Selbstbedienungsrestaurant um die Ecke waren solche Staus an der Tagesordnung.

Das Mahl war einfach und auf eine zügige Esseneinnahme ausgerichtet. Die Standardgerichte, serviert auf einem der rechteckigen Duroplaste-Teller, waren neben Grützwurst, genannt „Tote Oma", Bratwurst mit Sauerkraut, Griesbrei mit Zucker und Zimt und einem kleinen Löffel überhitzter Butter, Spinat mit Spiegelei und Kartoffeln, Flecke, Pellkartoffeln mit Quark, auch sehr häufig Eintöpfe verschiedenster Zusammensetzung und Variation, wobei die typische Geschmacksrichtung nach Art des Hauses bestehen blieb, ganz egal, welcher Eintopf auf dem Essenplan stand. In dem Kartoffeleintopf, der außer aus zerkochten Kartoffeln und reichlich Majoran auch aus fettigen Fleischresten, Mohrrübenpunkten und undefinierbarem Grünzeug bestand, schwamm manchmal sogar ein kleines Wienerchen. Während die Weißkohlsuppe reichlichst Kümmel hatte, war es in der Nudelsuppe etwas weniger, dafür aber ebensoviel fettes Fleisch, wie in allen anderen Eintöpfen.

Zu besonderen Anlässen wie Weihnachten, Pfingsten oder auch am „Tag der Republik" gab es einen halben Broiler mit

Salzkartoffeln oder Rinderbraten mit Rotkohl und Klößen, dazu gefärbter Wasser- oder Grießpudding als Kompott in einem kleinen quadratischen Plaste-Napf. Gelierten rosa Grützepudding bedeckte eine millimeterdicke Schicht gelber Puddingsoße, gelben Grießpudding hingegen eine rosa Pfütze Sirupwasser.

Maidemonstration

Mal ehrlich, kein Feiertagsdienst war so begehrt wie der Erste Mai! Das Erscheinen als Demonstrant war Pflicht, kollektive Pflicht, und über die Jahre hatte sich wohl jeder damit abgefunden. Als Entschuldigung für das Nichterscheinen eines Krankenhausarztes ließ man außer einer eigenen schwersten Erkrankung nur den Krankenhausdienst gelten. War ein Kind tatsächlich nachweislich akut erkrankt, wurde auf das Erscheinen wenigstens eines der Eltern geachtet.

Die Demonstranten, die für Frieden und Völkerverständigung und Solidarität und gegen Krieg, Antisowjetismus, Faschismus und gegen den Imperialismus überhaupt demonstrierten, sammelten sich während des Stellens am *Stellplatz*. Jeder *Pulk* hatte seinen eigenen Stellplatz. Das Stellen begann um so früher, je weiter der Stellplatz vom Ziel, dem Zentrumsplatz, entfernt war, wo die abschließende Kundgebung, Höhepunkt der Demonstration, stattfinden sollte. Der Stellplatz des Krankenhauspersonals war der von den Volkspolizisten eigens zu diesem Zweck abgesperrte Straßenzug vor dem Krankenhaus.

Die stets lächelnde Parteisekretärin verteilte rote *Kunstnelken* zum Anstecken. Noch wenige Jahre zuvor waren die Dinger aus einem papierartigen Stoff gemacht. Da man inzwischen wußte, daß Anfang Mai durchaus noch Aprilwetter herrschen kann, produzierte man wetterfeste Plastenelken, die sogar Schnee oder einen längeren Regenschauer ohne Schaden abkonnten und deren rote Blüten besonders rot leuchteten, ebenso rot wie die Ohrklips, wie Nagellack, Lippenstift, Kunstseidentuch und wasserundurchlässige Lackschuhe der Parteisekretärin.

Zugleich hatte man Spruchbänder, frische Fahnen und Transparente in Form riesiger Fotos der Staatsmänner, befestigt an wie übergroße Schneeschieber aussehenden Holzkonstruktionen bereitgestellt, um sie an kräftige junge Männer zu verteilen, die sie dann vor dem marschierenden Krankenhauspulk senkrecht hochhielten. Da es kaum Krankenpfleger gab, kam diese ehrenvolle Aufgabe jungen und jugendlich aussehenden Ärzten zu.

Nur ausgewählte und definierte Standardtexte durften für Transparente und Spruchbänder verwendet werden. Der Wortlaut dieser Texte wurde wenige Tage vor dem 1. Mai im NEUEN DEUTSCHLAND abgedruckt. Hintergrund dieser Vorkehrungen waren wieder und wieder aufgetretene Rechtschreibfehler, zweideutige Formulierungen oder andere Peinlichkeiten. Eine Kommission war deshalb jedes Jahr von neuem damit beschäftigt, dem aktuellen Zeitgeschehen entsprechende Formulierungen zum 1. Mai, aber auch zum Tag der Republik zu finden und zu definieren.

Einer der größten Reinfälle war „der Pferdekopf", das Symbol des 25. Jahrestages der Gründung der DDR. Durch die eigentümliche Aneinanderfügung der Ziffern 2 und 5 in schnittigem Kursiv zu einer 25 war dazwischen der Umriß eines Pferdekopfes entstanden. Das zweifelnde Volk, dessen Interessen ursprünglich durch die Partei vertreten werden sollten, entdeckte deren Korruption und suchte ironisch nach Interpretationsmöglichkeiten verschiedenster Symbole, so auch des bislang unangetasteten Parteisymbols, das den Händedruck Wilhelm Piecks und Otto Grotewohls anläßlich der Vereinigung von KPD und SPD im Jahre 1946 symbolisierte. „Eine Hand wäscht die andere" sagte man dazu. Ein Karikaturist wurde straffällig, weil er ein Parteisymbol entworfen hatte, das diesen Händedruck unter einem laufenden Wasserhahn darstellte.

Der Demonstrationszug nahm planmäßig Pulk für Pulk aus den Nebenstraßen in sich auf und formierte sich so zu einer beachtlichen, vorwärtsdrängenden und am Ende selbst Mitläufern machtvoll und kämpferisch anmutenden Masse roter Mainelkenträgerinnen und -träger. Die sonst so morbide blasse Straße imponierte nun eine halbe Stunde lang in lebendig pulsierendem proletarischen Rot. Es waren die Belegschaften der VEBs, die Schulklassen aller Schulen, die in Reih' und Glied marschierenden KAMPFGRUPPEN DER ARBEITERKLASSE, Uniformierte der Post, der VOLKSPOLIZEI und der DEUTSCHEN REICHSBAHN, Berufs- und freiwillige Feuerwehren in blauen Uniformen, die polnischen Werktätigen des Kombinates in hellgrauen Uniformen und schließlich am Ende des Zuges Familien mit Kindern, Rentner und Parteiveteranen – alle mit roten Plastenelken.

Marsch- und Kampfmusik, teils aus mobilen, teils aus fest an den Straßenmasten montierten blechernen Lautsprechern, einmal von links, einmal von rechts, begleitete die Demonstration bis zur Zentrumsallee, welche die City darstellte. Die auf Straßenmitte zugerichteten, laut bellenden Akustikinstrumente verhinderten ein Alltagsgespräch und trieben die Herde zugleich den Krankenhausberg hinab, durch eine enge Gasse, über Kreuzungen, mal nach links, dann nach rechts und schließlich wieder nach links, stetig auf das Ziel zu, wo es endlich etwas für den Bauch geben sollte. Hier am Ziel, wo die Girlanden, Spruchbänder mit Losungen, weiße Schrift auf blutrotem Stoffband, am dichtesten über die Straße gespannt waren, sollte die Maikundgebung stattfinden und später die Pflichtveranstaltung Volksfestcharakter annehmen dürfen.

Bier-, Broiler- und Currywurstbuden lockten einige Personen lange vor dem Eintreffen des Demonstrationszuges heran. Die ersten Frühschoppler hatten sich bereits in einen Zustand des Feierns versetzt und blickten dem nahenden Zug mit fröhlichen Mienen durch glasige Augen entgegen.

Dann begann die Maikundgebung! Der chronisch über-fütterte Bürgermeister mit dem Rhinophym hielt eine kämpferisch klingende Rede voll der aktualisierten üblichen Phrasen. Von ihm war gutes Gespür gefragt, den richtigen Zeitpunkt für den Beginn der Rede abzupassen, großes Ge-schick aber auch, diese weder inhaltlich noch zeitlich aus-ufern zu lassen. Da man wußte, daß nur der harte Kern in den vorderen Reihen den Schluß der Rede abwarten würde, wäre das Abdriften der hinteren Reihen zu auffällig, eine Rede ins Leere zunehmend peinlich geworden.

Gesehen zu werden war das wichtigste am 1. Mai, um nicht aus der Rolle zu fallen, die jeder in dieser Gesellschaft zu spielen hatte. Ganz anders bei Schmitte! Erwin Schmidt war sicher kein bewußter Mitgestalter der „Entwickelten Sozialistischen Gesellschaft". Er war einfach nur Patient auf Wossows Station. Irgendwann einmal war ihm das linke, ein halbes Jahr später dann auch das rechte Bein im Ober-schenkel amputiert worden, und irgendein mieser Schurke muß ihm während einer Visite gesagt haben, daß er froh sein könne, schließlich sei die Oberschenkelamputation die größte gefäßchirurgische Operation, die in diesem Land üb-lich sei; außerdem sei dieser Eingriff bei ihm gleich zweimal gemacht worden. Schmitte war ein armer Kerl. Angehörige hatte er nicht. Aber als beidseits Oberschenkelamputierter war er auf fremde Fürsorge angewiesen. Das war für ihn die schlimmste Erfahrung, die er noch immer zu negieren suchte. Irgendwie mußte er sich unter Benutzung des gro-ßen Bettenfahrstuhles aus dem Krankenhaus geschlichen haben: Trotz zweier Schlaganfälle hatte er sich in den Roll-stuhl hochgerappelt, mit seinem geschwächten Arm einen halben Kilometer zurückgelegt und stand nun stolz vor der Bierbude, in der gelähmten Hand das Bierglas, in der ande-ren zwischen zwei Fingern, die über die Jahre dunkelbraun geworden waren, eine „Karo".

In der Stadt war Schmidt überall, vor allem in jeder der wenigen Kneipen, bekannt. Erwin war kein Säufer. Er beließ es immer bei zwei bis drei, wenn es hoch kam auch mal vier kleinen Hellen zu je 40 Alu-Pfennig. Er wollte einfach nur unter Leuten sein – raus aus dem Krankenhaus, sich unterhalten, auch wenn die anderen immer etwas mehr tranken und um so redseliger und agitierter wurden, je mehr sie getrunken hatten. Auch der schon vor Jahren aus Freital in die Stadt gekommene Imbißbudenverkäufer kannte Schmidt: „Nu Schmidde, willsde Görrüworschd, Worschd mit Semf ouder Bäffschdägg?"

„Zur Feier des Tages 'ne Curry!"

Auf Schmidts Station lag auch Martha. Martha war zuckerkrank. Um acht Uhr spritzte sie sich das Morgeninsulin wie immer in den rechten Oberschenkel. Vielleicht hatte sie die Glasspritze oder die Kanülen nicht richtig sterilisiert, vielleicht auch nur die Haut nicht richtig desinfiziert. Jedenfalls kam es nach der gewohnten Selbstinjektion zu einer rasch zunehmenden, schmerzhaften Anschwellung des Oberschenkels. Martha ging zur Poliklinik, von dort schickte man sie gleich weiter in die chirurgische Ambulanz, wo sie gegen zehn Uhr eintraf. Der Ambulanzdoktor schickte sie sofort auf die Station. Den Weg dorthin legte sie noch zu Fuß und per Fahrstuhl zurück! Auf Station angekommen, kollabierte sie. Unter der Haut ihres rechten Oberschenkels knisterte es bereits. Kleine Gasbläschen, süßlicher Geruch: Gasbrand! Martha sah sehr blaß aus, und ihre Haut wurde zunehmend grau. Um elf mußte das Bein im Oberschenkel amputiert, nach einer weiteren halben Stunde in der Hüfte exartikuliert werden. Gegen zwölf verstarb die Patientin im Alter von 52 Jahren.

Die Ärzte hatten sich nichts vorzuwerfen. Wenn die Infektion einmal auf den Rumpf übergegriffen hatte, war nichts mehr zu retten. Nach einer Weile fragte der Chef Wossow: „Haben Sie es gerochen?"

„Was meinen Sie?"

„... wie eigenartig süß der Tod riechen kann!" sagte der Chef.

Mißtrauen
(mit dem Töchterchen beim Kinderarzt)

Es war wieder Winter. Der Hausmeister hatte die Doppelfenster eingehängt, und schon begannen sich an den äußeren Fenstern Eisblumen zu bilden: Grippezeit. Der generelle Krankenstand als Ausdruck der Über- oder Unterbelastung, quasi sensibler Indikator der Zufriedenheit am Arbeitsplatz, war auch ohne Grippe viel zu hoch. Den Schwarzen Peter schob man natürlich den Ärzten zu: „Die Ärzte schreiben zu oft und viel zu lange krank!" hieß es, so schrieb man sogar in der Zeitung. Das müsse sich ändern.

Man ließ deshalb keine Gelegenheit aus, Ärzte marxistisch-leninistisch zu schulen, um ihr politisches Verantwortungsbewußtsein zu stählen. Die Zentrale Stelle für Agitation und Propaganda – „Agitprop" – hatte deshalb alle Hände voll zu tun.

Dabei gab es für „Kind krank" oder besser „kindkrank" eine separate Statistik, deren Zahlen nicht in den eigentlichen Krankenstand eingingen. Nur wenige Eingeweihte wußten den tatsächlichen Krankenstand, denn in der Kosmetik statistischer Zahlen kannte man sich aus. Hierfür hatte man sogar eine eigene Facharztrichtung geschaffen, und für die Vorlesung im Fach „Sozialhygiene" hat es an der Berufsschule Anwesenheitskontrollen gegeben.

Bei jedem Infekt solle das Kind deshalb ruhig auch weiterhin in die Kinderkrippe und in den Kindergarten gebracht werden, um das Kollektiv auf diese Weise durch „stille Feiung" „natürlich" durchzuimmunisieren. Gleichzeitig beugte man der Abwesenheit eines Elternteils, etwa zur Pflege des erkrankten Kindes, vor.

Die Feiung verlief leider auch bei Wossows Tochter nur selten wirklich still. Ja, sie schien sogar jede Erkrankung besonders intensiv auszubrüten, jeden Ausschlag voll auszublühen, der von irgendeinem anderen Kind hereingeschleppt worden war. Als man sie nach einer Schädelprellung mit einer Kopfplatzwunde in die Rettungsstelle gebracht hatte, ohne dem Vater Bescheid zu sagen, wurde er sehr zornig.

„Papa, sag, du bist doch auch ein Onkel Doktor?"

„Ja!?"

„Papa, Papa. Warum kommst du dann nicht mit zum Kinderarzt? Bitte, bitte." Seine große Hand hielt sie ganz fest, die kleine Hand, die vor Angst ganz kalt und feucht geworden war, als sie den langen Flur betraten. Ganz dicht drängte sie sich an ihn, umschlang schließlich sein Bein, so daß er nicht weitergehen konnte. Er nahm sie hoch, und sie umklammerte seinen Hals, daß er kaum noch Luft bekam.

Da war große Angst in ihren kleinen großen Augen: Schreie drangen aus dem Zimmer, in dem kleine Mädchen reihenweise ohne Betäubung und Ultraschallgerät oberhalb des Schambeines die Blase punktiert bekamen, um Urin zur Untersuchung auf Bakterien und weiße Blutkörperchen, wie es hieß „artefaktfrei", zu gewinnen. „Schließlich sind wir eine Ausbildungsklinik!" hatte der Direktor gesagt.

„Hab keine Angst, Kleines! Klar doch, klar komm ich mit dir mit."

HAUPTSCHULE

Die Landschaft hier war offen, natürlich und leer. Unbeschreiblich schöne Alleen durchzogen sie. Anders als alles andere litten sie nicht unter der Verwahrlosung. Man ließ sie einfach wachsen. Lastkraftwagen und Busse sorgten für den Beschnitt.

Früher einmal muß der ganze Ort aus rotem Stein bestanden haben, bis auf die ärmlichen Fischerhütten, die zwischen wunderschönen Trauerweiden am Ufer des fischreichen Flusses vor der Stadtmauer bückten. Das Wahrzeichen, den karminroten Kirchturm, sah man aus der Ferne, sobald die aus dem kargen Sand wachsenden Kiefern endlich den Blick dazu freigaben.

Wie Unkraut wuchsen sie, Siegern gleich schossen sie selbst nach dem großen Waldbrand aus dem unwirtlichen Boden hervor, und die alles andere vernichtende Hitze schien den Zapfen sogar zu gefallen: Freudig knallend ließen sie ihre Samen herausspringen. Bald schon kam trüber Regen, löschte das Feuer und implantierte die Samen in die dünne Schicht mageren Humus' über dem purem Sand.

Burg und Kirche befand er als erwähnenswert. Ansonsten fehlte es hier sogar Fontanes sonst so ausschweifender Fantasie an Substanz, irgendein des Anschauens würdiges Objekt hervorzuheben.

Ein paar Jahrzehnte später hatten die Russen sie aufs Korn genommen, weil sich die einheimische Flak im Kirchturm verschanzt hielt. Kleine Jungens, naive Fanatiker, die sich dort oben unter dem Dach des Gotteshauses sicher geglaubt und als letzte Helden gefühlt hatten. Die haben die Russen zusammen mit dem Dach und der Flak weggeschossen, ausgeräuchert, an die rote Wand aus Stein gestellt. Daran war auch die stolze Kirchturmglocke verstummt.

Die ganze Stadt war ohne Stimme, hatte die Glocke doch bis zu diesem Moment so etwas wie Herzschlag, wie Lebensrhythmus, Lebens- und Zeitgefühl vermittelt; hatte sie doch früher so manchen gar noch zum Gebet geführt.

Angemessen wäre, nachtragend auch das Krankenhaus zu den Bemerkenswertigkeiten zu rechnen. Das neue Hospital aber gab es bei Fontane noch nicht, zumindest nicht als solches Unikat.

Bis hierher hatte der Seeadlerhorst der Zivilisation getrotzt; doch zählte der nicht zu den Denkmalen menschlicher Baukunst.

Während es dem Seeadler an den Kragen ging, hatten von nun an Natur und Witterung freien Lauf, den verbliebenen Ruinen der Symbole alter Werte mehr und mehr zuzusetzen. Ja, manchmal schien die chronische Kraft der wilden Natur sogar stärker zu sein als die Menschen, die gefordert wurden, in allem Vergangenen nur noch den Makel zu suchen. Die dachlose Kirche vermoderte innerlich, und die herangeblasenen Samen der Krüppelkiefern fanden im verfaulenden Gebälk einen fruchtbaren Boden. Mit Schrecken mußte Wossow den schnell fortschreitenden Verfall der mittelalterlichen Stadtmauer erleben. Während der saure Regen in dem vorausgegangenen Jahrzehnt besonders stark an all den Vorsprüngen, Erkern, und Zinnen genagt hatte, verschwanden auf einmal ganze Fragmente der meterdicken mittelalterlichen Stadtmauer. Ganze Straßenzüge sahen plötzlich ungewohnt nackt aus, weil sie nun nicht mehr von der Stadtmauer gesäumt wurden. Bewohner von Häusern vor und hinter der Mauer wurden durch deren Demontage plötzlich zu Nachbarn. Nun mußten sie sich in die Fenster schauen lassen von Leuten, die sie zuvor vielleicht einmal in der Woche in der Kaufhalle zu Gesicht bekommen hatten, wenn sie zufällig zur gleichen Zeit Milch in schmuddeligen, vom Transport staubig gewordenen Plastetüten, schrunzelige Mohrrüben und wenn sie Glück hatten einen frischen Kohlrabi kauften.

Erst war die Wallstraße monatelang wegen „Baufälligkeit" und „Einsturzgefahr" gesperrt. Dann hob ein Greifbagger außergewöhnlich schnell die Mauersteine, je nach Bedarf des „Entsorgers", auf einen oder mehrere Lastkraftwagen. Das Demontieren war leicht. Aus Lehm, Ton und bestimmten anderen Naturalien hatten die mittelalterlichen Baumeister nicht annähernd das Äquivalent eines hochwertigen Mörtel aufbieten können, der die Steine bestimmt fester miteinander verbunden hätte. Zwei oder drei der großen Steinblöcke reichten aus, den hochbeinigen LKW in die Knie zu zwingen, und nie konnte das wertvolle Transportgut so hoch gestapelt werden, daß es die Transportwand wirklich überragte.

Die mit der quasi unsichtbaren Fracht schwer beladenen Lastkraftwagen verschwanden im Wald am See. Viele Gerüchte rankten sich um dieses, für Normalsterbliche nicht zugängliche Waldgebiet. Die Hauptstraße, von der ein schmaler Waldweg zur kleinen SWD-Siedlung nach Wendisch-Kietz abzweigte, durfte man befahren, doch jeder Autofahrer sah die am Waldrand in regelmäßigen Fünfzig-Meter-Abständen aufgestellten Schilder mit der Aufschrift „SPERRGEBIET – Betreten und Befahren verboten". Unter dem Verbotsschild, das die Zufahrt zum SWD-Gebiet unmißverständlich regelte, stand auf einer kleinen Ergänzungstafel: „Außer Fahrzeuge mit Sondergenehmigung".

Hüttich, der ärztliche Direktor der „Funktionseinheit Krankenhaus/Poliklinik", hatte eine solche Sondergenehmigung. Dreist und ungeniert ließ er die hinter der Windschutzscheibe, gleich neben der Krankenhaus-Sonderparkgenehmigung liegen.

Im Laufe der Zeit hatte sein Dienstwagen die rotbraune Farbe des Steinstaubes sogar innen angenommen. Armaturenbrett, Hutablage, Fußmatten, ja sogar die Sitze sahen bald genauso aus wie der Waldweg, dessen säumende Brombeerbüsche und Krüppelkiefern roten Staub trugen. Hüttich selbst sprach stolz von seiner Datsche, die er dort errichten ließ. Doch auch er war nur ein Arzt, und mit dem Errichtenlassen schien es bei ihm nicht annähernd so gut zu klappen wie bei seinen bedeutend beziehungs- und einflußreicheren Nachbarn. Wie der Ausweis auf dem das Armaturenbrett, so waren auch seine beschwielten Hände manchmal wochenlang rotbraun gefärbt.

Auch andere Prädisponierte hatten ihr privates kleines Wassergrundstück in Wendisch-Kietz für 'nen Appel und 'n Ei zu kaufen bekommen. So der Bürgermeister, der Kreisarzt, der LPG-Vorsitzende, genannt „Der Bojar", die sehr ehrgeizige Frau Kreisschulrätin, der Bezirkstierarzt und andere wichtige Personen, die der normale Bürger gar nicht kannte, „bauten" dort ihre Datschen. Wenn Hüttich ins Schwärmen kam, erzählte er sogar, welch amüsanter Wettbewerb ins Leben gerufen worden sei, wer wohl am schönsten und interessantesten baue.

Die Krankenhaushandwerker und die fünf Maurer, die eigentlich für die Sanierung des Krankenhauses eingestellt worden waren, sah man nur noch sporadisch im oder am Krankenhaus die allernotwendigsten Reparaturarbeiten verrichten.

Am See hingegen wurde dynamisch gebaut. Die Steine mußten auf das erforderliche Maß für die Gründung gebracht, je nach Wunsch beschliffen und möglichst ohne viel Verschnitt verarbeitet werden. Die von der Wirtschaftsabteilung für die Außenbeleuchtung des Krankenhauses bestellten Parklaternen ließ Hüttich nach Begleichung der Rechnung durch die Krankenhausverwaltung einfach verschwinden: Vier Monate später tauchten sie auf seinem inzwischen professionell bepflanzten Grundstück wieder auf.

Es kam einer Sensation gleich! Der Assistent Achim Wossow durfte das Krankenhaus wechseln, und das inmitten seiner Weiterbildung zum Facharzt für Chirurgie! Sein neuer Chefarzt, Dr. Stövesand, hatte das Unmögliche möglich gemacht. Allein Stövesands Unnachgiebigkeit hatte Wossow die neue Stelle zu verdanken. Stövesand konnte allzu gut nachfühlen, wie es seinem neuen Assistenten an der Grundschule ergangen war, wußte er doch aus eigener Erfahrung, wie es ist, wenn einem immer wieder Knüppel zwischen die Füße geworfen werden.

Dr. Stövesand war sehr beliebt bei allen Patienten. Überall, in der Stadt und in den umgebenden Ortschaften, wurde Stövesands selbstloser Einsatz als Arzt bekannt. Stundenlang konnte er einem Patienten einfach nur zuhören, wenn es sich aus der Situation ergab. Stövesand gönnte sich keinen Feierabend. Etwas anderes blieb dabei völlig auf der Strecke; etwas, worüber niemand sprach, auch Stövesand nicht: seine eigene Familie.

Kam er wie ausgepumpt nach Hause, dann war es seine liebe Frau, die ihm die Pantoffeln hinstellte, weil ihm das Kreuz wehtat, weil er manchmal kaum noch kriechen konnte vor Erschöpfung. Sie wurde nachts genauso wach, wenn das Telefon auf seinem Nachttisch klingelte, und einmal mußte sie ihn sogar wachrütteln. Sie hörte das Gespräch genauso mit, und einmal mußte sie ihn sogar in die Seite stoßen, weil er Mist erzählte, so müde, so im Halbschlaf, wie er war. Sie flog mit aus dem Bett, wenn er nachts rausmußte, ihm die Sachen richten, ihm einen Happen zu essen machen und seinen starken Kaffee.

Täglich wartete sie zu Hause stundenlang mit dem Abendbrot, jeden Samstag mit dem Kaffeetisch, jeden Sonntag mit dem Mittagessen: Woche für Woche, Monat für Monat, Jahr für Jahr. Stövesands Frau war zu Hause wartend älter geworden, wartend mit ihm gemeinsam in die Jahre gekommen. Während er nämlich Tag für Tag, Nacht für Nacht nur für andere da war, hatte sie sich ganz allein um die Familie gekümmert, hatte ihre gemeinsamen Kinder allein großziehen müssen.

„Chirurgen haben viele Kinder", war einer von Stövesands Sprüchen, und er selber habe es immerhin auf fünf gebracht. Fünf Kinder – ein jedes trug seine große, krumme Nase, jedes hatte ihre schönen lockigen Haare, seine grünen Augen, ihr weiches Kinn.

Er war stolz auf seine Kinder. Auch seine Kinder auf ihn, obwohl sie ihn gar nicht oder allenfalls ein paar Minuten am Tag zu Gesicht bekamen.

Es war allein ihre Leistung gewesen. *Sie* hatte jedes Kind unter Schmerzen zur Welt gebracht, sie hatte die Kinder, eines nach dem anderen, schnell sauber und trocken bekommen, zu Hause versorgt, einschulen lassen, Schularbeiten überwacht, Sachen gewaschen, gebügelt. Die vielen Kindersachen, dazu seine Chirurgenhemden und Arzthosen, wenn das Krankenhaus mit den Kitteln nicht nachkam, auch noch seine Kittel ausgekocht, zum Trocknen aufgehängt und wieder von der Leine abgenommen; gebügelt, stundenlang! Damit er mit einem sauberen Kittel zum Empfang der Delegation gehen konnte, so, wie sich das für einen Chefarzt gehört!

238

Sie war es, die allein zu jedem Elternabend ging, weil er in der Klinik noch einen Notfall versorgen mußte. Sie allein war auch zu Hause zur Stelle; sie mußte mit einem bedeutenden Gesicht nickend dasitzen, wenn jeder der fünf gescheiten Klassenlehrer einzeln ankam, um die erbrachten schulischen Leistungen wissenschaftlich zu analysieren und ihr kluge pädagogische Ratschläge zu erteilen.

Sie hatte alle Sorgen, alle Krankheiten, Probleme, Lausbubenstreiche, Eßstörungen und Pubertätskrisen ihrer Kinder alleine miterleben, auskurieren, verantworten, ausbügeln, durchstehen und auch allein verkraften und verarbeiten müssen, damit er sich ungestört um die Patienten im Krankenhaus kümmern konnte.

Das war noch nicht alles: Er war ein potenter Mann. Wenn er nach dem anstrengenden Krankenhausbetrieb noch ein paar Reserven mobilisieren konnte, dann wollte sie ihn nicht enttäuschen. Schön sein, trotz der vielen Kinder eine gute Figur machen wollte sie.

In dem kleinen Städtchen war nichts los, es war langweilig. Doch ihr war nicht nach Langeweile zumute. Schliefen die Kinder endlich und hatte sie wirklich einmal alles erledigt, so streckte auch sie die müden Glieder von sich und las in einem Buch, bis ihr bald schon vor Müdigkeit die Augen zufielen.

Er gönnte sich keinen Urlaub; aus Angst, während seiner Abwesenheit könnte in der Abteilung irgend etwas Schlimmes passieren. Was? Urlaub? Den ließ er einfach verfallen! Seine Arbeit nagte somit auch an ihrer Kraft. Ihr Leben hatte sie seinem Beruf geopfert – aus Liebe! Sie hatte es seinem Beruf geopfert, dem schönsten Beruf der Welt!

Obwohl es sich bei Wossow nur um einen jungen, unerfahrenen Assistenzarzt handelte, profitierte wohl auch Stövesand von dessen Stellenwechsel in Form eines gewissen Zugewinnes an Prestige, den Stövesand als unbequemer neuer Chefarzt in seinem neuen Krankenhaus „innenpolitisch" dringend brauchte! Er wußte, daß Wossow ihn bedingungslos unterstützen würde. Zu oft schon hatte der Chef sich mit Hüttich anlegen müssen. Hüttich war ein Bremser, ein Mensch, der kein Interesse an neuen Dingen zeigte und Stövesands Ideen und Vorschlägen prinzipiell ablehnend entgegentrat.

Unbeliebt hatte sich Stövesand nicht nur bei seinem Vorgesetzten, sondern vor allem bei vielen Schwestern gemacht, die in ihm persönlich die Ursache ihrer Mehrarbeit sahen: Mehrarbeit in Form von exakt und vorschriftsmäßig durchgeführten Maßnahmen der Desinfektion, der Verpackung und Sterilisation der OP-Instrumente, Mehrarbeit in Form der ausreichenden hygienischen und ausreichend langen chirurgischen Händedesinfektion, Mehrarbeit in Form der Ausfindigmachung eines Scherenschleifers, der sich um die mit der Zeit stumpf gewordenen Skalpelle, Messer, Meißel, Trokare und Scheren kümmern sollte. Oder, auf Station: Mehrarbeit in Form der Organisation eines rationellen Tagesablaufes – unter den gegebenen widrigen Umständen natürlich. Mehrarbeit in Form ausreichend sauberer Verbandwagen. Mehrarbeit also in Form ausreichender Hygienemaßnahmen. Mehr Arbeit am Patienten, mehr Fürsorge, die sich aus freigesetzter Zeit, resultierend aus radikal verkürzten Kaffeekränzchen, ergeben mußte.

Unberührt von den interkollegialen Querelen blieb das innerhalb kürzester Zeit entstandene Ansehen Stövesands bei seinen überaus dankbaren Patienten.

Das unscheinbar gebliebene, weder mit der Zeit, noch mit der Bevölkerung mitgewachsene, sehr ärmlich gewordene Krankenhaus war das Resultat jahrzehntelang durchlebter und gelebter Gleichgültigkeit, an der Wossows neuer Chef langsam aber sicher kaputtzugehen schien.

Keiner ahnte, nicht einmal seine Frau, daß Stövesand innerlich schon längst das Handtuch geworfen hatte. Nach außen zeigte er sich stark und stabil, wußte er doch, wie wichtig Optimismus für seine jungen Kollegen war, die die Arbeit an der Basis verrichteten. Stövesands Widerpart, der ärztliche Direktor, war das Gegenteil einer Kämpfernatur. „Ländliche Strukturen" machte der für die Misere verantwortlich, die vor allem er selbst zu verantworten hatte. Er war die Gleichgültigkeit in Person.

Irgendwie lief Hüttichs Schlamperladen, vielleicht nur deshalb, weil die Patienten keine andere Behandlungsmöglichkeit hatten. Dinge, mit denen Wossow während seiner Grundschulzeit gedanklich längst abgeschlossen hatte, kamen hier von neuem auf ihn zu: Die guten alten Streugipsbinden, hier lagen sie! Das letzte Mal hatte er Streugipsbinden während seines Studentensommers in der Sowjetunion gesehen!

Der Gipsraum selber war verdreckt. Instrumente, Lichtschalter, Fliesen und Spülbecken – alles war voller Gips, die Gipsschere wie alle anderen Scheren stumpf. Der Abfluß des Gipsbeckens war chronisch verstopft. Den Gipsabscheider hatte man irgendwann einmal aus der Abflußwanne herausgenommen und weggeworfen, weil dieser zu einem einzigen großen Steinklumpen geworden war.

Stumpfe Scheren und stumpf gewordene Instrumente überhaupt haßte Wossow, weil man damit viel Schaden anrichten kann. Die Schneide des Messers oder der Scherenbranche ist dann nicht in ihrem gesamten Verlauf, nicht auf ganzer Länge, sondern nur an der meistbeanspruchten Stelle stumpf. Ein stumpfer Schnitt erfordert einen vermehrten Druckaufwand, rutscht die Klinge in diesem Moment in einen besser schneidenden Bereich ab, können die Folgen verheerend sein! Ein stumpfes Instrument malträtiert das Gewebe und die Geduld des Operateurs!

Alle am Dienst beteiligten Ärzte und auch das Röntgenpersonal trugen bräunlich befleckte und immer irgendwie schmutzig und unästhetisch aussehende Kittel, Hosen und Hemden, bei den Damen waren es die Blusen und Röcke. Die Flecken gingen nicht raus, egal wie oft man die Sachen gewaschen, gekocht oder sonstwie zu reinigen versucht hatte. Die Flecken waren immer nur vorn, über Brust, Bauch, Hosenfront, selten einmal hinten und rührten von der abgestandenen Entwicklerlösung im ersten Tank der Dunkelkammer her. Jeder Doktor war natürlich an einer schnellen Information über einen aktuellen Röntgenbefund interessiert, ging deshalb in die dustere Dunkelkammer und holte sich das ihn interessierende Röntgenbild aus der Ablage, aus dem Trockenschrank oder auch aus dem Tank. In diesem Falle ließ er es nur notdürftig abtropfen, hielt es in noch feuchtem Zustand vor die rote Lampe, um es anschließend wieder in den Entwickler zu hängen. Kleine Leute oder Kurzsichtige, die sich hinauf zur Lampe strecken mußten, um bestimmte Details erkennen zu können, waren besonders schlimm dran, liefen mit besonders großen, landkartenartig konfluierenden Flecken herum, weil sie sich ihre weißen Sachen, am Bottich entlanggleitend, regelrecht beschmierten. Diese „Tollpatschigkeit" war ihnen wohl kaum vorzuwerfen, war es doch allein der Drang, möglichst rasch an die dringend erwartete Information zu gelangen.

Hüttich, der ärztliche Direktor, arbeitete in seiner ursprünglichen Funktion als Hals-Nasen-Ohren-Arzt nur noch wenige Stunden in der Poliklinik, wo er an zwei Tagen kleine Kinder adenotomierte.

Eines Tages, es war an Wossows hundertdreiundsiebzigstem Hauptschultag, hatte ein aufgeweckter Patient einen Zeitungsausschnitt mit einer Karikatur Hendry Buttes „Über die heilsame Wirkung des Wassers nach Kneipp" mit KITTEFIX an die Wand geklebt. Das Bild zeigte einen bettlägerigen Patienten, der sich unter einem Schirm vor abtropfendem Regenwasser schützte.

Zehnmal am Tag ging der Direktor an dem Bild vorbei, doch es änderte sich nichts. Auch das Bild störte ihn nicht. Eines Tages, lange nachdem der Patient entlassen war, brach spontan ein großes Stück Putz aus der Wand, an dem das Bild noch immer klebte. Wochenlang klebte es dann noch an dem Stück Putz, das zusammen mit anderem Bauschutt unmittelbar neben dem Krankenhauseingang von einer Schubkarre abgekippt worden war, Hüttich störte es nicht.

Früher, vor dem Krieg, war der Chefarzt der Chirurgie gleichzeitig auch ärztlicher Direktor gewesen. Der Altchef war immer von seinem Zimmer aus über das kleine Durchgangszimmer, in dem sich sogar eine Dusche befand, direkt in den OP gegangen. Nun war die Tür zum OP verschlossen. Alte, staubbedeckte Kisten standen davor. Lange vor Stövesands Zeit war Hüttich gekommen und hatte den Direktorposten übernommen. Natürlich war Hüttich nun nicht mehr bereit, die exzellente Räumlichkeit an Stövesand abzutreten. So mußte sich Stövesand von Anfang an mit einem winzigen umfunktionierten Patientenzimmer begnügen. Alle anderen Patientenzimmer waren viel größer, und bis zu zwölf Betten standen dicht bei dicht in jedem dieser Zimmer. Die zwei Patientenbetten aus Stövesands Zimmer hatte man noch irgendwo zwischengequetscht. Die Betten standen so eng beieinander, daß Stövesand für die Begleitung seiner Visite nicht mehr als zwei bis drei Personen dulden konnte. Sie standen so eng beieinander, daß sich nicht selten die Drainageschläuche und -beutel benachbart liegender Patienten ineinander verfingen und nicht zu jedem Bett ein eigener Nachttisch aufgestellt werden konnte.

Die Betten standen so eng, daß die Schwestern Mühe beim Betten hatten und ausreichend flink sein mußten, um einer unverschämt grapschenden Hand eines männlichen Patienten zu entfliehen.

Die Betten standen zwischen gußeisernen Säulen, die das Gewölbedach des alten Flachbaues stützten. Die uralten, nur wenig mehr gewordenen chirurgischen Patientenbetten mußten von den Schwestern um die Säulen geschoben und um diese herumgehebelt werden. Diese mächtigen Säulen, innen hohl, waren aus dem selben preußischen Grauguß wie die Säulen im OP, wie die Säulen unter den Wellblechdächern der S-Bahnsteige in der Oststadt.

Groß gewachsene Bäume draußen vor den Fenstern, ließen von Frühling zu Frühling, von Sommer zu Sommer immer weniger Licht herein. Die Wipfel der Bäume waren so gewaltig, daß deren Blattwerk die Dächer des Krankenhauses dann vollständig einschloß und für den ohnehin verbotenen Blick von oben zudeckte, beinahe sogar für einen Vogel wie den mächtigen Seeadler mit seinen scharfen Augen aus großer Höhe unsichtbar gemacht hatte.

Die Zeit schien stehen geblieben, um scheinbar ohne Vorwärtsbewegung dahingleitend zu verstreichen. Der optisch ohnehin nie so ganz neutrale Spiegel schien zudem auch eingetrübt; der Spiegel, der den Menschen normalerweise zeigt, daß doch auch an ihnen die Zeit nicht spurlos vorübergeht.

Eine chronische Wunde, ein chronisch gewordenes Geschwür, nur scheinbar ohne Schmerz. Ganz allmählich, schleichend war es immer größer und größer geworden.

Es geschah am Michaelis, einem Sonntag im Herbst. Der Wind blies unaufhörlich, fegte graues Laub über die Straßen, irgendwohin, wo es in einer Ecke, im Windschatten zu verrotten begann. Auch zwischen den ein- bis zweigeschossigen Pavillons des bescheidenen Klinikums hob der eiskalte kontinentale Wind das schwerer gewordene Laub an und legte immer nur ein wenig von dem gewöhnlichen Filz des Rasens frei, der über die Jahre und Jahrzehnte unaufhaltsam wucherte.

Achim Wossow hatte chirurgischen Dienst, als eine der Schenkelhalspatientinnen, eine sehr übergewichtige alte Frau, an den Folgen einer schweren Lungenentzündung verstarb. Die Station war überfüllt. Das Bett mit der Toten mußte rasch aus dem Zimmer gefahren werden, noch bevor die anderen Patientinnen merkten, was passiert war. Doch wohin damit? Es war den Schwestern nur für kurze Zeit gegeben, die im Bett liegende, noch warme Leiche in das Badezimmer zu schieben, in dem sich auch die einzige Toilette der Station befand. Es gab nur die eine Toilette, und die Besuchszeit sollte in wenigen Minuten beginnen, also mußte die Leiche so schnell wie möglich von Station getragen werden.

Nach der Leichenschau versuchte Wossow zunächst, die Tochter der Verstorbenen zu erreichen, um sie ins Krankenhaus zu bitten und – sofern es sich aus der Situation des Telefongesprächs ergeben hätte – sie über den Tod der Mutter zu informieren. Wie die meisten Haushalte, so hatte aber auch diese Familie kein eigenes Telefon. Nun organisierte Wossow den Transport der Leiche in die Pathologie.

In jedem anderen Krankenhaus wird eine Leiche in einen speziell für diesen Zweck hergerichteten kühlen Raum, meist einen Raum des Krankenhauskellers, gebracht. Ein Bettenaufzug ermöglicht dort den Transport in den Keller, wo anschließend das Bett von den Schwestern auch gereinigt und desinfiziert werden kann.

Hier aber gab es keine Keller. Also mußte die Leiche ohne Verzug in das Leichenhaus der Pathologie transportiert werden. In jedem anderen Krankenhaus gibt es einen grauen Deckel aus Sperrholz, aus geformtem oder genietetem Blech oder aus Kunststoff, der über die auf einer Trage liegende Leiche gestülpt wird, um eine würdige, angemessene Beförderung eines Leichnams von der Station, hinab in den Keller zu gewährleisten.

Hier wurde jede Leiche aus dem Bett heraus, auf die am Boden abgestellte Leichenwanne gehoben, mit einem Namensschild versehen, mit ihrem eigenen Bettlaken verhüllt und von Station getragen. Die Verbindungswege und die schmalen Verbindungsstraßen zwischen den Gebäuden waren aus Kopfsteinpflaster. Über die Jahre hatten die stärker und stärker gewordenen Wurzeln der gealterten Bäume so manchen Pflasterstein nach oben gedrückt, und Frostschäden hatten der Straße mächtig zugesetzt. (Stellenweise ähnelte sie tatsächlich der Panzerstrecke, welche die Rote Armee in dem benachbarten großen Wald regelmäßig mit geländegängigen Fahrzeugen befuhr. Man hatte sogar versäumt, diese aus dem Atlas für Motortouristik zu löschen. Später, obwohl noch immer unpassierbar, sollte sie sogar im Grossen Deutschen Autoatlas auftauchen!)

Vier kräftige Männer waren also gefragt, denn zu zweit hätte man die schwere Leiche nicht tragen können. Die Form einer Wanne trug der Tatsache Rechnung, daß so manche Leiche mehrere Tage lang in der Stellage liegen bleiben mußte, bis deren weiterer Verbleib – pathologisch-anatomische Sektion, gerichtsmedizinische Autopsie oder Bestattung ohne Sektion – geklärt und die Leiche seziert oder gleich mit dem Leichenwagen zur späteren Bestattung abtransportiert wurde. Die Sektionsrate lag über 90 Prozent. Und im Regelfall wurde die Leiche einer jeden im Krankenhaus verstorbenen Person pathologisch-anatomisch seziert.

Die Pathologie war eigentlich gar keine. Sie war der kleinste Pavillon in der äußersten Ecke des Klinikums. Hierher wurden alle Leichen getragen und in den Stellagen für die einmal wöchentlich stattfindende Sektion bereitgehalten. Die Stellagen glichen Fächern von Kühlzellen, waren aber keine. Das bedeutete, daß es sehr rasch zu riechen begann, wenn es im Sommer sehr heiß wurde.

Im Winter sah es nicht besser aus. Die beiden kleinen Fenster trugen permanente Eisblumen, die innen wie außen und dicker waren als das Glas der Scheiben. Notdürftig hatte man eine Wasserleitung irgendwo im Sand vergraben. Wie der Sektionsgehilfe sagte, handelte es sich dabei eigentlich um einen vergrabenen Gartenschlauch. Damit diese Leitung nicht einfror, hielt man das Wasser im Winter ständig am Laufen. Da es keine funktionierende Heizung gab, hatte sich der Pathologe warme Sachen und einen elektrischen Bahnheizkörper mitgebracht.

Auch das Licht war schlecht. Zusammen mit dem Tageslicht bestand es aus einer kleinen Funzel an der Decke. Für bestimmte Situationen ließ sich der Pathologe deshalb eine Zusatzlampe von drüben aus dem Haupthaus bringen. Das alles bedeutete schlechte Arbeitsbedingungen für den Pathologen. War es sehr kalt, begannen die Leichen zu gefrieren. Waren die Leichen gefroren, fuhr er wieder ab, ließ den Heizkörper über Nacht unter den Stellagen stehen und kam am nächsten Morgen, um die anstehenden Sektionen nachzuholen.

Wossow hatte endlich drei weitere Träger gefunden, um die Leiche der übergewichtigen Frau abtransportieren zu können. Die Schwestern hatten die Leiche der armen Frau vorbereitet, hatten den bescheidenen, durch die grobe Arbeit über die Jahre immer schmaler und dünner gewordene Witwenring aus 333-er Gold abgenommen, den Kiefer hochgebunden, die Lider geschlossen und das Pappkärtchen mit den Personalien, mit Sterbedatum, Uhrzeit und Stationsstempel am rechten großen Zeh befestigt. Dann bedeckten sie die entkleidete Leiche mit dem weißen Laken. Die Träger, der Chefarzt der Internen Abteilung, der diensthabende Anästhesist, Diplom-Mediziner Achim Wossow und der Pfleger von der Nachbarstation, hatten sich jeder einen der alten, nicht mehr flickbaren OP-Kittel übergezogen, um mit ihren behandschuhten Händen die Tragegriffe, behelfsmäßig eingeschobene, schlecht entgratete Halbzoll-Wasserleitungsrohrstücke, ein definiertes, ein nicht zu großes Stück aus der Wanne zu ziehen. Zugleich hoben sie die Wanne an, trugen sie eiligen Schrittes aus der Toilette auf den Gang, wortlos und nur manchmal ein wenig unter der schweren Last stöhnend durch die geöffnete schmale Türe, über die DRK-Rampe, hinaus in den Wind.

Der Wind blies sehr kräftig, und gerade als eine starke Windböe das Laken über der Leiche erfaßte, kamen die Angehörigen als Besucher um die Hausecke. Sie wußten noch nicht, daß ihre Mutter gerade eben verstorben war.

Der Chef

Stövesand blieb Wossows ewiges Vorbild. Seine Arbeit, die Chirurgie, seine Abteilung, vor allem aber seine ambulanten und stationären Patienten schienen Stövesand sogar wichtiger zu sein als die eigene Familie. Es war wohl so eine Art Durst nach Anerkennung, verbunden mit dem Ziel der Erfüllung seines schlichten Traumes, Kranken als operierender und konservativ tätiger Arzt helfen zu können. Seinen Ausspruch, man könne nicht alles haben im Leben, bezog sich wohl ausschließlich auf materielle Dinge, die ihm wenig zu bedeuten schienen, weniger, als die Erfüllung, die er in seiner Arbeit fand. Er wußte, daß es egal ist, wo und in welcher Gesellschaft man eine krebskranke Brust, einen vereiterten Blinddarm, eine zerfetzte Hand, ein gebrochenes Bein oder ganz einfach nur einen Leistenbruch operierte. Doch er war kein Asket, und in seinem Innersten trug er eine schwere Last mit sich herum. Er wußte, daß er irgendwann einmal ausbrechen, verschwinden und *abhauen* würde. Dahin, wo er bessere Arbeitsbedingungen vorfinden würde. Dahin, wo man sich bessere Medizin leisten konnte. Dahin, wo sein Berufsstand so wie früher noch gesellschaftliche Anerkennung genoß. Dahin, wo man keinen Plan, kein „Programm zur Seßhaftmachung von Ärzten" brauchte, kein Programm, das eh nur Phrase war.

„Man kann nicht alles haben im Leben!" Das wußte Stövesand. Diesen Satz sprach er tagtäglich mehrmals leise vor sich hin. Es war für ihn eine Art Abwehrversuch seiner eigentlichen, geheimsten Wünsche, während die Arbeit als Chirurg seine volle Konzentration verlangte. Er machte seine Arbeit so gut er nur konnte, kaum ein Tag verging, an dem er nicht nach acht nach Hause kam. Und dann noch die vielen nächtlichen Operationen im Hintergrunddienst. Mehr leisten konnte er nicht. Er wäre sonst selbst krank geworden.

Er hatte den Kanal voll! Warum ein Leben lang für die Leute den Ausputzer spielen, die sich hinter seinem Rücken über ihn und sein Arbeitspensum kaputtlachten? „Warum muß ich mir das bieten lassen, das alles – für 'nen Appel und 'n Ei ? Nein, das kann es nicht gewesen sein! Ich mache meine Arbeit unter den gegebenen Bedingungen so gut ich nur kann. Wir müssen hier alleine knüppeln, und die anderen, die ihre Hausaufgaben grundsätzlich nicht erledigen, die lachen sich noch kaputt über uns! Und ich lasse mich von denen verheizen – Tag für Tag, Woche für Woche, Monat für Monat!" Dableiben als kollektive Verpflichtung, die auch er einzig und allein durch die Tatsache seiner Geburt, hinein in die dunkle Seite der Welt, stillschweigend einzugehen begriffen war, ohne es überhaupt bemerkt zu haben. Hatte er nicht das Recht, jetzt, wo er sich dessen bewußt, wo er sich klar über seine Situation wurde, einen Schlußstrich zu ziehen, zu verschwinden, dorthin, wo Sonne schien, dahin, wo Sonne richtige Blumen blühen ließ?

"*Nein!* Er hat kein Recht dazu! Sein Dableiben als winziger Baustein kollektiven Dableibens und Ausharrens ist die Grundvoraussetzung für die Entstehung einer besseren Welt – einer gerechteren Welt für alle! Zugegeben, im Sozialismus gibt es viele Ungerechtigkeiten. Er soll schließlich dafür kämpfen, an dieser Entwicklung der Gesellschaft aktiv teilhaben, mit dazu beitragen, seinen Beitrag leisten, daß aus dem Sozialismus eine noch bessere, noch gerechtere Gesellschaft wird, daß aus der bereits sehr weit ,entwickelten sozialistischen Gesellschaft' endlich der Kommunismus entsteht. Und damit der Kommunismus im Weltmaßstab siegt – dafür hat auch er zu arbeiten, kollektiv zu denken und gefälligst auch dazubleiben, so wie es auch alle anderen tun!" So war die öffentliche sozialistische Meinung.

Er hatte ein schlechtes Gewissen. Manchmal schämte er sich sogar für seine eigenen Gedanken, einfach so verschwinden zu wollen, einfach auf einer Besuchsreise im Westen zu bleiben. Und dann kam eines Tages dieser Wossow. Bestimmt hatte das Archiv den Wossow nur geschickt, um ihn, Stövesand, zu überwachen, seine wahre Gesinnung auszuforschen, ihn zu observieren, um dann genauestens Bericht zu erstatten. Jedem Doktor passiert irgendwann einmal ein Mißgeschick, doch bei einem Chirurgen läßt sich nichts vertuschen. Und dann hätten sie ihn in der Hand, mit all seinen Irrtümern, Fehlentscheidungen und Behandlungsfehlern, die nur zu einem geringen Teil er selbst verursacht hätte. Wer also war dieser Wossow wirklich, was wollte der hier? Stövesand konnte ihm nicht trauen.

Der von den Schneerosen zurückkam

Nein, einen Alpha-Assistenten gab es unter Stövesand nicht, auch keinen, der Zeit gehabt hätte, andere zu schikanieren. Dafür aber war so viel zu tun, daß jeder operieren mußte, um die viele Arbeit gemeinsam zu schaffen.

Eines Tages kam ein jüngerer Assistent. Er hatte gerade seine Pflichtassistenz absolviert. Wossow war nun nicht mehr der Jüngste unter den Assistenten, und zum ersten Mal hatte er eine direkte Vergleichsmöglichkeit. Jetzt plötzlich spürte er, wieviel er schon gelernt hatte. Innerhalb der wenigen Wochen seit seinem Wechsel von der Grund- zur Hauptschule hatte er mehr lernen können, hatte er mehr operieren dürfen, als innerhalb der vorausgegangenen zwei Grundschuljahre. Das Gelingen seiner Arbeit gab ihm Selbstvertrauen. Ja! Nun endlich wußte er: die Chirurgie ist sein Fach!

Der Neue erzählte ungeniert von seiner „Jugendtourist"-Reise durch die Alpen, von der er wieder zurückgekehrt war. Allein diese Tatsache, aus dem Westen – aus der Freiheit – wieder zurück in den Osten – in das Eingesperrtsein – gekehrt zu sein, allein das machte ihn unnahbar für alle. „Stellt euch vor: unser Bus fuhr mitten im Winter in den Tunnel, und nach nur zwanzig Minuten kamen wir auf der anderen Seite ... im Frühling heraus!"

„Wie denn das?"

„Am Alpennordrand war Schneetreiben und tiefster Winter. Und am Alpensüdrand schien die Sonne! Der Tunnel ist fast dreißig Kilometer lang."

Es war ein Gemisch aus Verachtung und Neid, ein Gemisch aus Skepsis und Neugier, das sie sagen ließ: „Du willst uns wohl veralbern? Die Alpen sind doch mehr als dreißig Kilometer breit!"

„Nein. Wir hielten an. Einfach herrlich, diese Vegetation! Die Schneerosen blühen dort schon, und sogar die Apfelbäume hatten dicke Knospen, kurz vor dem Aufspringen, dabei ist im Norden auch jetzt noch tiefster Winter!"

Der Neue fügte sich gut in die Mannschaft ein. Was verblieb, war eine böse Vermutung, und auch Wossow sah in ihm einen Spitzel. In der OP-Pause fragte ihn der Chef: „Was halten denn Sie von dem Neuen?"

„Weiß nicht", antwortete Wossow unbestimmt.

„Kommen Sie denn mit ihm klar?" fragte der Chef weiter.

„Natürlich, sehr gut sogar!" antwortete Wossow. „Und Sie, was halten denn Sie von ihm?" Der Chef war sich noch unsicher.

„Was war eigentlich der Grund für seine Einstellung, es ist doch jede Stelle besetzt!" fragte Wossow.

„Wir brauchten noch jemanden … Hüttich kam eines Tages mit ihm an!" war die Antwort des Chefs.

„Ach, daher weht der Wind!" sagte Wossow, worauf der Chef schmunzelnd antwortete: „Wenn Sie das meinen, woran auch ich jetzt denke …"

„Woran denken Sie denn?"

Deutlich ernster sagte der Chef: „Es gibt keinen Beweis dafür! Das einzige was wir wissen ist, daß er über ‚Jugendtourist' in die Alpen fahren durfte!"

„Mag sein", erwiderte Wossow, „… Doch, würde ich zum Beispiel, würde ich über Jugendtourist in den Westen fahren dürfen?"

Der Chef lachte laut: „Nein, sicher nicht!"

„Sehen Sie!?"

„Warum versuchen Sie es nicht einfach auch mal?" fragte der Chef darauf schmunzelnd.

Promotion

Schon einmal hatten sie diesen Satz gehört. Es war auf der Berufsschule gewesen, als es um die Diplomarbeit ging. Damals war das Ziel die Erreichung des Titels „Diplom-Mediziner", abgekürzt: „Dipl.-Med.", unter Patienten hieß es: die oder der „Dippelmed". Die ursprünglich geplante offizielle Abkürzung „DM" vergruben die Verantwortlichen im Schubfach, weil man noch im letzten Moment die Gefahr einer äußerst peinlichen Verwechslung erkannt hatte. Schon damals sagten die Professoren, die zu ihrer Zeit, so wie heute noch in Schönbrunnerland, den Doktortitel mit der Approbation geschenkt bekamen, es gehe … „darum, durch fleißiges wissenschaftliches Arbeiten zu zeigen, daß man in der Lage ist, ein wissenschaftliches Thema selbständig zu be-, respective zu erarbeiten." Der Para-Titel des Dippelmed schien offenbar geschaffen, junge Ärzte von einem Sockel oder sonst irgendwo herunter zu holen, wo hinauf sie noch gar nicht gekommen waren. Dieser Pseudotitel wurde mit kräftigem Rückenwind durch Lobbyisten anderer Fakultäten inauguriert, um die Ärzte mit den Studienabsolventen anderer Fachrichtungen auf eine Stufe zu zwingen. Der Dippelmed reihte sich gut zwischen andere Diplome ein, wie Diplomphysiker, Diplomchemiker, Diplomingenieur oder Diplomlandwirt.

Von Seiten der eigenen Zunft wurde die Sache gern unterstützt, sicherte man sich doch dadurch den Vorteil einer adjuvanten Kluft in Form eines Zeit- und somit Karriere- und Prestigevorsprunges gegenüber der heranwachsenden jungen Ärztegeneration, deren theoretische Ausbildung immer besser geworden war.

Die Wissenschaft anzukurbeln erreichte man durch die Einführung des „Dippelmed" nicht. Erstens hatte man den Anschluß in Wissenschaft und Forschung schnell verloren. Zweitens hatte nach der Verteidigung einer Diplomarbeit kaum einer der Mediziner noch Interesse an einer Promotion zum Doktor der Medizin. Immerhin war für die Zulassung zum Promotionsverfahren eine aufwendige, sich nebenberuflich über mehrere Monate hinziehende marxistisch-leninistische Schulung mit drakonischen Anwesenheitskontrollen gefordert. Die Note der Marxismus-Leninismus-Prüfung bildete eine der drei Hauptnoten, aus denen die Gesamtnote der Promotion errechnet wurde. Drittens waren die Diplomthemen entweder Gefälligkeitsthemen – so im Fach Marxismus-Leninismus für in diesem Fach besonders begabte Medizinstudentinnen und Medizinstudenten, Ärztinnen und Ärzte – oder medizinische Fleißthemen, die im Endergebnis aber fast immer ohne national oder gar international sehenswerte neue Erkenntnisse blieben. Viertens waren Diplomthemen nur selten so anspruchsvoll und umfangreich, wie es ein Promotionsthema normalerweise ist.

Stattdessen zeugte man eine scheinbare, nur in den Augen der Bevölkerung und Patienten existierende, zweite Wahl von Ärzten und Medizinern. Fast jeder Patient, der die Wahl zwischen einem Dippelmed und einem „richtigen Doktor" hatte, ging zu diesem und nicht zu irgendeinem „Diplom…dingenskirchen". Viele Ärzte fühlten sich deshalb durch die Einführung des „Dippelmed" persönlich und in ihrer Arbeit schikaniert und hintergangen. Der an einem Versorgungskrankenhaus zusätzlich für die Erarbeitung der Doktorarbeit erforderliche Kraft- und Zeitaufwand fehlte ihnen dann bei der Bewältigung ihrer eigentlichen Arbeit am Patienten und für die Facharztweiterbildung. Nicht auszudenken, wenn eine ehrgeizige Diplommedizinerin zu Hause auch noch Kinder zu versorgen hatte!

Der Dipl.-Med. Achim Wossow wußte, daß die Promotion für ihn essentiell war. Darüber überhaupt nachzudenken, schien ihm müßig. Doch die Tatsache, eine zweite wissenschaftliche Arbeit bewältigen zu müssen, um endlich so angesprochen zu werden, wie das nun einmal zu seinem Beruf gehörte, machte ihn zornig. Allein sein Ehrgeiz verlangte es, und es war für ihn klar, daß er es tun mußte.

Genauso klar war für ihn, daß ein anspruchsvolles Thema hermußte. Sein Gewissen, sein aufrichtiger, ehrlicher Blick in den Spiegel war ausschlaggebend dafür. Und es war nicht einfach, ein Thema zu finden, das die Gewähr bot, nicht eine Sache wieder zu entdecken, die vor ihm schon hundert andere herausgefunden hatten. Ein interessantes und sinnvolles Thema zu finden – das war sein Ziel.

Zu gern hätte auch er ein Thema aus der Krebsforschung bearbeitet. Doch die *Elité*-Schule, die solche Themen vergab, war viel zu weit entfernt. Eine schlechte Basis also für Literaturstudium, Arbeit im Versuchslabor und Zusammenarbeit mit einem Mentor. Deshalb entschied er sich für ein Thema aus der Chirurgie. Noch unter dem Eindruck seines letzten Notarzteinsatzes wählte er das Thema „Die Wundheilung unter besonderer Berücksichtigung von Brandverletzungen".

Sie war eine schöne Frau, und noch heute erinnert er sich an ihre Stimme. Martina hieß sie. Es war an einem Montagmorgen. Wossow stieg in den „DMH"-Wagen.

„Ein Verkehrsunfall. In der Straße zur Bezirksstadt!"

„... Mehr wissen wir nicht?" fragte Wossow.

„Nein, aber auch die Feuerwehr soll schon unterwegs sein!"

„Also hat es gebrannt!?"

„Ja. Vielleicht wieder eine Pappe!"

„Wäre ja dieses Jahr schon der dritte Trabbi!" bemerkte Wossow.

„Ja, muß wohl eine Fehlkonstruktion sein, mit einem Benzintank im Motorraum!" antwortete der Fahrer.

Inzwischen sahen sie die Rauchwolke über dem anderen Ende der Straße. Neugierige rannten in Richtung Kreuzung.

„Es hat einen dumpfen Knall gegeben", fügte der Fahrer hinzu.

„Eine Explosion?"

Die Menschen mit den erschrockenen Gesichtern beachteten den nagelneuen BARKAS nicht, dessen schmächtiges „Tüüt – Tüüt – Tüüt ..." bei dem übrigen Straßenlärm nur aus nächster Nähe zu hören war. Doch dann überholte das

„Blaulichtauto": Der Fahrer hupte zusätzlich, um sich auch akustisch den gebührenden Respekt zu verschaffen, den er für die Zufahrt dringend brauchte.

Wossow, der sich inzwischen ein Paar regenerierte Gummihandschuhe übergestreift hatte, öffnete die Tür noch bevor der Wagen hielt. Rasch lief er zu dem Autowrack, dessen Sitze lichterloh brannten. Doch der Fahrer mußte das Auto bereits verlassen haben, niemand war darin zu sehen. Eine Frau rief ihnen zu: „Herr Doktor, kommen Sie schnell, hier ist jemand!" Und weitere Rufe dirigierten ihn hinter das Haus, wo der verkohlte Fahrer Schutz gesucht hatte.

Es war eine Frau! Wossow wird ihren Anblick niemals vergessen. Sie war schwarz, ihre Haut, ihre Sachen, alles war schwarz, alles roch so verbrannt! Versengtes Haar. Sie hustete fürchterlich und weinte zugleich. Sie stand noch auf, um Wossow entgegenzukommen – zu Fuß! Die Fältchen und die Ränder ihrer Lider gaben einen Rest normale, rosafarbene Haut frei. Alles andere war schwarze, verrußte und verbrannte, ja verkohlte Haut!

Es war nicht einfach, eine Vene zu finden, die für die Infusion geeignet erschien. Sie fror, denn die Infusion aus der Bordwand war eiskalt. Er gab ihr etwas, damit sie zur Ruhe kam. Und etwas gegen den größten Schmerz gab er ihr. Sie brachten sie in die Bezirksklinik. Wie der Assistent von den Angehörigen erfuhr, verstarb sie am fünften Tag nach ihrer Einlieferung, weil ihre Haut zu achtzig Prozent verbrannt war.

Die Station

Man könnte sagen, die Größe der einzelnen Zimmer und Funktionsräume habe zufällig der Bedeutung entsprochen, die das Pflegepersonal den einzelnen Zimmern beimaß, wäre die Zeit, die es darin verbrachte, einziges Kriterium des Engagements für die darin auszuübenden Tätigkeiten gewesen. Die Station hatte kein eigenes Arztzimmer. Der

Doktor erledigte den Diktier-, Schreib- und Sortierkram im Schwesternzimmer. Nur der Chef hatte sein eigenes kleines Zimmerchen inmitten einer anderen Station zugeteilt bekommen, während sich die Oberärzte schon seit Jahren ein anderes winziges Zimmer teilten.

Die Assistenzärztinnen und Assistenzärzte, Raucher wie Nichtraucher, teilten sich ein stickiges kleines Zimmer unter dem Dach, in dem sie während der Dienste übernachteten, denn nur hier standen ein viel zu kurzes Bett und das Telefon.

Das größte Zimmer auf Station war der Aufenthaltsraum der Schwestern, in dem mittig ein großer ausgezogener Tisch, ein Sofa, vier Sessel und dazwischen mehrere Stühle standen. Der lange Tisch entsprach der Kaffeetafel, an der nicht nur gesessen und Kaffee getrunken, gegessen und gefeiert, sondern auch kollektiv bindengewickelt, tupfergedreht, kurvengeschrieben wurde, an der gleichermaßen Dienstbesprechungen, Belehrungen über Brandschutz, Umgang mit Suchtmitteln und politische Schulungen abgehalten wurden. Protokoll und Anwesenheitsliste gehörten obligat bei jeder Versammlung dazu. In der Ecke stand ein Kleiderschrank, zwischen dessen geöffneten Türen sich die Schwestern zum Dienst und nach Dienst hinter dem Rükken des schreibenden Doktors umkleideten. Auf dem Tisch lag eine alte geblümte *Wachstuchdecke*. Für besondere Anlässe deckten die Schwestern je nach erforderlicher Tischlänge ein oder auch zwei weiße Bettlaken als Tafeltücher darüber. Für Abendbrot und Frühstück ihres Doktors sorgte die Stationsmutter, und stets hielt sie für ihn einen guten Kaffee in einer speziellen Thermoskanne bereit, die sie im Schrank zwischen ihren Privatsachen versteckt hielt. Rasch und mit sicherer Hand hatte sie seine große Tasse fast bis zum Rand und mit allen Zutaten gefüllt, um zu sagen: „Bitte Herr Doktor, Ihr Kaffeepott! ... Milch und zwei Löffel Zucker sind schon drin. Ich weiß doch, daß Sie ein verkappter Kaffeesachse sind, auch wenn man es nicht raushört, wenn

Sie sprechen! Nur die Sachsen tun so viel Zucker in den Kaffee!"

Die nächstgrößeren Zimmer waren die Patientenzimmer. Die Krankenzimmer waren viel zu groß, relativ – bezogen auf die Zahl darin untergebrachter Betten – zu klein. Das Spritzenzimmer entsprach keinem Zimmer im eigentlichen Sinne. Es war das nischenförmig abgeteilte Ende des Stationsganges, der hier winkelförmig in den größten Raum der Station mündete. Die Öse war eine erfahrene Schwester, die über die Jahre gelernt hatte, mit Kompromissen zu leben. Auf der Suche nach immer neuen, mehr oder weniger brauchbaren Improvisationen hatten sich tiefe Furchen in ihr Gesicht gegraben. Ihre ergrauten Haare hatte sie immer öfter am Haaransatz nachfärben müssen; so, wie sie sich auch all die Sorgen nicht anmerken ließ, die sie im Innersten mit sich herumtrug. Sie war es, die andere immer wieder vom Kaffeetisch hochscheuchte.

Für die Öse begann dann die eigentliche administrative Tätigkeit. Um die Kurvenführung kümmerte sie sich selbst, auch um das Einkleben der Laborbefunde in Form von winzigen kleinen Papierschnipselchen in die dafür vorgesehene Tagesspalte auf der Kurve. Vom Doktor bei der Visite angesetzte, abgesetzte oder umgestellte Medikationen waren in die Kurve zu übertragen und in ihrem Visitenbuch abzuhaken. Innerhalb dieser einen Stunde bildete die Klappe des Medikamentenschrankes, der eigentlich nichts weiter war, als ein umgebauter Küchenschrank aus hellgrauem SPRELACART, den Mittelpunkt des Spritzenzimmers. Die Handwerker hatten nachträglich ein Wertfach integriert, das den Schwestern zur Aufbewahrung von Suchtmitteln sowie zum einstweiligen Wegschließen von Wertgegenständen verwirrter, schwerkranker oder bereits verstorbener Patienten diente. Auch die Stationskasse und die eiserne Ration Bohnenkaffee hielten sie in dem hölzernen Tresor versteckt, dessen Schlüssel die Öse persönlich verwahrte.

257

Der Operationssaal war kein richtiger Saal. Von Zeit zu Zeit herabfallende weiße Fliesen zerschellten laut knallend am Boden. Nicht selten passierte es mitten in der Nacht, so daß der diensthabende Doktor vor Schreck fast aus dem Bett fiel.

Die leeren Stellen des Kachelbettes wurden ersatzlos mit weißer Ölfarbe ausgebessert. Auf diese Weise blieben die Wände abwischbar, wenngleich etwaige Vertiefungen nicht in der sonst üblichen Weise ausgebessert wurden, bevor man sich an die Farbausbesserung machte. Die alten Bodenfliesen hatten ihre braune Farbe ebenso behalten, wie ihr leichtes Gefälle zur Mitte des Raumes hin, wo in der Mitte der fünf Zentner schwere OP-Tisch stand. Aus dem kleinen Gully darunter kamen nachts lichtscheue Silberfischchen und andere kleine nachtaktive Tierchen gekrabbelt.

Noch vor seinem Weggang ließ Stövesand den Gully verschließen. Der Gewinn für die Patienten und das Gezeter der für das Putzen und Rauswischen verantwortlichen Schwestern waren enorm, die Folgen für die hauseigene OP-Flora und Fauna schwerwiegend aber nicht letal.

Über dem OP-Tisch hing eine monsterhafte OP-Lampe. Größe, Masse und Lichtausbeute der Lampe standen in keiner angemessenen Relation zueinander. Ein Operieren ohne Zusatzlampe war trotz weißer OP-Tücher nur an der Körperoberfläche oder nur an sonnigen Tagen im Winter problemlos möglich, weil die Bäume dann ohne Blätter waren und deutlich mehr Licht an die Fenster trat. Die Zusatzlampe, eine schwere Stehlampe, wurde wie die Hauptlampe an der Decke auch vom Springer bewegt. Der Springer trug seinen Namen zu Recht, denn die Vielzahl der von ihm zu bewältigenden Aufgaben ließ ihn nicht zur Ruhe kommen. Der Springer mußte mal hier, mal dort, dann wieder ganz woanders sein. Der Springer mußte sich auskennen. Der Springer mußte Ruhe bewahren können, wenn es im OP plötzlich hektisch wurde. Der Springer mußte ein besonders dickes Fell haben, der Springer hatte für alles mögliche zu büßen, auch wenn er selber gar nichts dafür konnte. Der Springer war meist eine OP-Schwester, nur selten eine Schülerin oder ein Praktikant.

„Marder hausen auf dem Dachboden über dem OP!" hieß es eines Tages. Niemand hatte sie je zu Gesicht bekommen. Doch gelegentliches Rumpeln, Poltern und Scharren deutete auf ihre Anwesenheit hin.

„Was sollte es denn sonst sein? Nur Marder machen solche Geräusche", hatte Hüttich gesagt, Hüttich, von dem jeder wußte, daß er Jäger war, sich also mit Wildtieren gut auskannte, Hüttich, dessen Zimmer sich unter ein und demselben Dachboden befand. Keiner zog Hüttichs Aussage in Zweifel, bis man sich der Anwesenheit eines noch höher entwickelten Säugers bewußt wurde, als eines Tages der recht laut brummende OP-Lüfter auf dem Dach ausfiel. Der plötzliche Ausfall des motorgetriebenen Abzugs war mit dem Durchbrennen der Hauptsicherung verbunden, die sich in einem eingestaubten DUROPLASTE-Kasten in einer schlecht zugänglichen Ecke des Bodens befand.

Wochen vorher schon hatte sich der Defekt durch prodromales Rattern und Quietschen angekündigt. Spatzen hatten das chronische Versagen des technischen Wunderwerkes interessiert beobachtet und das Lüfterrad sofort nach dessen endgültigem Stillstand annektiert, um darin ihr Nest aus allerlei Federn, Binden- und Stoffresten, Verbandwatte, kleinen Ästchen und vertrockneten Grashalmen zu bauen. Acht Eier brüteten sie aus. Das Betteln und Tschilpen der größer und größer werdenden Nesthocker hörte man tagsüber während der OP.

Leider existierten für den Vorkriegslüfter keinerlei Ersatzteile mehr. Doch Zement, Kalk, Kies, Wasser gab es auf kommunaler Ebene genug, und der Handwerker hatte gerade eine Schubkarre voll Mörtel übrig: „Damit es nicht durch das Dach regnet." Er entfernte die Spatzenbrut und mauerte den Schlot einfach zu.

Nach dem Frühjahr kam rasch auch der Sommer. Das Städtchen war noch nicht an das Netz der Rohrleitungen des Heizkraftwerkes angeschlossen worden, das die Bezirksstadt und die Landschaft in deren unmittelbarer Umgebung unübersehbar durchzog; wenngleich die Planung schon längst abgeschlossen war, das Gelände entlang der Eisenbahnstrecke für die Verlegung dieser monsterhaften Überlandleitungen zu benutzen. Die dicken Fernwärmeleitungen glichen einem futuristisch anmutenden Labyrinth. Zwar wurde dem interessierten Reisenden jeglicher Blick auf die Landschaft – zumindest auf der Seite der Rohrleitung – genommen. Andererseits jedoch löste man damit zwei Probleme: erstens waren Antransport, Verlegung und Montage der sehr schweren und sperrigen Rohre und Trägerelemente gut per Bahn möglich. Zweitens verhinderte man zumindest hier, daß die Panzer der Sowjetarmee auch weiterhin die Gleise querten wann, wo und wie es ihnen paßte. Nun plötzlich sahen sich die Tankisten gezwungen, den regulären Weg, unter der Bahnbrücke hindurch, zu benutzen.

Das Krankenhaus hatte somit seine eigene Braunkohlenheizung noch eine unbestimmte Weile behalten dürfen. Die Anlage war so alt wie das Krankenhaus selbst. Immer öfter fielen Reparaturen an, und der Kesselschweißer hatte meist wochenweise zu tun. In Ermangelung geeigneter Ersatzteile war er immer wieder Kompromisse eingegangen. Flickschusterei. Der Sicherheitsinspektor des Krankenhauses schaute weg, hatte von Technik ohnehin keine Ahnung.

Immerhin war das Labyrinth der Dampfheizungs- und Wasserleitungsrohre mit dutzenden Metern blinder, stillgelegter Leitungen nicht einmal mehr von den Handwerkern selbst überschaubar. Da die Brauchwasserbeheizung mit der Dampfheizung des OP gekoppelt war, ließ sich diese nicht ohne weiteres abstellen. Das OP-Personal schwitzte deshalb im Sommer besonders stark. War es draußen sehr warm, verzichteten sie dann gern auch auf warmes Waschwasser.

Der Chef hatte in irgendeiner wissenschaftlichen Hygiene-Fachzeitschrift gelesen, daß die normale Luft im Freien bei Windstille nahezu keimfrei sei. So entschloß er sich zur billigsten Variante, wenngleich er Hemmungen hatte, die Maßnahme als nachahmenswert zu propagieren. Die leitende OP-Schwester wurde beauftragt, Fliegen-Gaze zu bestellen. Die Handwerker arbeiteten diese in passende Rahmen ein. Fortan benutzte man Fliegenfenster, um den OP wenigstens während der OP-Pausen lüften zu können.

Durch das Zumauern des Lüfterschachtes und das Einsetzen von Fliegengittern hatte man die Gewähr, weitgehend sowohl vor fliegenden Wirbeltieren als auch vor fliegenden Wirbellosen verschiedenster Größe geschützt zu sein, nicht aber vor Tierchen, die den OP auch weiterhin kriechend und krabbelnd frequentierten. So zählten Ameisen, Kellerasseln und Silberfischchen zu diesen regelmäßigen illegalen Besuchern des Operationssaales.

Verschiedene Spinnen wurden von den fleißigen OP-Schwestern mit einem extralang gemachten Besen von der Decke geholt – lange bevor ein natürlicher Feind sie hätte liquidieren können. Die Reinlichkeit der OP-Schwestern bedingte, daß sich Spinnen Wossows Artbestimmung regelmäßig entzogen. Außerdem drangen Fliegen, Mücken und andere Fluginsekten, die ihre natürliche Nahrung bildeten, nur selten in diesen Raum ein.

Die Reinigung des Fußbodens, der Wände und Gerätschaften war traditionsgemäß Aufgabe der OP-Schwestern, denn nur sie wußten, worauf es bei der mechanischen Reinigung und der Desinfektion dieses Raumes ankam, in dem nach septisch gewordenen Eingriffen, kleinen und großen Darmoperationen auch wieder alle anderen Operationen durchgeführt werden mußten.

Nach jeder Operation, egal, ob sie tags oder nachts im Dienst stattfand, hatten die Schwestern noch geraume Zeit zu tun, bis der OP für den nächsten Eingriff hergerichtet war. Auch wenn die Operateure irgendwann, manchmal um zwei, manchmal erst um vier in der Nacht, den OP verließen, um sich noch einmal kurz schlafen zu legen, war für die OP-Schwestern noch lange nicht Schluß. Sie mußten dann noch den OP rauswischen und desinfizieren, das inzwischen desinfizierte Instrumentarium mechanisch säubern, dazu nicht selten in alle Einzelteile zerlegen, trocknen, manchmal ölen, wieder richtig herum zusammensetzen, fehlende Teile substituierend und richtig sortierend verpacken und in den „Steri" schieben, damit es für die nächste Operation wieder zur Verfügung stand.

Anders als an Wossows Grundschule gab es hier keinen, der sich nebenbei oder gar hauptamtlich als Kammerjäger um Kakerlaken, Ratten, Mäuse und alles andere schädliche Getier kümmerte. Es gab hier keinen, der, durch alle Räume des Krankenhauses kalfaktierend, mit der Desinsektion, Desinfektion und Entwesung bestimmter Räumlichkeiten beauftragt worden war. Nie hatte man das Getier so richtig ernst genommen! Man war ja „nur ein ganz kleines Krankenhaus", viel kleiner, als die benachbarte Grundschule, die einen ihrer Sektionsgehilfen eigens für diese Dinge abstellen ließ. Manchmal gar mit einer Schutzbrille und einer Atemmaske auf dem Gesicht, die mit einer Handpumpe über einen Kolben auf Druck gebrachte Stahlflasche auf dem Rükken sah er aus wie ein Moskitojäger, zog über alle Etagen, Gänge, von Raum zu Raum, von Ecke zu Ecke um die ein wenig schäumende weißliche Flüssigkeit entlang der Scheuerleisten, Ritzen, Simse, unter hochbefohlene beschuhte oder überraschte Sekretärinnenfüße, unter und hinter Schränke, Böden, Kisten und andere bodenständige Dinge zu versprühen. Ratten erledigte er mit einem speziellen violetten Granulat, Mäuse in Stahlbügelfallen, die Marder auf dem Dachboden mit Tellereisen. Begann es bei einem seiner täglichen Kontrollgänge irgendwo zu stinken, gab er nicht eher Ruhe, als bis er die Ursache entdeckt, den Tierkadaver gefunden hatte, um ihn zusammen mit Leichenteilen im Ofen der Pathologie zu verbrennen.

Er war ein alter Schürzenjäger, so kam er viel herum, hatte ein loses Mundwerk. So war er als kolportierender Kalfakter wie geschaffen für bestimmte komplexe wie auch recht konkrete Aufgabenstellungen, die ihm das Archiv übertrug.

Die OP-Schwestern waren ständig hinterher, jede sich zeigende Ameise sofort zu liquidieren. Am beliebtesten dafür waren TIPPFIX- oder auch ANKERPLAST-Spray, eigentlich als flüssiger Wundverband für die Hautoberfläche von Patienten gedacht. Rein empirisch war man auf diese Idee gekommen, als irgend jemand versehentlich die Ankerplast-Sprayflasche vom Sims geholt hatte statt des Insektentötolins TIPPFIX.

Zeigte sich eine Fliege im OP, kreischten sofort alle weiblichen Angestellten, so daß das Schicksal der Fliege besiegelt war; konzentrierte sich doch ab diesem Moment jede Tätigkeit, jedes Tun und jedes abwartende Nichtstun auf das unabdingbare Muß des Tötens der Fliege. Hatte sich die Fliege tatsächlich einmal auf das weiße OP-Tuch gesetzt und wurde sie dort, an Ort und Stelle, liquidiert, mußte neu abgedeckt werden. Setzte sich die Fliege in die Wunde, war das kollektive Kreischen der OP-Schwestern, Springer und Anästhesie-Schwestern besonders schrill und besonders laut. War die Fliege weg, die kontaminierte Stelle desinfiziert, unter Umständen neu abgedeckt, erhielt der Patient ein prophylaktisches Antibiotikum.

Natürlich mußte die Fliege liquidiert werden, auch als prophylaktische Maßnahme im Blick auf noch folgende Eingriffe. Keiner der Operateure hätte sich noch auf seinen Eingriff konzentrieren können, mit der Fliege im Hinterkopf.

Aus dem Operationssaal führte eine alte hölzerne Schwenktür direkt hinaus auf den Flur, auf dem mäßiger Ambulanzbetrieb herrschte. Generationen von Malern und Anstreichern hatten hier Schicht für Schicht, mal elfenbeinfarbener und mal weißer Ölfarbe aufgetragen, ohne jemals das Werk der Vorgänger beseitigt zu haben. An bestimmten, mechanisch besonders betroffenen Stellen schaute das nackte Holz hervor. Am Rand frischer Schrammen zeigte die abgesprungene Farbe zwiebelschalenartig die Zahl der Anstriche. Die Stationsbetten mit den zu operierenden Patienten wurden durch diese Tür in den Operationssaal gefahren, die Patienten aus dem Bett direkt auf den Operationstisch umgelagert und umgekehrt. Es war eine sehr stabile und widerstandsfähige Tür, die dem tangentialen Anprall der täglich dutzendemal hindurchgezwängten Betten schon seit mehr als fünf Jahrzehnten standhielt.

Irgendwo muß ein breiter Spalt gewesen sein: Weder die lautlose Fledermaus, die eines Nachts simultan mit einer Darmverschluß-Patientin eingeschleust und noch vor OP-Beginn wieder durch erneutes Öffnen der Schwenktüre problemlos und prompt ausgeschleust werden konnte, noch die kleine Feldmaus, die eines Tages diagonal durch den OP-Saal huschte, stellte aus praktischer Sicht irgendeine ernstzunehmende Gefahr dar. Trotzdem konnte sich niemand erklären, woher die Maus kam und wohin sie ging, vor allem, wie und wohin sie den OP wieder verlassen hatte.

Als absolute Rarität entdeckte Wossow einen Wollkrautblütenkäfer. Eigentlich gehörte der Verbasci nicht zur typischen Fauna des OP. Sich dessen bewußt, forschte er weiter, verfolgte die Spur der Käfer sogar bei Nacht, um deren Herkunft zu ergründen. Schließlich fand er heraus, daß die wenigen Exemplare unter der Tür der Direktorenzimmers hindurch, durch das eingeschlafene Zwischenzimmer, in den OP gekommen waren. Nun war für Wossow alles klar: die Käfer steckten im Greifvogel!

Hüttich hatte zu Hause eine Vielzahl ausgestopfter Vögel, Eichhörnchen, Hasen und sogar zwei präparierte Füchse, die er irgendwann einmal erlegt hatte. Und erst kürzlich brachte er einen ausgestopften Seeadler von dort mit, um diesen stolz auf seinem Schreibtisch zu präsentieren.

Grüne oder blaue OP-Tücher waren schon längst ausgegangen. Nachdem die blauen und grünen Tücher, so wie die OP-Sachen auch, so oft geflickt worden waren, daß man sie eines Tages nicht mehr sterilisierte, hatte man versäumt, neue Tücher zu bestellen, oder das zuständige Kombinat war mit der Lieferung im Verzug. Aus späterer Sicht wäre die logische Konsequenz gewesen, der Bestellung durch regelmäßige, hartnäckige Anrufe Nachdruck zu verleihen. Aber erstens war Baumwolle knapp, zweitens die Telefonanlage völlig veraltet und zu einer Überwachungsanlage umfunktioniert worden, schließlich und drittens fehlte die Motivation.

Aus dieser Not heraus hatte der Chef persönlich die behelfsmäßige Sterilisation weißer Bettlaken angeordnet. Obwohl ständig Laken, Stecklaken, Kopfkissen- und Bettdeckenbezüge verschwanden, reichte der Vorrat an Laken gerade noch aus, den Zusatzbedarf zu decken. Der Vorrat an ungefärbten Tüchern ließ sich im Gegensatz zu dem an blauen oder grünen Tüchern, Tücherchen, Tüchern mit oder ohne Schlitz trotz massiver Fluktuation eben noch durch Nachbestellungen substituieren.

Als der Versuch fehlschlug, eine selbstgebaute Hebevorrichtung für die Krampfaderoperationen an der Decke zu fixieren, den Rahmen von unten her, stehend auf einer wackeligen Leiter, zu durchbohren, begaben sie sich in den Raum über dem OP, für den es offiziell keinen Schlüssel gab. „Seit Fünfundvierzig die Uniformierten von der Kommandantur hier oben waren, hat diesen Raum niemand mehr betreten", hatte Hüttich noch am Tag vor Antritt seines Schwarzmeerurlaubs gesagt. Sie öffneten die Tür mit einem Nachschlüssel und staunten über all das, was sich ihnen hier zeigte. Die Dielenbretter des Bodens waren in der Mitte gefegt, während rechts und links davon zentimeterdick der überall vermutete Staub lag. Von Mardern keine Spur. Die sauber gefegte Spur stammte ohne Zweifel von einem Zweibeiner! Sie endete vor einer phantastisch anmutenden Galerie: Es war die Deckengalerie eines vergessenen Schau-OP aus der Zeit eines August Bier. Hier wurden vor langer, langer

Zeit Studenten ausgebildet. Die Medizinstudenten und wissenschaftlichen Hospitanten, auf das hölzerne Geländer gestützt, hatten sie sich fasziniert über das blankpolierte Fenster gebeugt, um einer großartigen, bis dahin einmaligen Operation zuzuschauen, die gerade dort unten, auf einem modernen OP-Tisch ablief. Ganz sicher, so manche Premiere war dabeigewesen; so manche Operation, die erstmals hier, in diesem nur scheinbar unbedeutenden Hause stattfand! Hier wurde früher, vor langer, langer Zeit einmal Geschichte gemacht und miterlebt: Medizingeschichte, sonst nichts! Später hatte man das Deckenfenster für Blicke versiegelt, indem man es einfach mit Farbe anstrich.

An einer kleinen Stelle fanden sie die Farbe weggekratzt, so daß man, an der großen OP-Leuchte vorbei, genau die Mitte des OP-Tisches einsehen konnte.

Die Farbe beließen sie an der Glasscheibe, das freigekratzte Areal überpinselten sie mit frischem „Fliesen-Ersatz". Denn die Zeit der Premieren war längst vorüber. Ihre Entdeckung behielten sie für sich, die Decke über sich stets wachsam im Auge.

Einsatz

Achim Wossow war der diensthabende „DMH"-Arzt, der am Morgen des Ostermontag mit einem Rotkreuzfahrer allein zu einem Verkehrsunfall rausmußte. Wie immer, so stand er auch an diesem Morgen schon eine Weile in der Eingangstür neben dem geöffneten Fenster der Telefonistin, bevor der klapprige Barkas mehr knatternd als heulend vorgefahren kam. Wossow hatte die Zeit für einen kurzen Plausch mit der Telefonistin genutzt. Seit zwanzig Jahren schon arbeite sie hier, und weil es nur zwei Telefonistinnen gab, hatte auch sie jede zweite Nacht, jedes zweite Wochenende hier an der Pforte des Krankenhauses verbracht, wo sie nachts und am Wochenende auch die Funktion eines Krankenhauspförtners versah. Nur wochentags war am

Tage noch jemand hier; durch die vielen Telefonate wäre sie sonst überfordert gewesen, hätte sie sich auch noch um den Pförtnerkram kümmern müssen.

Mit der Telefonistin mußte man sich gutstellen, war man doch auf ihre Gunst angewiesen, wenn man dringend eine Telefonverbindung zur Nachbarklinik, zur *Elité*-Schule, zum Dispatcher vom Roten Kreuz, zur Kreis-Hygieneinspektion, zum Kreisarzt, zum Volkspolizei-Kreisamt oder sonstwohin brauchte. Sie mußte dann irgendwelche Kabel umstecken, an einer ihrer vielen Wählscheiben drehen und warten, warten, warten. War besetzt, mußte sie es wieder und wieder versuchen. Nicht selten kamen Anrufe dazwischen, die sie innerhalb des Krankenhauses weiterverbinden mußte. Nicht selten funkte irgend jemand von der Verwaltung dazwischen, dessen Gespräche als besonders wichtig zu gelten hatten; nicht selten auch ein anderer Doktor, der auch eine Verbindung nach draußen brauchte. Weil jeder versuchte, sich mit ihr gutzustellen, war sie ein wenig verwöhnt. Das brauchte sie auch, und jeder gönnte es ihr, mußte sie sich doch so manchen gemeinen Spruch durch das Telefon gefallen lassen, obwohl sie selber auch nichts dafür konnte, daß es manchmal so lange dauerte.

Während sie genießend und ein wenig schmatzend den Rest ihres PERSIPAN-Ostereies herunterkaute, begann sie, Wossow den neuesten Tratsch aus der Stadt zu erzählen, wobei man bei ihr nie so genau wußte, ob es wirklich nur „Tratsch" war.

Wossow, der endlich auf dem Beifahrersitz platzgenommen und die blechern dröhnende Tür geschlossen hatte, rutschte sich irgendwie auf der unbequemen, kurzen Sitzfläche zurecht, während er vergebens nach einem Sicherheitsgurt suchte.

„Verkehrsunfall auf der Langen Chaussee!"

„Und wo ist Ihr Kollege?" fragte Wossow.

„Ist wieder mal krank."

Ein Militärkonvoi kreuzte ihren Weg, und sie wurden nicht sofort hindurchgelassen. Türen und Heckklappe jedes der beige-grünen Fahrzeuge trugen ein zur Hälfte rot und weiß abgesetztes Zeichen, in der Mitte des Kreises die kyrillischen Buchstaben „CA" weithin sichtbar.

„So 'ne Scheiße, wo kommen die bloß alle her?" schimpfte der Rotkreuzfahrer. Wossow dagegen fragte: „ ...Und, was hat der Osterhase Ihren Kindern gebracht?"

„Viel zu viel! Keine Ahnung, wann die das alles aufessen wollen!"

Endlich hatte der Militärposten die Kolonne zum Stehen gebracht, um das zivile Blaulichtauto durchzulassen. Der Fahrer ließ den Motor des BARKAS aufheulen, und laut dröhnend kam das Gefährt wieder in Gang.

„Fährt das Ding denn gar nicht schneller?" fragte Wossow.

„Sicher; nur ich bin heute das erste Mal auf diesem Karren, und vorhin ist er kaum angesprungen", erklärte der Fahrer „Der Motor läuft nicht ganz rund, vielleicht ist eine Zündkerze abgesoffen, nur ich hatte keine Zeit mehr zum Nachschauen!"

„Und soo übernehmen Sie Ihren Dienst? Was ist, wenn wir plötzlich stehen bleiben?"

Der Rotkreuzfahrer schwieg.

Als sie in die letzte Straße eingebogen waren, sahen sie in der Ferne, ganz am anderen Ende der noch schlafenden Allee den Blaulichtwagen der Polizei.

„Die Grünen waren wieder mal schneller als wir!" kommentierte der Fahrer.

Sie hatten die Straße bereits in beide Richtungen abgesperrt. „Na, nun wird es aber Zeit! Wo wart Ihr denn so lange? Ein Toter, wie es scheint", begrüßte sie ein Polizist. „Nur der Fahrer ..., der blutet so. ... Was ist denn mit Eurer Klapperkiste los?"

Wossow spürte, daß etwas Schlimmes passiert sein mußte, etwas, das selbst die beiden sonst so hartgesottenen Polizisten aus der Fassung gebracht zu haben schien. Man sah es ihrem Atem an, der viel schneller ging, als die leichte Arbeit der Straßenabsperrung ihrem Körper abverlangte. Man sah es an ihrem Atem, den ihr Mund in unregelmäßiger und viel zu rascher Folge in die eiskalte Morgenluft entließ.

Sie hatten sich nicht an den Verletzten herangewagt. Ein armseliger Haufen Blech und Pappe, gleichmäßig verteilt um etwas, das so aussah wie Autositze, die auf einem großen rostigen Stück Blech befestigt zu sein schienen, umgeben von tausenden kleiner Glassplitter, klebte mit dem Motor in einem der dicken Bäume, die diese Allee so wunderschön aussehen ließen, sobald es hell war.

Jetzt war Sonnenaufgang, und es war windstill. Wären sie für einen Moment am Ort stehengeblieben, nur ihr Atmen wäre noch zu hören gewesen, so still war es. Fassungslos standen die Grünen neben dem Berg von Schrott, in dem sich etwas zu bewegen schien.

„Der Fahrer!"

Tatsächlich! Der eingeklemmte Fahrer bewegte seinen blutüberströmten Kopf. Etwas, das aussah wie ein klein wenig Dampf, stieg von seinem kaputten Gesicht empor.

Sein Schnaufen ging allmählich über in ein beklemmtes Jammern. Er jammerte vor Schmerz. Lauter jammern, tiefer atmen konnte er nicht, weil er mit seinem Brustkorb zwischen Lenkrad und Sitz eingeklemmt war. Am schlimmsten aber hatte es seine Beine erwischt. Nur hier, nur bei ihm stieg ein wenig Atemdampf auf. Sonst war nirgendwo eine Bewegung, nirgendwo Dampf zu sehen.

„Kommt schnell! Wir müssen ihn da rausholen!" Mit ihren bloßen Händen begannen sie, ihn aus seinem scharfkantigen Käfig zu befreien.

„Wo sind meine Eltern?" fragte der Unfallfahrer. „Hallo Mutter? … Vater? Oh Gott!"

„Keine Spur von einer Bremsspur!" sagte ein Polizist.

„Doktor, kommen Sie mal her!" rief der Rotkreuzfahrer.

Eingeklemmt neben dem Fahrer war noch eine zweite männliche Person. Den Körper dieses Mannes konnten die Männer nicht mit ihren bloßen Händen befreien, so massiv war er in den Karosserieteilen verkeilt.

„Ich hole unseren Reifenmontierhebel!" sagte ein Polizist, worauf Wossow etwas unbedacht bei der Wahl seiner Worte antwortete: „Laßt den Beifahrer, kümmert euch um den Fahrer hier, ich lege ihm nur noch eine Infusion an!"

Der Rotkreuzfahrer rief im Straßengraben kauernd: „Doktor!"

„Was ist mit meinen Eltern?" jammerte der Verunglückte wieder. „Laßt mich! Kümmert euch lieber um meine Eltern!"

Ein Polizist fragte: „Wohl zu schnell gefahren, was?"

„Laß ihn doch jetzt damit in Ruhe!" sagte ein anderer.

„Ich muß wohl eingeschlafen sein!" antwortete trotzdem der blutenden Mann. „Was ist bloß mit meinen Eltern? Sagt doch endlich was!"

„Wie geht es Ihnen? Haben Sie Schmerzen? Wo tut es am meisten weh?" fragte Wossow ihn. „Bleiben Sie ganz ruhig, wir holen Sie da raus!"

Wossow war inzwischen bei der dritten Person. Es war die Mutter des Jungen. Durch die Wucht des Aufpralles war sie aus dem Fahrzeug geschleudert worden. Nun lag ihr lebloser Körper fünf Meter neben dem Wrack im Gestrüpp des Straßengrabens. Wossow rief dem Rotkreuzfahrer zu: „Das Intubationsbesteck! Schnell! Wir brauchen noch einen zweiten Wagen und auch noch einen Doktor!" Während er den schweren Körper der Frau mit letzter Kraft auf festen Straßengrund zerrte, um mit der Reanimation zu beginnen, befreiten die Polizisten den Oberkörper des Fahrers. Der Rotkreuzfahrer konnte noch einen zweiten Krankenwagen organisieren, während Wossow tatsächlich einen tastbaren Puls zustande brachte. Es war eher Glückssache gewesen, den Tubus richtig zu plazieren, denn in dem Kehlkopfspiegel steckte eine leere Batterie. Die Beatmung erledigte er auch während des sich anschließenden Transportes manuell mit dem Ambu-Beutel, den der vor Unsicherheit zitternde Rotkreuzfahrer irgendwo aus dem BARKAS hervorgeholt, nachdem ihm der Arzt beschrieben hatte, wo der Ambu-Beutel im Auto liegen könnte.

Als sie endlich im Schockraum des Krankenhauses angekommen waren, wartete schon die diensthabende Anästhesi-
stin und legte sogleich die Elektroden für den EKG-Monitor
an.

„Du kannst deinen Tubus wieder rausziehen!" sagte sie
dem erschöpften Assistenten.

„Aber wieso denn das?" fragte er überrascht.

„Sieh doch: sterbendes Herz! ... Tut mir leid, Wossi!"

Leichentransport

Mag sein, ein graues Auto ist weniger auffällig, als ein völlig schwarzes. Der graue BARKAS aber war als Leichenauto
stadtbekannt. Jeder wich dem Fahrzeug aus, jeder mied
dessen Nähe, sogar die Volkspolizisten! Die „Graue Minna"
transportierte ein besonderes Gut. Und weil sie so grau und
unscheinbar war, verzichtete man einfach auch auf jeden anderen Aufwand. Sie war so grau wie Rostschutzfarbe. Sie sah
aus, als hätte man diese graue Rostschutzfarbe per Hand mit
einem Pinsel aufgetragen; sie sah aus, als hätte man nach der
Grundierung den Lack vergessen, so stumpf war der.

Wossow hatte den Leichenschauschein für die Leiche der
Mutter unterschrieben, den für den Vater des Jungen jedoch
vorerst nur ausgefüllt, ohne Unterschrift. Schließlich hatte er
am Unfallort keine Zeit gehabt, den Eintritt sicherer Todeszei-
chen abzuwarten. Also wollte er den Leichnam noch einmal
sehen, bevor er die Unterschrift unter das Formular setzte.

So ließ er den Leichenwagen kommen, worin sich die Leiche noch befinden sollte, nachdem man sie aus dem Wrack
des Unfallwagens geborgen hatte. Die Frau von der Pforte
rief an: „Herr Doktor, der Leichenwagen wartet hier auf Sie.
Sie wüßten Bescheid?!"

„Ja natürlich, ich komme."

Wossow, dem nicht so leicht die Knie weich wurden, haute
es fast um, und er mußte sich sogar übergeben: zwei unrasier-
te, schmutzige Gestalten stiegen aus der „Minna". Sie rochen

beide nach Alkohol. Scheinbar wie immer gingen sie nach hinten, um die Türen am Heck ihres BARKAS zu öffnen. Im Laderaum des Kleintransporters war nichts außer einem einzelnen grauen Kunststoff-Behälter. Sie nahmen den schmutzigen Deckel herunter, unter dem sich zwei völlig entkleidete Leichen befanden. Es waren die der Eltern des Jungen! Sie lagen da – totenstarr, die Kerle hatten sie, einfach entgegengesetzt übereinandergelegt, damit sie beide in die eine Kiste passen: „Na, Dokta, gloobst'e jetz, dass 'a mausetot is?"

Schockraum

Der Schockraum war alles: er war Rettungsstelle, er war Verbandszimmer, er war Gipsraum, Untersuchungszimmer und sogar OP. Hier wurden Kopfplatzwunden genäht, wurde gewickelt, gegipst, amputiert, gesägt, geraspelt und gefeilt, gequengelt und gekeilt, punktiert oder drainiert, jedoch gezwungenermaßen immer öfter improvisiert, gebastelt, geflickt, repariert und kompromißsuchend ausprobiert.

Als Waschplatz für den Operateur fungierte eine an der Wand befestigte gußeiserne Babybadewanne aus den späten Achtzigern des neunzehnten Jahrhunderts. Sie ruhte paßgenau in einer Nische, auf einer gewichtigen gußeisernen Halterung. Den einzigen noch vorhandenen Wasserhahn, aus dem nur kaltes Wasser kam, mußten sich Operateur und Assistent teilen.

Das Gerät zur Blasenspiegelung war nicht ganz dicht, so daß dem Neuankömmling, der dieses Gerät zum ersten Mal und ohne Vorwarnung benutzte, durchaus etwas Urin vor das Auge laufen konnte. Obwohl er wußte, daß gesunder Urin steril ist, konnte er sich ein unanständiges Fluchen nicht verkneifen. Immerhin nur selten einmal gelangte eine wirklich gesunde Harnblase zur Spiegelung. So war es auch dem Chef ergangen, und seine Widersacher hatten sich köstlich amüsiert: „Das hat der nun davon! Warum muß er auch zystoskopieren! Ist doch kein Urologe! Warum fahren die alten Männer nicht auch weiterhin zum Urologen in die Bezirksstadt!"

FAUSTAN, ein Mittel zur Sedierung, gab es als gelbliche Lösung in kleinen Ampullen. Der Direktor, der sich als HNO-Arzt an den chirurgischen Hausdiensten beteiligte, spritzte es recht gern, sehr oft und bei verschiedensten Gelegenheiten. Faustan war sein Wundermittel, eine Arznei, mit der umzugehen er gelernt hatte. Ein Mittel, das er gegen widerwillige und in dieser Eigenschaft meist angetrunkene Patienten einsetzte, die sich zum Beispiel ihre Kopfplatzwunde nicht zunähen lassen wollten, die während der Naht unruhig wurden oder, wie er meinte, „...aus irgendeinem anderen Grund ausflippten". Wenn Hüttich einem Verletzten nicht weismachen konnte, ihm eine notwendige Tetanusimpfe verpassen zu müssen, die aber Faustan statt Impfstoff enthielt, so spritzte er – wie es ein Soldat während des „Ernstfalles" tut – das Medikament einfach durch die Hose. Hüttich schlich sich mit der von einer Schwester aufgezogenen und vorbereiteten Spritze weidmännisch von hinten an, um das Diazepam dann ohne jede Vorankündigung, ohne Hautdesinfektion, durch den Stoff der Hose hindurch, in den Muskel zu entleeren. Dazu nahm er die Spritze in die ganze Hand, umschloß sie mit allen Langfingern und preßte den Kolben der kleinen Spritze mit einem kurzen, kräftigen Druck seines starken Daumens herab. Zum Leidwesen der Nachtschwester verflüchtigte der Herr Direktor sich dann sehr rasch, um die Wirkung des Medikaments außerhalb des Schockraumes abzuwarten, während die Schwester sich dem wütend gewordenen Patienten so lange hilflos ausgesetzt sah, bis die Wirkung des Medikaments eintrat, worauf sie sich aber nie hundertprozentig verlassen konnte.

Freitag nach Eins ...

Freitags nach dreizehn Uhr war kein Hausarzt mehr erreichbar. Doch alles schien organisiert. Nicht eine definierte

Bezugsperson, sondern eine Institution, die Poliklinik, war für die Behandlung zuständig. Die Poliklinik war freitags nach eins wie ausgestorben. Irgendwo auf einem langen Gang irrte ein Patient, wenige Minuten später eine Mutter mit Kind hilfesuchend durch die leeren Hallen, hatten sie die letzte, zufällig noch offenstehende Seitentür gefunden. Das war die Notausgangstür – die Tür, die man Leuten offenhielt, die noch nicht den letzten Knopf ihrer Hose, ihres Hemdes oder der Bluse geschlossen, die noch nicht den zweiten Hosenträger übergestreift, noch nicht die Brille in der Tasche gefunden hatten oder irgendwo mit einem Durchfall oder mit schwerem Stuhl auf der einer Toilette saßen, als das Personal um 12.50 Uhr das Gebäude fluchtartig ins Wochenende verlassen und die Haupteingangstür verschlossen hatte.

Nur ein allgemeinmedizinischer Notdienst, der DHD, war noch da; aber meist schon irgendwo zu einem Hausbesuch unterwegs: Die Chirurgen waren es, die man nun rief, wenn ein Kind mit einer Angina behandelt werden mußte. Die Chirurgen wurden gerufen, wenn jemand erst am Freitag merkte, daß einer seiner Backenzähne nicht in Ordnung war. Die Chirurgen rief man, wenn eine Frau Schmerzen im Unterleib bekam. Die Chirurgen rief man bei einem Wespenstich mit allergischer Reaktion. Der Chirurg kam zu einer Pilzvergiftung, kam bei einer „Tablette", um dann den Magen zu entleeren, zu spülen und abschließend über den noch einliegenden Schlauch mit breiig gemachter Aktivkohle zu füllen. Die Chirurgen rief man für ein Hühnerauge; für eine aufgequollene Erbse im Ohr- oder Nasenloch des Kleinkindes; den Chirurgen holte man wegen Kopfschmerzen, für einen Schiefhals, für eine entzündete Warze, ein gravierendes psychisches Problem, für das er sich eine Stunde Zeit nahm, oder vielleicht auch mehr? Alle anderen waren längst verschwunden, denn: „Freitag nach Eins macht jeder seins!" oder: „Privat geht vor Katastrophe!"

Die Jause IV
(ballastreiche Kost)

Wossow wußte, daß es weit wichtigere Dinge für einen angehenden Chirurgen gab, als das Äußere und die Intaktheit der Fassade eines Krankenhauses: „Auch in einer heruntergekommenen Bude kann man gute Medizin machen!" Viele Jahre später sollte er allerdings erfahren, daß Patienten darüber ganz anders denken. Viele von ihnen nehmen Länge, Breite und Aussehen einer Hautnarbe viel wichtiger, als das eigentliche funktionelle Operationsergebnis, so spielen für sie auch andere subjektive Dinge und Äußerlichkeiten eine größere Rolle, als ein im Umgang mit Menschen noch unerfahrener oder schlicht unaufmerksamer Mediziner annehmen sollte.

Wossow selbst waren das gute Arbeitsklima unter seinem Chef und die vielen erfolgreichen Operationen und Behandlungen seiner chirurgischen Abteilung wichtig. Zwar spielten in seiner eigenen kleinen Arbeitswelt Essen und Trinken nur eine untergeordnete Rolle, und er aß ohnehin nur an solchen Tagen im Krankenhaus, an denen er Nachtdienst hatte. Die Küche aber empfand selbst er als Zumutung, und das betraf nicht nur das Patientenessen.

In zerbeulten Aluminiumkannen und in offenen Wassereimern schleppten die Küchenfrauen das Essen für das Personal aus der Küche über den Hof hinüber zum Speisesaal. Aus der Ferne betrachtet sah es aus, als trügen Bäuerinnen Futter über einen Bauernhof in den Stall.

Es hatte seinen Grund. Tragen war sicherer als die Behälter mit einem Handwagen über das unebene Kopfsteinpflaster zu befördern.

Das Personal war nicht so sehr erpicht auf das Essen. Lange Anstehzeiten gab es jedenfalls nicht. Trieb es Wossow doch einmal vor Hunger an den Trog, begegnete ihm meist der Direktor: „Na, Herr Wossow, schmeckt's?"

„Naja, um ehrlich zu sein, der Hunger treibt's rein!"

„Der Eintopf schmeckt doch Spitze, nicht?" sagte der Direktor.

„Weiß nicht", murrte Wossow.

„Gibt es nur hier in dieser Gegend!" fügte der Direktor hinzu.

Wossow schmunzelte: „Ganz sicher, das will ich gerne glauben! Aber was soll's, es gibt wichtigeres, als Essen!"

Die Jause unterschied sich nur unwesentlich von dem Essen in der Grundschule. Und dennoch enthielt der Essensplan ein paar Besonderheiten. Einmalig war der Kohlrübeneintopf nach Art des Hauses, einer gemischten Brühe mit wenigen, meist fettigen Fleischresten waren Futterrüben in geschnetzelter Form beigegeben. Das ergab einen unverwechselbaren Geschmack.

Bedingt durch den Transport über den Hof war das Essen oft nur noch lauwarm, wenn es auf die Teller kam. Das hatte durchaus Vorteile. Man war schneller mit dem Essen fertig und konnte eher wieder an die Arbeit. Die sich sonst einstellende postprandiale Müdigkeit konnte gar nicht erst aufkommen, hatte man doch den Eßtisch schon längst wieder verlassen, bevor die Lider überhaupt hätten schwer werden können.

Der Speiseraum befand sich im Halbkeller des Ambulanzgebäudes, das hieß, zur Hälfte unter und zur Hälfte über der Erde. So sah man beim Blick durch eines der kleinen Fenster aus einer außergewöhnlichen Perspektive direkt auf die Beete des Krankenhausgartens, der früher einmal die Küche mit Eßbarem versorgte. Nur selten noch gelangte etwas von dem dort angebauten Obst und Gemüse auf Krankenhausteller. Übrig geblieben war ein bescheidenes Sortiment von Gewürzen: außer Brunnenkresse und Bohnenkraut gehörten Zwiebeln, Petersilie und Schnittlauch dazu. Einige verwilderte Stachel- und Johannisbeersträucher wucherten über den Weg, den Gewürzbeeten entgegen, die chronisch verunkrautet waren. Vor den Sträuchern hatte der Gemeine

Ackerhahnenfuß die Macht über die Beete sogar oberhalb der Wurzelzone übernommen.

Hinter den Sträuchern bauten einige Ambulanzschwestern noch regelmäßig Mohrrüben, Rote Bete, Spinat, Bohnen, Erbsen, Gurken, Grünen Salat, Erdbeeren und Zwiebeln für ihren privaten Verbrauch an. Doch auch hier kam wieder und wieder der Arvensis zwischen den Sträuchern hindurchgekrochen. Er hatte den Boden schon längst infiltriert, auch wenn sie es nicht wahrhaben wollten.

In jedem Herbst rief der Direktor deshalb zu einer Umgrabeaktion für den Garten vor und hinter den Sträuchern auf, an der sich wegen der schweren Arbeit nur Männer beteiligen sollten. Da es nur zwei Pfleger gab, einer der beiden chronisch-rezidivierend kränkelte, der andere Dienst hatte, kam die Aufgabe allein den Ärzten zu. Dennoch war es eine lustige Angelegenheit, die man nach getaner Arbeit mit einer kleinen Feier bei einem der Kollegen ausklingen ließ. Im letzten gemeinsamen Herbst war es der Chef persönlich, der die Kollegen einlud.

Stövesand wohnte in einem kleinen heruntergekommenen, mit den Mitteln eines Arztes nicht mehr sanierbaren Landhaus inmitten einer kleinen Estanzia am Waldrand zur Miete. Zum Nebengelaß gehörte eine alte Stallung, in der auch eine Pferdekutsche aus dem frühen 19. Jahrhundert stand. Zwar war die schon ziemlich angerostet, doch Fahrwerk, Federung und Sitzbänke für Kutscher und zwei Fahrgäste schienen intakt. „Die Radlager wurden erst in den späten Zwanzigern neu gemacht", wußte der Chef anhand historischer Handwerksrechnungen stolz zu belegen. „Die Russen konnten mit dem Ding nichts anfangen, dafür nahmen sie aber alle Pferde und Maschinen mit." Er war ein Organisationstalent, hatte er doch tatsächlich ein passendes Pferd aufgetrieben. Und es war nicht irgendein Pferd! Es war ein reinrassiger Zuchthengst, ein Rennpferd, ein stolzer, kerngesunder, vor Kraft strotzender, ein hochgewachsener dunkelbrauner Hengst mit glänzender schwarzer Mähne! Kräftige, nur aus Muskeln bestehende Schenkel flößten den im Umgang mit Pferden wenig bewanderten Chirurgen sogar etwas Angst ein. Respekt vor einem Wesen, wie sie es in seiner Schönheit noch nirgendwo so hautnah gesehen hatten. Durch seine kräftigen kreisrunden Nüstern blies das Tier seinen dampfend-heißen Atem in die kalte Herbstluft.

Die Augen des Chefs strahlten. Stolz wie ein Fürst bestieg er die Droschke, neben sich den Ersten Oberarzt, gab dem Kutscher ein Zeichen, er möge abfahren für eine Runde um den See. Es wurde eine Ehrenrunde ganz besonderer Art, deren Stellenwert und Bedeutung man sich wenige Wochen später bewußt werden sollte.

Hätte sich dies alles viel, viel früher ereignet und hätte sich unter den Gleichgültigen irgendein Schreiberling gefunden, so wäre aus der Geschichte ganz sicher eine Sage entstanden:

Denn schon bald sollte Stövesand ihnen das Fürchten lehren. Alpträume sollten sie plagen, in denen ihnen Stövesands Geist in jeder klaren Vollmondnacht auf einer durch das Krankenhaus jagenden Kutsche erschien, deren Räder Funken sprühten. Stövesand in seinem wehenden Arztkittel trug knielange Reitstiefel mit scharfen Sporen. Er stand auf der Kutsche, so wie jener übergroße römische Triumphator auf einer Quadriga zu stehen pflegte. In der linken hielt er die Zügel, in der rechten Hand die Peitsche, die er laut knallend in die Luft schwang, abwechselnd dem Runde für Runde schneller und schneller über den Gang brausenden Hengst, dann dem sich seinen Anordnungen widersetzenden Personal, jedem Doktor, der gemault, jeder Schwester, die ihm widersprochen hatte, einen kräftigen Hieb mit der Peitsche drüberzog. Mit seiner Peitsche flößte er allen Angst ein. Seine Augen glühten, während er laut rief: „Paßt nur auf! Euch faulem Pack, euch werd ich's zeigen! Paßt nur auf! Paßt nur auf, wie euch jetzt geschieht!"

Immer kam er pünktlich, immer um Mitternacht, immer dann, wenn die Glocke des von den Russen weggeschossenen Kirchturmes für zwölf ohrenbetäubende Schläge aus der Vergangenheit aufgetaucht war, um anschließend wieder ins Nichts zu verschwinden, dann kam ein rasch stärker werdender Wind auf. Ein gewaltiger Windstoß stieß die Türen am Anfang und am Ende des langen gemeinsamen Ganges aller Stationen auf. Stövesands Droschke kam zu einer Zeit, als die Patienten besonders fest schliefen. Dem anfangs fast harmlosen Wind folgte ein Sturm, der alles mitriß: Stövesands Geist kam angefegt auf seiner Droschke stehend, die laut knallende Peitsche, der ein lauter und lauter werdendes Wiehern des durchgehenden Hengstes folgte, der Stövesands festem Zügel nicht entrinnen konnte. Die eisernen Hufe des wilden Pferdes kamen näher und näher, schlugen bei jeder nur oberflächlichen Berührung des unebenen Bodens sprühende Funken aus dem braunroten Feuergestein. Die Hufe zerschlugen den stufentragenden Bodenabsatz der angedockten Station, und der Beton zerbarst in tausend Stücke. Der Sturm drückte die Türen nun auch zu den Zimmern und zu all den Nischen auf, in denen das nicht ohne Grund verängstigte Personal vergeblich Zuflucht gesucht und sich verkrochen hatte. Liederlich umherstehende Körbe und Kisten mit Tupfern und Wäsche fielen um. Die schlampig abgehefteten Krankenblätter schlug es förmlich aus den Kurvenmappen, um über den Gang geweht zu werden, wo das Papier, vermischt mit dem ausgetretenen Wundbenzin, Äther und hochprozentigen Alkohol herabgestoßener Glasflaschen schließlich an den glühenden eisernen Radreifen Feuer fing. Die nachglühende Asche der verbrennenden Gegenstände wurde von dem Sturm mitgerissen und wie durch einen feurigen Schlot zum Hinterausgang der Chirurgie hinaus- und von dort hell leuchtend zwischen den hohen Bäumen in den Himmel der Nacht hinaufgefegt. Wie ein Orkan

wirbelte die heiße Luft alle herumliegenden und verges-
senen Laken, Lumpen, Tücher, Instrumente, Schüsseln
und unsauberen Wäschestücke empor. Schon längst zur
Reparatur anstehende Lampen riß es von der Decke,
defekte oder nur notdürftig reparierte Konsolen aus der
Verankerung, schmutziges Kaffeegeschirr zersprang in
tausend Scherben.

Eines Nachts, es war in der Arbeitswoche zwischen Weihnachten und Neujahr, klingelte es an Wossows Wohnungstür. Zwei blasse, zwei frisch rasierte und frisch frisierte
Geschorene in senffarbenen Trenchcoats standen in der
geöffneten Tür: „Herr Achim Wossow?" wobei man das
„Herr" kaum heraushörte. „Wir müssen Se mal zur Klärung
eines Sachverhalts sprechen. Wir haben Gründe zu dr An-
nahme …", wobei sie Wossow in seine eigene Mietwohnung
zurückschoben, um die Tür seiner Wohnung hinter sich zu
schließen. „… daß Stövesand, na Se wissen schon, Ihr Chef,
nich mehr von seine Besuchsreise aus dr Bundesrepublik
zurückkehren wird. Se waren nach uns vorliegenden Informationen engr mit Stövesands Familie befreundet? Was
können Se uns dazu sagen?"

Wossow kniff sich kräftig in die eigene Haut, schien ihm
doch noch immer nicht klar zu sein, ob ein Traum wei-
terlief oder ob dies Wirklichkeit war. Der Arbeitsspeicher
seines Gehirns war noch nicht aktiv genug, zuhören und
gleichzeitig analysieren zu können, woher er die Gestalten
eigentlich kannte. Unbewußt tat er das, was offenbar aus
vitalem Zweck zum Schutze der eigenen Existenz wichtiger
zu sein schien. Sein Gehirn blockte ab. Er antwortete nicht.
Er kannte die Gestalten vom Hinterhof des Krankenhauses.
Nun fiel es ihm ein. Immer wenn er sein Auto auf dem Hinterhof der Krankenhauswerkstatt wartete oder reparierte,
wenn er Motor- oder Getriebeöl wechselte, den Auspuff
reparierte, das Loch im Krümmer zuschweißen ließ oder
schließlich den Auspuff wechselte, fast jedes Mal hatte er

dann auch die beiden Blassen hinter dem Fenster des benachbarten Archivgebäudes gesehen.

Zwei vom Archiv waren es also, keine Kriminalisten! Die Haut um das Kinn war bei ihnen so glatt rasiert, so glatt wie es nur ein Trockenrasierer aus dem Westen schaffte oder eine Naßrasur. Die Haut war intakt und unverletzt, nur mit einer Superklinge ist solch eine Naßrasur möglich! War es vielleicht eine GILLETTE? Oder gar eine WILKINSON?

Nein, das waren nicht die Krimis, wie er sie von der Berufsschule her kannte. Die hatten bloß 'nen „Bebo-Sher" oder sie schnitten sich regelmäßig bei der Naßrasur. Später hatten sie oft gar keine Zeit mehr für ihre Körperpflege. Ein komplizierter Fall konnte sie so intensiv beschäftigen, daß sie sich mehrere Tage lang weder wuschen noch rasierten. Wie sollte sein Chef auch kriminell geworden sein, dachte Wossow beruhigt. Andererseits erzeugte die Situation auch Angst, Angst um seine Familie, Sorgen um seinen Chef und dessen Frau, die bestimmt schon von zu Hause ins Archiv verschleppt worden war.

Plötzlich fielen ihm jetzt auch die sehr entschlossenen letzten Worte seines Chefs auf der Ärzteversammlung ein, nachdem Stövesand die ganze Misere des Schlamperladens kritisiert hatte: „Glauben Sie mir, ich werde ganz sicher nicht der Letzte sein, der hier das Licht ausmacht!"

Auch hatte er sich nach dem Tonbanddiktat seines letzten OP-Berichtes etwas zweideutig, aber auch auffallend herzlich von seiner Sekretärin verabschiedet und ihr alles Gute gewünscht, was er sonst noch nie gemacht hatte. Wossow beantwortete nicht eine der gestellten Fragen wirklich. Fragen, die eigentlich keine Fragen waren. Eher wohl dienten sie der Einschüchterung seiner Familie. Während die Kinder fest schliefen, saß seine Frau kreidebleich in der Ecke.

Es schien, als benötige er für die Beantwortung jeder Frage zwei Anfragen. Zweimal mußten ihn die Blassen das Gleiche fragen, und immer erst die zweite Frage rüttelte ihn wach, machte ihm bewußt, daß er eigentlich zu antworten hatte. Gedanklich wieder und wieder abschweifend, in Sorge, nicht zuletzt auch um die neuentstandene Krankenhaussituation, antwortete er irgend etwas ... immer erst nach der zweiten Frage, ohne sich wirklich auf das Gespräch zu konzentrieren. Letztlich war es ihm auch egal, ob sie sein Verhalten als arrogant interpretierten oder nicht, denn sie waren ihm zutiefst unsympathisch. Nein, er war nicht bei der Sache, hörte ihnen nur halb oder gar nicht zu, schien vor sich hin zu träumen.

Es war sonderbar. Nach einer Stunde, die ihm wie eine Ewigkeit vorkam, schloß er die Tür hinter ihnen, ohne irgendetwas wichtiges gesagt, ohne auch nur einen zusammenhängenden Satz gesprochen zu haben. Schon während des Verhöres gingen ihm sonderbare Gedanken durch den Kopf: „Wie würde es nun im Krankenhaus weitergehen? Wie sollte man das nun entstehende Chaos beherrschen?"

Bilder taten sich vor ihm auf. Wossow erinnerte sich, wie die sonst so ernsten Augen seines Chefs plötzlich glänzten, als er ihm von seiner letzten Ungarnreise erzählte. Es war der gleiche Glanz in seinen Augen gewesen, wie wenige Wochen später, als er die Droschke bestieg, um eine letzte Runde zu drehen. Noch auf einer rostigen Droschke aus einer alten aber gesunden Zeit, einer alten Droschke, die schon von einem Freiheit atmenden jugendlichen Pferd in die Zukunft davongezogen wurde ...

Nach Ungarn hätte er mit seiner ganzen Familie reisen dürfen, in das gastfreundliche Land, in dem sich Deutsche schon immer besonders wohl gefühlt hatten, wo sich in jedem Sommer Deutsche aus Ost und West trafen, um ausgelassen zu feiern und ihren Jahresurlaub zu genießen. Doch sein Verantwortungsgefühl als Chef hatte ihn Jahr für Jahr davon abgehalten, es anderen gleich zu tun.

Wie Hyänen, wie Geier, wie Necrophorus-Käfer über Aas herfallen, vergaßen seine eigenen Kollegen ihre gute Erziehung, machten sich nach Abschluß der Untersuchungen und Ermittlungen sowie Freigabe des Zimmers durch das Archiv über die verbliebenen persönlichen Sachen ihres Chefs her, dessen Schreibtischsessel beinahe noch Körpertemperatur aufwies. Sie fielen her über seine wenigen Bücher, seine Aufzeichnungen und Fachnotizen. Sie plünderten seine Zeitschriften-Sonderdrucke aus dem Westen, die er in Ermangelung moderner medizinischer Fachbücher über die Jahre fleißig gesammelt und nach Themen geordnet fein säuberlich in Karteikästen sortiert hatte. Sie klauten seine Arzthemden, seinen Fotoapparat und seinen Motorradhelm. Den Integralhelm hatte er sich erst wenige Tage vorher angeschafft. Er hatte ihn als neueste Errungenschaft präsentiert und überzeugend stolz herumgezeigt. All das hatte er vorsorglich am üblichen Platz deponiert, um keinen Verdacht aufkommen zu lassen, mußte er doch annehmen, daß die Observationen umso intensiver würden, je näher der Zeitpunkt seiner Westreise rückte.

„Medizinische Sicherstellung"

Wie alle anderen Chirurgen seiner Grundschule, so wurde auch Dr. Wossow eines Tages von Hüttich zur medizinischen Sicherstellung des Kampfgruppenschießens eingeteilt. Das ganze sollte bei Nacht stattfinden. Also ein Nachtschießen.

Obwohl ein Vogelschießen niemals bei Nacht stattfand, erinnerte Wossow die Maßnahme schon ein wenig an das Vogelschießen, wie er es in seiner Kindheit während des Dorffestes – ehe die Russen kamen hieß es „Erntedankfest" – auf der Vogelwiese, der Gemeindefestspielwiese hinter dem Wirtshaus kennengelernt hatte. Zwar schoß man hier nicht mit einer Armbrust auf die übergroße Sperrholzattrappe eines Adlers. Es gab auch kein Preisbier, aber in dem beheizten Rohbau der Schießbude, wo der Munitionsausgeberschreiber saß und der Sekretär die Treffer notierte, herrschte schon bald auch Volksfeststimmung.

Der Verein, der sich „Gruppe" nannte, bestand aus Vertretern solcher Jahrgänge, die für den Wehrdienst fast schon zu alt, für ein Rentendasein aber noch zu jung waren. Selten mehr. Denn der gleiche innere Trieb, der Ableistung des Wehrdienstes unbedingt ausweichen zu wollen, verband sie.

Mancherorts aber war es ein nicht zufälliger Sammeltopf Latentmilitanter, Gernuntermännerseier, Versagofanatiker, Kleinergernegroßer und Heimlicherbestimmer, die im Betrieb oder zu Hause nichts zu sagen hatten, hier aber solche Art Freiraum periodisch wiederkehrend und umso öfter vorfanden, je intensiver das Bild von dem virtuellen Feind geformt worden war, von dem man irgendwo ganz oben behauptete, es sei auch ihr Feind. Auch später sollte unklar bleiben, wer überhaupt es konstruiert, ständig am Kochen gehalten und immer und immer wieder nachgeschärft hatte. Plötzlich war der Feind gar nicht mehr da! Und die da ganz oben waren auch nur noch virtuell. Sie waren wie verkapselte Milzbrandbazillen, bis an das Lebensende bereit, jederzeit wieder aus den Löchern hervorgekrochen zu kommen, in die sie sich geflüchtet haben.

Die älteren, schon etwas angegrauten Herrn hatte man tatsächlich schon vor dem Morgengrauen von zu Hause kommen und antreten lassen. Das ganze nannte sich eine Übung, bei der die Graubärte in ihren Felduniformen erscheinen mußten, Stahlhelm und Gasmaskentasche am Mann. Einige hatten sich die mit jägergrünem Filz ummantelte Alu-Feldflasche mit GOLDBRAND oder Wodka LUNIKOV gefüllt, andere sogar mit Grog: Während sie ihre morgensteifen Gelenke mobilisierten und sich ein paar weiche Frühstückshäppchen zwischen die kippelnde Ober- und Unterkieferprothese zwängten, hatten ihre schlaftrunkenen Ehefrauen die Feldflaschen mit heißem grusinischen Schwarztee gefüllt, ein paar Stullen für die heimlich eingepackte Plastebrotbüchse geschmiert. Nachdem die Gattin sich dann für die letzten Stunden der unterbrochenen Nacht noch einmal ins Bett verabschiedet hatte, setzte der im Zustand der Alarmierung Befindliche dem Tee dann heimlich über den noch feuchten Trichter etwas mehr Zucker und eine nicht unbeträchtliche Menge Schnaps zu, nachdem er die entsprechende Menge Tee verworfen hatte. Sie wußten: kalte Getränke können bei einem alternden Mann einen akuten Harnverhalt auslösen. Der Grog wurde – während der Übung stets am Mann – nie so ganz kalt.

Sie trafen sich vor der Waffenkammer, wo jeder seine Kalaschnikov empfing und locker über die Schulter hängte, was bei dem guten Ernährungszustand der Junggesellen, Väter und Großväter lustig anzuschauen war. Farbe, Länge und Schnitt der ganz unterschiedlich aussehenden Schnauz-, Ulbricht- oder Vollbärte, der Haarschnitt, das individuelle Ausmaß der konstant gegebenen Überernährung und des butterweichen Doppelkinns, die unterschiedliche Trageweise von Mütze, Uniform, Koppel und MPi ließ sie wohl eher militant gekleideten südeuropäischen Singvogeljägern ähneln als Vertretern einer disziplinierten militärischen Organisation. Das kleinere Problem war noch die Uniform, deren Einstrich-Keinstrich-Hose allein durch kräftige Hosenträger am Mann gehalten wurden. Das Koppel wußte nicht wohin, ob oberhalb, unterhalb oder gar über die größte Konvexität des Bauches. Doch die schwere Munition ließ dem Koppel keine Wahl. Konstant und unbarmherzig zog die alsbald bestückte Patronentasche das Koppel nach unten, so daß der Bauch unweigerlich darüber zu hängen kam.

Wossow war der Weg zum Schießplatz unbekannt. Deshalb mußte er unterwegs mehrfach anhalten, um sich zu erkundigen. Später genügte es, den regenerierten Motor seines Lada abzustellen, um sich akustisch zu orientieren, denn die Schüsse hörte man schon aus größerer Entfernung.

Als sein Auto die Schranke des Postens passiert hatte, lief ihm jemand entgegen. Er sah aus wie ein Platzwart. Es war der Kommandeur! Der war der einzige mit militärischem Kurzhaarschnitt, ansonsten lief überhaupt nichts richtig militärisch ab. Der Kommandeur persönlich war es, der Wossow in seine Aufgabe einwies. Als Arzt sollte Dr. Wossow eigentlich nur da sein, „solange die Genossen ihre Magazine mit Leuchtspurmunition leerschießen."

Keiner wußte, keiner wäre auf das gekommen, was alles er sich „für den Fall der Fälle" als gewissenhafter Arzt in den Kofferraum seines Autos gepackt hatte. Denn außer ihm wußte wohl auch niemand, was ein „Uneigentlich" bedeutet hätte.

„Herr Doktor, wollen Sie vielleicht nachher auch mal?" fragte der Kommandeur.

„Wie bitte?"

„Wollen Sie auch mal schießen?"

Wossow, der seine Überraschung nicht ganz verbergen konnte, hielt kurz inne, um schließlich zu sagen: „Klar doch! ... Wo ich nun schon mal hier bin!"

„Wenn Sie mit der MPi schießen wollen, melden Sie sich dort beim Munitionsausgeberschreiber!" erklärte der Kommandeur. „Mich finden Sie dann beim Pistolenschießen!"

„Gut", sagte Wossow. „Bis bald!"

Mittlerweile war es stockdunkel, als Wossow die Schießbude verließ, um sich das Koppel mit dem Magazin umhelfen zu lassen, sich den schweren Stahlhelm aufzusetzen und die Kalaschnikov über die rechte Schulter zu werfen. Das schwere Gerödel drückte ihn überall. Der Stahlhelm lastete schwer auf seinem Kopf, die MPi über der Schulter, die Magazintasche mit der Munition klapperte und drückte bei jedem Schritt gegen den Oberschenkel und limitierte so die Größe seiner Schritte. Wenigstens saß das Koppel, worauf er sogar etwas stolz war.

Lustig kam er sich dennoch vor. In Zivil, in den nicht mehr ganz neuen blauen Wrangler-Jeans von einem Onkel aus dem Westen, dazu eine Kalaschnikov mit einem Kolben aus Eichenholz und all das Gerödel. Nein, nein, nein! Das paßte nicht zusammen!

Unter seinen Füßen klapperte das Geräusch leerer Patronenhülsen. Dann stieg er strauchelnd über mehrere Erdhügel, es müssen frisch aufgeworfene Maulwurfshügel gewesen sein, der Stellung entgegen, um sich eine freie Bahn zum Schießen zu suchen.

Plötzlich trat er ins Leere. Wie sich herausstellte, war es eine Schützenwagenstellung, in die Wossow gestürzt war. Mit seiner rechten Hand konnte er die Waffe gerade noch so festhalten, daß sie ihm nicht in den Schlamm fiel, aus dem er sich nun mühsam hochrappeln mußte. Der weiche Boden hatte zum Glück eine schlimmere Verletzung verhindert, aber das schmerzende Handgelenk sollte ihn noch wochenlang an diesen Männerulk erinnern. Allmählich adaptierten auch seine Pupillen, er sortierte und säuberte seine Sachen, soweit er im Dunkeln dazu in der Lage war.

„Doc, komm hierher!" schrie ihm jemand entgegen, den Krach der Salven nur für einen Moment übertreffend. Bar jeden Ernstes empfand Wossow es als Stimmung, die zwischen fast trockener Silvesternacht und einem späten Nachmittag auf feuchter, matschiger Vogelwiese angesiedelt war. Überall, rechts wie links von ihm, knallte es; die Kampfgruppenmänner feuerten ihre Magazine zügig leer, um schnell wieder in die warme Schießbude zu kommen. Die als Fehltreffer im Beton der Schießbahn einschlagenden Projektile erzeugten ein eigenes, mit an- oder abschwellender Frequenz pfeifendes Querschlägergeräusch, das ihn akustisch an aufsteigende Silvesterraketen erinnerte, bevor diese dann weit lauter knallend und weithin leuchtend explodieren, um ihren zu bestaunenden Funkenregen auf die Erde zu ergießen. Pulvergeruch.

Das Gewicht des schweren Stahlhelmes schien seinen Gleichgewichtssinn zu modulieren, die Andeutung eines subjektiv empfundenen Schwindels. Ein Gefühl irgendwo zwischen Euphorie und Schwindel. Die Schießbahn schien zu beben. Zudem verlieh der tiefgezogene Rand des Stahlhelmes dem Geräusch der Schüsse und Querschläger ein schleierhaftes Rauschen und Nachhallen, als halte er sein Ohr an eine große Muschel. Eine Muschel, wie er sie in ihrer Größe nur aus den Reisereportagen des Westfernsehens kannte.

287

Dank fremder Hilfe hatte nun auch er seine Schützenstellung gefunden. Trotz Nachtvisier und Leuchtspurpatronen gelang auch ihm nur selten ein Treffer. Dafür war es hübsch anzuschauen, wie fehlgeleitete, gegen den Betonpfeiler prallende Leuchtprojektile gen Himmel abgelenkt wurden, fast wie Silvesterraketen. Wossow stand auf und verließ seine Schützenstellung, als er das Magazin endlich leergeschossen hatte. Die Kalaschnikov gab er zurück und begab sich nun zum Pistolenstand. In seinen etwas taub gewordenen Ohren fiepte es. So wie damals Silvester, nachdem ihm jemand einen explodierenden HARZER KNALLER dicht vor das Ohr gehalten hatte.

„Da sind Sie ja, ich habe Sie schon erwartet!" sagte der Kommandeur erfreut. Er zeigte ihm die mannshohen Blechscheiben, die automatisch umfallen, wenn sie getroffen werden. Die Entfernung zu den Schießscheiben sollte Wossow nach eigenem Ermessen wählen. Wossow weiß nicht mehr, ob der Kommandeur sagte: „Gehen Sie so dicht ran, wie du nur willst!" oder „Geh so dicht ran, wie Sie nur wollen!" In diesem Sinn jedenfalls empfahl er Wossow, dem die Pistole schwer in der Hand lag, sich die optimale Entfernung selbst auszusuchen.

Auch die Makarov hatte Kimme und Korn, nur eben etwas kleiner in den Abmessungen. In schierer Selbstüberschätzung setzte Wossow eine Kugel nach der anderen in den Hügel aus Sand, vor dem die Schießscheiben aufgestellt waren. Immer dichter trat er nach jedem seiner Fehltreffer an den durch Scheinwerfer beleuchteten Sandhügel heran, vor dem mehrere Torsi aus Blech aufgestellt waren.

„Sie müssen nicht unbedingt den in der Mitte nehmen!" sagte der Kommandeur.

„Meine Pistole haben Sie wohl mit Platzern geladen?"

„Nein, Herr Doktor! Niemals würde ich sowas tun!"

Wossow hatte den Eindruck, seinen potentiellen Feind, die Blechscheibe, besser bekämpfen zu können, würde er mit der Pistole danach werfen. Endlich! Mit seiner vorletzten Kugel traf er die Scheibe zum ersten Mal, acht Schritt vor dem Ziel!

Müde und etwas entnervt nahm er endlich den schweren Helm vom Kopf. Als die Munitionskisten mit den Plastekernpatronen leergeschossen waren, verstummten die Waffen, wurden volle Flaschen zischend an der Kante des Sprelacart-Tisches geöffnet; bald darauf leere Flaschen, nun deutlich heller klirrend, zurück in die hölzernen Bierkästen gestellt. Nur der Kommandeur, der Funker und Wossow selbst waren noch nüchtern geblieben. Die Graubärte wurden immer lustiger, sangen schließlich das Lied vom Schützengraben, das Lied „Als Büblein klein an der Mutterbrust ..." sowie „Von den blauen Bergen kommen wir ..."

Der Kommandeur sagte: „Wissen Sie, Doktor, ich hätte ja die Veranstaltung schon längst abgeblasen, aber die Übung geht nun mal bis 24 Uhr."

„Woher wollen Sie das so genau wissen? Unterstehen Sie nicht einem zentralen Kommando?" fragte Wossow.

„Morgen müssen alle wieder an ihrem Arbeitsplatz sein", erwiderte der Kommandeur.

„Beim letzten Schießen sollen Sie aber strenger gewesen sein!" meinte Wossow.

Hinter vorgehaltener Hand antwortete der Kommandeur leise: „Herr Doktor, schauen Sie sich doch die mal an, glauben Sie etwa im Ernst, mit denen könne man noch einen Krieg gewinnen?"

Der Einschnitt
(Heilsame Inzision)

„Dr. med. Achim Wossow mißbrauchte das Vertrauen seines sozialistischen Vaterlandes. Er verließ das Land, in dem er auf Kosten des Staates studieren durfte und ging zum Klassenfeind." So jedenfalls vermerkte es die Kaderleiterin in seiner Personalakte; in der Akte, die sonst bei einem Stellenwechsel von Krankenhaus zu Krankenhaus weitergereicht wurde, ohne daß der Betreffende selbst diese jemals hätte durchblättern oder gar durchlesen dürfen. Manch einer wußte gar nicht, daß es solch eine Akte überhaupt gibt. Diesmal wurde Dr. Wossows Kaderakte nicht weitergereicht. Das Archiv beschlagnahmte sie.

Der junge Wossow ging in ein verbotenes Land. Endlich hatte er sich losgerissen, weg aus einer Welt der kolorierten Schwarzweißbilder. Endlich raus! Hinein in eine lebendige Erlebniswelt voller Alben bunter Bilder aus kräftigen Farben, hinein in eine bunte pulsierende Welt, in der ihm alle Türen, alle Wege offen standen. Im Krankenhaus gab es weit mehr an Untersuchungs- und Behandlungsmöglichkeiten, als er sich je hatte träumen lassen. Das Rettungssystem war das beste der ganzen Welt! Der moderne Rettungswagen, auf dem neuesten Stand der Technik, war mit hervorragend ausgebildeten Rettungssanitätern besetzt, und auf der Fahrt zu seinem ersten Einsatz mußte er sich gut festhalten. Eine Schaufeltrage, eine zerlegbare Trage aus Aluminium, die von den Seiten unter den Verletzten geschoben und unter ihm arretiert werden kann, ohne seine Wirbelsäule zu bewegen, ohne ihm weh zu tun! Eine sofort einsatzfähige Feuerwehr mit Geräten, die es ermöglichen, einen Eingeklemmten innerhalb weniger Minuten aus einem Autowrack zu befreien! Ein richtiges transportables Beatmungsgerät stand ihm nun zur Verfügung. Ein Traum von einem Intubationsbesteck! Tuben jeder Stärke, jeder Tubus steril und originalverpackt!

Die Rettungssanitäter lachten, als er ihnen erzählte, wie an seiner früheren Schule das Blut noch immer abgenommen werden muß. In diesem Land gehörte der Begriff „Flügelkanüle" nicht zum Wortschatz; keiner wußte, was eine „Flügelkanüle" überhaupt ist. Hier endlich fand er alle Voraussetzungen für eine erfolgreiche Reanimation!

Wossow war in ein anderes Land gekommen! Zwar sprach man auch hier Deutsch, doch hier gab es nicht nur anderes Geld, anderes Benzin, andere Telefone, andere Briefmarken, andere Züge und Autos: Personenkraftwagen mit Dieselmotoren! Oder solche mit leise surrenden oder aber kräftig brummenden Viertaktmotoren; Autos also, die nicht qualmen, die nicht stinken und nicht aufheulen wie ein Zweitakter. Wie in jedem anderen „anderen Land", waren auch hier die Menschen ganz anders. Hier waren sie in ordentliche Sachen aus edlen Stoffen gekleidet. Hier gingen sie aufrecht; gelassener, abgeklärter, ausgeruhter schienen sie ihm. Ob vornehm oder lässig, immer waren sie selbstbewußt. Sie kannten ihre Stärken, waren Respektspersonen, und sie respektierten einander. Über Dinge, die offenbar nur im Osten Probleme waren, sprach hier niemand. Hier hatten die Menschen andere Gesprächsthemen.

Er hatte sich informiert, wie es im Westen sein würde, was ihn hier erwartet. Auch, daß nicht alles Gold sein würde, was da glänzt, wußte er, bevor er dem Osten den Rücken kehrte, um für immer zu verschwinden.

Er konnte es noch immer nicht fassen: er hatte es tatsächlich geschafft. Er hatte sich seinen Traum, endlich frei zu sein, erfüllt: er war in den Westen abgehauen! Mit der dunklen Seite hatte er nun endlich abgeschlossen. Der Westen, genauso und nur so wie er war, war seine Wahlheimat. Pseudo-Freundschaften, die aus der Not des Mangels heraus allein auf lebenserleichternden Beziehungen beruhten, schien es hier nicht zu geben. Schließlich waren die Läden vom Boden bis unter die Decke voller Waren, die quollen hinaus auf den Bürgersteig und weiter bis dicht vor die Straße! Es gab alles, und die ganze Welt schien dafür zu arbeiten und zu produzieren, daß die Menschen hier alles zu kaufen bekamen. Nichts, was es nicht gab!

Keine klapprigen Tragekörbchen! Riesige, bis zum Nabel reichende Einkaufswagen, die man erschütterungsfrei über intakten Boden bis vor das Auto fahren konnte. Irgendwo, ganz in der Ecke, da stand auch ein Stapel Einkaufskörbe.

Brot gab es in dutzenden Variationen: rund, eckig, längsoval, als Schwarzbrot, Weißbrot oder Graubrot, Fladenbrot,

Bauernbrot, Sesambrot, Roggenbrot und irgendwo, ganz in der Ecke, auch ein schwarzes Pumpernickel. Das Brot kostete mehr als 85 Pfennige. Deshalb wäre auch keiner auf die Idee kommen, es nur zu kaufen, um damit Hühner, Kaninchen, Enten, Gänse oder gar ein Schwein fett zu füttern.

Obst und Gemüse, Früchte, die er noch nie in seinem Leben gesehen hatte, lagen hier. Riesige Birnen, an jeder ein kleines Etikett. Paprikaschoten in den Farben rot, grün, gelb und orange; kleine und große, süße und weniger süße, Blut- und normale Apfelsinen – bloß keine Strohapfelsinen! Mandarinen, Nektarinen, Pfirsiche und Aprikosen, Bananen, Ananas, dutzende Sorten Äpfel, Mango, Kiwifrüchte aus Neuseeland. Irgendwo daneben, ganz am Rand natürlich auch Kohlrabi.

Es gab Blumen, exotische Blumen: Orchideen aus Südamerika und Japan. Tulpen aus Holland in allen nur denkbaren Formen und Farben. Eine Protea aus Afrika. Eigentümliche, an Steinen oder Baumrinde wachsende Pflanzen aus Südamerika. Irgendwo dahinter auch ein *Tränendes Herz*. Doch nirgendwo Vergißmeinnicht!

Eine Modelleisenbahn, die in einer Aktentasche Platz findet! Oder eine, die am Boden durch die ganze Wohnung oder auch durch den Garten fahren kann.

Eine flache Armbanduhr, ohne Wechselbatterie, ohne Aufzug, ohne Schwungmasse, auch ihr gibt die Sonne alle Kraft. Sie war so leicht, daß er sie nicht spürte, als er sie umhatte.

Eine Uhr mit Vierundzwanzigstunden-Anzeige und Weckfunktion, das Zifferblatt ließ sich per Knopfdruck beleuchten. Ideal für den Nachtdienst eines Krankenhauschirurgen.

Ein Farbfernseher für zweihundertfünfzig harte Deutsche Mark.

Ein Liter Diesel für fünfundsechzigkommaneun, bleifreies Superbenzin für siebenundneunzigkommaneun kupferne Pfennige!

Wahnsinn! Sie war ein Teufel! Gab Wossow ihr Stoff, bewegte sie sich mit unbändiger Kraft nach vorn, immer weiter, immer weiter, immer schneller, immer weiter. Gab er ihr Gas, schrie sie auf und kreischte, versetzte ihn in den Rausch einer nach oben schier grenzenlosen Geschwindigkeit, die schwarzrote Fahrmaschine mit dem schweren Boxer.

Nein, umkehren wollte er nicht, um keinen Preis der Welt! Unter keinen Umständen wieder zurück! Nie mehr zurückblicken zu müssen, das wünschten sich Wossow und seine Familie: „Achim, schau nach vorn! Mangel wird nun kein Hindernis mehr für dich sein, deine Patienten ordentlich zu versorgen! Doch bitte, bitte vergiß endlich! Vergiß, was einmal war! Komm: gemeinsam fangen wir ein neues Leben an. Wir holen nach, was wir versäumten in all den Jahren der Demütigung und Bespitzelung. Komm: laß uns zuerst in das Land fahren, in dem die wunderschönen Schneerosen blühen! Glaub mir: jetzt holen wir alles nach! Glaube ganz fest daran! Doch versprich mir: schau nie mehr zurück!"

Stövesand, sein ehemaliger Chefarzt, mußte sich im Westen noch einmal einer Facharztprüfung unterziehen, obwohl er jedem seiner Prüfer hätte eine Lektion voroperieren können. Wossow selbst mußte sich im Westen ansehen, wie ein anderer seine Traumstelle übernahm: jemand, den er gehofft hatte, in seinem ganzen Leben niemals wiederzusehen.

Das alles (und noch viel mehr) steht in einem anderen Buch geschrieben.